Zu diesem Buch

Ich zog mich sorgfältig an, wählte meinen billigsten Anzug und ein paar alte Schuhe. Ich stopfte mir die Taschen mit Zigaretten voll. Ich nahm sogar ein Exemplar der *Berliner Illustrirten Zeitung* mit. Wenn Heydrich dich zum Frühstück bittet, ist es immer am besten, wenn du dich auf einen ungemütlichen und womöglich unbegrenzten Besuch einrichtest.

Bernhard «Bernie» Gunther hat inzwischen eine gut florierende Detektei in Berlin und einen zuverlässigen Partner namens Bruno Stahlecker, ebenfalls wie Gunther ein Ex-Kripomann. Stahlecker wird jedoch bei der Überwachung eines der Erpressung verdächtigen Mannes brutal erstochen. Ehe Gunther sich auf die Suche nach dem Mörder machen kann, bekommt er Besuch von der Gestapo. Um so überraschter ist der Privatdetektiv, als man ihn ins Prinz-Albrecht-Palais zu Heydrich bringt, wo dieser ihn zu einem Gartenspaziergang einlädt.

Kommen Sie zurück zur Kripo am Alexanderplatz, sagt Heydrich. Ich brauche Sie dort. In den Straßen von Berlin geht ein Wahnsinniger um und bringt hübsche, sehr junge Mädchen um, die arische Blüte des deutschen Volkes.

Wenn Heydrich einen bittet, dann ist das ein Befehl; das weiß Gunther. Außerdem kriegt er sogleich den Mörder seines Geschäftspartners und Freundes auf dem Silbertablett serviert. Bernhard Gunther ist klar, daß er keine Wahl hat, und kehrt als Kommissar zum Alexanderplatz zurück. Als Heydrichs Spion, sagen die meisten, als echte Hilfe, sagen einige wenige.

Bis jetzt gibt es fünf tote Mädchen zwischen 14 und 18, alle auf die gleiche entsetzliche Weise ermordet – und keine Spur von dem Täter. Dazu absolute Nachrichtensperre, um keine Nachahmungstäter zu ermutigen. Aber dadurch auch keine Hilfe aus der Bevölkerung. Als Gunther in dem Erpressungsfall weiter ermittelt, stößt er auf die Klinik des Dr. Kindermann und schließlich auf das mysteriöse «Projekt Krist».

Es ist ein heißer Sommer 1938, aber nichts im Vergleich zum Spätherbst 1938. Kommissar Bernhard Gunther bekommt es hautnah zu spüren.

Dies ist der zweite Kriminalroman einer Trilogie, die im Berlin der dreißiger und vierziger Jahre spielt; wieder mit Bernhard Gunther als Detektiv bzw. Kriminalkommissar. Philip Kerr wurde 1956 in Edinburgh geboren und hat gleich mit seinem ersten Kriminalroman «Feuer in Berlin» (Nr. 3164) in England Furore gemacht. Sein Roman «Das Wittgensteinprogramm» (Wunderlich Verlag) wurde mit dem Deutschen Kritikerpreis für den besten ausländischen Thriller des Jahres ausgezeichnet. In der rororo thriller-Reihe erschien bereits «Gesetze der Gier» (Nr. 3133), der unter dem Titel «Gruschko» im Fernsehen gezeigt wurde. Der letzte Band der Trilogie wird im April 1996 erscheinen.

Philip Kerr

Im Sog der dunklen Mächte

Deutsch von
Hans J. Schütz

Rowohlt

rororo thriller
Herausgegeben von Bernd Jost

Deutsche Erstausgabe
Veröffentlicht im Rowohlt Taschenbuch Verlag GmbH,
Reinbek bei Hamburg, September 1995

Die Originalausgabe erschien 1989 bei Viking und
1990 bei Penguin Books Ltd., London,
unter dem Titel «The Pale Criminal»

Redaktion Jutta Schwarz
Umschlaggestaltung Peter Wippermann / Susanne Müller
Satz Aldus (Linotronic 500)
Gesamtherstellung Clausen & Bosse, Leck
Printed in Germany
1290-ISBN 3 499 43165 3

Die Hauptpersonen

Bernhard «Bernie» Gunther	erlebt eine Beförderung wider Willen.
Bruno Stahlecker	beobachtet seinen Mörder.
Klaus Hering	ist wirklich nur ein kleiner Fisch.
Reinhard Lange	wird von allen in die Zange genommen.
Frau Lange	erteilt einen Auftrag mit Folgen.
Prof. Dr. Lanz Kindermann	ist Mediziner, Psychiater und SS-Hauptsturmführer.
Dr. Marie Kalau vom Hofe	erlaubt sich ihr eigenes Urteil.
Prof. Hans Illmann	ist als Gerichtsmediziner eine Koryphäe, aber sonst persona non grata.
Hildegard Steininger	spielt Mutter und Vamp.
Reichskriminaldirektor Arthur Nebe	spielt eine undurchsichtige Rolle.
Kriminalassistenten Korsch und Becker	stehen Gunther zur Seite.
Dr. Otto Rahn	ist SS-Unterscharführer, KZ-Wächter und Autor.
Karl Maria Weisthor	alias K. M. Wiligut, ist SS-Brigadeführer, Psychiatriepatient und Medium.
Dr. Julius Streicher	ist Herausgeber des *Stürmer*.
SS-Standartenführer Reinhard Heydrich	baut seine Machtposition aus.
SS-Reichsführer Heinrich Himmler	kennt seine Macht und nutzt sie.

Brigitte Hartman, Christiane Schulz, Zarah Lischka, Lotte Winter, Irma Hanke, Emmeline Steininger, Lisa Ganz sterben alle einen grauenvollen Tod.

Für Jane

«Vieles an euren Guten macht mir Ekel, und wahrlich nicht ihr Böses. Wollte ich doch, sie hätten einen Wahnsinn, an dem sie zugrunde gingen, gleich diesem bleichen Verbrecher!

Wahrlich, ich wollte, ihr Wahnsinn hieße Wahrheit oder Treue oder Gerechtigkeit: aber sie haben ihre Tugend, um lange zu leben, und in einem erbärmlichen Behagen.»

Nietzsche: «Also sprach Zarathustra I» (Vom bleichen Verbrecher)

TEIL EINS

Sie werden feststellen, daß Sie der Erdbeertorte im *Café Kranzler* viel mehr Aufmerksamkeit schenken, wenn Ihre Diät sie Ihnen verbietet.

Seit einiger Zeit habe ich angefangen, über Frauen fast genauso zu denken. Bloß daß ich nicht auf Diät bin, sondern einfach weil ich feststellen muß, daß die Kellnerin keine Notiz von mir nimmt. Es gibt auch sehr viele hübsche darunter. Frauen, meine ich, obgleich ich eine Kellnerin ebenso leicht ficken könnte wie jedes andere weibliche Wesen. Vor zwei Jahren gab es mal eine Frau. Ich liebte sie, aber sie verschwand. Nun, das passiert mit einer Menge Leute in dieser Stadt. Doch seitdem hat es bloß flüchtige Affären gegeben.

Und wenn Sie mich nun Unter den Linden sehen, erst in die eine, dann in die andere Richtung blickend, könnten Sie glauben, ich folgte dem Pendel eines Hypnotiseurs. Ich weiß nicht, vielleicht ist es die Hitze. In diesem Sommer ist es in Berlin so heiß wie in einem Backofen. Oder vielleicht liegt es einfach an mir. Ich werde vierzig und kriege bei Babys zärtliche Gefühle. Aus welchem Grund auch immer, mein Drang, mich fortzupflanzen, ist geradezu bestialisch, und das lesen mir Frauen natürlich von den Augen ab und machen einen großen Bogen um mich. Trotzdem, in dem langen heißen Sommer 1938 erfreute sich die stumpfsinnige Bestialität an einer Art arischer Wiedergeburt.

1.
Freitag, 26. August

«Genau wie ein verdammter Kuckuck.»

«Wer?»

Bruno Stahlecker sah von seiner Zeitung auf.

«Hitler, wer sonst.»

Meine Laune sank, als ich merkte, daß es sich wieder mal um eine tiefschürfende Analogie meines Partners handelte, die sich auf die Nazis bezog.

«Ja, natürlich», sagte ich ruhig, in der Hoffnung, ihn von einer ausführlicheren Erklärung abzuhalten, wenn ich so tat, als hätte ich vollkommen kapiert. Aber es sollte nicht sein.

«Kaum ist er den österreichischen Grünschnabel aus dem europäischen Nest losgeworden, schon fängt der tschechoslowakische an, bedenklich zu gucken.» Er schlug mit dem Handrücken gegen die Zeitung. «Hast du das gesehen, Bernie? Deutsche Truppenbewegungen an der Grenze des Sudetenlandes.»

«Ja, hab mir schon gedacht, daß du davon sprichst.» Ich schnappte mir die morgendliche Post, setzte mich und fing an, sie durchzugehen. Es waren ein paar Schecks darunter, die dazu beitrugen, meine Verärgerung über Bruno ein wenig zu mildern. Es war kaum zu glauben, aber er hatte offensichtlich bereits was getrunken. Während er in der Regel eher einsilbig ist (was ich vorziehe, weil ich selber ein wenig wortkarg bin), macht Schnaps Bruno immer so geschwätzig wie einen italienischen Kellner.

«Das Komische ist, daß die Eltern es nicht merken. Der Kuckuck schmeißt die anderen Küken raus, und die Pflegeeltern füttern ihn weiter.»

«Vielleicht hoffen sie, daß er's Maul halten und abhauen wird», sagte ich anzüglich, aber um das zu bemerken, war Brunos Fell viel zu dick. Ich überflog den Inhalt eines der Briefe und las ihn noch einmal langsamer.

«Sie wollen es einfach nicht merken. Was ist in der Post?»

«Hm? Ein paar Schecks.»

«Gelobt sei der Tag, der einen Scheck bringt. Sonst noch was?»

«Ein Brief. Anonym. Jemand will mich um Mitternacht im Reichstagsgebäude treffen.»

«Schreibt er, warum?»

«Behauptet, er hätte Informationen über einen meiner alten Fälle. Eine verschwundene Person, die nicht wieder auftauchte.»

«Klar. Die gibt's wie Sand am Meer. Sehr ungewöhnlich. Gehst du hin?»

Ich zuckte die Achseln. «In der letzten Zeit schlafe ich schlecht, also warum nicht?»

«Du meinst, abgesehen von der Tatsache, daß es eine ausgebrannte Ruine ist und es nicht ungefährlich ist reinzugehen. Es könnte zum Beispiel eine Falle sein. Jemand könnte versuchen, dich umzubringen.»

«Vielleicht hast du dann den Brief geschickt?»

Er lachte gezwungen. «Vielleicht sollte ich mitkommen. Ich könnte außer Sicht bleiben, aber in Hörweite.»

«Oder Schußweite?» Ich schüttelte den Kopf. «Wenn du einen Mann umbringen willst, läßt du ihn nicht an einen solchen Ort kommen, wo er natürlich auf der Hut sein wird.» Ich zog die Schublade aus meinem Schreibtisch.

Auf den ersten Blick war kein großer Unterschied zwischen der Mauser und der Walther, aber ich nahm die Mauser heraus. Die Neigung des Griffes und die ganze Form der Waffe sorgten dafür, daß sie besser in der Hand lag als die ein wenig kleinere Walther, und es mangelte ihr nicht an Durchschlagskraft. Es war eine Waffe, die mich, wie ein fetter Scheck, immer mit einem ruhigen Selbstvertrauen ausstattete, wenn ich sie in die Manteltasche schob. Ich schwenkte sie in Brunos Richtung.

«Und wer immer mir diese Party-Einladung geschickt hat, er wird wissen, daß ich eine Kanone trage.»

«Und angenommen, es sind mehrere?»

«Scheiße, Bruno, es ist nicht nötig, den Teufel an die Wand zu malen. Natürlich sehe ich das Risiko, aber das gehört nun mal zu unserem Geschäft. Journalisten kriegen Berichte, Soldaten kriegen

Befehle, und Detektive bekommen anonyme Briefe. Hätte ich Briefe mit Siegelwachs gewollt, wäre ich ein verdammter Anwalt geworden.»

Bruno nickte, zupfte an seiner Augenklappe und widmete sich dann seiner Pfeife – dem Symbol des Scheiterns unserer Partnerschaft. Ich hasse das Drum und Dran beim Pfeifenrauchen: den Tabaksbeutel, den Pfeifenputzer, das Taschenmesser und das spezielle Feuerzeug. Ein Pfeifenraucher ist ein Großmeister im Herumspielen und Fummeln und für die Welt ein ebensogroßer Fluch wie ein Missionar, der mit einer Ladung Kanonenöfen auf Tahiti landet. Es war nicht Brunos Schuld, denn er war, trotz seiner Trinkerei und seiner ärgerlichen kleinen Marotten, immer noch ein guter Detektiv, den ich vor dem finsteren Schicksal bewahrt hatte, auf einem abgelegenen Kripo-Revier im Spreewald zu versauern. Nein, ich war's, der die Schuld trug: Ich hatte an mir selber festgestellt, daß ich von Natur aus für eine Partnerschaft ebenso ungeeignet war wie für das Amt des Präsidenten der Deutschen Bank. Als ich ihn jedoch ansah, begann ich, mich schuldig zu fühlen.

«Erinnerst du dich noch daran, was wir im Krieg immer sagten? Wenn dein Name und deine Adresse draufstehen, kannst du sicher sein, daß du es auch bekommst.»

«Ich erinnere mich», sagte er, zündete seine Pfeife an und las im *Völkischen Beobachter* weiter. Ich sah ihm nachdenklich dabei zu.

«Du kannst ebensogut auf den Ausrufer warten, ehe du in diesem Blatt eine einzige wahre Nachricht findest.»

«Stimmt. Aber ich lese morgens gern eine Zeitung, selbst wenn es eine ist, mit der man sich den Hintern abwischen kann. Hab ich mir nun mal angewöhnt.» Wir waren beide eine kurze Weile still. «Da ist wieder eine von diesen Anzeigen drin: *Rolf Vogelmann, Privatdetektiv, Spezialist für vermißte Personen.*»

«Nie von ihm gehört.»

«Natürlich hast du. Letzten Freitag war schon mal eine Kleinanzeige drin. Ich hab sie dir vorgelesen. Erinnerst du dich nicht?» Er nahm seine Pfeife aus dem Mund und deutete mit dem Stiel auf mich. «Weißt du, vielleicht sollten wir inserieren, Bernie.»

«Warum? Wir haben so viele Aufträge, daß wir ausgelastet sind, mehr als das. Die Geschäfte sind nie besser gegangen, also warum die zusätzlichen Ausgaben? Es ist sowieso der Ruf, der in unserem Gewerbe zählt und nicht eine kleine Anzeige in der Parteizeitung. Dieser Rolf Vogelmann hat offenbar keinen verdammten Schimmer, was er tut. Denk mal an all die Aufträge, die wir von Juden kriegen. Keiner unserer Klienten liest ein solches Mistblatt.»

«Na ja, wenn du glaubst, daß so was überflüssig ist, Bernie...»

«Wie eine dritte Brustwarze.»

«Früher glaubten manche Leute, die würde Glück bringen.»

«Und es gab eine Menge Leute, für die sie Grund genug war, dich auf den Scheiterhaufen zu bringen.»

«Das Zeichen des Teufels, wie?» Er grinste. «He, vielleicht hat Hitler eins.»

«Ebenso sicher, wie Goebbels einen gespaltenen Huf hat. Scheiße, sie kommen alle aus der Hölle. Jeder von diesem verdammten Pack.»

Ich hörte meine Schritte auf dem ausgestorbenen Königsplatz widerhallen, als ich mich der Ruine des Reichstagsgebäudes näherte. Nur Bismarck stand auf seinem Sockel, die Hand auf dem Schwert, vor dem Westeingang, den Kopf mir zugewandt, als wolle er gegen meine Anwesenheit protestieren. Doch ich erinnerte mich, daß er für das Deutsche Parlament nie sonderlich geschwärmt hatte – er hatte nicht einmal einen Fuß in das Gebäude gesetzt –, und also hatte ich meine Zweifel, daß er die Neigung verspürte, die Institution zu verteidigen, der sein Standbild, vielleicht symbolisch, den Rücken zugekehrt hatte. Nicht, daß an diesem ziemlich überladenen Gebäude im Renaissance-Stil viel gewesen wäre, das zu verteidigen gelohnt hätte. Mit seiner rauchgeschwärzten Fassade sah der Reichstag wie ein Vulkan aus, der seinen letzten und spektakulärsten Ausbruch hinter sich hatte. Doch in diesem Feuer war mehr verbrannt als bloß die Hoffnungen auf die Republik von 1918; für Deutschland war es auch die deutlichste Vorhersage dessen, was Adolf Hitler und seine dritte Brustwarze für uns auf Lager hatten.

Ich ging hinüber zur Nordseite und zu den Überresten von Eingang 5, dem Eingang für das Publikum, durch den ich bereits einmal gegangen war: vor mehr als dreißig Jahren mit meiner Mutter.

Ich ließ meine Taschenlampe in der Manteltasche. Ein Mann mit einer Laterne in der Hand und bei Nacht braucht sich bloß ein paar farbige Kreise auf die Brust zu malen, und schon ist er eine bessere Zielscheibe. Und außerdem fiel durch die Reste des Daches mehr als genug Mondlicht, um sehen zu können, wo ich hintrat. Trotzdem, als ich durch die nördliche Vorhalle schritt, die früher ein Warteraum gewesen war, zog ich den Verschluß der Mauser geräuschvoll zurück, damit jeder, der auf mich wartete, hörte, daß ich bewaffnet war. Und in der unheimlichen, widerhallenden Stille hörte es sich lauter an als eine Schwadron preußischer Kavallerie.

«Die werden Sie nicht brauchen», sagte eine Stimme von der Empore über mir.

«Trotzdem, ich werde mich noch 'ne Weile dran festhalten. Es könnte hier Ratten geben.»

Der Mann lachte spöttisch. «Die Ratten sind schon seit langem hier ausgezogen.» Ein Lichtstrahl schien mir ins Gesicht. «Kommen Sie rauf, Gunther.»

«Scheint mir so, als sollte ich Ihre Stimme kennen», sagte ich und begann, die Treppe hinaufzusteigen.

«Mir geht's genau so. Manchmal erkenne ich meine Stimme, aber ich scheine einfach den Mann nicht zu kennen, der spricht. Das ist nichts Ungewöhnliches, oder? Nicht heutzutage.» Ich nahm meine Taschenlampe heraus und richtete sie auf den Mann, der jetzt in den vor mir liegenden Raum zurücktrat.

«Interessant, das von Ihnen zu hören. Ich würde Sie das gern auch über die Prinz-Albrecht-Straße sagen hören.» Er lachte wieder. «Also haben Sie mich doch erkannt.»

Ich holte ihn neben einer großen Marmorstatue von Kaiser Wilhelm I. ein, die in der Mitte einer großen, achteckigen Halle stand, wo der Strahl meiner Lampe schließlich seine Gesichtszüge erfaßte. Sie hatten etwas Kosmopolitisches, obwohl er mit Berliner Akzent sprach. Manche hätten sogar sagen können, daß er ein bißchen jüdisch aussah, wenn man die Größe seiner Nase betrachtete. Sie beherrschte die Mitte seines Gesichtes wie der Zeiger einer Sonnenuhr und verzog seine Oberlippe zu einem dünnen, höhnischen Grinsen. Sein graues Haar trug er kurz geschoren, wodurch die Höhe seiner Stirn unterstrichen wurde. Es war ein verschlagenes, scharfsinniges Gesicht, das vollkommen zu ihm paßte.

«Überrascht?» fragte er.

«Daß der Chef der Berliner Kriminalpolizei mir einen anonymen Brief schickt? Nein, das passiert mir alle Tage.»

«Wären Sie gekommen, wenn ich ihn unterschrieben hätte?»

«Vermutlich nicht.»

«Und wenn ich Ihnen vorgeschlagen hätte, statt hierher in die Prinz-Albrecht-Straße zu kommen? Geben Sie zu, daß Sie neugierig waren.»

«Seit wann ist die Kripo auf Vorschläge angewiesen, wenn sie Leute in ihrem Hauptquartier sehen will?»

«Sie haben es erfaßt.» Während sein Grinsen breiter wurde, zog Arthur Nebe eine Taschenflasche aus seiner Manteltasche.

«Einen Schluck?»

«Danke. Spricht nichts dagegen.» Ich nahm einen Zug von dem klaren Kornschnaps, den der Reichskriminaldirektor zuvorkommenderweise mitgebracht hatte, und zog dann meine Zigaretten heraus. Nachdem ich uns beiden Feuer gegeben hatte, hielt ich das Streichholz ein paar Sekunden in die Höhe.

«Nicht so einfach, hier ein Feuerchen zu machen», sagte ich.

«Ein Mann, der auf eigene Faust handelt – der Scheißkerl hätte ziemlich behende sein müssen. Und selbst dann, schätz ich, dürfte van der Lubbe die ganze Nacht gebraucht haben, um sein kleines Lagerfeuer anzuzünden.» Ich zog an meiner Zigarette und fügte hinzu: «Es heißt, der dicke Hermann hätte seine Hand im Spiel gehabt. In diesem Fall eine Hand, die ein Stück Zunder hielt.»

«Ich bin schockiert, Sie einen so skandalösen Verdacht über unseren geliebten Ministerpräsidenten äußern zu hören.» Auch Nebe lachte, als er das sagte. «Dem armen alten Hermann einfach so die Schuld zuzuschieben. Oh, er war mit der Brandstiftung einverstanden, aber er hat dabei nicht mitgemischt.»

«Wer dann?»

«Jupp, der Hinker. Dieser arme Scheißholländer war für ihn ein Gratisgeschenk. Van der Lubbe hatte das Unglück, daß er beschlossen hatte, dieses Gebäude in derselben Nacht in Brand zu setzen wie Goebbels und seine Jungens. Jupp dachte, er hätte Geburtstag, besonders als sich rausstellte, daß van der Lubbe ein Kommunist war. Er vergaß bloß, daß die Verhaftung eines Täters eine Verhandlung bedeutet, was wiederum die ärgerliche Formalität nach sich zieht, Beweise beibringen zu müssen. Und es war natürlich von Anfang an jedem, der ein bißchen Grips hatte, klar, daß van der Lubbe nicht allein gehandelt haben konnte.»

«Und warum sagte er dann nichts bei der Verhandlung?»

«Sie pumpten ihn mit irgendeinem Zeug voll, um ihn ruhigzustellen. Sie kennen diese Methode.» Nebe ging um einen riesigen Bronzekronleuchter herum, der verborgen auf dem schmutzigen Boden lag. «Hier. Ich will Ihnen was zeigen.»

Er ging voran in den großen Sitzungssaal, in dem Deutschland zum letzten Mal so etwas wie Demokratie erlebt hatte. Hoch über uns erhob sich das Gerippe der früheren Glaskuppel des Reichstages. Jetzt war das Glas herausgesprengt, und gegen den Mond ähnelten die Träger aus Kupfer dem Netz einer riesigen Spinne. Nebe deutete mit seiner Lampe auf die verkohlten, zersplitterten Balken, welche die Halle umgaben.

«Sie sind vom Feuer böse zugerichtet, aber diese Halbfiguren, die die Balken stützen – können Sie sehen, daß einige von ihnen auch Buchstaben des Alphabets hochhalten?»

«Wenn ich mich anstrenge, ja.»

«Ja, gut, ein paar sind unleserlich. Aber wenn Sie genau hinsehen, können Sie immer noch erkennen, daß sie sich zu einem Motto zusammensetzen.»

«Nicht um ein Uhr morgens.»

Nebe ging nicht darauf ein. «Es heißt ‹Erst das Land, dann die Partei›.» Er wiederholte das Motto fast ehrfürchtig und blickte mich bedeutsam an.

Ich seufzte und zuckte die Achseln. «Oh, da bin ich wirklich platt. Sie? Arthur Nebe? Der Reichskriminaldirektor? Ein Nazi wie ein Beefsteak – außen braun und innen rot? Ich freß 'nen Besen.»

«Außen braun, ja», sagte er. «Ich weiß nicht, welche Farbe ich innen habe, aber Rot ist es nicht – ich bin kein Bolschewik. Aber andererseits ist es auch nicht Braun. Ich bin kein Nazi mehr.»

«Mist, dann sind Sie ein verdammter Schauspieler.»

«Ja, bin ich jetzt. Ich muß es sein, wenn ich am Leben bleiben will. Natürlich, das war nicht immer so. Die Polizei ist mein Leben, Gunther. Ich liebe meinen Beruf. Als ich sah, wie der Liberalismus der Weimarer Jahre den Polizeiapparat unterhöhlte, dachte ich, der Nationalsozialismus würde die Achtung vor Gesetz und Ordnung in diesem Lande wiederherstellen. Statt dessen ist es schlimmer denn je. Ich war es, der half, Diels der Kontrolle der Gestapo zu entziehen, bloß um festzustellen, daß er durch Himmler und Heydrich ersetzt wurde, und...»

«...und dann kam's wirklich knüppeldick. Ich kapiere.»

«Die Zeit kommt, wo jeder kapieren muß. In dem Deutschland, das Himmler und Heydrich sich für uns ausgedacht haben, ist kein Platz für Agnostiker. Aber es ist immer noch möglich, die Dinge von innen zu ändern. Und wenn die richtige Zeit gekommen ist, werden wir Männer wie Sie brauchen. Männer in der Polizei, denen man vertrauen kann. Darum habe ich Sie hergebeten – ein Versuch, Sie dazu zu überreden, zurückzukommen.»

«Ich? Zurück zur Kripo? Sie machen Witze. Hören Sie, Arthur, ich habe mir ein prima Geschäft aufgebaut, ich lebe inzwischen sehr gut davon. Warum sollte ich das alles wegschmeißen, für das Vergnügen, wieder bei der Kripo zu sein?»

«Sie dürften in der Sache keine große Wahl haben. Heydrich glaubt, daß Sie ihm nützlich sein könnten, wenn Sie wieder bei der Kripo wären.»

«Verstehe. Irgendein besonderer Grund?»

«Es gibt da einen Fall, und er will, daß Sie ihn übernehmen. Ich bin sicher, ich brauche Ihnen nicht zu sagen, daß Heydrich vom Nationalsozialismus eine sehr persönliche Auffassung hat. Im allgemeinen kriegt er, was er will.»

«Was ist mit diesem Fall?»

«Ich weiß nicht, was er vorhat; Heydrich vertraut mir nicht. Ich wollte Sie bloß warnen, damit Sie vorbereitet sind, keine Dummheiten machen und ihm sagen, er solle sich zum Teufel scheren, was Ihre erste Reaktion sein könnte. Wir haben beide großen Respekt vor Ihren Fähigkeiten als Detektiv. Es ist reiner Zufall, daß auch ich jemanden in der Kripo brauche, dem ich vertrauen kann.»

«Na, kaum zu glauben daß ich so beliebt bin.»

«Sie werden darüber nachdenken.»

«Ich sehe nicht, wie sich das vermeiden ließe. Mal was anderes als Kreuzworträtsel raten, denke ich. Jedenfalls vielen Dank für die Warnung, Arthur, ich weiß das zu schätzen.» Ich wischte mir nervös meinen trockenen Mund. «Haben Sie noch ein bißchen von Ihrer Medizin? Jetzt könnte ich einen Schluck brauchen. Es passiert nicht jeden Tag, daß man so eine gute Nachricht bekommt.»

Nebe reichte mir seine Taschenflasche, und ich nuckelte daran wie ein Baby an der Brust seiner Mutter. Nicht ganz so attraktiv, aber beinahe ebenso beruhigend.

«In Ihrem Liebesbrief hieß es, Sie hätten Informationen über einen alten Fall.»

«Da war mal 'ne Frau, nach der Sie suchten. Liegt schon eine Weile zurück. Eine Journalistin.»

«Das liegt ziemlich weit zurück. Fast zwei Jahre. Ich habe sie nie gefunden. Einer meinen allzu häufigen Mißerfolge. Vielleicht sollten Sie Heydrich das wissen lassen. Es könnte ihn davon überzeugen, mich vom Haken zu lassen.»

«Wollen Sie's hören oder nicht?»

«Ja, aber muß ich deswegen strammstehen, Arthur?»

«Es ist nicht viel, aber immerhin. Vor zwei Monaten beschloß der Vermieter der Wohnung, in der Ihre Klientin früher wohnte, einige der Wohnungen neu streichen zu lassen, darunter auch ihre.»

«Großherzig von ihm.»

«In ihrer Toilette, hinter einer Art von falscher Täfelung, fand er das Besteck eines Fixers. Keine Drogen, aber alles, was man braucht, um sich 'nen Schuß zu setzen – Nadeln, Spritzen und so weiter. Nun war aber der Mieter, der die Wohnung übernahm, nachdem Ihre Klientin verschwunden war, ein Priester, so daß es nicht wahrscheinlich ist, daß dieses Zeug ihm gehörte, richtig? Und wenn die Dame süchtig war, dann könnte das 'ne Menge erklären, meinen Sie nicht auch? Ich will damit sagen, Sie können nie vorhersagen, was ein Fixer tun wird.»

Ich schüttelte den Kopf. «Sie war nicht der Typ. Ich hätte etwas gemerkt, oder?»

«Nicht immer. Nicht, wenn sie versuchte, von dem Zeug loszukommen. Nicht, wenn sie ein starker Charakter war. Nun ja, soweit der Bericht, und ich dachte, es könnte Sie interessieren. Sie können also diese Akte schließen. Wenn sie ihre Fixerei vor Ihnen verbarg, läßt sich nicht sagen, was sonst sie von Ihnen ferngehalten haben könnte.»

«Nein, das stimmt schon. Ich hatte viel Freude an ihren Titten.»

Nebe lächelte nervös, nicht ganz sicher, ob ich ihm einen schmutzigen Witz erzählte oder nicht.

«War was dran – an ihren Titten?»

«Es waren bloß zwei, Arthur. Aber sie waren prächtig.»

2.
Montag, 29. August

Die Häuser in der Berliner Herbertstraße wären in jeder anderen Stadt von ein paar Hektar mit Gebüsch gesäumten Rasens umgeben gewesen. Tatsächlich jedoch füllte jedes von ihnen sein eigenes Grundstück so sehr aus, daß wenig oder gar kein Raum für Gras oder Pflasterung blieb. Einige waren vom Bürgersteig nicht weiter entfernt, als die Eingangstüren breit waren. Architektonisch stellten sie eine Mischung von Baustilen dar, die vom Neoklassizismus zur Neogotik und zum Wilhelminismus reichten; dazu kamen einige, die so volkstümelnd waren, daß man sie unmöglich beschreiben kann. Im ganzen betrachtet, ähnelte die Herbertstraße einer Ansammlung von alten Feldmarschällen und Großadmirälen in Paradeuniformen, die man gezwungen hat, auf überaus kleinen und unangemessenen Klappstühlen zu sitzen.

Der große Hochzeitskuchen von einem Haus, in das man mich bestellt hatte, gehörte eigentlich auf eine Plantage am Mississippi, ein Eindruck, der durch das schwarze Faß von einem Hausmädchen, das mir öffnete, verstärkt wurde. Ich zeigte meine Kennkarte und sagte ihr, daß man mich erwarte. Sie starrte zweifelnd darauf, als sei sie Himmler persönlich.

«Frau Lange hat mir nichts von Ihnen gesagt.»

«Sie wird's vergessen haben», sagte ich. «Hören Sie, sie hat erst vor einer halben Stunde in meinem Büro angerufen.»

«In Ordnung», sagte sie zögernd. «Dann kommen Sie herein.»

Sie führte mich in einen Salon, den man elegant hätte nennen können, wäre da nicht der große und nur teilweise abgenagte Hundeknochen gewesen, der auf dem Teppich lag. Ich sah mich nach dem Besitzer des Knochens um, doch ich entdeckte keine Spur von ihm.

«Fassen Sie nichts an», sagte das schwarze Faß. «Ich werd ihr sagen, daß Sie da sind.» Darauf watschelte sie, knurrend und murrend, als hätte ich sie aus der Badewanne geholt, davon, um ihre Herrin aufzusuchen. Ich setzte mich auf ein Mahagoni-Sofa, dessen Armlehnen mit geschnitzten Delphinen verziert waren. Daneben stand ein dazu passender Tisch, dessen Platte auf Delphinschwänzen ruhte. Wegen ihrer angeblich heiteren Wirkung waren Delphine bei deutschen Möbeltischlern immer beliebt, doch ich persönlich fand sogar eine Drei-Pfennig-Briefmarke lustiger. Ich war etwa fünf Minuten dort, ehe das Faß wieder hereinrollte und sagte, Frau Lange werde mich jetzt empfangen.

Wir schritten durch einen langen, dämmrigen Korridor, der einer Menge ausgestopfter Fische als letzte Heimat diente. Vor einer Trophäe, einem prächtigen Lachs, blieb ich bewundernd stehen. «Hübscher Fisch», sagte ich. «Wer ist der Angler?» Sie drehte sich ungeduldig um.

«Hier gibt's keinen Angler», sagte sie. «Bloß Fische. Dies ist ein Haus für Fische und Katzen und Hunde. Die Katzen sind am schlimmsten. Die Fische sind wenigstens tot. Katzen und Hunde kann man nicht abstauben.»

Fast automatisch ließ ich meine Finger über die Vitrine des Lachses gleiten. Daraus ließ sich nicht gerade schließen, daß hier überhaupt Staub gewischt wurde; und selbst nach meiner vergleichsweise kurzen Bekanntschaft mit diesem Haus ließ sich leicht erkennen, daß die Teppiche selten, wenn überhaupt einmal, ausgeklopft wurden. Nach dem Schlamm der Schützengräben machten mir ein bißchen Staub und ein paar Krümel auf dem Boden nicht übermäßig viel aus. Aber trotzdem, ich habe ein paar Wohnungen in den schlimmsten Elendsvierteln von Neukölln und Wedding gesehen, die sauberer gehalten waren als dieses Haus.

Das Faß öffnete ein paar Glastüren und trat beiseite. Ich betrat einen unordentlichen Wohnraum, der zugleich eine Art Büro zu sein schien, und die Türen schlossen sich hinter mir.

Sie wirkte wie eine große fleischige Orchidee. Ihr pfirsichfarbenes Gesicht und ihre Arme wabbelten vor Fett, so daß sie wie einer dieser langweiligen Hunde aussah, die man züchtet, damit sie ein Mäntelchen tragen können, das ihnen ein paar Nummern zu groß ist. Ihr eigener langweiliger Hund war alles in allem noch formloser als der schlechtsitzende Sharpei, dem sie glich.

«Es ist sehr freundlich von Ihnen, mich so kurzfristig aufzusuchen», sagte sie. Ich ließ ein paar höfliche Floskeln vom Stapel, doch sie hatte eine Art von Hochnäsigkeit, die man nur erwerben kann, wenn man eine so feine Adresse wie die Herbertstraße vorweisen kann.

Frau Lange nahm auf einer grünen Chaiselongue Platz und breitete das Fell ihres Hundes auf ihrem mächtigen Schoß aus, als wäre es eine Strickarbeit, an der sie weiter zu arbeiten gedachte, während sie mir ihr Problem erläuterte. Ich schätzte, daß sie die Fünfzig hinter sich hatte. Nicht, daß das eine Rolle spielte. Wenn Frauen die Fünfzig überschreiten, ist ihr Alter für niemanden mehr interessant, außer für sie selber. Bei Männern verhält es sich genau umgekehrt.

Sie brachte ein Zigarettenetui zum Vorschein, hielt es mir hin und fügte einschränkend hinzu: «Es sind Menthol-Zigaretten.»

Ich glaube, es war Neugier, die mich eine nehmen ließ, doch als ich den ersten Lungenzug machte, zuckte ich zusammen und begriff, daß ich bloß vergessen hatte, wie ekelhaft Menthol schmeckte. Sie lächelte über mein unübersehbares Unbehagen.

«Oh, machen Sie sie aus, um Himmels willen. Sie schmecken entsetzlich. Ich weiß nicht, warum ich sie rauche, ich weiß es wirklich nicht. Rauchen Sie eine von Ihren eigenen, sonst werden Sie mir nie zuhören.»

«Danke», sagte ich und drückte sie in einem Aschenbecher aus, der so groß war wie eine Radkappe. «Das mache ich gern.»

«Und wenn Sie schon dabei sind, können Sie uns beiden einen Drink machen. Ich weiß nicht, wie's mit Ihnen steht, aber ich könnte sicher einen vertragen.» Sie deutete auf einen großen Biedermeier-Sekretär, dessen oberer Teil mit seinen bronzenen ionischen Säulen einen griechischen Tempel im Kleinen darstellte.

«In dem Ding ist eine Flasche Gin», sagte sie. «Ich kann Ihnen nichts anderes als Limonensaft zum Mixen anbieten. Ist leider das einzige, was ich trinke.»

Es war ein bißchen früh für mich, aber trotzdem mixte ich zwei. Ich war ihr für den Versuch dankbar, mir die Befangenheit zu nehmen, wenngleich das eigentlich zu meinen eigenen beruflichen Fähigkeiten gehören sollte. Allerdings war Frau Lange kein bißchen nervös. Sie sah aus wie eine Frau, die selber über einige beruflichen Fähigkeiten verfügte. Ich reichte ihr den Drink und nahm in einem ächzenden Ledersessel neben der Chaiselongue Platz.

«Sind Sie ein aufmerksamer Mann, Herr Gunther?»

«Ich kann sehen, was in Deutschland passiert, wenn's das ist, was sie meinen.»

«Das meinte ich nicht, aber ich bin trotzdem erfreut, das zu hören. Nein, ich meinte, wie gut sind Sie darin, etwas zu erkennen?»

«Hören Sie, Frau Lange, es ist nicht nötig, wie eine Katze um den heißen Brei herumzuschleichen. Kommen Sie am besten gleich zur Sache.» Ich wartete einen Augenblick und sah zu, wie sie verlegen wurde. «Ich werde es an Ihrer Stelle sagen, wenn Sie mögen. Sie wollen wissen, ob ich ein guter Detektiv bin.»

«Leider verstehe ich sehr wenig von solchen Dingen.»

«Warum sollten Sie auch.»

«Wenn ich mich Ihnen jedoch anvertrauen soll, sollte ich nach meinem Gefühl eine gewisse Vorstellung von Ihren Referenzen haben.»

Ich lächelte. «Sie werden verstehen, daß mein Geschäft keines von der Art ist, daß ich die Empfehlungsschreiben zahlreicher zufriedener Klienten vorweisen könnte. Vertraulichkeit ist für meine Klienten eben so wichtig wie für die, die im Beichtstuhl sitzen. Vielleicht noch viel wichtiger.»

«Wie soll man dann aber wissen, ob der Mann, den man engagiert, sein Geschäft versteht?»

«Ich verstehe mein Geschäft sehr gut, Frau Lange. Mein guter Ruf ist wohlbekannt. Vor zwei Monaten hatte ich sogar ein Angebot für meine Firma. Ein ziemlich gutes Angebot, nebenbei bemerkt.»

«Warum haben Sie nicht verkauft?»

«Erstens, weil meine Firma unverkäuflich ist. Und zweitens, weil ich zum Arbeitnehmer ebensowenig tauge wie zum Arbeitgeber. Trotzdem es ist schmeichelhaft, wenn so was passiert. Natürlich ist das überhaupt nicht der springende Punkt. Die meisten Leute, welche die Dienste eines Privatdetektivs wünschen, brauchen die Firma nicht zu kaufen. In der Regel fragen sie ihren Anwalt, um einen Detektiv zu finden. Sie werden feststellen, daß ich von zahlreichen Anwaltskanzleien empfohlen werde, darunter auch die, denen meine Aussprache oder meine Manieren nicht passen.»

«Verzeihen Sie, Herr Gunther, aber nach meiner Meinung wird der Beruf des Anwalts stark überschätzt.»

«Da kann ich Ihnen nicht widersprechen. Ich bin noch keinem Anwalt begegnet, der sich zu fein gewesen wäre, seiner Mutter den Sparstrumpf zu stehlen, samt der Matratze, unter der sie ihn versteckt hat.»

«In fast allen geschäftlichen Dingen habe ich mich auf mein eigenes Urteil viel besser verlassen können.»

«Was genau ist Ihr Geschäft, Frau Lange?»

«Ich besitze und leite einen Verlag.»

«Den Lange Verlag?»

«Wie ich sagte, hat mich mein eigenes Urteil nur selten getäuscht, Herr Gunther. Im Verlagsgeschäft dreht sich alles um Geschmack, und um zu erfahren, was sich verkaufen läßt, muß man den Geschmack der Leute, an die man verkaufen will, richtig einschätzen. Nun, ich bin eine echte Berlinerin und glaube diese Stadt und ihre Bewohner so gut wie jeder andere zu kennen. Ich komme also noch einmal auf meine ursprüngliche Frage zurück, nämlich ob Sie aufmerksam hinschauen, und bitte Sie, mir auf Folgendes zu antworten: Wenn ich in Berlin fremd wäre, wie würden Sie mir die Berliner beschreiben?»

Ich lächelte. «Was ist ein Berliner, wie? Das ist eine gute Frage. Bis jetzt hat mich noch kein Klient aufgefordert, durch ein paar Reifen zu springen, um festzustellen, ob ich ein schlauer Hund bin. Wissen Sie, ich bin eigentlich für Kunststückchen nicht zu haben, aber in Ihrem Fall will ich eine Ausnahme machen. Berliner haben es gern, wenn Leute Ausnahmen für sie machen. Ich hoffe, Sie passen jetzt gut auf, weil ich meine Vorführung begonnen habe. Ja, sie haben gern das Gefühl, daß man sie für eine Ausnahme hält, obwohl sie gleichzeitig den Schein wahren möchten. Im wesentlichen bevorzugen sie dieselbe Art von Kleidung. Ein Hut, ein Schal, ein Paar Schuhe, mit denen sie bis nach Shanghai laufen könnten, ohne Hühneraugen zu kriegen. Dazu paßt, daß Berliner gern zu Fuß gehen, und darum haben so viele von ihnen einen Hund: einen bösartigen, wenn sie männlichen, einen niedlichen, wenn sie anderen Geschlechts sind. Die

Männer kämmen ihr Haar mehr als die Frauen, und sie lassen sich auch Schnurrbärte wachsen, in denen man Wildschweine jagen könnte. Touristen glauben, daß eine Menge Berliner Männer sich herausputzen wie Frauen, aber es sind bloß die häßlichen Frauen, die ihnen diesen schlechten Ruf verschaffen. Nicht, daß es heutzutage viele Touristen gäbe. Unter den Nationalsozialisten sind sie ein ebenso seltener Anblick wie Fred Astaire in Knobelbechern.

Die Einwohner dieser Stadt nehmen Sahne zu fast allem, Bier eingeschlossen, und Bier ist etwas, das sie tatsächlich ernst nehmen. Die Frauen haben es gern, wenn eine Zehn-Minuten-Blume drauf ist, genau wie die Männer, und es macht ihnen nichts aus, ihr Bier selber zu bezahlen. Fast jeder, der ein Auto besitzt, fährt viel zu schnell, aber es würde keinem im Traum einfallen, bei Rot durchzufahren. Sie haben kaputte Lungen, weil die Luft so schlecht ist und sie zuviel rauchen, und eine Art von Humor, der sich grausam anhört, wenn man ihn nicht versteht, und noch grausamer, wenn man ihn versteht. Sie kaufen teure Biedermeierschränke, solide wie Blockhäuser, und dann hängen sie die Glastüren von innen mit Vorhängen zu, um zu verbergen, was sie darin aufbewahren. Es ist eine typische idiosynkratische Mischung von Protzerei und Heimlichtuerei. Wie mache ich meine Sache?»

Frau Lange nickte. «Von der Bemerkung über Berlins häßliche Frauen abgesehen, machen Sie ihre Sache ganz gut.»

«Das war eine sachliche Feststellung.»

«Da irren Sie sich, machen Sie keinen Rückzieher, sonst höre ich auf, Sie zu mögen. Sie waren unsachlich. Sie werden gleich sehen, warum. Wie hoch ist Ihr Honorar?»

«Siebzig Mark pro Tag, plus Unkosten.»

«Und was wären das für Unkosten?»

«Schwer zu sagen. Fahrtkosten. Bestechungsgelder. Alles, was dazu dient, an Informationen zu kommen. Sie bekommen Quittungen über alle Unkosten, ausgenommen die Bestechungen. Was die betrifft, müssen Sie sich leider auf mein Wort verlassen.»

«Nun, hoffen wir, daß Sie den Wert gut einzuschätzen wissen.»

«Habe noch keine Klagen gehört.»

«Und ich nehme an, daß Sie einen Vorschuß wünschen.» Sie reichte mir einen Umschlag. «Darin werden Sie tausend Mark finden. Reicht Ihnen das?» Ich nickte.

«Natürlich will ich eine Quittung.»

«Natürlich», sagte ich und unterschrieb ein Blatt Papier, das sie vorbereitet hatte. Sehr geschäftstüchtig, dachte ich. Ja, sie war bestimmt eine richtige Dame.

«Da fällt mir ein, wie sind Sie gerade auf mich verfallen? Sie haben Ihren Anwalt nicht gefragt, und», setzte ich nachdenklich hinzu, «ich inseriere natürlich nicht.»

Sie stand auf und ging, ihren Hund noch immer auf dem Arm, zum Tisch.

«Ich hatte eine Ihrer Visitenkarten», sagte sie und gab sie mir. «Oder zumindest mein Sohn hatte sie. Ich nahm sie vor etwa einem Jahr aus der Tasche eines alten Anzuges, bevor ich ihn zur Winterhilfe schickte. Ich behielt sie, um sie ihm zurückzugeben. Aber als ich ihm davon erzählte, sagte er mir, so leid es mir tut, ich solle sie wegwerfen. Bloß, daß ich's nicht tat. Ich schätze, daß ich dachte, sie könne zu einem anderen Zeitpunkt von Nutzen sein. Nun, ich habe mich nicht geirrt, stimmt's?»

Es war eine meiner alten Visitenkarten, die noch aus der Zeit vor meiner Partnerschaft mit Bruno Stahlecker stammte. Auf die Rückseite hatte ich sogar meine private Telefonnummer geschrieben.

«Ich frage mich, woher er sie hatte», sagte ich.

«Ich glaube, er sagte, sie gehöre Dr. Kindermann.»

«Kindermann?»

«Ich werde gleich auf ihn zu sprechen kommen, wenn Sie nichts dagegen haben.» Ich fingerte eine neue Karte aus meiner Brieftasche. «Ist nicht wichtig. Aber da ich inzwischen einen Partner habe, ist es vielleicht besser, wenn Sie die neue haben.» Ich reichte ihr die Karte, und sie legte sie auf den Tisch neben das Telefon. Als sie sich setzte, nahm ihr Gesicht einen ernsten Ausdruck an, als hätte sie in ihrem Kopf etwas ausgeschaltet.

«Und jetzt erzähle ich Ihnen besser, warum ich Sie hergebeten habe», sagte sie grimmig. «Ich will, daß Sie herausfinden, wer mich erpreßt.» Sie machte eine Pause und rückte verlegen auf dem Sofa hin und her. «Tut mir leid, das ist nicht leicht für mich.»

«Lassen Sie sich Zeit. Erpressung macht jeden nervös.» Sie nickte und nahm einen Schluck von ihrem Gin.

«Also. Vor etwa zwei Monaten, vielleicht ein bißchen früher, bekam ich einen Umschlag, der zwei Briefe enthielt, die mein Sohn an einen anderen Mann geschrieben hatte. An Dr. Kindermann. Natürlich erkannte ich die Handschrift meines Sohnes, und obwohl ich sie nicht las, wußte ich, daß sie intimer Art waren. Mein Sohn ist ein Homosexueller, Herr Gunther. Ich wußte seit einiger Zeit davon, so daß die Enthüllung für mich nicht so schrecklich war, wie der Erpresser beabsichtigt hatte. Das ging aus seinem Schreiben deutlich hervor. Er schrieb auch, es befänden sich noch zahlreiche andere Briefe in seinem Besitz, die er mir schicken würde, wenn ich ihm die Summe von tausend Mark zahle. Sollte ich mich weigern, bleibe ihm keine andere Wahl, als sie der Gestapo zu schicken. Ich bin sicher, ich brauche Ihnen nicht zu sagen, Herr Gunther, daß diese Regierung gegenüber diesen unglücklichen jungen Männern eine weniger aufgeklärte Einstellung hat, als das in der Republik der Fall war. Jede Verbindung zwischen Männern, und sei sie noch so harmlos, wird heutzutage als strafbar angesehen. Hätte man Reinhard als einen Homosexuellen entlarvt, hätte das unzweifelhaft zur Folge gehabt, daß man ihn für zehn Jahre in ein Konzentrationslager steckte.

Also bezahlte ich, Herr Gunther. Mein Chauffeur deponierte das Geld an dem Ort, den man mir genannt hatte, und eine Woche oder zwei später erhielt ich nicht, wie ich gehofft hatte, ein Päckchen Briefe, sondern nur einen. Ein weiteres anonymes Schreiben lag bei, das mich davon in Kenntnis setzte, der Absender habe seine Meinung geändert, er sei arm, und ich müsse die Briefe einzeln zurückkaufen, und er habe noch zehn weitere Briefe in seinem Besitz. Seitdem habe ich vier Briefe zurückbekommen, was mich beinahe fünftausend Mark gekostet hat. Er verlangt jedesmal mehr als beim letzten Mal.»

«Weiß Ihr Sohn von dieser Sache?»

«Nein. Und wenigstens im Augenblick sehe ich keinen Grund, warum wir beide leiden sollten.» Ich seufzte und war gerade im Begriff, ihr zu widersprechen, als sie mir Einhalt gebot. «Ja, Sie werden sagen, das mache es schwieriger, diesen Verbrecher zu fangen, und Reinhard könne vielleicht Informationen haben, die Ihnen helfen können. Sie haben natürlich vollkommen recht. Aber hören Sie sich meine Gründe an, Herr Gunther. Erstens, mein Sohn ist ein impulsiver Bursche. Höchstwahrscheinlich wäre seine erste Reaktion, diesem Erpresser zu sagen, er solle sich zum Teufel scheren, und nicht zu zahlen. Das würde mit ziemlicher Sicherheit auf seine Verhaftung hinauslaufen. Reinhard ist mein Sohn, und als seine Mutter habe ich ihn von Herzen lieb, aber er ist ein Narr, der nichts davon versteht, nüchtern zu denken. Ich vermute, daß der Erpresser, wer immer er sein mag, über vorzügliche Kenntnisse der menschlichen Psyche verfügt. Er weiß, was eine Mutter, eine Witwe, für ihren einzigen Sohn empfindet – besonders, wenn sie so reich und ziemlich einsam ist wie ich.

Zweitens, ich selber kenne mich in der Welt der Homosexuellen ein wenig aus. Der verstorbene Dr. Magnus Hirschfeld schrieb verschiedene Bücher über dieses Thema, von denen ich eines, wie ich mit Stolz sagen darf, selber verlegte. Es ist eine geheimnisvolle und trügerische Welt, Herr Gunther. Ein ideales Gebiet für einen Erpresser. Also ist es durchaus möglich, daß diese bösartige Person tatsächlich mit meinen Sohn bekannt ist. Selbst zwischen Männern und Frauen kann Liebe einen guten Grund für Erpressung liefern – um so mehr wenn Ehebruch ins Spiel kommt oder Rassenschande, um die sich diese Nazis so besorgt zeigen. Aus diesen Gründen werde ich Reinhard erst einweihen, wenn Sie die Identität des Erpressers ermittelt haben, und dann wird es bei ihm liegen, was getan werden soll. Jedoch bis dahin wird er nichts von der Sache erfahren.» Sie sah mich fragend an. «Sind Sie einverstanden?»

«Ich habe an Ihrer Argumentation nichts auszusetzen, Frau Lange. Sie scheinen diese Angelegenheit gründlich durchdacht zu haben. Darf ich die Briefe Ihres Sohnes sehen?» Nach einer Mappe greifend, nickte sie, zögerte dann jedoch.

«Ist das nötig? Daß Sie diese Briefe lesen, meine ich?»

«Ja», sagte ich entschieden. «Und haben Sie die Schreiben des Erpressers noch?»

«Hier ist alles drin», sagte sie. «Die Briefe und die anonymen Schreiben.»

«Er hat keines seiner Schreiben zurückverlangt?»

«Nein.»

«Das ist gut. Das bedeutet, daß wir es mit einem Amateur zu tun haben. Jemand mit etwas Erfahrung in diesem Geschäft hätte bei jeder Zahlung seinen Brief zurückverlangt. Um Sie daran zu hindern, Beweise gegen ihn zu sammeln.»

«Ja, ich verstehe.»

Ich warf einen Blick auf das, was ich mit einiger Übertreibung Beweise nannte. Die Begleitschreiben und die Umschläge waren alle mit der Schreibmaschine auf Papier von guter Qualität geschrieben, wiesen keine besonderen Kennzeichen auf und trugen die Poststempel verschiedener Bezirke im ganzen Berliner Westen – W 35, W 40, W 50 – die Briefmarken waren allesamt Sondermarken zum fünften Jahrestag der Nazi-Machtergreifung. Das war immerhin etwas. Dieser Jahrestag war am 30. Januar gewesen, und es sah also nicht so aus, als ob Frau Langes Erpresser sehr oft Briefmarken kaufte.

Reinhard Langes Briefe waren auf schwerem Papier geschrieben, das sich nur Verliebte leisten – die Sorte, die so viel kostet, daß man sie einfach ernst nehmen muß. Die Handschrift war sauber und penibel, fast sorgsam, was man von den Inhalten nicht gerade sagen konnte. Der Besucher eines Türkischen Bades hätte daran vielleicht nichts sonderlich Anstößiges gefunden, doch im Nazi-Deutschland reichten Reinhard Langes Liebesbriefe mit Sicherheit aus, ihrem unverschämten Verfasser eine Reise ins KZ und einen Rosa Winkel einzubringen.

«Dieser Doktor Lanz Kindermann», sagte ich und las den Namen von dem nach Limonen duftenden Umschlag. «Was genau wissen Sie über ihn?»

«Es gab eine Phase, da war Reinhard davon überzeugt, er müsse sich wegen seiner Homosexualität behandeln lassen. Zuerst probierte er es mit allerlei endokrinen Präparaten, doch die erwiesen sich als unwirksam. Die Psychotherapie schien eine bessere Erfolgschance zu bieten. Ich glaube, zahlreiche hochrangige Parteimitglieder und Jungens aus der Hitlerjugend haben sich derselben Behandlung unterzogen. Kindermann ist Psychotherapeut, und Reinhard lernte ihn kennen, als er sich wegen einer Behandlung in Kindermanns Klinik in Wannsee begab. Statt dessen fing er mit Kindermann, der selber homosexuell ist, eine intime Beziehung an.»

«Verzeihen Sie meine Unwissenheit, aber was ist das eigentlich, eine Psychotherapie? Ich dachte, so etwas wäre nicht mehr erlaubt.»

Frau Lange schüttelte den Kopf. «Ich bin nicht ganz sicher. Doch ich glaube, der Schwerpunkt liegt darauf, daß man Geistesstörungen als Teil des gesamten körperlichen Gesundheitszustandes betrachtet.

Fragen Sie mich nicht, wodurch sich das von den Theorien dieses Doktors Freud unterscheidet, außer, daß Freud ein Jude und Kindermann ein Deutscher ist. Kindermanns Klinik nimmt ausschließlich Deutsche auf. Wohlhabende Deutsche mit Alkohol- und Drogenproblemen, für die die ausgefallene Seite der Medizin einen gewissen Reiz hat – Chiropraktik und dergleichen. Oder solche, die sich lediglich kostspielig erholen wollen. Zu Kindermanns Patienten gehört auch Rudolf Heß, der Stellvertreter des Führers.»

«Sind Sie Doktor Kindermann je begegnet?»

«Einmal. Ich mochte ihn nicht. Er ist ein ziemlich arroganter Österreicher.»

«Sind sie das nicht alle?» murmelte ich. «Können Sie sich vorstellen, er wäre der Typ, es mal mit ein bißchen Erpressung zu versuchen. Immerhin waren die Briefe an ihn gerichtet. Wenn's nicht Kindermann ist, dann muß es jemand sein, der ihn kennt. Oder zumindest jemand, der die Gelegenheit hatte, ihm die Briefe zu stehlen.»

«Ich gestehe, daß ich Kindermann aus dem einfachen Grund nicht verdächtigt habe, weil die Briefe beide betreffen.» Sie dachte einen Augenblick nach. «Ich weiß, es hört sich albern an, aber ich habe nie darüber nachgedacht, wie die Briefe in den Besitz einer anderen Person gekommen sein könnten. Aber jetzt, wo Sie darauf zu sprechen kommen, schätze ich, daß man die Briefe gestohlen haben muß. Ich würde meinen, man stahl sie Kindermann.»

Ich nickte. «So weit, so gut», sagte ich. «Jetzt möchte ich Ihnen eine Frage stellen, die ein bißchen schwieriger ist.»

«Ich weiß, was Sie sagen wollen, Herr Gunther», sagte sie mit einem schweren Seufzer. «Habe ich die Möglichkeit in Betracht gezogen, mein eigener Sohn könne vielleicht der Täter sein?» Sie blickte mich kritisch an und fügte hinzu: «Ich habe mich in Ihnen nicht geirrt, nicht wahr? Es ist genau die zynische Frage, von der ich hoffte, Sie würden sie stellen. Jetzt weiß ich, daß ich Ihnen trauen kann.»

«Ein Detektiv braucht seinen Zynismus wie ein Gärtner seinen grünen Finger, Frau Lange. Manchmal bringt er mich in Schwierigkeiten, aber meistens hält er mich davon ab, Leute zu unterschätzen. Sie werden mir also hoffentlich verzeihen, wenn ich unterstelle, das könnte der wahre Grund sein, warum Sie ihn nicht in die Untersuchung hineinziehen wollen, und daß Sie das bereits bedacht haben.»

Ich sah, wie sie ein wenig lächelte, und fügte hinzu: «Sie sehen also, daß ich Sie nicht unterschätze, Frau Lange.» Sie nickte.

«Könnten Sie sich vorstellen, daß er Geldschwierigkeiten hat?»

«Nein. Als Mitglied des Verwaltungsrates des Lange Verlages bezieht er ein stattliches Gehalt. Er hat darüber hinaus Einkünfte aus einer Stiftung, die sein Vater für ihn eingerichtet hat. Es ist wahr, er spielt gern. Aber was für mich viel schlimmer ist, er ist der Besitzer eines Blatts namens *Urania.*»

«Eines Blatts?»

«Eine Zeitschrift. Über Astrologie oder ähnlichen Quark. Seit dem Tag, da er sie kaufte, hat sie ihm nichts als Verluste gebracht.» Sie zündete sich eine neue Zigarette an und sog mit gespitzten Lippen daran, als wolle sie eine Melodie pfeifen. «Und er weiß, daß er, wenn er mal wirklich knapp an Geld ist, bloß zu mir zu kommen braucht.»

Ich lächelte wehmütig. «Ich weiß, ich bin nicht das, was Sie hübsch nennen würden, aber haben Sie je daran gedacht, jemanden wie mich zu adoptieren?» Darüber mußte sie lachen, und ich fügte hinzu: «Scheint ein sehr vom Glück verwöhnter junger Mann zu sein.»

«Er ist sehr verzogen, das stimmt. Und so jung ist er auch nicht mehr.» Sie starrte in den Raum. «Für eine reiche Witwe wie mich ist Reinhard das, was man im Geschäftsleben ein ‹Verlustgeschäft› nennt. Es gibt im Leben keine Enttäuschung, die sich annähernd mit der vergleichen ließe, die einem der einzige Sohn bereitet.»

«Wirklich? Ich habe sagen hören, Kinder seien ein Segen, wenn man älter wird.»

«Wissen Sie, für einen Zyniker werden Sie ganz schön sentimental. Ich wette, daß Sie selber keine Kinder haben. Also lassen Sie sich von mir über einen Irrtum aufklären. Kinder sind das Spiegelbild des eigenen Alters. Sie sind die beste Methode, rasch alt zu werden, die ich kenne. Der Spiegel des eigenen Verfalls. Vor allem des meinen.»

Der Hund gähnte und sprang von ihrem Schoß, als habe er das schon viele Male gehört. Auf dem Boden streckte er sich, rannte zur Tür und warf einen auffordernden Blick auf seine Herrin. Sie ließ sich durch dieses Schauspiel hündischen Hochmuts nicht aus der Ruhe bringen, erhob sich und ließ das Scheusal hinaus.

«Und was soll jetzt geschehen?» fragte sie und kehrte zur Chaiselongue zurück.

«Wir warten auf einen neuen Brief. Die nächste Geldübergabe werde ich übernehmen. Doch es wäre keine schlechte Idee, wenn ich mich bis dahin für ein paar Tage in Doktor Kindermanns Klinik begeben würde. Ich möchte gern etwas mehr über den Freund Ihres Sohnes erfahren.»

«Ich schätze, das haben Sie unter Unkosten verstanden, oder?»

«Ich werde versuchen, mich nur kurze Zeit dort aufzuhalten.»

«Geben Sie sich Mühe», sagte sie im Tonfall einer Lehrerin. «In der Kindermann-Klinik kostet ein Tag hundert Mark.»

Ich stieß einen Pfiff aus. «Sehr beachtlich.»

«Und jetzt muß ich mich entschuldigen, Herr Gunther», sagte sie. «Ich habe mich auf eine Sitzung vorzubereiten.» Ich steckte meinen Vorschuß ein, wir schüttelten uns die Hände, ich nahm die Mappe mit den Briefen und zupfte an der Tür meinen Anzug zurecht.

Ich ging zurück durch den Korridor und die Halle. Eine Stimme bellte: «Sie sind ja immer noch da. Ich muß Sie rauslassen. Frau Lange mag es nicht, wenn ich ihre Besucher nicht selber zur Tür bringe.»

Ich legte meine Hand auf den Türknauf und stieß dort auf etwas Klebriges. «Ihre warmherzige Persönlichkeit, ohne Zweifel.» Ich riß verärgert die Tür auf, während das schwarze Faß durch die Halle watschelte. «Sparen Sie sich die Mühe», sagte ich und roch an meiner Hand. «Machen Sie einfach weiter, was immer Sie in dieser Staubwüste auch tun.»

«Bin schon lange bei Frau Lange», knurrte sie. «Sie hatte nie Klagen.»

Ich fragte mich, ob Erpresserbriefe überhaupt hier reinkamen. Schließlich muß man einen guten Grund haben, sich einen Wachhund zu halten, der nicht bellt. Außerdem konnte man zwischen den beiden Frauen wohl kaum von Zuneigung sprechen – nicht bei diesem Faß. Es war wahrscheinlicher, daß man sich mit einem Krokodil anfreundete. Wir starrten einander einen Augenblick an, und dann sagte ich: «Raucht die Dame des Hauses immer so viel?»

Das schwarze Faß dachte eine Sekunde nach, ob das eine Fangfrage war oder nicht. Sie kam zu dem Schluß, das sei nicht der Fall.

«Sie hat immer 'nen Sargnagel im Mund, das ist 'ne Tatsache.»

«Aha, das muß die Erklärung sein», sagte ich. «Ich wette, bei all dem Zigarettenrauch hier weiß sie nicht mal, wo Sie sind.»

Sie unterdrückte einen bitterbösen Fluch und schlug mir die Tür vor der Nase zu.

Ich mußte über viele Dinge nachdenken, während ich über den Kurfürstendamm zur Stadtmitte zurückfuhr. Ich dachte an Frau Langes Fall und an die tausend Mark in meiner Tasche. Ich dachte an einen kurzen Urlaub in einem hübschen komfortablen Sanatorium, auf ihre Kosten, und an die Gelegenheit, die sich mir bot, wenigstens für eine Weile, Bruno und seiner Pfeife zu entfliehen; ganz zu schweigen von Arthur Nebe und Heydrich. Vielleicht wurde ich sogar meine Schlaflosigkeit und meine Depressionen los. Aber am intensivsten dachte ich darüber nach, wie ich wohl auf die Idee gekommen war, meine Visitenkarte und meine private Telefonnummer einem österreichischen Schwulen zu geben, von dem ich noch nie gehört hatte.

3.
Mittwoch, 31. August

Im Gebiet südlich der Königstraße in Wannsee liegen alle Arten von Privatkliniken und Krankenhäusern – Häuser von der eleganten, blankgeputzten Sorte, wo man an die Fußböden und Fenster ebenso viel Äther verschwendet wie an die Patienten selbst. Was die Behandlung angeht, so ist sie überall die gleiche. Ein Mann konnte über die Konstitution eines afrikanischen Elefantenbullen verfügen, und doch behandelte man ihn mit Freuden, als leide er an einer Bombenneurose, und ein Paar geschminkter Schwestern half ihm, wenn ihm die Zahnbürste und das Klopapier zu schwer waren, immer vorausgesetzt, er konnte dafür bezahlen. In Wannsee zählte das Bankkonto mehr als der Blutdruck.

Kindermanns Klinik befand sich abseits einer ruhigen Straße, in einem ausgedehnten gepflegten Garten, der zu einem kleinen Ausläufer des Hauptsees abfiel und neben zahllosen Ulmen und Kastanien einen überdachten Bootssteg, ein Bootshaus und eine Art von gotischem Pavillon aufwies, der so akkurat gebaut war, daß er einem kaum noch albern vorkam. Er sah aus wie ein mittelalterliches Telefonhäuschen.

Die Klinik selber war ein Konglomerat aus Giebeln, Fachwerk, Mittelstreben, zinnenbewehrten Türmen und Türmchen, so daß sie eher einer Burg am Rhein als einem Sanatorium glich. Als ich sie betrachtete, rechnete ich fast damit, daß auf dem Dachfirst ein paar Galgen auftauchen würden oder in einem fernen Verlies jemand schreien würde. Aber alles blieb still und niemand war zu sehen. Nur vom See hinter den Bäumen waren die Rufe der Ruderer eines Vierers zu hören und forderten die Krähen zu einem heiseren Kommentar heraus.

Als ich durch die Eingangstür schritt, kam ich zu dem Schluß, daß die Chance, ein paar draußen herumschleichende Insassen anzutreffen, vermutlich um die Zeit besser war, in der die Fledermäuse daran dachten, sich ins Zwielicht zu wagen.

Mein Zimmer lag im dritten Stock und hatte einen vorzüglichen Blick auf den Küchentrakt. Es kostete achtzig Mark pro Tag und war das billigste Zimmer, das sie hatten, und als ich darin herumhüpfte, konnte ich mich bloß noch fragen, ob ich für zusätzliche fünfzig Mark pro Tag nicht Anspruch auf etwas größeres hätte als einen Wäschekorb. Aber die Klinik war voll belegt. Mein Zimmer sei alles, was sie noch frei hätten, sagte mir die Schwester, als sie mich herführte.

Sie war ein echter Schatz. Wie ein baltisches Fischweib, aber ohne den anheimelnden ländlichen Umgangston. Bis sie mein Bett aufgedeckt und mir gesagt hatte, ich solle mich ausziehen, war ich vor Erregung beinahe atemlos. Zuerst Frau Langes Hausmädchen, und dann diese Fee, der ein Lippenstift so fremd war wie einem Flugsaurier. Dabei gab's hier hübschere Schwestern genug. Ich hatte unten jede Menge gesehen. Das wenigste, was sie angesichts des sehr kleinen Zimmers für mich tun konnten, müssen sie sich gedacht haben, war, mir zum Ausgleich eine große Schwester zuzuteilen.

«Wann öffnet die Bar?» sagte ich. Ihr Sinn für Humor war nicht weniger erfreulich als ihre Schönheit.

«Hier drin ist kein Alkohol erlaubt», sagte sie und schnippte mir die unangezündete Zigarette aus dem Mund. «Und Rauchen ist streng verboten. Doktor Meyer wird in Kürze Visite machen.»

«Ich höre wohl nicht recht. Ist er der Mann für die zweite Klasse? Wo ist Doktor Kindermann?»

«Der Doktor ist auf einer Konferenz in Bad Nauheim.»

«Was treibt er da, ist er in einem Sanatorium? Wann kommt er zurück?»

«Ende der Woche. Sind Sie ein Patient von Doktor Kindermann, Herr Strauß?»

«Nein, bin ich nicht. Aber ich hatte gehofft, für achtzig Mark pro Tag wär ich's.»

«Doktor Meyer ist ein sehr fähiger Arzt, das kann ich Ihnen versichern.» Sie runzelte ungeduldig die Stirn, als sie bemerkte, daß ich noch keine Anstalten gemacht hatte, mich zu entkleiden, und spitzte die Lippen zu einem mißbilligenden Geräusch, das sich anhörte, als wolle sie nett zu einem Kakadu sein. In die Hände klatschend, sagte sie mir, ich solle mich beeilen und ins Bett hüpfen, da Doktor Meyer mich untersuchen wolle. Da ich es durchaus für möglich hielt, daß sie selber Hand an mich legen würde, beschloß ich, keinen Widerstand zu leisten. Meine Krankenschwester war nicht bloß häßlich, sondern sie mußte ihre Art, mit Kranken umzugehen, in einer Handelsgärtnerei erworben haben. Nachdem sie gegangen war, machte ich es mir im Bett bequem, um zu lesen. Es war nicht die Art von Lektüre, die man als spannend bezeichnen konnte, sie war eher unglaublich. Ja, das war das passende Wort: *unglaublich*. Es hatte in Berlin immer verrückte okkultistische Zeitschriften gegeben, wie *Zenith* und *Hagal*, doch von der Maas bis an die Memel gab es nichts, was mit den Raffkes vergleichbar war, die für Reinhard Langes Zeitschrift *Urania* schrieben. Nachdem ich bloß eine Viertelstunde darin geblättert hatte, war ich vollkommen davon überzeugt, daß Lange vermutlich ein ausgemachter Spinner war. Es gab Artikel mit Titeln wie «Wotanismus und die wahren Ursprünge des Christentums», «Die Übermenschlichen Kräfte der verschollenen Bürger von Atlantis», «Kurze Darstellung der Welt-Eis-Theorie», «Esoterische Atemübungen für Anfänger», «Spiritualismus und Rassengedächtnis», «Antisemitismus als theokratisches Erbe» usw. Für einen Mann, der derartigen Unsinn veröffentlichte, dachte ich, war die Erpressung eines Elternteils vermutlich die weltliche Tätigkeit, die ihn zwischen den ariosophischen Enthüllen in Anspruch nahm. Sogar Doktor Meyer, selbst kein augenfälliger Beweis für das Gewöhnliche, sah sich zu einer Bemerkung über die Wahl meiner Lektüre veranlaßt.

«Lesen Sie öfter solche Sachen?» fragte er und drehte die Zeitschrift zwischen seinen Händen, als handle es sich um eine Art von sonderbarer Versteinerung, die Heinrich Schliemann in den Ruinen Trojas ausgegraben hatte.

«Nein, eigentlich nicht. Ich habe sie mehr aus Neugier gekauft.»

«Gut. Ein abnormes Interesse am Okkulten deutet oft auf eine instabile Persönlichkeit hin.»

«Wissen Sie, das habe ich mir auch gerade gedacht.»

«Natürlich würde in diesem Punkt nicht jeder mit mir übereinstimmen. Aber die Visionen vieler neuzeitlicher religiöser Gestalten – Augustinus, Luther – sind höchstwahrscheinlich in ihren Ursprüngen neurotisch.»

«Wirklich?»

«Ja.»

«Was denkt Doktor Kindermann?»

«Oh, Doktor Kindermann hat einige sehr ungewöhnliche Theorien. Ich bin nicht sicher, ob ich seine Arbeit verstehe, aber er ist ein glänzender Mann.» Er ergriff mein Handgelenk. «Ja, wirklich ein überaus glänzender Mann.»

Der Arzt, der aus der Schweiz stammte, trug einen grünen Tweedanzug mit Weste, eine riesige Fliege, eine Brille und den langen weißen Kinnbart eines indischen Heiligen. Er streifte den Ärmel meines Schlafanzuges hoch und ließ ein kleines Pendel über der Unterseite meines Gelenks kreiseln. Er beobachtete es eine Weile, wie es hin und her schwang, ehe er verkündete, die Menge der Elektrizität, die ich abgebe, deute darauf hin, daß ich ungewöhnlich deprimiert sei und mich vor etwas fürchte. Es war eine eindrucksvolle kleine Vorstellung, doch nichtsdestoweniger hieb- und stichfest, in Anbetracht dessen, daß die meisten Leute, die die Klinik aufsuchten, vermutlich deprimiert waren oder vor etwas Angst hatten, und wenn es ihre Rechnung war.

«Wie steht's mit dem Schlaf?» fragte er.

«Schlecht. Jede Nacht etwa zwei Stunden.»

«Haben Sie Alpträume?»

«Ja, und das, wo ich gar keinen Käse mag.»

«Wiederkehrende Träume?»

«Nicht, daß ich wüßte.»

«Und wie ist es mit dem Appetit?»

«Nicht der Rede wert.»

«Ihr Sexualleben?»

«Wie mein Appetit. Nicht erwähnenswert.»

«Denken Sie viel an Frauen?»

«Dauernd.»

Er kritzelte ein paar Notizen, strich sich den Bart und sagte: «Ich verordne zusätzliche Vitamine und Mineralien, besonders Magnesium. Ich werde Sie auch auf eine zuckerlose Diät setzen, und Sie werden eine Menge rohes Gemüse und Tang essen. Eine Kur mit Blutreinigungstabletten wird helfen, daß Sie einige der Giftstoffe aus Ihrem Körper loswerden. Außerdem empfehle ich Ihnen Bewegung. Es gibt hier ein Schwimmbad, und vielleicht haben Sie ja auch Lust zu einem Regenwasserbad, was Sie als höchst anregend empfinden werden. Rauchen Sie?» Ich nickte. «Versuchen Sie, es für eine Weile zu lassen.» Er klappte sein Notizbuch zu. «Nun, das alles wird helfen, Ihr körperliches Wohlbefinden zu heben. Währenddessen wollen wir sehen, ob wir nicht durch eine psychotherapeutische Behandlung eine Verbesserung Ihres seelischen Zustandes bewirken können.»

«Was ist das genau, Psychotherapie, Herr Doktor? Verzeihen Sie, aber ich dachte, die Nazis hätten sie als dekadent gebrandmarkt.»

«O nein, nein. Psychotherapie ist nicht Psychoanalyse. Sie verläßt sich nicht auf das Unterbewußtsein. Für Juden mag das das Richtige sein, aber für Deutsche hat es keine Bedeutung. Wie Sie selbst erkennen werden, wird eine psychotherapeutische Behandlung niemals losgelöst vom Körper durchgeführt. In dieser Klinik ist es unser Ziel, die Symptome von Geistesstörungen dadurch zu erleichtern, daß wir die Verhaltensweisen in Ordnung bringen, die zum Auftauchen der Störungen geführt haben. Verhaltensweisen sind persönlichkeitsbedingt und durch die Beziehung der Persönlichkeit zu ihrer Umwelt. Ihre Träume sind für mich nur insofern interessant, als sie sie überhaupt haben. Sie dadurch behandeln zu wollen, daß ich ihre Träume deute und ihre sexuelle Bedeutung aufdecke, ist, ganz offen gesagt, unsinnig. Das nennt man heute dekadent.» Er schenkte mir ein warmes Lächeln. «Aber das ist ein Problem der Juden, und nicht das Ihre, Herr Strauß. Im Augenblick ist das Wichtigste, daß Sie nachts wieder richtig schlafen.» Er hob seine Arzttasche hoch und nahm eine Spritze und eine kleine Flasche heraus, die er auf dem Nachttisch abstellte.

«Was ist das?» fragte ich unsicher.

«Hyoscin», sagte er und rieb meinen Arm mit einem nach Benzin riechenden Wattebausch ein.

Ich spürte ein Kältegefühl, als die Injektion wie eine Flüssigkeit zum Einbalsamieren meinen Arm hinaufkroch. Sekunden nachdem ich erkannte, daß ich eine andere Nacht abwarten mußte, um mich in Kindermanns Klinik umzusehen, spürte ich, wie die Leinen, die mich mit meinem Bewußtsein verbanden, schlaff wurden, und ich begann wegzutreiben, mich langsam vom Ufer fortzubewegen, und Meyers Stimme war bereits viel zu fern, um zu verstehen, was er sagte.

Nach vier Tagen in der Klinik fühlte ich mich besser, als ich mich in den letzten vier Monaten gefühlt hatte. Ich hatte meine Vitamine und meine Rohkost verzehrt, es auch mit Hydro- und Naturtherapie versucht und eine Zeit in der Sonnenliegehalle zugebracht. Die Diagnose meines Gesundheitszustandes war fortgesetzt worden, man hatte meine Regenbogenhaut, meine Handflächen und Fingernägel untersucht und dabei festgestellt, daß ich an Kalziummangel litt; außerdem hatte man mir eine Technik zur autogenen Entspannung beigebracht. Doktor Meyer machte Fortschritte mit seiner Jungschen «Ganzheitstherapie», wie er sie nannte, und schlug vor, meinen Depressionen mit Elektrotherapie zu Leibe zu rücken. Und wenn es mir auch noch immer nicht gelungen war, Kindermanns Büro zu durchsuchen, hatte ich doch eine neue Schwester, eine echte Schönheit namens Marianne, die sich daran erinnern konnte, daß Reinhard Lange sich einige Monate in der Klinik aufgehalten hatte, und die bereits bewiesen hatte, daß sie bereit war, über ihren Arbeitgeber und die Verhältnisse in der Klinik zu plaudern.

Sie weckte mich um sieben Uhr mit einem Glas Pampelmusensaft und einer Ladung Pillen, die ein Tierarzt hätte verschrieben haben können.

Ich erfreute mich an der Kurve ihres Hinterteils und der Streckung ihrer schaukelnden Brüste, sah ihr zu, wie sie die Vorhänge aufzog, um einen schönen Sommertag zu enthüllen, und wünschte, sie hätte ihren nackten Körper ebenso lässig enthüllt.

«Und wie fühlen Sie sich an diesem schönen Tag?» fragte ich. Sie verzog das Gesicht. «Scheußlich», sagte sie.

«Marianne, Sie wissen doch, daß es hier genau anders herum sein sollte, oder? Ich bin derjenige, von dem man erwartet, daß er sich scheußlich fühlt, und Sie sind diejenige, die sich nach meiner Gesundheit erkundigen muß.»

«Tut mir leid, Herr Strauß, aber dieses Haus geht mir schrecklich auf die Nerven.»

«Na, warum hüpfen Sie dann nicht zu mir ins Bett und erzählen mir alles. Ich bin gut darin, mir die Probleme anderer Leute anzuhören.»

«Ich wette, Sie sind auch noch in anderen Dingen sehr gut», sagte sie lachend. «Ich hätte Ihnen Brom in den Fruchtsaft tun sollen.»

«Was sollte das für einen Sinn haben? Ich habe doch schon eine ganze Apotheke in mich hineingeschüttet. Ich glaube nicht, daß es da noch auf ein neues Mittelchen ankommt.»

«Sie wären überrascht.»

Sie war eine großgewachsene, sportlich aussehende Blondine aus Frankfurt, mit einem wachen Sinn für Humor und einem ziemlich unsicheren Lächeln, das auf einen Mangel an Selbstbewußtsein hinwies. In Anbetracht ihres auffallend guten Aussehens war das merkwürdig.

«Eine ganze Apotheke», spottete sie. «Ein paar Vitamine und etwas zum Schlafen. Das ist nichts, verglichen mit dem, was ein paar andere kriegen.»

«Erzählen Sie mir davon.»

Sie zuckte mit den Achseln. «Etwas zum Aufwachen und Aufputschmittel, um die Depressionen zu bekämpfen.»

«Und was geben sie den Schwulen?»

«Oh, die! Früher kriegten die Hormone, aber das klappte nicht. Also versuchen sie es jetzt mit Aversionstherapie. Aber obwohl sie im Göring-Institut behaupten, es sei eine Krankheit, die man behandeln kann, sind sich die Ärzte insgeheim einig, daß die grundlegende Veranlagung schwer zu beeinflussen ist. Kindermann sollte es wissen. Ich glaube, daß er vielleicht selber ein bißchen warm ist. Ich habe gehört, wie er einem Patienten sagte, daß die Psychotherapie nur bei der Behandlung der neurotischen Reaktionen helfen kann, die sich aus der Homosexualität ergeben. Daß sie dem Patienten hilft, damit aufzuhören, sich was vorzumachen.»

«So daß er sich nur noch wegen Paragraph 175 Sorgen machen muß.»

«Was ist das?»

«Der Paragraph des deutschen Strafgesetzbuches, der Homosexualität zu einer strafbaren Handlung erklärt. Ist es das, was mit Reinhard Lange passierte? Er wurde bloß wegen der neurotischen Begleiterscheinungen behandelt?» Sie nickte und setzte sich auf meine Bettkante. «Erzählen Sie mir von diesem Göring-Institut. Was hat der dicke Hermann damit zu tun?»

«Matthias Göring ist sein Vetter. Das Institut wurde gegründet, um unter dem Schutz von Görings Namen Psychotherapie betreiben zu können. Gäbe es Göring nicht, würde es in Deutschland sehr wenig psychische Hilfe geben, die diesen Namen verdiente. Die Nazis hätten die Psychiatrie kaputtgemacht, bloß weil ihr führender Kopf Jude ist. Das Ganze ist der Gipfel an Heuchelei. Viele von ihnen pflichten privat Freud weiterhin bei, während sie ihn öffentlich brandmarken. Sogar das sogenannte Orthopädische Krankenhaus für die SS in der Nähe von Ravensbrück ist nichts anderes als eine Nervenklinik für die SS. Kindermann ist dort beratender Arzt, und er ist auch eines der Gründungsmitglieder des Göring-Instituts.»

«Wer finanziert das Institut?»

«Die Arbeitsfront und die Luftwaffe.»

«Natürlich, die Portokasse des Ministerpräsidenten.»

Mariannes Augen verengten sich. «Wissen Sie, Sie stellen eine Menge Fragen. Was sind Sie, ein Polizist oder so was ähnliches?» Ich stieg aus dem Bett und schlüpfte in meinen Morgenmantel. Ich sagte: «Etwas in der Art.»

«Arbeiten Sie hier an einem Fall?» Sie riß aufgeregt die Augen auf. «Eine Sache, in die Kindermann verwickelt sein könnte?»

Ich öffnete das Fenster und beugte mich einen Augenblick hinaus. Es tat gut, die Morgenluft einzuatmen, trotz des Geruchs, der von dem Küchentrakt aufstieg. Aber eine Zigarette war besser. Ich holte meine letzte Packung vom Fenstersims und zündete mir eine an. Mariannes Blick ruhte mißbilligend auf der Zigarette in meiner Hand.

«Sie sollten nicht rauchen, das wissen Sie.»

«Ich weiß nicht, ob Kindermann in die Sache verwickelt ist oder nicht», sagte ich. «Ich hoffte, das herauszufinden, als ich herkam.»

«Nun, um mich brauchen Sie sich keine Sorgen zu machen», sagte sie grimmig. «Mir ist egal, was mit ihm passiert.» Sie stand auf, die Arme gekreuzt, jetzt einen härteren Zug um den Mund. «Der Mann ist ein Schuft. Wissen Sie, es ist erst ein paar Wochen her, da habe ich das ganze Wochenende gearbeitet, weil niemand sonst zur Verfügung stand. Er sagte, er würde mir für die Feiertagsarbeit den doppelten Lohn bar auszahlen. Aber er hat mir mein Geld noch immer nicht gegeben. So ein Schwein ist er. Ich habe ein Kleid gekauft. Es war dumm von mir, ich hätte warten sollen. Ja, und mittlerweile bin ich mit der Miete im Rückstand.»

Ich überlegte noch, ob sie mir vielleicht einen Bären aufband, als ich die Tränen in ihren Augen sah. Wenn es geschauspielert war, dann verdammt gut. Jedenfalls verdiente es Anerkennung. Sie schneuzte sich die Nase und sagte: «Würden Sie mir eine Zigarette geben, bitte?»

«Sicher.» Ich reichte ihr die Packung und riß ein Streichholz an.

«Wissen Sie, Kindermann kannte Freud», sagte sie, beim ersten Zug hustend. «Aus Wien, als er an der Medizinischen Hochschule sein Schüler war. Nach dem Abschluß seines Studiums arbeitete er eine Zeitlang am Psychiatrischen Krankenhaus in Salzburg. Er ist in Salzburg geboren. Als 1930 sein Onkel starb, hinterließ er Kindermann dieses Haus, und er beschloß, es in eine Klinik zu verwandeln.»

«Sie scheinen ihn recht gut zu kennen.»

«Letzten Sommer war seine Sekretärin ein paar Wochen krank. Kindermann wußte, daß ich einige Erfahrung als Sekretärin hatte, und bat mich, eine Weile für Tanja einzuspringen. Ich lernte ihn verhältnismäßig gut kennen. Gut genug, um ihn nicht zu mögen. Ich werde nicht länger hierbleiben. Ich habe die Nase voll. Glauben sie mir, ich bin nicht die einzige hier, die so denkt.»

«Aha! Können Sie sich jemanden vorstellen, der's ihm heimzahlen möchte? Jemand, der auf ihn wütend sein könnte?»

«Sie sprechen von einer ernsthaften Wut, nicht wahr? Nicht bloß von ein paar unbezahlten Überstunden.»

«Ich denke schon», sagte ich und schnippte meine Zigarette aus dem offenen Fenster.

Marianne schüttelte den Kopf. «Nein, warten Sie», sagte sie. «Da gab es jemanden. Vor etwa drei Monaten feuerte Kindermann einen

Pfleger wegen Trunkenheit. Er war ein ziemliches Miststück, und ich glaube nicht, daß irgend jemand traurig war, ihn gehen zu sehen. Ich war selber nicht dabei, aber es hieß, er habe Kindermann gegenüber ein paar starke Worte benutzt, als er ging.»

«Wie hieß er, dieser Pfleger?»

«Hering, Klaus Hering, glaube ich.» Sie blickte auf ihre Uhr. «Herrje, ich muß mit meiner Arbeit weitermachen. Ich kann nicht den ganzen Morgen mit Ihnen plaudern.»

«Da ist noch eine Sache», sagte ich. «Ich müßte mich mal in Kindermanns Büro umsehen. Können Sie mir helfen?» Sie fing an, den Kopf zu schütteln. «Ohne Sie schaff ich's nicht, Marianne. Heute nacht?»

«Ich weiß nicht. Was ist, wenn wir erwischt werden?»

«Von ‹wir› kann überhaupt nicht die Rede sein. Sie stehen Schmiere, und wenn sie jemand entdeckt, sagen Sie, Sie hätten Geräusche gehört und nachsehen wollen. Ich muß das Risiko eingehen. Ich kann ja sagen, ich sei ein Schlafwandler.»

«Oh, das ist nicht übel.»

«Kommen Sie, Marianne, sagen Sie ja.»

«In Ordnung, ich mach's. Aber warten Sie bis nach Mitternacht, wenn wir zuschließen. Ich werde sie gegen halb eins in der Liegehalle treffen.»

Ihre Miene veränderte sich, als sie sah, wie ich einen Fünfziger aus meiner Brieftasche fischte. Ich stopfte ihn in die Brusttasche ihres gestärkten Kittels. Sie zog ihn wieder heraus.

«Ich kann das nicht nehmen», sagte sie. «Sie sollten das nicht tun.» Ich hielt ihr Handgelenk fest und hinderte sie daran, mir den Schein zurückzugeben.

«Hören Sie, es ist bloß etwas, damit sie sich über Wasser halten können, wenigstens bis Sie Ihren Lohn für die Überstunden bekommen.» Sie blickte mich zweifelnd an.

«Ich weiß nicht», sagte sie. «Es kommt mir irgendwie nicht richtig vor. Das ist so viel, wie ich in einer Woche verdiene. Es ist viel mehr, als ich brauche, um mich bloß über Wasser zu halten.»

«Marianne», sagte ich, «es ist schön, wenn man mit seinem Geld auskommt, aber es ist noch schöner, wenn man sich mal was gönnen kann.»

4.
Montag, 5. September

«Der Arzt hat mir gesagt, die Elektrotherapie habe den vorübergehenden Nebeneffekt, das Erinnerungsvermögen durcheinanderzubringen. Ansonsten fühle ich mich prächtig.»

Bruno sah mich besorgt an. «Bist du sicher?»

«Habe mich nie wohler gefühlt.»

«Na ja, besser, daß man dich unter Strom gesetzt hat und nicht mich.» Er schnaufte. «Was du rausgefunden hast, während du in Kindermanns Klinik warst, hast du also in deinem Kopf ‹verlegt›, ist es so?»

«Ganz so schlimm ist es nicht. Es ist mir gelungen, mich in seinem Büro umzusehen. Und es gab dort eine sehr attraktive Schwester, die mir alles über ihn erzählt hat. Kindermann ist Dozent an der Medizinischen Hochschule der Luftwaffe und beratender Arzt an der Privatklinik der Partei in der Bleibtreustraße. Ganz zu schweigen, von seiner Mitgliedschaft im Ärztebund und im ‹Herrenclub›.»

Bruno zuckte die Achseln. «Der Mann ist ein echter Goldschatz. Na und?»

«Ein Goldschatz ist er schon, aber man schätzt ihn nicht so sehr. Bei seinen Mitarbeitern ist er nicht besonders beliebt. Ich stieß auf den Namen eines Mannes, den Kindermann gefeuert hat und der einen Groll auf ihn haben könnte.»

«Ist das Grund genug? Wenn man gefeuert wird?»

«Wenn es stimmt, was meine Krankenschwester, Marianne, sagt, war allgemein bekannt, daß er rausflog, weil er Drogen aus der Klinikapotheke gestohlen hatte. Und daß er sie vermutlich auf der Straße verkaufte. War also alles andere als ein edler Ritter von der Heilsarmee, oder?»

«Hat dieser Bursche einen Namen?»

Ich dachte einen Augenblick angestrengt nach und zog dann mein Notizbuch aus der Tasche. «Alles in Ordnung», sagte ich. «Ich habe ihn aufgeschrieben.»

«Ein Detektiv mit lahmgelegtem Gedächtnis. Einfach großartig!»

«Reg dich ab, da hab ich ihn. Sein Name ist Klaus Hering.»

«Ich werde mal hören, ob der Alex was über ihn hat.» Er nahm das

Telefon und rief an. Es dauerte bloß ein paar Minuten. Für diese Dienste bezahlten wir einem Polypen fünfzig Mark im Monat. Aber Klaus Hering war sauber.

«Also, wo und wie soll das Geld übergeben werden?»

Er reichte mir das anonyme Schreiben, das Frau Lange am Vortag erhalten und das ihn veranlaßt hatte, mich in der Klinik anzurufen.

«Der Chauffeur der Dame hat's selber vorbeigebracht», erklärte er, während ich des Erpressers letzten Briefroman aus Drohungen und Anweisungen überflog. «Eintausend Mark sind in einer Gerson-Einkaufstasche heute nachmittag in einem Papierkorb am Geflügelhaus im Zoo zu deponieren.»

Ich warf einen Blick aus dem Fenster. Es war ein weiterer warmer Tag, und es würden ohne Zweifel eine Menge Leute den Zoo besuchen.

«Der Ort ist gut gewählt», sagte ich. «Er wird schwer auszumachen und noch schwerer zu verfolgen sein. Soweit ich weiß, gibt es vier Ausgänge.» Ich holte einen Plan von Berlin aus der Schublade und breitete ihn auf dem Schreibtisch aus. Bruno trat neben mich und blickte mir über die Schulter.

«Also, wie ziehen wir die Sache auf?» fragte er.

«Du machst den Geldboten, und ich spiele den Touristen.»

«Soll ich nachher an einem der Ausgänge warten?»

«Deine Chancen stehn vier zu eins. Welchen Weg würdest du wählen?»

Er studierte eine Minute den Plan, und dann deutete er auf den Ausgang zum Kanal. «Lichtenstein-Brücke. Ich hätte auf der anderen Seite, in der Rauch-Straße, ein Auto bereit stehen.»

«Dann wäre es gut, wenn du selber einen Wagen hättest.»

«Wie lange soll ich warten? Ich meine, der Zoo ist heute abend bis neun Uhr geöffnet, verdammt noch mal.»

«Der Ausgang beim Aquarium schließt um sechs, also schätze ich, daß er bis dahin auftauchen wird, und wenn nur, um sich alle Möglichkeiten offenzuhalten. Wenn du uns bis dahin nicht gesehen hast, fahr nach Hause und warte auf meinen Anruf.»

Ich verließ die luftschiffgroße Glashalle des Bahnhofs Zoo und ging über den Hardenbergplatz zum Haupteingang des Zoos. Ich kaufte eine Eintrittskarte, Besuch des Aquariums eingeschlossen, und einen Führer, damit ich als Tourist glaubwürdiger aussah, und begab mich als erstes zum Elefantenhaus. Ein sonderbarer Mann, der dort Skizzen machte, deckte seinen Zeichenblock heimlichtuerisch zu und wich vor mir zurück, als ich näher kam. Ich stützte mich auf das Geländer des Geheges und sah zu, wie er das seltsame Benehmen beim Auftauchen anderer Besucher immer wiederholte, bis er nach einiger Zeit neben mir stand. Es ärgerte mich, er könne annehmen, ich sei überhaupt an seiner elenden Zeichnung interessiert, also reckte ich den Hals über seine Schulter und wedelte mit meiner Kamera vor seinem Gesicht herum.

«Vielleicht sollten Sie eine Aufnahme machen», sagte ich strahlend. Er knurrte etwas und schlich fort. Einer für Doktor Kindermann, dachte ich. Ein echter Spinner. Bei jeder Art von Ausstellung oder Vorführung sind es immer die Leute, welche dir das interessanteste Schauspiel bieten.

Es dauerte weitere fünfzehn Minuten, ehe ich Bruno sah. Er schien kaum auf mich oder die Elefanten zu achten, als er vorbeiging, die kleine Gerson-Einkaufstasche, die das Geld enthielt, unter dem Arm. Ich ließ ihn ein Stück vorgehen, und dann folgte ich ihm.

Außerhalb des Geflügelhauses stand ein kleines Fachwerk-Gebäude aus roten Ziegeln, das mit Efeu überwachsen war und eher einer dörflichen Kneipe denn einem Käfig für wilde Vögel glich. Bruno blieb stehen, blickte sich um und ließ dann die Einkaufstasche in einen Papierkorb fallen, der neben einem Gartenstuhl stand. Er ging rasch fort und strebte in östlicher Richtung dem Ausgang zum Landwehrkanal zu, dem Standort, den er ausgesucht hatte.

Eine hohe Klippe aus Sandstein, die Behausung einer Herde von Berberschafen, erhob sich dem Geflügelhaus gegenüber. Nach dem Führer handelte es sich um eines der Wahrzeichen des Zoos, doch ich fand, daß sie zu theatralisch aussah, um eine gute Nachbildung der Heimat dieser trottenden Zotteltiere in freier Wildbahn zu sein. Es war eher ein Gebilde, wie man es bei einer dieser ungeheuer schwülstigen Aufführungen des *Parsifal* auf der Bühne finden würde, wenn das menschenmöglich gewesen wäre. Ich lungerte eine Zeitlang dort herum, las im Führer über die Schafe nach und machte schließlich ein paar Fotos dieser überaus uninteressanten Viecher.

Hinter dem Felsen für die Schafe war ein hoher Aussichtsturm, von wo man die Vorderseite des Geflügelhauses, ja den ganzen Zoo überblicken konnte, und ich konnte mir vorstellen, daß die zehn Pfennig Eintritt für jemanden, der sichergehen wollte, nicht in eine Falle zu laufen, gut angelegt waren. Diesen Gedanken im Kopf, schlängelte ich mich vom Geflügelhaus fort und auf den See zu, als ein etwa achtzehnjähriger Bursche mit dunklem Haar und in einer grauen Sportjacke am entfernten Ende des Geflügelhauses auftauchte. Ohne einen Blick in die Runde zu werfen, zog er rasch die Gerson-Tasche aus dem Papierkorb und verstaute sie in einer zweiten, diesmal in einer vom KaDeWe. Dann schritt er energisch an mir vorbei, und nach einer angemessenen Pause folgte ich ihm.

Außerhalb des Antilopenhauses im maurischen Stil blieb der Bursche kurz neben der Zentaurengruppe stehen, die dort aufgestellt war, und, scheinbar ganz in meinen Führer vertieft, ging ich geradewegs weiter zum Chinesischen Tempel, wo ich ihn, hinter ein paar Leuten versteckt, aus den Augenwinkeln beobachtete. Er ging wieder weiter, und ich nahm an, daß er in Richtung Aquarium dem südlichen Ausgang zustreben würde.

Fische durfte man freilich in dem großen grünen Gebäude, das den Zoo mit der Budapester Straße verbindet, nicht erwarten. Eine lebensgroße steinerne Riesenechse ragte raubgierig neben der Tür auf, über der der Kopf eines weiteren Dinosauriers prangte. Die Mauern des Aquariums waren überall mit Wandgemälden und Steinreliefs prähistorischer Untiere bedeckt, die mit einem Bissen einen Haifisch hätten verschlucken können. Tatsächlich bezog sich diese vorsintflutliche Ausschmückung auf die anderen Insassen des Aquariums, die Reptilien.

Als ich sah, daß mein Tütenträger durch die Eingangstür verschwand, und mir klar wurde, daß ich ihn im dunklen Inneren leicht aus den Augen verlieren konnte, beschleunigte ich meinen Schritt. Als ich drin war, erkannte ich, daß das mehr als wahrscheinlich war, weil die bloße Menge der Besucher es schwierig machte, zu erkennen, wohin er gegangen war.

Ich befürchtete das Schlimmste und eilte zu der anderen Tür, die auf die Straße führte, wobei ich fast mit dem Burschen zusammenstieß, als er sich von einem Becken abwandte, das ein Untier enthielt, das mehr einer Treibmine denn einem Fisch glich. Ein paar Sekunden zögerte er am Fuß der großen Marmortreppe, die zu den Reptilien hinaufführte, bevor er zum Ausgang hinunterging und das Aquarium und den Zoo verließ.

Auf der Budapester Straße hielt ich mich bis zur Ansbacher Straße hinter einer Gruppe von Schulkindern, wo ich meinen Führer wegwarf, in meinen Regenmantel schlüpfte, den ich bei mir hatte und die Krempe meines Hutes hochstellte. Kleine Veränderungen des Aussehens sind wichtig, wenn man jemanden verfolgt. Das ist das eine, und das andere ist, daß man nicht versucht, sich zu verstecken. Nur wenn man anfängt, sich in Hauseingänge zu quetschen, wird das Opfer Verdacht schöpfen. Aber dieser Bursche sah sich nicht ein einziges Mal um, als er den Wittenbergplatz überquerte und durch den Haupteingang das KaDeWe betrat. Ich hatte gedacht, er habe die andere Einkaufstasche nur benutzt, um einen Verfolger abzuschütteln, jemanden, der vielleicht an einem der Ausgänge nach einem Mann mit einer Gerson-Tasche Ausschau hielt. Doch jetzt wurde mir klar, daß hier ein zweiter Austausch stattfinden sollte.

Das Restaurant im dritten Stockwerk des KaDeWe war voll von Leuten, die zu Mittag aßen. Sie saßen unerschütterlich vor ihren Wurstplatten und Biergläsern, die so hoch wie Tischlampen waren. Der Bursche mit dem Geld schlenderte an den Tischen entlang, als suche er jemanden, und nahm schließlich gegenüber einem allein sitzenden Mann in einem blauen Anzug Platz. Er stellte die Einkaufstasche mit dem Geld auf den Boden, neben eine zweite, die genauso aussah.

Ich suchte mir einen leeren Tisch in ihrer Sichtweite, setzte mich und tat so, als studiere ich emsig die Speisekarte. Ein Kellner erschien, ich sagte ihm, ich hätte mich noch nicht entschieden, und er ging wieder fort.

Jetzt stand der Mann im blauen Anzug auf, legte ein paar Münzen auf den Tisch, beugte sich nieder und nahm die Einkaufstasche mit dem Geld. Keiner der beiden sprach ein Wort.

Als der blaue Anzug das Lokal verließ, folgte ich ihm, der Hauptregel gehorchend, die für alle Fälle gilt, bei denen es um erpreßtes Geld geht: Folge immer dem Geld.

Der wuchtige gewölbte Säuleneingang und die beiden minarettähnlichen Türmchen verliehen dem Metropol Theater am Nollendorfplatz ein monolithisches, fast orientalisches Aussehen. Am Fuß der großen Stützpfeiler waren Reliefs, auf denen nicht weniger als zwanzig nackte Gestalten miteinander verschlungen waren, und es schien der ideale Ort, die Hand auf einen Fleck jungfräulichen Opfers zu legen. An der rechten Seite des Theaters war ein großes hölzernes Tor, das zum Parkplatz von der Größe eines Fußballfeldes führte und an seiner Rückseite an ein paar große Wohnhäuser grenzte.

Zu einem dieser Gebäude folgte ich dem blauen Anzug. Ich überprüfte die Namen auf den Briefkästen im Flur des Erdgeschosses und war erfreut, festzustellen, daß ein K. Hering in Nummer neun wohnte. Dann ging ich zu einer Telefonzelle in der U-Bahn-Station auf der anderen Straßenseite und rief Bruno an.

Als der alte DKW vor dem hölzernen Tor anhielt, nahm ich auf dem Beifahrersitz Platz und deutete auf die andere Seite des Parkplatzes, der unmittelbar an die Wohnhäuser grenzte, wo noch ein paar Plätze leer waren, während die Plätze näher am Theater von den Besuchern der Acht-Uhr-Vorstellung belegt waren.

«Da drüben wohnt unser Mann», sagte ich. «Zweite Etage. Nummer neun.»

«Hast du den Namen?»

«Es ist unser Freund aus der Klinik, Klaus Hering.»

«Hübsche, saubere Arbeit. Wie sieht er aus?»

«Er hat etwa meine Größe, mager, drahtig, helles Haar, randlose Brille, ungefähr dreißig. Als er reinging, trug er einen blauen Anzug. Wenn er weggeht, versuch, ob du in die Wohnung reinkommen und die Liebesbriefe dieses Schwulen finden kannst. Wenn nicht, rühr dich nicht von der Stelle. Ich werde zu unserer Klientin gehen und fragen, ob sie weitere Anweisungen hat. Wenn sie welche hat, komme ich heute abend zurück. Wenn nicht, werde ich dich morgen früh um sechs ablösen. Noch Fragen?» Bruno schüttelte den Kopf. «Soll ich deine Frau anrufen?»

«Nein, danke. Katja hat sich inzwischen an meine Überstunden gewöhnt, Bernie. Ist sowieso besser, wenn ich nicht da bin, damit sich die Atmosphäre ein bißchen beruhigen kann. Als ich vom Zoo zurückkam, hatte ich wieder mal Streit mit meinem Jungen, Heinrich.»

«Worum ging's dieses Mal?»

«Bloß darum, daß er sich zur Motor-Hitlerjugend gemeldet hat, das ist alles.»

Ich zuckte die Achseln. «Früher oder später hätte er ja sowieso zur regulären Hitlerjugend gemußt.»

«Dieses verdammte kleine Ferkel hätte es nicht so verdammt eilig haben müssen, das ist alles. Er hätte warten können, bis man ihn geholt hätte, wie die übrigen Burschen in seiner Klasse.»

«Komm, sieh es mal von der praktischen Seite. Sie werden ihm beibringen, wie man ein Auto fährt und repariert. Sie werden zwar einen Nazi aus ihm machen, aber er wird wenigstens ein Nazi sein, der was gelernt hat.»

Als ich mit dem Taxi zum Alexanderplatz zurückfuhr, wo ich meinen Wagen geparkt hatte, dachte ich, daß die Aussicht, seinen Sohn von den Nazis zum Mechaniker ausbilden zu lassen, kein großer Trost für einen Mann sein würde, der, als er in Heinrichs Alter war, Radrennen für Jugendliche gewonnen hatte. Und in einem Punkt hatte Bruno recht: Heinrich war wirklich ein echtes kleines Ferkel.

Ich rief Frau Lange nicht an, um ihr mitzuteilen, daß ich kommen würde, und obwohl es erst acht Uhr war, als ich in der Herbertstraße ankam, sah das Haus so dunkel und wenig einladend aus, als wären seine Bewohner ausgegangen oder bereits im Bett. Doch das ist einer der angenehmeren Aspekte dieses Berufs. Wenn man einen Fall geknackt hat, kann man immer sicher sein, daß man herzlich empfangen wird, ganz gleich, wie unvorbereitet die Klienten auf den Besuch des Detektivs sind.

Ich parkte den Wagen, stieg die Treppe zur Haustür hinauf und zog die Glocke. Fast im selben Augenblick wurde das Fenster über der Tür hell, und nach etwa einer Minute öffnete sich die Tür, und ich blickte in das übelgelaunte Gesicht des schwarzen Fasses.

«Wissen Sie, wie spät es ist?»

«Ist gerade acht vorbei», erwiderte ich. «In ganz Berlin gehen die Theatervorhänge hoch, Gäste in Restaurants studieren noch immer die Speisekarten, und Mütter denken gerade daran, daß es Zeit ist, daß die Kinder ins Bett kommen. Ist Frau Lange zu Hause?»

«Für Herrenbesuche ist sie nicht angezogen.»

«Das trifft sich gut. Ich habe weder Blumen noch Pralinen bei mir. Und ganz gewiß bin ich kein Herr.»

«Da haben Sie wirklich die Wahrheit gesagt.»

«Gern geschehen. Ich wollte Sie bloß ein bißchen aufmuntern, damit Sie tun, was man Ihnen sagt. Ich bin geschäftlich hier, in dringenden Geschäften, und sie wird mich sprechen oder den Grund erfahren wollen, warum man mich nicht reingelassen hat. Also, warum beeilen Sie sich nicht ein bißchen und sagen ihr, daß ich da bin.»

Ich wartete im gleichen Zimmer auf dem Sofa mit den Delphin-Armlehnen. Es gefiel mir dieses Mal nicht besser, nicht zuletzt deshalb, weil es jetzt mit den rötlichen Haaren einer riesigen Katze bedeckt war, die unter einer langen Anrichte aus Eiche auf einem Kissen lag und schlief. Ich zupfte noch immer die Haare von meiner Hose, als Frau Lange ins Zimmer kam. Sie trug einen Morgenrock aus grüner Seide, der die Kuppen ihrer großen Brüste zur Schau stellte wie die doppelten Buckel eines rosafarbenen Meerungeheuers, dazu passende Pantoffeln und zwischen den Fingern eine nicht angezündete Zigarette. Der Hund stand stumm an ihrer Ferse, die von einem Hühneraugenpflaster geziert war und verzog die Nase angesichts des überwältigenden Dufts von englischem Lavendel, der Frau Langes Körper umwölkte wie eine Federboa. Ihre Stimme war noch männlicher, als ich sie in Erinnerung hatte.

«Sie brauchen mir bloß zu sagen, daß Reinhard nichts damit zu tun hatte», sagte sie gebieterisch.

«Überhaupt nichts», sagte ich.

Das Meerungeheuer schrumpfte ein wenig, als sie einen erleichterten Seufzer ausstieß. «Gott sei Dank», sagte sie. «Und wissen Sie, wer es ist, der mich erpreßt hat, Herr Gunther?»

«Ja. Ein Mann, der früher in Kindermanns Klinik arbeitete. Ein Pfleger namens Klaus Hering. Ich glaube nicht, daß der Name Ihnen viel sagen wird, aber Kindermann mußte ihn vor zwei Monaten entlassen. Ich schätze, daß er, während er dort arbeitete, die Briefe stahl, die Ihr Sohn an Kindermann schrieb.»

Sie nahm Platz und zündete ihre Zigarette an. «Aber wenn er auf Kindermann wütend war, warum verfiel er dann auf mich?»

«Verstehen Sie, ich kann nur vermuten, aber ich würde sagen, daß es eine Menge mit Ihrem Reichtum zu tun hat. Kindermann ist wohlhabend, aber ich schätze, er dürfte nicht mal ein Zehntel ihres Geldes besitzen. Seine flüssigen Mittel hat er vermutlich zum größten Teil in die Klinik gesteckt. Außerdem hat er ein paar Freunde bei der SS, so daß Hering zu dem Schluß gekommen sein dürfte, es sei sicherer, Sie auszuquetschen. Andererseits kann er es durchaus bei Kindermann versucht haben, doch ohne Erfolg. Als Psychotherapeut könnte er vermutlich die Briefe Ihres Sohnes mühelos als die Hirngespinste eines früheren Patienten erklären. Schließlich ist es nicht ungewöhnlich, daß ein Patient eine Neigung zu seinem Arzt entwickelt, sogar dann, wenn dieser offenbar so widerwärtig ist wie Kindermann.»

«Sind Sie ihm begegnet?»

«Nein, aber das habe ich von Leuten gehört, die in der Klinik arbeiten.»

«Ich verstehe. Also, was geschieht jetzt?»

«Wenn ich mich recht erinnere, sagten Sie, das würde von Ihrem Sohn abhängen.»

«Gut. Nehmen wir an, er möchte, daß Sie alles für uns regeln. Schließlich haben Sie die Sache bis jetzt ziemlich zügig abgewickelt. Wie würden Sie jetzt weiter verfahren?»

«Im Augenblick steht unser Freund Hering in seiner Wohnung am Nollendorfplatz unter der Überwachung meines Partners Stahlecker. Sobald Hering die Wohnung verläßt, wird Stahlecker versuchen, in die Wohnung zu gelangen und Ihre Briefe zurückzubekommen. Danach haben Sie drei Möglichkeiten. Die eine besteht darin, daß Sie alles vergessen. Die zweite ist, daß Sie die Sache der Polizei übergeben, wobei Sie das Risiko eingehen, daß Hering Aussagen macht, die Ihren Sohn belasten könnten. Und drittens könnten Sie dafür sorgen, daß man Hering eine ordentliche altmodische Tracht Prügel verpaßt. Nicht zu heftig, versteht sich. Bloß eine ordentliche Abreibung, um ihn abzuschrecken und ihm eine Lektion zu erteilen. Persönlich gebe ich immer dem dritten Weg den Vorzug. Wer weiß? Er führt vielleicht sogar dazu, daß sie einen Teil Ihres Geldes zurückbekommen.»

«Oh, ich möchte diesen elenden Kerl in die Finger bekommen.»

«Solche Dinge überlassen Sie am besten mir. Ich werde Sie morgen anrufen, und dann können Sie mir sagen, für welchen Schritt Sie und Ihr Sohn sich entschieden haben. Mit ein bißchen Glück haben wir bis dahin sogar schon die Briefe zurück.»

Ich brauchte mir nicht einmal den Arm zu verrenken, um an den Cognac zu kommen, den sie mir zur Feier des Tages anbot. Es war ein vorzügliches Gesöff, das man mit Muße hätte trinken müssen. Aber ich war müde, und als sie und das Meerungeheuer sich zu mir auf das Sofa gesellten, hatte ich das Gefühl, daß es Zeit war zu gehen.

Zu dieser Zeit bewohnte ich eine große Wohnung in der Fasanenstraße, ein kleines Stück südlich vom Kurfürstendamm, von wo die Theater und besseren Restaurants bequem zu erreichen waren, die ich nie besuchte.

Es war eine hübsche, ruhige Straße, ganz weiß, mit falschen Säulengängen und muskulösen Karyatiden, die kunstvolle Fassaden auf ihren muskelbepackten Schultern trugen. Billig war's nicht. Aber diese Wohnung und mein Partner waren in zwei Jahren das einzige gewesen, was ich mir an Luxus erlaubt hatte.

Der erste Luxus war für mich der größere Glücksfall gewesen als der zweite. Ein eindrucksvolles Treppenhaus, das mehr Marmor aufwies als der Pergamon-Altar, führte in die zweite Etage, wo ich eine Zimmerflucht mit Decken, so hoch wie Straßenbahnwagen, bewohnte. Deutsche Architekten und Bauunternehmer waren nicht dafür bekannt, daß sie auf den Pfennig guckten.

Meine Füße schmerzten, als sei ich den ganzen Tag den Spuren eines hübschen Mädchens gefolgt, während ich mir ein heißes Bad einließ.

Ich lag lange Zeit da und starrte hinauf zu dem Fenster aus Buntglas, das rechtwinklig zur Decke eingesetzt war und, ganz überflüssigerweise, als Zugang zu irgendeiner kosmetischen Abteilung der höheren Regionen des Badezimmers zu dienen schien. Ich hatte nie aufgehört, mir den Kopf zu zerbrechen, aus welchem Grund man es wohl eingebaut haben mochte.

Draußen vor dem Badezimmerfenster saß im einzigen, aber hohen Baum des Hofes eine Nachtigall. Ich hatte das Gefühl, ihrem einfachen Lied mehr vertrauen zu können als dem, das Hitler sang. Mir ging durch den Kopf, daß dieser gesuchte Vergleich vielleicht von der Art war, an der mein geliebter pfeiferauchender Partner seine Freude gehabt hätte.

5.
Dienstag, 6. September

In der Dunkelheit ertönte die Türklingel. Schlaftrunken griff ich hinüber zum Wecker und nahm ihn vom Nachttisch. Er zeigte halb fünf, und ich hätte immerhin noch eine knappe Stunde Schlaf vor mir gehabt. Es klingelte abermals, nur daß es mir dieses Mal hartnäckiger vorkam. Ich knipste das Licht an und ging in die Diele.

«Wer ist da?» fragte ich, obwohl ich genau wußte, daß es im allgemeinen nur die Gestapo ist, der es Spaß macht, die Leute im Schlaf zu stören.

«Haile Selassie», sagte eine Stimme. «Wer, zum Teufel, glauben Sie, kann's sonst sein? Kommen Sie, Gunther, machen Sie auf, wir haben nicht die ganze Nacht Zeit.»

Ja, es war die Gestapo, wer sonst? Die Manieren, die man ihnen auf dem Mädchenpensionat beigebracht hatte, ließen keinen Zweifel daran.

Ich öffnete die Tür, und zwei Bierbäuche, die Hüte und Mäntel trugen, drängten sich an mir vorbei.

«Ziehen Sie sich an», sagte einer. «Sie haben eine Verabredung.»

«Mist, ich werde mal ein ernstes Wörtchen mit meiner Sekretärin reden müssen», gähnte ich. «Die hatte ich ganz vergessen.»

«Komiker», sagte der andere.

«Was ist das hier, Heydrichs Vorstellung von einer freundlichen Einladung?»

«Spar dir dein Maul fürs Rauchen auf, ja? Jetzt steig in deinen Anzug, oder wir nehmen dich in deinem verdammten Schlafanzug mit.»

Ich zog mich sorgfältig an, wählte meinen billigsten Anzug und ein Paar alte Schuhe. Ich stopfte mir die Taschen mit Zigaretten voll. Ich nahm sogar ein Exemplar der *Berliner Illustrirten Zeitung* mit. Wenn Heydrich dich zum Frühstück bittet, ist es immer am besten, wenn du dich auf einen ungemütlichen und womöglich unbegrenzten Besuch einrichtest.

Unmittelbar südlich vom Alexanderplatz, in der Dircksenstraße, stehen sich das Kaiserliche Polizeipräsidium und das Kriminalgericht Mitte in einer unbehaglichen Konfrontation gegenüber: Hüter des

Gesetzes und Hüter des Rechts. Wie zwei Schwergewichtler, Fuß an Fuß, vor dem Beginn eines Kampfes, von denen jeder versucht, den anderen einzuschüchtern.

Von den beiden Gebäuden sah der Alex, zuweilen auch als «Graues Elend» bekannt, finsterer aus. Er war einer mittelalterlichen Festung nachgebildet, hatte einen kuppelartig geformten Turm an jeder Ecke, und die Vorder- und die Rückseite wurden je von einem kleineren Turm gekrönt. Mit seiner Grundfläche von sechzehntausend Quadratmetern war er ein Symbol für Stärke, wenn nicht für architektonisches Können.

Das ein wenig kleinere Gebäude, welches das Berliner Kriminalgericht beherbergte, bot einen erfreulicheren Anblick. Seine neubarocke Sandsteinfassade wirkte feingliedriger und durchdachter als die seines Gegenübers.

Man konnte nicht sagen, welcher der beiden Riesen aus dem Kampf als Sieger hervorgehen würde; aber wenn beide Kämpfer dafür bezahlt werden, zu Boden zu gehen, hat es keinen Sinn, dazubleiben und das Ende des Kampfes abzuwarten.

Der Morgen brach an, als der Wagen in den Innenhof des Alex fuhr. Es war für mich trotzdem immer noch zu früh, mich zu fragen, warum Heydrich mich hierher hatte bringen lassen, anstatt zur Sipo, ins Hauptquartier des Sicherheitsdienstes in der Wilhelmstraße, wo Heydrich residierte.

Meine beiden männlichen Begleiter schoben mich in ein Verhörzimmer und ließen mich allein. Aus dem Nebenzimmer war allerlei Geschrei zu hören, und das stimmte mich ziemlich nachdenklich. Dieser Hurensohn Heydrich. Ich zündete mir nervös eine Zigarette an. Die brennende Zigarette im Mundwinkel, in der Kehle einen sauren Geschmack, stand ich auf und trat an das schmutzige Fenster. Alles, was ich erkennen konnte, waren andere Fenster, genauso schmutzig wie das vor mir, und auf dem Dachfirst die Antenne der Funkstation der Polizei. Ich drückte die Zigarette in der Kaffeebüchse aus, die als Aschenbecher diente, und setzte mich wieder an den Tisch.

Sie wollten, daß ich nervös wurde. Ich sollte ihre Macht spüren. Auf diese Weise wollte Heydrich mich weichkochen, damit ich desto gefügiger war, wenn er sich schließlich entschloß aufzukreuzen. Vermutlich lag er noch in tiefem Schlaf.

Wenn sie es darauf abgesehen hatten, mir dieses Gefühl zu vermitteln, beschloß ich, dagegen etwas zu unternehmen. Also versuchte ich, anstatt an meinen Fingernägeln zu kauen und mir die Sohlen der billigen Schuhe abzulaufen, ein bißchen Selbst-Entspannung oder wie immer das heißen mochte, was Doktor Meyer mir beigebracht hatte. Die Augen geschlossen, tief durch die Nase atmend, die Gedanken auf einen einfachen Gegenstand konzentriert, gelang es mir, ruhig zu bleiben. So ruhig, daß ich nicht einmal die Tür hörte. Nach einer Weile öffnete ich die Augen und starrte in das Gesicht des Polypen, der hereingekommen war. Er nickte bedächtig.

«Sie haben die Ruhe weg», sagte er und nahm meine Zeitschrift in die Hand.

«War das etwa nicht richtig?» Ich sah auf meine Uhr. Inzwischen war eine halbe Stunde vergangen. «Sie haben sich Zeit gelassen.»

«Ja? Tut mir leid. Freut mich, daß Sie trotzdem nicht sauer sind. Ich sehe, Sie haben damit gerechnet, 'ne Weile hierzubleiben.»

«Tut das nicht jeder?» Ich zuckte die Achseln und entdeckte einen Furunkel von der Größe einer Radnabe, der sich am Rand seines schmutzigen Kragens rieb.

Als er sprach, kam seine Stimme von ganz innen. Er ließ seinen narbigen Unterkiefer wie ein Kabarett-Tenor auf die breite Brust sinken.

«O ja», sagte er. «Sie sind Privatdetektiv, nicht wahr? Ein professioneller Klugscheißer. Was dagegen, wenn ich Sie frage, wie Typen wie Sie ihren Lebensunterhalt verdienen?»

«Was ist los, kriegen Sie Ihre Schmiergelder nicht regelmäßig?» Er zwang sich, mit einem Lächeln über die Bemerkung hinwegzusehen. «Ich komm ganz gut zurecht.»

«Fühlen Sie sich nicht manchmal einsam? Ich meine, Sie waren früher selber mal Polyp, Sie haben Freunde hier.»

«Daß ich nicht lache! Ich habe einen Partner, also fehlt's mir nicht an der freundlichen Schulter zum Ausweinen, kapiert?»

«Ach ja. Ihr Partner. Dürfte Bruno Stahlecker sein, oder?»

«Stimmt. Ich könnte Ihnen seine Adresse geben, wenn Sie möchten, aber er ist verheiratet, glaube ich.»

«In Ordnung, Gunther. Sie haben bewiesen, daß Sie sich nicht in die Hosen machen. Kein Grund für eine Extravorstellung. Sie wurden festgenommen um halb fünf. Es ist jetzt sieben ...»

«Fragen Sie einen Polizisten, wenn Sie wissen wollen, wie spät es ist.»

«... aber Sie haben immer noch niemanden gefragt, warum Sie hier sind.»

«Ich dachte, darüber unterhielten wir uns gerade.»

«Wirklich? Nehmen Sie an, ich hätte keine Ahnung. Das dürfte für einen Klugscheißer wie Sie nicht allzu schwierig sein. Wo waren wir stehengeblieben?»

«Ach, Scheiße, hören Sie, dies ist Ihre Vorstellung, nicht meine, also erwarten Sie nicht, daß ich den Vorhang hochziehe und die verdammten Scheinwerfer einschalte. Machen Sie mit Ihrem Auftritt weiter, und ich werde einfach versuchen, an den richtigen Stellen zu lachen und zu klatschen.»

«Sehr gut», sagte er, und seine Stimme wurde härter. «Also, wo waren Sie letzte nacht?»

«Zu Hause.»

«Haben Sie ein Alibi?»

«Aber ja. Mein Teddybär. Ich war im Bett und schlief.»

«Und davor?»

«Ich besuchte einen Klienten.»

«Hat er einen Namen?»

«Hören Sie, das stinkt mir. Wo soll das hinführen? Spucken Sie's aus, oder ich sage kein lausiges Wort mehr.»

«Wir haben Ihren Partner da unten.»

«Was soll er denn angestellt haben?»

«Er hat sich umbringen lassen.»

Ich schüttelte den Kopf. «Umgebracht?»

«Er wurde ermordet, um genau zu sein. So nennen wir das gewöhnlich unter solchen Umständen.»

«Scheiße», sagte ich und schloß abermals die Augen.

«Dies ist meine Vorstellung, Gunther. Und ich erwarte, daß Sie mir beim Vorhang und bei den Scheinwerfern helfen.» Er stieß seinen Zeigefinger gegen meine erstarrte Brust. «Also, jetzt will ich mal ein paar verdammte Antworten hören!»

«Sie blöder Hund. Sie glauben doch nicht, daß ich was damit zu tun habe, oder? Meine Güte, ich war der einzige Freund, den er hatte. Als Sie und alle Ihre hübschen Freunde hier am Alex es geschafft hatten, daß man ihn auf irgendeinen gottverlassenen Posten im Spreewald abschob, war ich derjenige, der sich um ihn kümmerte. Ich war derjenige, der erkannte, daß er trotz seines unpassenden Mangels an Begeisterung für die Nazis immer noch ein guter Polizist war.» Ich schüttelte erbittert den Kopf und fluchte noch einmal.

«Wann haben Sie ihn zum letzten Mal gesehen?»

«Gestern abend, so gegen acht, auf dem Parkplatz hinter dem Metropol am Nollendorfplatz.»

«Arbeitete er an einem Fall?»

«Ja.»

«An welchem?»

«Er verfolgte jemanden. Nein, er beobachtete jemanden.»

«Jemanden, der im Theater arbeitete oder in einem der Häuser wohnte?»

Ich nickte.

«Welches Haus war es?»

«Kann ich Ihnen nicht sagen. Zumindest erst dann, wenn ich mit meinem Klienten gesprochen habe.»

«Der, dessen Namen Sie mir ebenfalls nicht nennen können. Für was halten Sie sich, für einen Priester? Hier geht's um Mord, Gunther. Wollen Sie den Mann nicht erwischen, der Ihren Partner umgebracht hat?»

«Was glauben Sie?»

«Ich glaube, Sie sollten die Möglichkeit in Betracht ziehen, daß Ihr Klient etwas damit zu tun haben könnte. Und dann könnte er beispielsweise sagen: ‹Herr Gunther, ich untersage Ihnen, mit dieser unglückseligen Geschichte zur Polizei zu gehen.› Wohin führt uns das?» Er schüttelte den Kopf. «Kein verdammter Handel, Gunther. Entweder Sie erzählen es mir oder dem Richter.» Er stand auf und ging zur Tür. «Es liegt bei Ihnen. Lassen Sie sich Zeit. Ich hab's nicht eilig.»

Er schloß die Tür hinter sich, und ich fühlte mich schuldig, daß ich Bruno und seiner harmlosen Pfeife jemals etwas Schlechtes gewünscht hatte.

Etwa eine Stunde später öffnete sich die Tür, und ein höherer SS-Offizier trat ins Zimmer.

«Ich fragte mich, wann Sie auftauchen würden», sagte ich.

Arthur Nebe seufzte und schüttelte seinen Kopf.

«Tut mir leid wegen Stahlecker», sagte er. «Er war ein guter Mann. Sie werden ihn natürlich sehen wollen.» Er forderte mich auf, ihm zu folgen. «Und dann werden Sie leider Heydrich sehen müssen.»

Hinter einem Vorzimmer und einem Seziersaal, wo ein Pathologe am nackten Körper eines halbwüchsigen Mädchens arbeitete, war ein langer kühler Raum, in dem Tische hintereinander aufgereiht waren. Auf einigen lagen menschliche Körper, manche nackt, andere mit Laken bedeckt, und einige, wie Bruno, trugen noch ihre Kleider und sahen kaum menschlich, sondern eher wie verlorengegangene Gepäckstücke aus.

Ich ging hinüber und warf einen langen, durchdringenden Blick auf meinen toten Partner.

Seine Hemdbrust sah aus, als habe er eine ganze Flasche Rotwein über sich geschüttet, und sein Mund war aufgerissen, als habe man ihn erstochen, während er auf dem Stuhl eines Zahnarztes saß. Es gibt viele Möglichkeiten, eine Partnerschaft aufzulösen, doch nicht oft geschieht das so endgültig wie hier.

«Ich habe nie gewußt, daß er ein Gebiß trug», sagte ich abwesend, als ich etwas Metallisches in Brunos Mund schimmern sah.

«Erstochen?»

«Ein Stich, hat's Herz durchstoßen. Sie nehmen an, von den Rippen durch die Magengrube nach oben.»

Ich hob seine Hände hoch und untersuchte sie sorgfältig.

«Hat sich nicht gewehrt, keine Schnittwunden», sagte ich. «Wo haben sie ihn gefunden?»

«Metropol-Theater, Parkplatz», sagte Nebe.

Ich öffnete seine Jacke, bemerkte das leere Schulterhalfter und knöpfte dann sein Hemd auf, das noch immer blutgetränkt war, um die Wunde zu untersuchen. Da man die Leiche noch nicht gesäubert hatte, war es schwer, etwas zu erkennen, aber die Wunde sah zerrissen aus, als sei das Messer im Körper gerüttelt worden.

«Wer immer es getan hat, er wußte, wie man einen Mann mit einem Messer tötet», sagte ich. «Das sieht aus wie eine Bajonettwunde.» Ich seufzte und schüttelte den Kopf. «Ich habe genug gesehen. Es ist nicht nötig, seiner Frau diesen Anblick zuzumuten, ich werde ihn offiziell identifizieren. Weiß sie es schon?»

Nebe zuckte die Achseln. «Keine Ahnung.» Er ging vor mir her, zurück durch den Seziersaal. «Aber ich denke, jemand wird es ihr früh genug sagen.»

Der Pathologe, ein junger Bursche mit einem großen Schnurrbart, hatte seine Arbeit an der Leiche des Mädchens für eine Zigarettenpause unterbrochen. Das Blut, das an seinen Handschuhen klebte, hatte das Zigarettenpapier befleckt, und auch an seiner Unterlippe saß ein kleiner Blutfleck. Nebe blieb stehen und sah mehr als angeekelt auf die Leiche.

«Nun?» sagte er wütend. «Wieder eine?»

Der Pathologe stieß träge den Rauch aus und verzog das Gesicht. «In diesem frühen Stadium sieht es ganz so aus», sagte er. «Sie weist alle passenden Begleiterscheinungen auf.»

«Ich sehe es.» Es war unübersehbar, daß Nebe sich aus dem jungen Pathologen nicht viel machte. «Ich hoffe, Ihr Bericht wird ein wenig detaillierter sein als der letzte. Von der Genauigkeit ganz zu schweigen.» Er wandte sich abrupt ab und ging rasch weiter, laut über die Schulter rufend: «Und sorgen Sie dafür, daß ich ihn so rasch wie möglich bekomme.»

Auf dem Weg in die Wilhelmstraße in Nebes Dienstwagen fragte ich ihn, was das zu bedeuten hätte. «Da hinten, im Seziersaal, meine ich.»

«Mein Freund», sagte er. «Ich denke, das ist es, was Sie rausfinden sollen.»

Das Hauptquartier von Heydrichs Sicherheitsdienst, Wilhelmstraße Nummer 102, sah von außen ziemlich harmlos aus. Sogar elegant. An jedem Ende einer ionischen Säulenreihe war ein rechteckiges, zweigeschossiges Torhaus und ein Torweg, der in den Hof führte. Eine Wand von Bäumen machte es schwer, zu erkennen, was dahinter lag, und nur die Anwesenheit von zwei Wachtposten ließ darauf schließen, daß es sich um irgendein offizielles Gebäude handelte.

Wir fuhren durch das Tor, vorbei an einem gepflegten, von Gebüsch gesäumten Rasen von der Größe eines Tennisplatzes und hielten vor einem prächtigen dreigeschossigen Gebäude mit Bogenfenstern, so groß wie Elefanten. SA-Männer sprangen hinzu, um die Wagentüren zu öffnen, und wir stiegen aus.

Das Innere entsprach nicht dem, was ich von einem Hauptquartier der Sipo erwartet hatte. Wir warteten in einer großen Halle, die als Attraktion in der Mitte eine reichverzierte vergoldete Treppe aufwies und mit lebensgroßen Karyatiden und riesigen Kronleuchtern geschmückt war. Ich sah Nebe an und gab ihm mit den Augenbrauen zu verstehen, daß ich positiv beeindruckt war.

«Ist nicht übel, nicht wahr?» Er nahm mich beim Arm und führte mich zu den Verandatüren, die auf einen ausgedehnten Landschaftsgarten blickten. Dahinter konnte man im Westen den modernen Umriß von Gropius' Europa-Haus erkennen, während im Norden der Südflügel des Gestapo-Hauptquartiers in der Prinz-Albrecht-Straße deutlich sichtbar war. Ich hatte gute Gründe, es wiederzuerkennen, denn einmal war ich dort auf Befehl Heydrichs in Haft gehalten worden.

Freilich, den Unterschied zu erkennen zwischen dem SD oder der Sipo, wie der Sicherheitsdienst manchmal genannt wurde, und der Gestapo, war weit komplizierter, selbst für einige der Leute, die für diese zwei Organisationen arbeiteten. Wenn Sie mich nach dem Unterschied fragen, kann ich nur sagen, daß es genauso war wie mit Bockwürstchen und Frankfurter Würstchen – sie haben eigene Namen, aber im Aussehen und im Geschmack sind sie gleich.

Es war leicht zu erkennen, daß Heydrich mit diesem Gebäude, dem Prinz-Albrecht-Palais, sehr gut für sich gesorgt hatte. Vielleicht noch besser als sein vermeintlicher Meister, Himmler, der inzwischen das Gebäude neben dem Gestapo-Hauptquartier mit Beschlag belegt hatte, dem einstigen Hotel «Prinz-Albrecht-Straße». Es war kein Zweifel, daß das alte Hotel, jetzt SS-Haus genannt, größer war als das Palais. Aber es ist wie bei der Wurst: Geschmack ist selten eine Frage der Größe.

Ich hörte, wie Arthur Nebe die Hacken zusammenschlug, und als ich mich umblickte, sah ich, daß der Kronprinz des Schreckens zu uns getreten war.

Großgewachsen, klapperdürr, das lange, bleiche Gesicht ausdruckslos wie eine Totenmaske aus Gips, die Väterchen-Frost-Finger hinter dem Rücken verschränkt, steif wie ein Ladestock, starrte Heydrich ein paar Sekunden aus dem Fenster, ohne zu einem von uns ein Wort zu sagen.

«Kommen Sie, meine Herren», sagte er schließlich, «es ist ein herrlicher Tag. Wir wollen einen kleinen Gang machen.» Während er das Fenster öffnete und in den Garten vorausging, bemerkte ich, wie groß seine Füße waren und welche Säbelbeine er hatte, als sei er viel geritten: Wenn das silberne Reiterabzeichen auf der Tasche seiner Uniformjacke ernst zu nehmen war, traf das wohl zu.

In der frischen Luft und im Sonnenschein schien er, wie eine Art Reptil, lebendiger zu werden.

«Dies war das Sommerhaus von Friedrich Wilhelm I», sagte er fast überschwenglich. «Und in jüngerer Zeit benutzte es die Republik für bedeutende Gäste wie den König von Ägypten und den britischen Premierminister. Ramsay MacDonald natürlich, nicht dieser Idiot mit dem Regenschirm. Ich glaube, er ist einer der schönsten von allen Palästen. Ich gehe hier oft spazieren. Dieser Garten verbindet die Sipo mit dem Gestapo-Hauptquartier, also ist es für mich wirklich sehr bequem. Und um diese Jahreszeit ist der Garten besonders schön. Haben Sie einen Garten, Herr Gunther?»

«Nein», sagte ich. «Es kommt mir immer so vor, es sei eine Menge Arbeit damit verbunden. Wenn ich aufhöre zu arbeiten, ist es genau das, was ich tue – ich höre auf zu arbeiten und fange nicht an, im Garten zu buddeln.»

«Das ist schade. Bei mir zu Hause in Schlachtensee haben wir einen schönen Garten mit einem eigenen Krocket-Rasen. Ist einer von Ihnen mit dem Spiel vertraut?»

«Nein», sagten wir gleichzeitig.

«Es ist ein interessantes Spiel; ich glaube, es ist in England sehr beliebt. Es stellt eine interessante Metapher dar für das neue Deutschland. Gesetze sind bloß Reifen, durch die Leute mit unterschiedlichem Kraftaufwand getrieben werden müssen. Aber es gibt keine Bewegung ohne den Schläger – Krocket ist wirklich das ideale Spiel für einen Polizisten.» Nebe nickte nachdenklich, und Heydrich schien mit seinem Vergleich sehr zufrieden zu sein. Er begann ziemlich unverblümt zu sprechen. In knapper Form über einige Dinge, die er haßte – Freimaurer, Katholiken, Jehovas Zeugen, Homosexuelle und Admiral Canaris, Chef der Abwehr, des Militärischen Geheimdienstes; und ausführlich über ein paar Dinge, die ihm Vergnügen bereiteten – das Klavier und das Cello, Fechten, seine bevorzugten Nachtclubs und seine Familie.

«Das neue Deutschland», sagte er, «ist dabei, den Niedergang der Familie aufzuhalten, wissen Sie, und eine nationale Blutsgemeinschaft zu begründen. Die Dinge ändern sich. Zum Beispiel gibt es jetzt in Deutschland nur noch 22787 Landstreicher, 5500 weniger als zu Anfang des Jahres. Es gibt mehr Eheschließungen, mehr Geburten und halb soviel Scheidungen. Vielleicht werden Sie mich fragen, warum die Familie für die Partei so wichtig ist. Nun, ich will's Ihnen sagen. Kinder. Je besser unsere Kinder, desto besser wird's um Deutschlands Zukunft bestellt sein. Wenn also etwas diese Kinder bedroht, dann handeln wir besser rasch.»

Ich griff nach einer Zigarette und begann die Ohren zu spitzen. Bei einer Parkbank blieben wir stehen und nahmen Platz, ich zwischen Nebe und Heydrich, die Hühnerleber im Schwarzbrot-Sandwich.

«Sie mögen keine Gärten», sagte er nachdenklich. «Wie steht's mit Kindern? Mögen Sie Kinder?»

«Ich mag sie.»

«Gut», sagte er. «Es ist meine ganz persönliche Überzeugung, daß es wichtig ist, sie zu mögen, wenn man das tut, was wir tun – sogar die Dinge, die uns grausam vorkommen, weil sie uns unangenehm erscheinen –, denn sonst können wir keinen Ausdruck für unsere Menschlichkeit finden. Verstehen Sie, was ich meine?»

Ich war mir nicht sicher, aber ich nickte jedenfalls.

«Kann ich offen mit Ihnen sprechen?» sagte er. «Vertraulich?»

«Bitte sehr.»

«Auf den Straßen von Berlin läuft ein Wahnsinniger frei herum, Herr Gunther.»

Ich zuckte die Achseln. «Das würde er nicht, wenn Sie's nicht wollten», sagte ich.

Heydrich schüttelte ungeduldig den Kopf.

«Nein, ich meine keinen SA-Mann, der alte Juden zusammenschlägt. Ich meine einen Mörder. In vier Monaten hat er vier junge deutsche Mädchen vergewaltigt, umgebracht und verstümmelt.»

«Ich habe in den Zeitungen nichts darüber gelesen.»

Heydrich lachte. «Die Zeitungen drucken das, was wir ihnen sagen, und diese besondere Geschichte ist mit einer Sperre belegt.»

«Streicher und sein antisemitisches Käseblatt würden dafür sorgen, daß man den Juden die Schuld in die Schuhe schiebt», sagte Nebe.

«Genau», sagte Heydrich. «Das Letzte, was ich will, ist ein antisemitischer Krawall in dieser Stadt. So etwas beleidigt meinen Sinn für öffentliche Ordnung. Es beleidigt mich als Polizist. Wenn wir beschließen, die Juden zu vertreiben, wird es auf korrekte Art durchgeführt, das überlassen wir nicht dem Pöbel. Außerdem sind kommerzielle Gesichtspunkte zu beachten. Vor ein paar Wochen haben ein paar Idioten in Nürnberg beschlossen, eine Synagoge niederzureißen. Eine, die rein zufällig bei einer deutschen Versicherungsgesellschaft gut versichert war. Es kostet sie Tausende von Mark, um die Ansprüche zu regeln. Sie sehen also, daß Rassenkrawalle sehr schlecht fürs Geschäft sind.»

«Warum erzählen Sie mir das?»

«Ich will, daß dieser Wahnsinnige geschnappt wird, und zwar rasch, Gunther.» Er warf einen kühlen Blick auf Nebe. «Nach bester Kripo-Tradition hatte bereits ein Mann, ein Jude, die Morde gestanden. Wie auch immer, da er mit ziemlicher Sicherheit zur Zeit des letzten Mordes in Haft war, scheint es, daß er in Wirklichkeit unschuldig ist und ein übereifriges Element in Nebes geliebter Polizei diesem Mann die Morde ganz einfach angehängt hat.

Aber Sie, Gunther, Sie verfolgen nicht aus Eigennutz rassische oder politische Ziele. Und was mehr ist, Sie haben auf diesem Gebiet der Kriminalistik beträchtliche Erfahrung. Schließlich waren Sie es, der Gormann, den Würger, faßte. Das mag ja zehn Jahre her sein, aber jedermann erinnert sich noch an den Fall.»

Er hielt inne und blickte mir direkt in die Augen, was bei mir ein unbehagliches Gefühl auslöste. «Mit anderen Worten, ich will Sie zurück, Gunther. Ich will, daß Sie zur Kripo zurückkommen und diesen Verrückten zur Strecke bringen, ehe er wieder zuschlägt.» Ich schnippte meine Kippe ins Gebüsch und stand auf. Arthur Nebe starrte mich leidenschaftslos an, beinahe so, als wäre er mit Heydrichs Wunsch nicht einverstanden, daß ich zur Kripo zurückkehrte und vor allen seinen Männern den Vorzug erhielt, die Untersuchung zu leiten. Ich zündete mir eine zweite Zigarette an und dachte einen Augenblick nach.

«Verdammt, es muß doch noch andere Polizisten geben», sagte ich. «Was ist mit dem, der Kürten faßte, die Bestie von Düsseldorf. Warum nehmen Sie nicht ihn?»

«Wir haben seine Arbeit bereits überprüft», sagte Nebe. «Wie's scheint, hat Peter Kürten sich einfach gestellt. Was davor war, kann man nicht gerade die effektivste Untersuchung nennen.»

«Gibt's sonst noch jemanden?»

Nebe schüttelte den Kopf.

«Sie sehen, Gunther», sagte Heydrich, «wir landen wieder bei Ihnen. Ganz offen, ich zweifle, ob es in ganz Deutschland einen besseren Detektiv gibt.»

Ich lachte und schüttelte den Kopf. «Sie sind gut. Sehr gut! Das war eine hübsche Rede, Herr General, die Sie uns über Kinder und Familie gehalten haben, aber wir wissen natürlich beide, daß Sie in Wirklichkeit deshalb den Deckel auf dieser Sache halten, weil sie Ihre moderne Polizei aussehen läßt wie ein Haufen von Unfähigen. Schlecht für die Polizei, schlecht für Sie. Und in Wirklichkeit wollen Sie mich nicht zurückhaben, weil ich so ein guter Detektiv bin, sondern weil die anderen so schlechte Polizisten sind. Die einzigen Verbrechen, welche die heutige Kripo aufklären kann, sind Sachen wie Rassenschande oder Fälle, wo jemand einen Witz über den Führer macht.»

Heydrich sah aus wie ein schuldbewußter Hund, seine Augen verengten sich.

«Weigern Sie sich, Herr Gunther?» sagte er ruhig.

«Ich würde gern helfen, wirklich. Aber Sie kommen zu einem schlechten Zeitpunkt zu mir. Sehen Sie, ich habe gerade eben entdeckt, daß mein Partner letzte Nacht ermordet wurde. Nennen Sie mich altmodisch, aber ich möchte gern den Mann finden, der ihn umgebracht hat. Normalerweise würde ich das den Burschen von der Mordkommission überlassen, aber in Anbetracht dessen, was Sie mir soeben erzählt haben, hört sich das nicht allzu vielversprechend an, oder? Die haben mich beinahe beschuldigt, ich hätte ihn umgebracht. Wer kann also wissen, ob sie mich nicht vielleicht zwingen werden, ein Geständnis zu unterschreiben, für mich Grund genug, für Sie zu arbeiten, wenn ich der Guillotine entgehen will.»

«Ich habe natürlich von Herrn Stahleckers unglücklichem Tod gehört», sagte er und stand auf. «Und Sie werden natürlich Nachforschungen anstellen wollen. Wenn meine Männer Ihnen dabei helfen können, ganz gleich wie unfähig sie sein mögen, dann zögern Sie bitte nicht. Trotzdem, nehmen wir mal für den Augenblick an, dieses Hindernis sei beseitigt, wie würde Ihre Antwort lauten?»

Ich zuckte die Achseln. «Wenn ich, wie ich annehme, im Fall meiner Weigerung, meine Lizenz als Privatdetektiv verlieren würde...»

«Natürlich...»

«... Waffenschein, Führerschein...»

«Zweifellos würden wir einen Vorwand finden...»

«... dann würde ich mich vermutlich gezwungen sehen, anzunehmen.»

«Ausgezeichnet.»

«Unter einer Bedingung.»

«Unter welcher?»

«Daß man mir für die Dauer der Untersuchungen den Rang eines Kriminalkommissars zuerkennt und ich bei meinen Nachforschungen völlig freie Hand habe.»

«Augenblick», sagte Nebe. «Was gibt es an Ihrem alten Rang als Inspektor auszusetzen?»

«Ganz abgesehen vom Gehalt», sagte Heydrich, «ist Gunther zweifellos scharf darauf, daß er so weit wie möglich von der Einmischung höherer Beamter verschont bleibt. Da hat er natürlich völlig recht. Er braucht diesen Rang, um die Vorurteile zu überwinden, die seine Rückkehr zur Kripo zweifellos begleiten werden. Ich hätte selber daran denken müssen. Es ist genehmigt.»

Wir kehrten zum Palais zurück. Drinnen reichte ein SD-Offizier Heydrich eine Notiz. Dieser las sie und lächelte.

«Wenn das kein Zufall ist!» sagte er. «Wie es scheint, hat meine unfähige Polizei den Mann gefunden, der Ihren Partner umgebracht hat, Herr Gunther. Ich möchte wissen, ob Ihnen der Name Klaus Hering etwas sagt?»

«Stahlecker beobachtete seine Wohnung, als er umgebracht wurde.»

«Das war die gute Nachricht. Das Unangenehme ist bloß, daß dieser Hering Selbstmord begangen zu haben scheint.» Er blickte Nebe an und grinste. «Nun, wir gehen besser mal hin und sehen es uns an, meinen Sie nicht, Arthur? Sonst wird Herr Gunther glauben, wir hätten uns das ausgedacht.»

Es ist schwierig, von einem Mann, der sich aufgehängt hat, einen klaren Eindruck zu gewinnen, der nicht grotesk ist. Die Zunge angeschwollen und heraushängend wie eine dritte Lippe, die Augen hervorstehend wie die Klöten eines Rennhundes – diese Dinge färben ein wenig auf deine Gedanken ab. So war denn von Klaus Hering, von der Tatsache abgesehen, daß er den Preis des örtlichen Debattierclubs nicht gewinnen würde, lediglich zu sagen, daß er etwa dreißig Jahre alt, schlank und blond war und sein Körper, zum Teil wegen der Schlinge, als lang gelten konnte.

Die Sache schien ziemlich klar. Nach meiner Erfahrung handelte es sich bei Erhängen fast immer um Selbstmord: Es gibt bequemere Möglichkeiten, einen Mann umzubringen. Ich habe ein paar Ausnahmen kennengelernt, doch diese waren alle Unglücksfälle, bei denen dem Opfer im Verlauf einer sadomasochistischen Perversion das Unglück einer Hemmung des Nervus vagus zugestoßen war. Diese sexuellen Einzelgänger wurden in der Regel nackt oder mit weiblicher Unterwäsche bekleidet gefunden, pornographische Literatur in der klebrigen Hand, und immer waren es Männer.

In Herings Fall wies nichts darauf hin, daß es sich um einen sexuellen Unglücksfall handelte. Seine Kleidung war so, als hätte seine Mutter sie ausgesucht; und seine seitlich herunterbaumelnden Hände verstärkten den Eindruck, daß er sich selber umgebracht hatte.

Inspektor Strunck, der Polyp, der mich im Alex vernommen hatte, setzte Heydrich und Nebe ins Bild.

«Wir fanden den Namen und die Adresse dieses Mannes in Stahleckers Tasche», sagte er. «In der Küche liegt ein Bajonett, in Zeitungspapier eingewickelt. Es ist blutverschmiert, und so wie es aussieht, würde ich sagen, daß es das Messer ist, das ihn tötete. Außerdem ist da noch ein blutiges Hemd, das Hering vermutlich beim Mord anhatte.»

«Sonst noch was?» fragte Nebe.

«Stahleckers Schulterhalfter war leer, Herr General», sagte Strunck. «Vielleicht kann Gunther uns ja sagen, ob dies Stahleckers Waffe ist oder nicht. Wir fanden sie, zusammen mit dem Hemd, in einer Papiertüte.»

Er reichte mir eine Walther PPK. Ich führte die Mündung an meine Nase und schnüffelte das Waffenöl. Dann betätigte ich den Verschluß und sah, daß nicht mal eine Patrone im Lauf war, obgleich das Magazin gefüllt war. Als nächstes zog ich den Abzugsbügel herunter. Brunos Initialen waren säuberlich in das schwarze Metall geritzt.

«Es ist Brunos Waffe, stimmt», sagte ich. «Sieht nicht so aus, als hätte er 'ne Chance gehabt, sie zu ziehen. Ich möchte dieses Hemd sehen, bitte.»

Strunck warf dem Reichskriminaldirektor einen fragenden Blick zu.

«Lassen Sie ihn das Hemd sehen, Inspektor», sagte Nebe.

Das Hemd stammte von Brenningmeyer, und die Vorderseite sowie die rechte Manschette waren stark mit Blut durchtränkt, was zu den sonstigen Indizien zu passen schien.

«Es sieht so aus, als wäre dies der Mann, der Ihren Partner ermordete, Herr Gunther», sagte Heydrich. «Er kam hierher zurück und hatte, nachdem er sich umgezogen hatte, Gelegenheit, über seine Tat nachzudenken. In einem Anfall von Reue erhängte er sich.»

«Scheint so», sagte ich ausweichend. «Aber wenn Sie nichts dagegen haben, Herr General, würde ich mich hier gern ein wenig umsehen. Auf eigene Verantwortung. Bloß um meine Neugier über den einen oder anderen Punkt zu befriedigen.»

«In Ordnung. Aber Sie machen nicht zu lange, ja?»

Nachdem Heydrich, Nebe und die Polizei die Wohnung verlassen hatten, sah ich mir Klaus Herings Leiche genauer an. Offenbar hatte er ein Stück Elektrokabel am Treppengeländer festgebunden und war dann einfach von der Treppe gesprungen. Aber nur eine Untersuchung der Hände, Handgelenke und des Halses konnte mir verraten, was wirklich passiert war. Die Umstände seines Todes hatten etwas an sich, auf das ich nicht den Finger legen konnte, das ich jedoch fragwürdig fand. Da war nicht zuletzt die Tatsache, daß er sich entschlossen hatte, das Hemd zu wechseln, ehe er sich aufhängte.

Ich kletterte über das Geländer auf ein kleines Sims am oberen Ende des Treppenschachtes und kniete nieder. Wenn ich mich vorbeugte, hatte ich einen guten Blick auf den Aufhängungspunkt hinter Herings rechtem Ohr. Wenn sich beim Aufhängen die Schlinge zusammenzieht, verläuft die Ligatur immer höher und mehr senkrecht als bei einer Strangulation. Hier jedoch entdeckte ich eine zweite und insgesamt fast waagerechte Spur, unmittelbar unterhalb der

Schlinge, die meine Zweifel zu bestätigen schien. Bevor sich Klaus Hering angeblich erhängte, war er erdrosselt worden.

Ich prüfte nach, ob Herings Hemdkragen die gleiche Größe hatte wie der des blutverschmierten Hemdes, das ich vorhin untersucht hatte. Das traf zu. Dann kletterte ich zurück über das Geländer und stieg ein paar Stufen herunter. Ich stellte mich auf die Zehenspitzen und machte mich daran, seine Hände und Handgelenke zu untersuchen. Als ich die geballte, rechte Hand aufstemmte, sah ich getrocknetes Blut und dann einen kleinen glänzenden Gegenstand, der in der Handfläche zu stecken schien. Ich zog ihn heraus und legte ihn vorsichtig auf meine flache Hand. Die Nadel war verbogen, vermutlich von Herings Faust zusammengedrückt, und, obwohl blutverkrustet, war das Zeichen des Totenkopfes deutlich zu erkennen. Es war das Abzeichen einer SS-Mütze.

Ich hielt kurz inne und versuchte mir vorzustellen, was passiert sein mochte, inzwischen sicher, daß Heydrich seine Hand im Spiel haben mußte. Hatte er mich nicht im Garten des Prinz-Albrecht-Palais' gefragt, wie meine Antwort auf seinen Vorschlag lauten würde, wenn das «Hindernis», das meine Verpflichtung, Brunos Mörder zu finden, darstellte, «beseitigt» sei? Und war dieses Hindernis nicht so vollständig wie nur möglich beseitigt? Kein Zweifel, er hatte vorausgesehen, wie meine Antwort lauten würde, und bereits angeordnet, Hering zu ermorden, als wir unseren Spaziergang begannen.

Diese und andere Gedanken im Kopf, durchsuchte ich die Wohnung. Ich machte es schnell, aber gründlich, hob Matratzen hoch, untersuchte Spülkästen, rollte Teppiche zurück und blätterte sogar eine Anzahl medizinischer Lehrbücher durch. Ich fand einen ganzen Bogen der alten Briefmarken zum fünften Jahrestag der nationalsozialistischen Machtergreifung, die durchweg auf den Erpresserbriefen an Frau Lange auftauchten. Doch von den Briefen ihres Sohnes an Doktor Kindermann fand ich keine Spur.

6.
Freitag, 9. September

Es war ein merkwürdiges Gefühl, wieder an einer Lagebesprechung im Alex teilzunehmen, und noch merkwürdiger war es, Arthur Nebe zuzuhören, der mich als Kommissar Gunther ansprach. Fünf Jahre waren vergangen, seit dem Tag im Juni 1933, als ich, außerstande, Goerings Polizei«säuberungen» länger hinzunehmen, meinen Dienst als Kriminalinspektor quittiert hatte, um Hausdetektiv im *Hotel Adlon* zu werden. Ein paar Monate später hätten sie mich ohnehin gefeuert. Hätte damals jemand gesagt, daß ich als höherer Beamter der Kripo zum Alex zurückkehren würde, während die nationalsozialistische Regierung noch am Ruder war, hätte ich ihn für verrückt erklärt.

Die meisten der Leute, die um den Tisch saßen, hätten mit ziemlicher Sicherheit dieselbe Meinung geäußert, wenn man nach ihrem augenblicklichen Gesichtsausdruck urteilte: Hans Lobbes, Nummer drei des Reichskriminaldirektors und Chef der Kriminalbehörde; Graf Fritz von der Schulenburg, stellvertretender Polizeipräsident von Berlin, der die uniformierten Jungs von der Orpo vertrat. Sogar die drei Kripobeamten, einer von der Sitte, zwei von der Mordkommission, zugeteilt dem neuen Sonderkommando, das auf meinen Wunsch kleingehalten werden sollte, alle betrachteten sie mich mit einer Mischung aus Furcht und Abscheu. Nicht, daß ich es ihnen übelnahm. Aus ihrer Sicht war ich Heydrichs Spion. An ihrer Stelle hätte ich vermutlich einen ähnlichen Eindruck gehabt.

Auf meine Einladung hin waren zwei weitere Personen anwesend, was die Atmosphäre des Mißtrauens verstärkte. Eine davon, eine Frau, war eine Gerichtspsychologin von der Charité. Marie Kalau vom Hofe war dem Polizeihauptquartier offiziell als Beraterin in kriminalpsychologischen Fragen zugeteilt. Der andere Gast war Hans Illmann, Professor der Gerichtsmedizin an der Friedrich-Wilhelm-Universität und früher Chefpathologe am Alex, bis seine kühle Feindseligkeit gegen den Nationalsozialismus Nebe veranlaßt hatte, ihn in Pension zu schicken. Doch selbst Nebe gab zu, daß Illmann besser war als alle Pathologen, die gegenwärtig am Alex arbeiteten, und darum war er auf meinen Wunsch eingeladen worden, um die gerichtsmedizinischen Aspekte des Falles zu erläutern.

Ein Spion, eine Frau und ein politisch Andersdenkender. Jetzt brauchte bloß noch der Stenograph aufzustehen und die «Internationale» zu singen, und meine neuen Kollegen würden glauben, alles sei ein Scherz.

Nebe beendete die gewundene Vorstellung meiner Person, und ich übernahm den Vorsitz.

Ich schüttelte den Kopf. «Ich hasse Bürokratie», sagte ich. «Ich verabscheue sie. Aber was hier erforderlich ist, ist ein bürokratischer Umgang mit Informationen. Was relevant ist, wird sich später herausstellen. Informationen sind der Lebenssaft jeder Ermittlung, und wenn eine Information verunreinigt ist, dann vergiftet sie den ganzen Ermittlungsapparat. Ich habe nichts dagegen, wenn sich jemand irrt. Bei diesem Spiel irren wir uns praktisch dauernd, bis wir richtig liegen. Wenn ich jedoch feststelle, daß ein Mitarbeiter meiner Kommission wissentlich falsche Informationen weitergibt, wird das kein Fall für ein Disziplinargericht sein. Ich werde denjenigen schlicht umbringen. Auf diese Information können Sie sich verlassen.

Ich möchte außerdem folgendes sagen: Es ist mir egal, wer es getan hat. Jude, Neger, Schwuler, SA-Mann, Fähnleinführer, Beamter, Bauarbeiter an der Autobahn, es ist mir völlig schnuppe, immer vorausgesetzt, er hat's getan. Das führt mich zur Person von Josef Kahn. Für den Fall, daß einer von Ihnen es vergessen haben sollte, er ist der Jude, der die Morde an Brigitte Hartmann, Christiane Schulz und Zarah Lischka gestanden hat. Im Augenblick befindet er sich wegen Paragraph 51 in der Städtischen Irrenanstalt von Herzberge, und einer der Zwecke unseres Treffens ist, dieses Geständnis im Licht des vierten ermordeten Mädchens, Lotte Winter, zu bewerten.

Lassen Sie mich Ihnen an dieser Stelle Professor Hans Illmann vorstellen, der sich freundlicherweise bereit erklärt hat, bei diesem Fall als Pathologe zu fungieren. Für diejenigen unter Ihnen, die ihn nicht kennen, sage ich, daß er einer der besten Pathologen des Landes ist und wir uns sehr glücklich schätzen können, daß er mit uns zusammenarbeitet.»

Illmann nickte zustimmend und fuhr fort, sich mit großer Sorgfalt eine Zigarette zu drehen. Er war ein zierlicher Mann mit dünnen, dunklen Haaren, randloser Brille und einem kleinen Kinnbart. Nachdem er mit dem Belecken des Papiers fertig war, steckte er sich die

Selbstgedrehte in den Mund, die sich von einer maschinell hergestellten Zigarette nicht unterschied. Ich staunte insgeheim. Angesichts dieser Art von feinster Geschicklichkeit traten seine außerordentlichen medizinischen Fähigkeiten ganz in den Hintergrund.

«Professor Illmann wird uns über seinen Befund informieren, nachdem uns Kriminalassistent Korsch mit den wesentlichen Fakten des Falles vertraut gemacht hat.» Ich nickte einem dunklen, stämmigen jungen Mann zu, der mir gegenübersaß. Sein Gesicht hatte etwas Künstliches, als sei es von einem der Zeichner vom Technischen Dienst der Sipo, dem nur drei ausgeprägte Züge und sonst so gut wie nichts zur Verfügung gestanden hatte, für ihn angefertigt worden: Die Augenbrauen waren in der Mitte zusammengewachsen und hockten auf seinen überhängenden Lidern wie ein Falke, der sich zum Flug bereit macht, dann das lange, verschlagene Kinn eines Zauberers, und dazu ein kleiner Douglas-Fairbanks-Schnurrbart. Korsch räusperte sich und begann mit einer Stimme zu sprechen, die eine Oktave höher war, als ich erwartet hatte. «Brigitte Hartmann. Fünfzehn Jahre. Deutsche Eltern. Verschwunden am 23. Mai 1938. Leiche gefunden in einem Kartoffelsack in einem Schrebergarten in Siesdorf am 10. Juni. Sie wohnte bei ihren Eltern in der Wohnsiedlung Britz und war von zu Hause fortgegangen, um an der Station Parchimer Allee die U-Bahn zu nehmen. Sie wollte ihre Tante in Reinickendorf besuchen. Die Tante sollte sie an der Station Holzhauser Straße abholen, doch Brigitte traf dort nicht ein. Der Stationsvorsteher Parchimer Allee konnte sich nicht erinnern, sie einsteigen gesehen zu haben, sagte jedoch, er hätte in der Nacht zuvor gesoffen und sich vermutlich ohnehin nicht erinnert.» Rings um den Tisch erhob sich schallendes Gelächter.

«Versoffener Halunke», schnaubte Lobbes.

«Dies ist eines der beiden Mädchen, die seitdem beerdigt wurden», sagte Illmann ruhig. «Ich glaube nicht, daß es etwas gibt, das ich dem Befund der Autopsie, die damals vorgenommen wurde, hinzufügen könnte. Sie können fortfahren, Herr Korsch.»

«Christiane Schulz. Alter sechzehn Jahre. Eltern deutsch. Verschwunden am 8. Juni 1938. Leiche gefunden am 2. Juli in einem Straßenbahntunnel, der den Treptower Park mit Stralau verbindet. Im Tunnel befindet sich auf halber Strecke ein Wartungsposten, kaum mehr als eine kleine Nische in der Mauer. Dort fand sie der Streckenwärter, in eine alte Plane gewickelt.

Offenbar war das Mädchen eine gute Sängerin und nahm oft am abendlichen Radioprogramm des BDM teil. Am Abend ihres Verschwindens war Christiane in den Funkturm-Studios in der Masurenallee gewesen und hatte um sieben Uhr ein Solo gesungen – das Lied der Hitlerjugend. Der Vater des Mädchens arbeitet als Ingenieur bei den Arado-Flugzeugwerken in Brandenburg-Neuenburg und sollte sie auf seinem Heimweg um acht Uhr abholen. Aber der Wagen hatte eine Reifenpanne, und er verspätete sich um zwanzig Minuten. Als er bei den Studios ankam, war Christiane nirgends zu sehen, und in der Annahme, sie wäre allein nach Hause gegangen, fuhr er zurück nach Spandau. Als sie um halb zehn noch immer nicht angekommen war und nachdem er sich bei ihren engsten Freundinnen erkundigt hatte, verständigte er die Polizei.»

Korsch warf einen Blick auf Illmann und dann auf mich. Er glättete den eitlen kleinen Schnurrbart und wandte sich im Aktenordner, der aufgeschlagen vor ihm lag, der nächsten Seite zu.

«Zarah Lischka», las er. «Alter sechzehn Jahre, Eltern deutsch. Verschwunden am 6. Juli 1938, Leiche gefunden am 1. August in einem Abzugskanal im Tiergarten, Nähe Siegessäule. Die Familie wohnt in der Antonstraße im Wedding. Der Vater arbeitet auf dem Schlachthof in der Landsberger Allee. Die Mutter des Mädchens schickte es zum Einkaufen in verschiedene Geschäfte in der Lindower Straße, in der Nähe der S-Bahn-Station. Der Ladenbesitzer erinnert sich, sie bedient zu haben. Sie kaufte Zigaretten, obwohl weder Vater noch Mutter rauchen, Blauband-Margarine und einen Laib Brot. Dann ging sie nebenan in die Drogerie. Sie kaufte Haarfärbemittel ‹Schwarzkopf Extra-Blond›.»

Das Mittel benutzen sechzig von hundert deutschen Mädchen, ging es mir beinahe unwillkürlich durch den Kopf. In diesen Tagen fiel mir lauter so verrücktes Zeug ein. Ich glaube nicht, daß ich Ihnen viel davon hätte erzählen können, was in der Welt wirklich wichtig war, ausgenommen die Ereignisse in Sudetendeutschland – die Krawalle und die Nationalitätenkonferenzen in Prag. Man konnte nur abwarten, ob in der Tschechoslowakei etwas passierte oder nicht, und das war überhaupt das einzige, was wichtig war.

Illmann drückte seine Zigarette aus und begann seinen Befund vorzulesen.

«Das Mädchen war nackt, und es gab Spuren, daß ihre Füße gefesselt worden waren. Sie hatte an der Kehle zwei Schnittwunden. Desungeachtet gab es deutliche Anzeichen, daß sie außerdem erdrosselt worden war, vermutlich, um sie am Schreien zu hindern. Es ist wahrscheinlich, daß sie ohne Bewußtsein war, als der Mörder ihr die Kehle durchschnitt. Die durch die Wunden in zwei Hälften geteilte Quetschung deutete ebenfalls darauf hin. Interessant ist das Folgende: Aufgrund der Menge des Blutes, das sich noch in ihren Füßen befand, des verkrusteten Blutes im Naseninneren und im Haar wie auch aufgrund der Tatsache, daß die Füße sehr straff gefesselt worden waren, komme ich zu dem Befund, daß das Mädchen mit dem Kopf nach unten aufgehängt wurde, als man ihr die Kehle durchschnitt. Wie ein Schwein.»

«Um Himmels willen», sagte Nebe.

«Nach der Überprüfung der Protokolle über die zwei vorangegangenen Opfer halte ich es für höchstwahrscheinlich, daß auch hier derselbe *modus operandi* angewendet wurde. Die von meinem Vorgänger geäußerte Vermutung, daß diesen Mädchen die Kehlen durchschnitten wurden, während sie flach auf dem Boden lagen, ist offenkundiger Blödsinn und zieht die Abschürfungen an den Knöcheln oder die Menge des in den Füßen zurückbleibenden Blutes nicht in Betracht. Tatsächlich erscheint mir diese Untersuchung nichts weniger als nachlässig.»

«Das ist bekannt», sagte Nebe, sich Notizen machend. «Auch nach meiner Meinung ist Ihr Vorgänger inkompetent.»

«Die Vagina des Mädchens war unversehrt und nicht penetriert», fuhr Illmann fort. «Der Anus dagegen war so weit geöffnet, daß man zwei Finger einführen konnte. Untersuchungen auf Sperma erwiesen sich als positiv.»

Jemand stöhnte.

«Der Magen war schlaff und leer. Offenbar hatte Brigitte Apfelkraut, Brot und Butter gegessen, bevor sie zur U-Bahn-Station ging. Alle Nahrung war zur Zeit ihres Todes verdaut. Aber Äpfel sind schwer verdaulich, da sie Wasser absorbieren. Folglich würde ich sagen, daß der Tod des Mädchens zwischen sechs und acht Stunden nach dem Mittagessen und deshalb zwei Stunden nach der Vermißtenmeldung eingetreten ist. Die Schlußfolgerung ist klar: Das Mädchen wurde entführt und anschließend getötet.»

Ich blickte Korsch an. «Und das letzte Opfer, bitte, Herr Korsch.»

«Lotte Winter», sagte er. «Alter sechzehn Jahre, Eltern deutsch. Verschwand am 18. Juli 1938. Ihre Leiche wurde am 25. August gefunden. Sie wohnte in der Prager Straße und besuchte das dortige Gymnasium, um die Mittlere Reife zu erwerben. Sie war zu einer Reitstunde bei Tattersall am Zoo unterwegs, und kam nie dort an. Ihre Leiche wurde in einem alten Paddelboot in einem Bootshaus beim Müggelsee gefunden.»

«Unser Mann kommt weit herum, nicht wahr?» sagte Graf von der Schulenburg ruhig.

«Wie der Schwarze Tod», sagte Lobbes.

Illmann nahm wieder das Wort.

«Erdrosselt», sagte er. «Das führte zu Frakturen von Kehlkopf, Zungenbein, Schildknorpel und Gaumendach, was darauf hinweist, daß größere Gewalt angewendet wurde als im Fall von Christiane Schulz. Dieses Mädchen war stärker, vor allem, weil es die Anlage zu athletischem Körperbau hatte. Lotte dürfte sich gewehrt haben. Hier war die Todesursache Ersticken, obgleich die Schlagader an der rechten Seite ihres Halses aufgerissen war. Auch hier waren die Füße gefesselt worden, und es war Blut im Haar und in den Nasenhöhlen. Es besteht kein Zweifel, daß sie mit dem Kopf nach unten aufgehängt wurde, bevor man ihr die Kehle durchschnitt, und dementsprechend war ihr Körper fast ganz ausgeblutet.»

«Hört sich nach einem Vampir an», rief einer der Beamten von der Mordkommission. Er warf einen Blick auf Frau Kalau vom Hofe. «Entschuldigung», fügte er hinzu. Sie schüttelte den Kopf.

«Deutet etwas darauf hin, daß sich der Mörder an ihr vergangen hat?» fragte ich.

«Wegen des unangenehmen Geruchs mußte die Vagina des Mädchens ausgespült werden», teilte Illmann mit, was weiteres Stöhnen zur Folge hatte, «und darum war kein Sperma zu finden. Der Eingang zur Vagina wies jedoch Kratzspuren auf, und das Becken zeigte eine leichte Schwellung, die darauf hindeutet, daß sie penetriert wurde – gewaltsam.»

«Bevor ihr die Kehle durchgeschnitten wurde?» fragte ich. Illmann nickte. Im Raum herrschte einen Augenblick Stille. Illmann begann, sich eine neue Zigarette zu drehen.

«Und jetzt ist ein weiteres Mädchen verschwunden», sagte ich. «Stimmt das, Inspektor Deubel?»

Deubel rutschte unbehaglich auf seinem Stuhl hin und her. Er war ein großer blonder Bursche mit grauen gehetzten Augen, die den Eindruck machten, als hätten sie zuviel nächtliche Polizeiarbeit gesehen, und zwar von der Sorte, bei der man am besten dicke lederne Schutzhandschuhe trägt.

«Ja», sagte er. «Ihr Name ist Irma Hanke.»

«Gut. Da Sie der ermittelnde Beamte sind, können Sie uns vielleicht etwas über sie erzählen.»

Er zuckte die Achseln. «Sie stammt aus einer anständigen deutschen Familie, wohnt in der Schloßstraße in Steglitz.» Er hielt inne und überflog seine Notizen. «Verschwand Montag, 15. August, nachdem sie das Haus verlassen hatte, um im Auftrag des BDM für die Wirtschaftshilfe zu sammeln.» Er machte abermals eine Pause.

«Und was sammelte sie?» fragte der Graf.

«Alte Zahnpastatuben. Ich glaube, das Metall...»

«Danke, Inspektor, ich kenne den Schrottwert von Zahnpastatuben.»

«Jawohl.» Er blickte wieder in seine Notizen. «Man hat sie in der Feuerbachstraße, Thorwaldsenstraße und am Munsterdamm gesehen. Der Munsterdamm führt an einem Friedhof vorbei, und der dortige Totengräber sagt, er habe ein BDM-Mädchen, auf das Irmas Beschreibung paßt, gegen halb neun abends dort vorbeikommen sehen. Er glaubt, daß sie nach Westen in Richtung Bismarckstraße ging. Vermutlich war sie auf dem Heimweg, denn sie hatte ihren Eltern gesagt, sie werde gegen Viertel vor neun zurück sein. Natürlich kam sie nie an.»

«Irgendwelche Spuren?» fragte ich.

«Keine», sagte er bestimmt.

«Danke, Inspektor.» Ich zündete mir eine Zigarette an und gab dann Illmann Feuer für seine Selbstgedrehte. «Also gut», sagte ich paffend. «Wir haben demnach fünf Mädchen, alle ungefähr im gleichen Alter, die alle dem arischen Idealtyp entsprechen, den wir alle kennen und so gern haben. Mit anderen Worten, alle hatten blonde Haare, Natur oder gefärbt.

Weiter: Nachdem unsere dritte Rheintochter ermordet ist, wird Josef Kahn wegen versuchter Vergewaltigung einer Prostituierten festgenommen. Anders ausgedrückt, er versuchte, abzuhauen, ohne zu bezahlen.»

«Typisch jüdisch», sagte Lobbes. Kaum jemand lachte.

«Wie es der Zufall will, trägt Kahn ein Messer bei sich, obendrein ein ziemlich scharfes, und er hat sogar ein bescheidenes Vorstrafenregister wegen kleiner Diebstähle und unzüchtiger Handlungen. Sehr passend. Also beschließt der Beamte, der ihn festnimmt, ein Inspektor namens Willi Oehme vom Revier Grolmannstraße, ein bißchen Siebzehn und Vier zu spielen, um mal zu sehen, ob er die Einundzwanzig nicht erwischen kann. Er hält ein Schwätzchen mit Josef, der ein bißchen schwach im Kopf ist, und Willi schafft es, ob nun mit seiner zuckersüßen Stimme oder mit seinen dicken Knöcheln, Josef dazu zu überreden, ein Geständnis zu unterschreiben.

Meine Herren, an dieser Stelle möchte ich Sie mit Frau Kalau vom Hofe bekannt machen. Ich sage ‹Frau›, da es ihr nicht erlaubt ist, sich ‹Doktor› zu nennen, obgleich sie Ärztin ist, weil sie, wie man deutlich sehen kann, eine Frau ist. Wir alle wissen, nicht wahr, daß der Platz einer Frau der häusliche Herd ist, daß sie Nachwuchs für die Partei produzieren und dem lieben Gatten das Essen kochen soll. Sie ist außerdem Psychotherapeutin und anerkannte Expertin für das unergründliche kleine Mysterium, das wir die Seele des Verbrechers nennen.»

Meine Augen weideten sich an der blühenden Frau, die am entfernten Ende des Tisches saß. Sie trug einen rosafarbenen Rock, eine Marocainbluse, und ihr helles Haar war im Nacken zu einem dicken Knoten hochgesteckt. Sie verzog ihr feines Gesicht zu einem Lächeln über meine Worte, nahm einen Ordner aus ihrer Aktentasche und legte ihn aufgeschlagen vor sich hin.

«Josef Kahn zog sich im Kindesalter eine akute Enzephalitis, eine Kopfgrippe, zu», sagte sie, «eine Krankheit, die in epidemischer Form bei Kindern in Westeuropa zwischen 1915 und 1926 auftrat. Die Krankheit bewirkte eine starke Persönlichkeitsveränderung. Im Anschluß an die akute Phase können Kinder zunehmend unruhig, reizbar, sogar aggressiv werden und scheinen jedes moralische Empfinden einzubüßen. Sie betteln, stehlen, lügen und sind oft grausam. Sie reden unaufhörlich und werden zu Hause und in der Schule unkontrollierbar. Häufig sind anormale sexuelle Neugier und sexuelle Probleme zu beobachten. Postenzephalitische Heranwachsende offenbaren gelegentlich gewisse Züge dieses Syndroms, insbesondere den Mangel an sexueller Zurückhaltung, und das trifft mit Sicherheit im Fall von Josef Kahn zu. Außerdem entwickelt sich bei ihm die Parkinsonsche Krankheit, die allmählich zur physischen Entkräftung führt.»

Graf von der Schulenburg gähnte und blickte auf seine Armbanduhr. Doch die Ärztin ließ sich nicht abschrecken. Sie schien seine schlechten Manieren eher amüsant zu finden.

«Ungeachtet seiner offensichtlichen kriminellen Energie», fuhr sie fort, «glaube ich nicht, daß Josef eines dieser Mädchen umgebracht hat. Nachdem ich die gerichtsmedizinischen Befunde mit Professor Illmann erörtert habe, bin ich der Meinung, daß diesen Tötungen ein hochgradiger Vorsatz zugrunde liegt, zu dem Kahn einfach nicht fähig ist. Kahn ist nur zu einem Mord im Affekt fähig und hätte sein Opfer in diesem Fall am Tatort liegenlassen.»

Illmann nickte. «Eine Analyse seiner Aussage weist eine Anzahl von Widersprüchen zu den bekannten Fakten auf», sagte er. «Er sagte, er habe für die Strangulationen einen Strumpf benutzt. Wir können jedoch eindeutig nachweisen, daß sie mit bloßen Händen ausgeführt wurden. Er sagt, er habe die Opfer in den Magen gestochen. Keines der Opfer wurde jedoch erstochen, allen wurde die Kehle durchgeschnitten. Des weiteren ist da die Tatsache, daß der vierte Mord stattgefunden haben muß, als Kahn in Untersuchungshaft war. Könnte dieser Mord das Werk eines anderen Täters sein, der die ersten drei Morde kopierte? Nein. Weil es in der Presse keine Berichte über die ersten drei Morde gab. Nein, weil die Ähnlichkeiten zwischen allen drei Morden zu groß sind. Sie sind alle das Werk desselben Mannes.» Er lächelte der Ärztin zu. «Möchten Sie noch etwas hinzufügen, gnädige Frau?»

«Nur, daß dieser Mann unmöglich Josef Kahn sein kann», sagte sie. «Und daß Josef Kahn Opfer einer Art von arglistiger Täuschung gewesen ist, die man in diesem Staat für unmöglich gehalten hätte.» Es lag ein Lächeln um ihren Mund, als sie ihren Ordner zuklappte, sich zurücklehnte und ihr Zigarettenetui öffnete. In der Öffentlichkeit zu rauchen oder Ärztin zu sein, das war etwas, was man von Frauen nicht erwartete, doch ich sah, daß ihr diese Dinge nicht allzu viele Skrupel bereiteten.

Es war der Graf, der als nächster sprach.

«Angesichts dieser Erkenntnisse darf man sich vielleicht beim Reichskriminaldirektor erkundigen, ob die Nachrichtensperre, die über diesen Fall verhängt wurde, jetzt aufgehoben wird?» Sein Gürtel knirschte, als er sich über den Tisch beugte, offensichtlich begierig, Nebes Antwort zu hören. Als Sohn eines bekannten Generals, der jetzt Botschafter in Moskau war, verfügte der junge von der Schulenburg über tadellose Beziehungen. Als Nebe nicht antwortete, setzte er hinzu: «Ich begreife nicht, wie man Eltern von Mädchen klarmachen soll, daß sie vorsichtig sein müssen, ohne irgendeine Art von offizieller Meldung in den Zeitungen. Ich werde natürlich dafür sorgen, daß jedem Polizeianwärter eingeschärft wird, wie nötig Wachsamkeit auf der Straße ist. Gleichwohl wäre es für meine Männer von der Orpo leichter, wenn sie vom Propagandaministerium ein wenig Unterstützung erhielten.»

«Es ist in der Kriminologie eine anerkannte Tatsache», sagte Nebe ungerührt, «daß Öffentlichkeit auf einen Mörder wie diesen als Ermutigung wirken kann, was Frau Kalau vom Hofe gewiß bestätigen kann.»

«Das ist richtig», sagte sie. «Wie es scheint, lesen Massenmörder gern, was die Zeitungen über sie schreiben.»

«Trotzdem», fuhr Nebe fort, «werde ich heute im Muratti-Gebäude anrufen und energisch nachfragen, ob man sich von da aus nicht an die jungen Mädchen wenden kann, um ihnen klarzumachen, daß Vorsicht angebracht ist. Andererseits müßte jede solcher Aktionen vom Standartenführer abgesegnet werden. Es liegt ihm daran, daß nichts an die Öffentlichkeit dringt, was unter deutschen Frauen eine Panik auslösen könnte.»

Der Graf nickte. «Und jetzt», sagte er und blickte mich an, «habe ich eine Frage an den Kommissar.»

Er lächelte, doch ich dachte nicht daran, Vertrauen in dieses Lächeln zu setzen. Er machte ganz den Eindruck, als habe er dieselbe

Schule des hochnäsigen Sarkasmus durchlaufen wie Obergruppenführer Heydrich. Im Geist wappnete ich mich und bereitete mich auf den ersten Schlag vor.

«Vielleicht möchte der Detektiv, der den berühmten Fall von Gormann, dem Würger, so genial aufgeklärt hat, uns an seinen ersten Überlegungen zu diesem speziellen Fall teilhaben lassen.»

Das andauernde verkniffene Lächeln schien ihm alles andere als Vergnügen zu bereiten, so als mühe er sich mit seinem zusammengepreßten Schließmuskel ab. Ich nahm wenigstens an, daß er zusammengepreßt war. Als Stellvertreter eines früheren SA-Mannes, Wolf Graf von Helldorf, der den Ruf hatte, ebenso schwul zu sein wie der ermordete SA-Chef Ernst Röhm, konnte Schulenburg durchaus einen Hintern haben, der einen kurzsichtigen Taschendieb hätte in Versuchung führen können.

Als er spürte, daß mit dieser hinterhältigen Fragerei noch mehr herauszuholen war, fügte er hinzu: «Vielleicht ein Hinweis auf die Charaktereigenschaften des Mannes, nach dem wir suchen?»

«Ich denke, hier kann ich unserem leitenden Vorsitzenden helfen», sagte Frau Kalau vom Hofe. Der Kopf des Grafen ruckte verärgert in ihre Richtung.

Sie langte in ihre Aktentasche und legte ein dickes Buch auf den Tisch. Und dann ein zweites und ein drittes, bis sich vor ihr ein Stapel auftürmte, der so hoch war wie von der Schulenburgs blankgewichste Schaftstiefel.

«Da ich eine solche Frage vorausgesehen habe, nahm ich mir die Freiheit, ein paar Bücher mitzubringen, die sich mit der Psychologie des Verbrechers befassen», sagte sie. «Heindls *Der Berufsverbrecher*, Wulfens vorzügliches *Handbuch des Sexualverbrechens*, Hirschfelds *Sexualpathologie*, F. Alexanders *Der Verbrecher und seine Richter ...*»

Das war zuviel für ihn. Er raffte seine Papiere zusammen und erhob sich, nervös lächelnd.

«Ein anderes Mal, vielleicht, Frau vom Hofe», sagte er. Darauf schlug er die Hacken zusammen, verbeugte sich steif vor der Runde und ging.

«Hundesohn», murmelte Lobbes.

«Ist schon gut», sagte sie und legte ein paar Nummern der Polizei-

Zeitung auf den Stapel. «Was Hänschen nicht lernt, lernt Hans nimmermehr.» Ich lächelte und fand an ihrer kühlen Lässigkeit ebensoviel Gefallen wie an ihren hübschen Brüsten, die sich unter dem Stoff ihrer Bluse strafften.

Nachdem die Sitzung geschlossen war, trödelte ich ein wenig herum, um mit ihr allein sein zu können.

«Er hat eine gute Frage gestellt», sagte ich. «Eine Frage, auf die ich nicht viel zu antworten weiß. Danke für Ihre Hilfe.»

«Bitte, nicht der Rede wert», sagte sie und begann, einige ihrer Bücher wieder in ihre Aktentasche zu packen. Ich nahm eins davon in die Hand und warf einen Blick darauf.

«Wissen Sie, es würde mich interessieren, Ihre Antwort zu hören. Darf ich Sie auf ein Glas einladen?»

Sie sah auf ihre Uhr. «Ja», lächelte sie. «Das wäre mir recht.»

Die Kneipe *Zur letzten Instanz* lag am Ende der Klosterstraße an der alten Stadtmauer und wurde von Polypen des Alex und Beamten des nahe gelegenen Gerichtshofes in letzter Instanz, von dem sie ihren Namen hatte, besonders geschätzt.

Innen war alles dunkelbraun, die Wände holzgetäfelt, der Boden gefliest. In der Nähe der Theke mit ihrem großen Zapfhahn aus gelber Keramik, auf dem die Figur eines Soldaten aus dem siebzehnten Jahrhundert stand, war ein großer Sitz aus grünen, braunen und gelben Kacheln, verziert mit erhabenen Figuren und Köpfen. Das Ding sah aus wie ein sehr kalter und unbequemer Thron, und darauf saß Warnstorff, der Besitzer der Kneipe, ein blaßhäutiger, dunkelhaariger Mann mit kragenlosem Hemd und geräumiger Lederschürze, in der er auch sein Wechselgeld aufbewahrte. Als wir eintraten, begrüßte er mich herzlich und wies uns einen Platz an einem ruhigen Tisch im hinteren Teil des Lokals, wohin er uns zwei Gläser Bier brachte. An einem anderen Tisch war ein Mann energisch mit dem größten Eisbein beschäftigt, das wir je gesehen hatten.

«Haben Sie Hunger?» fragte ich sie.

«Nicht, nachdem ich ihn gesehen habe», erwiderte sie.

«Ja, ich weiß, was Sie meinen. Das bringt Sie eher davon ab, nicht wahr? So wie er auf diesen Knochen eindrischt, könnte man glauben, er versuche, das Eiserne Kreuz zu kriegen.»

Sie lächelte, und wir schwiegen einen Augenblick. Schließlich sagte sie: «Glauben Sie, daß es Krieg geben wird?»

Ich starrte in mein Bierglas, als werde dort die Antwort an der Oberfläche auftauchen. Ich zuckte die Achseln und schüttelte den Kopf.

«In der letzten Zeit habe ich mir wirklich nicht viele Gedanken darüber gemacht», sagte ich und erzählte ihr von Bruno Stahlecker und meiner Rückkehr zur Kripo. «Aber sollte ich nicht Ihnen diese Frage stellen? Als Expertin für Kriminalpsychologie sollten Sie besser als die meisten Leute einschätzen können, was im Hirn des Führers vorgeht. Würden Sie sagen, daß sein Verhalten im Rahmen von Paragraph 51 des Strafgesetzes zwanghaft oder unzurechnungsfähig war?»

Jetzt war sie an der Reihe, in ihrem Glas Bier nach einem Einfall zu suchen.

«Wir kennen einander wirklich nicht gut genug, um eine Unterhaltung dieser Art zu führen, finden Sie nicht?» sagte sie.

«Ich denke, nein.»

«Trotzdem, soviel will ich sagen», sagte sie mit gesenkter Stimme. «Haben Sie je *Mein Kampf* gelesen?»

«Dieses komische alte Buch, das alle Frischvermählten umsonst kriegen? Es ist der beste Grund, nicht zu heiraten, den ich mir vorstellen kann.»

«Nun, ich hab's gelesen. Und eine der Sachen, die mir auffielen, war eine Passage, sieben Seiten, in der Hitler wiederholt auf Geschlechtskrankheiten und ihre Folgen hinweist. Tatsächlich, er sagt wirklich, die Ausrottung der Geschlechtskrankheiten sei die wichtigste Aufgabe, die der deutschen Nation bevorstehe.»

«Mein Gott, wollen Sie sagen, daß er Syphilitiker ist?»

«Ich sage überhaupt nichts. Ich erzähle Ihnen bloß, was der Führer in seinem großartigen Buch geschrieben hat.»

«Aber das Buch ist Mitte der zwanziger Jahre erschienen. Wenn's ihn damals gejuckt hat, muß seine Syphilis inzwischen im Tertiärstadium sein.»

«Es interessiert Sie vielleicht, zu erfahren», sagte sie, «daß bei vielen von Josef Kahns Mitinsassen der Herzberger Irrenanstalt der organische Schwachsinn eine direkte Folge ihrer Syphilis ist. Sie stellen sich widersprechende Behauptungen auf und akzeptieren sie. Die Stimmung variiert zwischen Euphorie und Apathie, und es herrscht eine allgemeine emotionale Labilität. Der klassische Typ ist gekennzeichnet durch eine verrückte Euphorie, Größenwahn und Ausbrüche extremer Paranoia.»

«Um Himmels willen, das einzige, was Sie vergessen haben, ist der verrückte Schnurrbart», sagte ich. Ich zündete mir eine Zigarette an und paffte niedergeschlagen. «Um Gottes willen, wechseln Sie das Thema. Lassen Sie uns über etwas Heiteres sprechen, zum Beispiel über unseren Freund, den Massenmörder. Wissen Sie, ich fange an, seine Motive zu verstehen, wirklich. Ich meine, es sind doch die jungen Mütter von morgen, die er umbringt. Neue kindergebärende Maschinen, um neue Rekruten für die Partei zu produzieren. Was mich angeht, ich stimme für alle diese Nebenprodukte der Asphalt-Zivilisation, über die sie immer herziehen – für die kinderlosen Familien mit eugenisch versagenden Frauen, zumindest solange, bis wir dieses Gummiknüppel-Regime los sind. Was macht schon ein Psychopath mehr unter so vielen?»

«Sie sagen mehr, als Sie ahnen», sagte sie. «Wir sind alle fähig zur Grausamkeit. Jeder von uns ist ein latenter Verbrecher. Das Leben ist bloß ein Kampf, um die zivilisierte Haut zu retten. Viele sadistische Mörder entdecken, daß es sie nur gelegentlich überkommt. Peter Kürten, zum Beispiel. Er war offenbar ein Mann von einer derart kindlichen Gemütsart, daß niemand, der ihn kannte, glauben konnte, er sei fähig, solche entsetzlichen Verbrechen zu begehen, wie er sie beging.»

Sie kramte in ihrer Aktentasche, und nachdem sie den Tisch abgewischt hatte, legte sie ein dünnes blaues Buch zwischen unsere Biergläser.

«Dieses Buch ist von Carl Berg. Er ist Gerichtsmediziner, der Gelegenheit hatte, Kürten im Anschluß an dessen Haft längere Zeit zu studieren. Ich habe Berg kennengelernt und respektiere seine Arbeit. Er gründete in Düsseldorf das Institut für Gerichts- und Sozialmedizin und war eine Zeitlang gerichtsmedizinischer Sachverständiger am Düsseldorfer Kriminalgericht. Dieses Buch, *Der Sadist*, ist vermutlich eine der besten Schilderungen der Psyche eines Mörders, die je geschrieben wurden. Ich kann's Ihnen leihen, wenn Sie möchten.»

«Danke, gern.»

«Das wird Ihnen helfen, zu verstehen», sagte sie. «Aber um in das Hirn eines Mannes wie Kürten einzudringen, sollten Sie das hier lesen.» Abermals tauchte sie in ihre mit Büchern gefüllte Aktentasche.

«*Les Fleurs du mal*», las ich, «von Charles Baudelaire.» Ich schlug das Buch auf und überflog die Verse. «Gedichte?» Ich hob eine Augenbraue.

«Oh, gucken Sie doch nicht so argwöhnisch, Herr Kommissar. Ich meine es vollkommen ernst. Es ist eine gute Übersetzung, und Sie werden in den Gedichten mehr finden, als Sie vielleicht erwarten, glauben Sie mir.» Sie lächelte mich an.

«Ich habe keine Gedichte mehr gelesen, seit ich auf der Schule Goethe paukte.»

«Und welche Meinung hatten Sie von ihm?»

«Werden aus Frankfurter Anwälten gute Dichter?»

«Eine interessante Kritik», sagte sie. «Hoffen wir, daß Sie von Baudelaire besser denken werden. Und jetzt muß ich leider gehen.» Sie stand auf, und wir gaben uns die Hand. «Wenn Sie die Bücher durchgelesen haben, können Sie sie mir ins Göring-Institut, Budapester Straße, zurückbringen. Vom Zoo aus nur ein Sprung über die Straße. Es interessiert mich wirklich, die Meinung eines Kommissars über Baudelaire zu hören», sagte sie.

«Es wird mir ein Vergnügen sein. Und Sie können mir sagen, was Sie von Doktor Lanz Kindermann halten.»

«Kindermann? Sie kennen Lanz Kindermann?»

«In gewisser Hinsicht.»

Sie warf mir einen aufmerksamen Blick zu. «Wissen Sie, für einen Kriminalkommissar haben Sie sicherlich eine Menge Überraschungen auf Lager. Das steht fest.»

7.
Sonntag, 11. September

Ich mag Tomaten am liebsten, wenn sie noch ein bißchen grün sind. Dann sind sie süß und fest und haben eine glatte, kühle Schale, so wie man sie sich für einen Salat wünscht. Wenn aber eine Tomate eine

Zeitlang unterwegs gewesen ist, bekommt sie ein paar Runzeln, wird zu weich zum Anfassen und fängt sogar an, ein bißchen sauer zu schmecken.

Mit Frauen ist es dasselbe. Nur daß diese hier für mich vielleicht ein Hauch zu grün und, zu ihrem eigenen Vorteil, womöglich eher zu kühl war. Sie stand vor meiner Wohnungstür und musterte mich mit unverschämtem Blick von Kopf bis Fuß, als ob sie meine Fähigkeit oder Unfähigkeit als Liebhaber taxieren wollte. «Ja?» sagte ich. «Was willst du?»

«Ich sammle für das Reich», erklärte sie und klimperte mit den Wimpern. Sie hielt einen Beutel mit Altkleidern hin, als wolle sie ihre Geschichte erhärten. «Die Wirtschaftshilfe der Partei. Oh, der Pförtner hat mich reingelassen.»

«Das sehe ich. Was, genau, hättest du denn gern?»

Sie hob eine Augenbraue, und ich fragte mich, ob ihr Vater meinte, sie sei nicht mehr jung genug, um ihr den Hintern zu versohlen.

«Nun, was haben Sie denn?» In ihrer Stimme war heimlicher Spott. Sie war hübsch, so wie sie dastand, schmollend und herausfordernd zugleich. In Zivilkleidern wäre sie vielleicht als Zwanzigjährige durchgegangen, aber mit ihren beiden Zöpfchen und bekleidet mit den derben Stiefeln, dem langen marineblauen Rock, der adretten weißen Bluse und der braunen Lederjacke des BDM schätzte ich sie nicht älter als sechzehn.

«Ich werde nachsehen und schauen, was ich finde», sagte ich, halb belustigt über ihre Art, sich wie eine Erwachsene zu benehmen, was mir zu bestätigen schien, was man zuweilen von BDM-Mädchen hörte: Sie seien sexuell freizügig, und es sei genauso wahrscheinlich, daß sie sich in einem Lager der Hitlerjugend ein Kind machen, als in Nadelarbeit, Erster Hilfe und Deutscher Volkskunde unterrichten ließen. «Ich schätze, du kommst besser rein.»

Das Mädchen stolzierte durch die Tür, als schleppe es ein Nerzcape hinter sich her, und unterzog die Diele einer flüchtigen Prüfung. Sie schien nicht sehr beeindruckt. «Ganz nett», murmelte sie ungerührt.

Ich schloß die Tür und legte meine Zigarette in den Aschenbecher auf dem Tisch in der Diele. «Warte hier.»

Ich ging ins Schlafzimmer und suchte unter dem Bett nach dem Koffer, in dem ich alte Hemden und fadenscheinige Handtücher aufbewahrte, ganz zu schweigen von meinem gesamten Hausstaub und den Teppichflusen. Als ich aufstand und mich abbürstete, lehnte sie in der Tür und rauchte meine Zigarette. Sie blies mir frech einen perfekten Rauchkringel entgegen.

«Ich dachte, von euch ‹Glaube-und-Schönheit›-Mädchen wird erwartet, daß ihr nicht raucht», sagte ich und versuchte meine Verärgerung zu verbergen.

«Wirklich wahr?» grinste sie. «Es gibt ein paar Sachen, zu denen man uns nicht ermutigt. Wir sollen dies nicht tun, wir sollen das nicht tun. Heutzutage scheint fast alles böse zu sein, oder? Aber ich sage immer, wenn du diese bösen Dinge nicht tun kannst, solange du noch jung genug bist, Spaß dran zu haben, was hat's dann für einen Sinn, sie überhaupt zu tun?» Sie stieß sich vom Türrahmen ab und stolzierte hinaus.

Was für ein kleines Miststück, dachte ich und folgte ihr nach nebenan ins Wohnzimmer.

Sie inhalierte laut, als schlürfe sie einen Löffel Suppe, und blies mir einen weiteren Kringel ins Gesicht. Hätte ich ihn fangen können, hätte ich ihn um ihren hübschen kleinen Hals gelegt. «Trotzdem», sagte sie, «ich glaube kaum, daß ein kleiner Trommler den ganzen Haufen in die Tasche stecken wird, wie?» Ich lachte.

«Seh ich aus wie ein Esel, der billige Zigaretten rauchen würde?»

«Nein, ich denke nicht», gab sie zu. «Wie heißen Sie?»

«Plato.»

«Plato. Paßt zu Ihnen. Also. Plato, Sie können mich küssen, wenn Sie wollen.»

«Du verlierst keine Zeit, wie?»

«Kennen Sie denn die Spitznamen für den BDM nicht? Bund Deutscher Matratzen? Bequem für Deutsche Männer?» Sie legte ihre Arme um meinen Nacken und probierte eine Reihe verführerischer Grimassen aus, die sie vermutlich vor dem Spiegel ihrer Frisierkommode geübt hatte.

Ihr heißer junger Atem roch abgestanden, aber ich, bloß um freundlich zu sein, nahm es an Sachkunde im Küssen mit ihr auf, während meine Hände sich auf ihre jungen Brüste preßten und meine

Finger die Warzen kneteten. Dann umfaßte ich ihre Hinterbacken mit feuchten Händen und drückte sie enger an mich. Sie verdrehte die frechen Augen, als sie sich an mich preßte. Ich würde lügen, wenn ich sagte, ich sei nicht in Versuchung gewesen.

«Kennen Sie schöne Gutenachtgeschichten, Plato?» kicherte sie.

«Nein», sagte ich und packte sie fester. «Aber ich kenne eine Menge böser Geschichten. Solche, in denen die schöne, aber verdorbene Prinzessin lebendig gekocht und vom bösen Troll aufgefressen wird.»

Ein schwacher Schimmer von Zweifel trat in die strahlend blaue Iris ihrer verderbten Augen, und ihr Lächeln war nicht mehr so selbstsicher, als ich ihren Rock hochzog und begann, ihren Schlüpfer herunterzustreifen.

«Oh, ich könnte dir eine Menge solcher Geschichten erzählen», sagte ich finster. «Solche, die Polizisten ihren Töchtern erzählen. Schreckliche, grausige Geschichten, die Mädchen die Art von Alpträumen bescheren, über die ihre Väter sich freuen können.»

«Hören Sie auf», lachte sie nervös. «Sie machen mir angst.»

Jetzt ganz sicher, daß die Dinge nicht nach Plan verliefen, griff sie verzweifelt nach ihrem Schlüpfer, als ich ihn über ihre Beine zerrte, den Flaum zwischen ihren Beinen entblößend. «Sie werden froh sein, weil das bedeutet, daß ihre hübschen kleinen Töchter viel zu ängstlich sein werden, jemals in das Haus eines fremden Mannes zu gehen, bloß für den Fall, daß er sich als ein böser Troll entpuppt.»

«Bitte, nicht», sagte sie.

Ich versetzte ihr einen Schlag auf den nackten Hintern und stieß sie weg.

«Du kannst also von Glück sagen, Prinzessin, daß ich ein Detektiv bin und kein Troll, sonst wärst du jetzt Hackepeter.»

«Sie sind ein Polizist?» keuchte sie, und Tränen traten ihr in die Augen.

«Richtig, ich bin ein Polizist. Und wenn ich dich noch mal dabei erwische, daß du die junge Nutte spielst, werde ich dafür sorgen, daß dein Vater dir eine Tracht Prügel verpaßt, verstanden?»

«Ja», flüsterte sie und zog eilig ihren Schlüpfer hoch.

Ich hob den Haufen alter Hemden und Handtücher vom Boden auf und warf ihn in ihre Arme.

«Und jetzt raus hier, bevor ich's selber besorge.» Sie rannte in die Diele und aus der Wohnung, so entsetzt, als sei ich der Nibelung selbst gewesen.

Nachdem ich die Tür hinter ihr verschlossen hatte, wirkten der Geruch und die Berührung dieses köstlichen kleinen Körpers und dessen entäuschtes Begehren nicht länger in mir nach, als es dauerte, einen kräftigen Schluck und ein kaltes Bad zu nehmen. In diesem September schien die Leidenschaft, die bereits wie ein vergammelter Sicherungskasten schmorte, sich leicht zu entzünden, und ich wünschte, daß man mit dem heißen Blut der Sudetendeutschen in der Tschechoslowakei so leicht fertig werden konnte wie ich mit meiner Erregung.

Als Polizist lernt man, daß bei heißer Witterung mit einer Zunahme der Verbrechen zu rechnen ist. Im Januar und Februar bleiben selbst die schrecklichsten Verbrecher zu Hause am warmen Ofen.

Als ich, später an diesem Tag, Professor Bergs Buch *Der Sadist* las, fragte ich mich, wie viele Leben einfach dadurch gerettet worden waren, daß es für Kürten zu kalt oder zu feucht war, um sich vor die Tür zu wagen. Trotzdem, neun Morde, sieben versuchte Morde und vierzig Brandstiftungen waren ein recht eindrucksvolles Register.

Berg zufolge war Kürten, der einer gewalttätigen Familie entstammte, in früher Jugend zum Verbrecher geworden, hatte eine Reihe kleinerer Diebstähle begangen und zahlreiche Gefängnisstrafen verbüßt, bevor er, im Alter von achtunddreißig Jahren, eine Frau mit einem starken Charakter geheiratet hatte. Er hatte immer sadistische Regungen verspürt, dazu geneigt, Katzen und andere stumme Geschöpfe zu quälen, und sah sich jetzt gezwungen, diesen Neigungen eine seelische Zwangsjacke zu verpassen. Aber wenn seine Frau nicht zu Hause war, wurde Kürtens böser Dämon manchmal so stark, daß er ihn nicht zurückhalten konnte, und er wurde dazu getrieben, die schrecklichen und sadistischen Verbrechen zu begehen, die ihm seinen schändlichen Ruf eintragen sollten.

Dieser Sadismus war ursprünglich sexueller Art, erklärte Berg. Kürtens häusliche Umstände hatten ihn für eine Abweichung vom Sexualtrieb empfänglich gemacht, und seine frühen Erfahrungen hatten alle dazu beigetragen, die Richtung dieses Triebs festzulegen.

In den zwölf Monaten zwischen Kürtens Verhaftung und seiner Hinrichtung war Berg regelmäßig mit Kürten zusammengetroffen und hatte in ihm einen Mann von bemerkenswertem Charakter und Talent gefunden. Er verfügte über eine Menge Charme, Intelligenz, ein vorzügliches Gedächtnis und eine scharfe Beobachtungsgabe. Berg sah sich sogar veranlaßt, auf die Zugänglichkeit des Mannes hinzuweisen. Ein weiterer hervorstechender Charakterzug Kürtens war seine Eitelkeit, die sich in seinem schicken, gepflegten Aussehen ausdrückte und in seiner Freude darüber, die Düsseldorfer Polizei, solange es ihm gefiel, an der Nase herumgeführt zu haben.

Bergs Schlußfolgerung war für ein zivilisiertes Mitglied der Gesellschaft nicht sonderlich angenehm: Kürten war, nach den Maßstäben des Paragraphen 51, nicht verrückt, das heißt, seine Taten waren weder vollkommen zwanghaft noch insgesamt unausweichlich oder zeugten von reiner, unverfälschter Grausamkeit.

Als wäre das nicht schon schlimm genug, fühlte ich mich bei der Lektüre Baudelaires seelisch so wie ein Ochse im Schlachthaus. Man brauchte seine Einbildungskraft nicht übermenschlich zu strapazieren, um Frau Kalau vom Hofes Behauptung zuzustimmen, daß dieser ziemlich barbarische französische Dichter eine deutliche Beschreibung der Seele eines Landru, eines Gormann oder eines Kürten lieferte.

Doch es steckte noch etwas mehr dahinter. Etwas, das tiefer und umfassender war als bloß ein Zugang zur Psyche des Massenmörders. In Baudelaires Interesse an der Grausamkeit, seiner Sehnsucht nach der Vergangenheit und durch seine Enthüllung einer Welt von Tod und Verderbtheit hörte ich das Echo einer satanischen Litanei und sah das bleiche Spiegelbild einer anderen Art von Verbrecher, eines Mannes, dessen Spleen die Kraft des Gesetzes hatte.

Ich habe für Worte kein gutes Gedächtnis. Ich kann mir kaum den Text der Nationalhymne merken. Aber einige dieser Verse blieben mir im Kopf wie der nachhaltige Geruch einer Mischung aus Moschus und Teer.

Am Abend fuhr ich nach Zehlendorf, um Katja, Brunos Witwe, zu besuchen. Es war mein zweiter Besuch seit Brunos Tod, und ich hatte ein paar seiner Sachen aus meinem Büro bei mir, und auch einen Brief von meiner Versicherung, an die ich in Katjas Namen geschrieben hatte, und in dem sie Katjas Ansprüche anerkannte. Es gab jetzt noch weniger zu sagen als beim ersten Mal, aber ich blieb trotzdem eine volle Stunde, hielt Katjas Hand und versuchte, den Kloß in meiner Kehle mit mehreren Schnäpsen herunterzuspülen.

«Wie nimmt Heinrich es auf?» sagte ich unbehaglich, denn es war nicht zu überhören, daß der Junge in seinem Zimmer sang.

«Er hat bis jetzt noch nicht darüber gesprochen», sagte Katja, und in ihren Kummer mischte sich ein bißchen Verlegenheit. «Ich glaube, er singt, weil er Angst davor hat, sich damit abfinden zu müssen.»

«Kummer wirkt sich bei Menschen ganz verschieden aus», sagte ich, verzweifelt nach einer Entschuldigung suchend. Aber ich glaubte nicht, daß das stimmte. Aus dem vorzeitigen Tod meines eigenen Vaters hatte sich, zumal ich viel älter gewesen war als Heinrich heute, als brutale Folgerung die unausweichliche Erkenntnis ergeben, daß ich selber nicht unsterblich war. Normalerweise wäre ich gegen Heinrichs Gesang unempfindlich gewesen, aber jetzt fragte ich: «Aber warum muß er dieses Lied singen?»

«Er hat sich in den Kopf gesetzt, daß die Juden mit dem Tod seines Vaters etwas zu tun haben.»

«Das ist lächerlich», sagte ich.

Katja seufzte und schüttelte den Kopf. «Das habe ich ihm auch gesagt, Bernie. Aber er wollte nichts davon wissen.»

Beim Rausgehen zögerte ich vor der Zimmertür des Jungen und horchte, wie er mit seiner kräftigen jungen Stimme das Lied «Wenn's Judenblut vom Messer spritzt» sang.

Einen Augenblick war ich versucht, die Tür aufzureißen und dem jungen Burschen einen Kinnhaken zu versetzen. Aber was hatte das für einen Sinn? Was konnte man anderes tun, als ihn in Ruhe zu lassen? Es gibt so viele Möglichkeiten, vor dem zu fliehen, was man fürchtet, und nicht selten flieht man in den Haß.

8.
Montag, 12. September

Eine Dienstmarke, ein Dienstausweis, ein Büro in der dritten Etage, und, abgesehen von den vielen SS-Uniformen, denen man begegnete, war es fast so wie in alten Zeiten. Es war schade, daß es nicht allzu viele glückliche Erinnerungen gab, aber Glücksgefühle gab es im Alex nie im Überfluß, es sei denn, man hatte eine Vorstellung von der Partei, die einschloß, daß diese mit einem Stuhlbein auf eine Niere eindrosch. Ein paarmal hielten mich Männer auf dem Flur an, die ich von früher kannte, um mich zu begrüßen und mir zu sagen, wie leid es ihnen wegen Bruno täte. Doch meistens sah man mich an wie einen Bestattungsunternehmer auf einer Krebsstation.

Deubel, Korsch und Becker warteten auf mich in meinem Büro. Deubel erläuterte seinen Untergebenen die subtile Technik des Zigaretten-Schlages.

«So ist's richtig», sagte er. «Wenn er die Kippe ins Maul steckt, verpaßt du ihm den Aufwärtshaken. Ein offener Kiefer bricht wirklich leicht.»

«Wie schön zu hören, daß die Methoden der Kripo mit den modernen Zeiten Schritt halten», sagte ich, als ich eintrat. «Ich schätze, das haben Sie im Freikorps gelernt, Deubel.»

Der Mann grinste. «Sie haben mein Schulzeugnis gelesen, Kommissar.»

«Ich habe 'ne Menge gelesen», sagte ich und setzte mich an meinen Schreibtisch.

«Habe mir nie viel aus Lesen gemacht», sagte er.

«Sie überraschen mich.»

«Sie haben die Bücher von dieser Frau gelesen, nicht wahr?» fragte Korsch. «In denen die Seele des Verbrechers erklärt wird?»

«Diese hier braucht keine große Erklärung», sagte Deubel. «Er ist ein verdammter Spinner.»

«Vielleicht», sagte ich. «Aber mit Totschlägern und Schlagringen werden wir ihn nicht kriegen. Sie können alle Ihre üblichen Methoden vergessen – Zigaretten-Schläge und solche Sachen.» Ich starrte Deubel durchdringend an. «Ein Mörder wie dieser ist schwer zu fassen, weil er, zumindest die meiste Zeit, so aussieht und sich so benimmt wie ein normaler Bürger. Und da er keine Kennzeichen eines Verbrechers und kein offensichtliches Motiv hat, können wir nicht auf Informanten zurückgreifen, die uns auf seine Spur führen.» Kriminalassistent Becker, ausgeliehen von der Abteilung VB 3 – Sitte –, schüttelte den Kopf. «Verzeihung, Herr Kommissar», sagte er, «das stimmt nicht ganz. Wenn man mit sexuell Abartigen zu tun hat, weiß man, daß es wenig Informanten gibt. Arschficker und Tunten, das ist wahr, aber hin und wieder lassen sie was Brauchbares raus.»

«Ich wette, daß sie das tun», knurrte Deubel.

«In Ordnung», sagte ich. «Wir werden sie uns vornehmen. Aber zuerst möchte ich, daß Sie zwei Aspekte dieses Falles nicht vergessen. Der eine ist, daß diese Mädchen verschwinden und ihre Leichen anschließend irgendwo in der Stadt gefunden werden. Nun, das sagt mir, daß unser Täter ein Auto benutzt. Der andere Aspekt ist, daß wir, soweit ich weiß, nicht einen einzigen Bericht von einem Zeugen haben, der die Entführung eines Opfers gesehen hat. Keine Berichte über ein Mädchen, das um sich schlagend und schreiend auf den Rücksitz eines Autos gezerrt wurde. Das scheint mir darauf hinzuweisen, daß sie freiwillig mit dem Mörder gingen. Es ist nun unwahrscheinlich, daß sie alle den Mörder kannten, aber es ist durchaus denkbar, daß sie ihm wegen seines Aussehens vertrauten.»

«Ein Priester vielleicht», sagte Korsch. «Oder ein HJ-Führer.»

«Oder ein Polyp», sagte ich. «Es ist ohne weiteres vorstellbar, daß er als Priester, HJ-Führer oder Polizist auftritt. Oder jedesmal anders.»

«Sie glauben, daß er sich verkleidet?» sagte Korsch.

Ich zuckte die Achseln. «Ich glaube, wir müssen uns alle diese Möglichkeiten offenhalten, Korsch. Ich möchte, daß Sie die Strafregister durchgehen und sehen, ob Sie nicht jemanden, der wegen eines Sexualdelikts bestraft worden ist, mit einer Uniform, einer Kirche oder einem Führerschein in Verbindung bringen können.» Er machte ein langes Gesicht. «Es ist eine Riesenarbeit, ich weiß, also habe ich mit Lobbes gesprochen, und er wird Ihnen Hilfe schicken.» Ich sah auf meine Armbanduhr. «Kriminaldirektor Müller erwartet Sie drüben in VC 1 in etwa zehn Minuten.»

«Noch nichts über das Hanke-Mädchen?» fragte ich Deubel, als Korsch gegangen war.

«Meine Männer haben alles abgesucht», sagte er. «Die Bahndämme, die Parks, die Müllplätze. Wir haben zweimal den Teltowkanal abgefischt. Es gibt nicht mehr viel, was wir tun können.» Er zündete sich eine Zigarette an und verzog das Gesicht. «Sie ist inzwischen tot. Das weiß doch jeder.»

«Ich möchte, daß Sie in dem Gebiet, in dem sie verschwand, von Haus zu Haus gehen und jeden befragen. Ich meine jeden, eingeschlossen die Schulfreunde des Mädchens. Jemand muß etwas gesehen haben. Nehmen Sie Fotos mit, um dem Erinnerungsvermögen auf die Sprünge zu helfen.»

«Nehmen Sie's mir nicht übel, Kommissar», knurrte er, «aber das ist mit Sicherheit eine Arbeit für die uniformierten Jungens von der Orpo.»

«Diese Holzköpfe taugen dazu, Trunkenbolde und fliegende Händler einzubuchten», sagte ich. «Aber für diese Arbeit ist Intelligenz erforderlich. Das ist alles.»

Deubel zog eine Grimasse, drückte seine Zigarette aus, und man sah ihm an, daß er wünschte, mein Gesicht sei der Aschenbecher gewesen. Dann schob er sich widerwillig aus meinem Büro.

«Sie passen besser auf, was Sie zu Deubel über die Orpo sagen, Kommissar», meinte Becker. «Er ist ein Freund von Daluege. Sie waren in Stettin im gleichen Freikorps-Regiment.»

Kurt «Knallkopf» Daluege war der Chef der Orpo.

«Danke, ich habe seine Akte gelesen.»

«Früher war er ein guter Polizist. Aber in letzter Zeit schiebt er im Dienst eine ruhige Kugel und verdrückt sich dann nach Hause. Alles, was Eberhard Deubel vom Leben will, ist, lange genug zu leben, um seine Pension zu kassieren und seine Tochter mit dem Direktor einer Bankfiliale zu verheiraten.»

«Im Alex gibt's eine Menge von seiner Sorte», sagte ich. «Sie haben Kinder, nicht wahr, Becker?»

«Einen Sohn, Kommissar», sagte er stolz. «Norfried. Er wird bald zwei.»

«Norfried? Hört sich ziemlich germanisch an.»

«Meine Frau, Kommissar. Sie ist Feuer und Flamme für dieses ganze arische Zeug von Doktor Rosenberg.»

«Und was hält sie davon, daß Sie bei der Sitte arbeiten?»

«Wir reden nicht viel über das, was im Dienst passiert. Soweit es sie angeht, bin ich bloß ein Polizist.»

«Dann erzählen Sie mir mal was über die Informanten aus Ihrem Milieu.»

«Als ich in Abteilung M 2 war, die sich um die Bordelle kümmert, benutzten wir nur einen oder zwei», erklärte er. «Aber Meisingers Schwulen-Kommando benutzt sie dauernd. Er ist von Informanten abhängig. Vor ein paar Jahren gab es eine Homosexuellen-Organisation namens ‹Freundschafts-Liga› mit etwa dreißigtausend Mitgliedern. Also, Meisinger kriegte die gesamte Liste in die Finger und greift immer noch hin und wieder auf sie zurück, wenn er Informationen braucht. Er hat auch die beschlagnahmte Abonnentenliste verschiedener pornographischer Zeitschriften und die Namen der Verleger dazu. Bei ein paar von denen könnten wir's probieren. Dann gibt es noch Reichsführer Himmlers ‹Riesenrad›, eine elektrisch betriebene rotierende Zettelkartei mit Tausenden von Namen. Auf die könnten wir jederzeit zurückgreifen und sehen, was die ausspuckt.»

«Hört sich an wie etwas, das ein Zigeuner-Wahrsager benutzen würde.»

«Es heißt, das Ding wäre Himmlers liebstes Kind.»

«Und was macht man, wenn man ein bißchen rumschnüffeln will? Wo sind jetzt die ganzen Mädchen in dieser Stadt, wo alle Puffs geschlossen sind?»

«Massagesalons. Wenn Sie ein Mädchen ein bißchen ausquetschen wollen, müssen Sie sich erst den Rücken massieren lassen. Kuhn – er ist der Chef von M 3 – er kümmert sich nicht viel um sie. Sie wollen ein paar Bienen befragen, ob sie in letzter Zeit mal einen Spinner massieren mußten, Kommissar?»

«Ob wir da anfangen oder woanders, ist mir egal.»

«Für die Suche nach vermißten Personen werden wir einen Durchsuchungsbefehl brauchen.«

«Dann besorgen wir einen, Becker.»

Becker war großgewachsen, hatte kleine, gelangweilte, blaue Augen, einen Schopf dünner, gelber, strohiger Haare und ein spöttisches, beinahe manisches Lächeln. Er hatte das Gesicht eines Zynikers, und der war er in der Tat. In Beckers alltäglicher Unterhaltung war mehr Blasphemie gegen die göttliche Schönheit des Lebens, als man sie bei einer Meute hungriger Hyänen gefunden hätte.

Da uns klar war, daß es noch viel zu früh war, den Massagesalons einen Besuch zu machen, beschlossen wir, uns zuerst bei den schmutzigen Büchern umzusehen, und fuhren vom Alex zum Halleschen Tor.

Das Wende-Haus war ein großes, graues Gebäude dicht an den S-Bahn-Gleisen. Wir stiegen ins oberste Geschoß, wo Becker, mit eingefrorenem Grinsen, eine Tür eintrat.

Ein rundlicher, affektierter kleiner Mann mit Monokel und Schnurrbart sah von seinem Sessel auf und lächelte nervös, als wir in sein Büro marschierten.

«Oh, Herr Becker», sagte er. «Herein, immer herein. Und Sie haben einen Freund mitgebracht. Ausgezeichnet.»

Es war nicht viel Platz in dem modrig riechenden Haus. Hohe Regale, mit Büchern und Zeitschriften gefüllt, umstanden den Schreibtisch und den Aktenschrank. Ich nahm eine Illustrierte in die Hand und begann sie durchzublättern.

«Hallo, Helmut», grinste Becker und griff ebenfalls nach einer Zeitschrift. Er knurrte zufrieden, als er umblätterte. «Ganz schöne Sauerei», lachte er.

«Bedienen Sie sich, meine Herren», sagte der Mann namens Helmut. «Wenn Sie irgendwas Spezielles suchen, fragen Sie einfach. Nur keine falsche Scham.» Er lehnte sich in seinen Sessel zurück, fischte aus der Tasche seiner schmutzigen grauen Weste eine Schnupftabaksdose, die er mit einem Schnipser seines schmutzigen Daumennagels öffnete. Er zog eine Prise hoch, und das genießerische Geräusch, mit dem er es tat, war eine ebenso große Beleidigung für die Luft wie jedes der hier erhältlichen Druckwerke für das Auge.

Die präzise, aber erbärmlich schlecht fotografierten gynäkologischen Einzelheiten wurden in dem Heft, das ich gerade ansah, zum Teil von Texten begleitet, die dazu bestimmt waren, den Hosenschlitz auszubeulen. Wenn man dem Text glauben wollte, kopulierten junge deutsche Krankenschwestern genauso bedenkenlos wie gemeine Straßenköter.

Becker warf seine Illustrierte zu Boden und nahm eine zweite in die Hand. «‹Die Hochzeitsnacht der Jungfrau›», las er.

«Nicht Ihre Kragenweite, Herr Becker», sagte Helmut.

«‹Die Geschichte eines Dildos›?»

«Das ist gar nicht übel.»

«‹In der U-Bahn vergewaltigt›.»

«Ja, das ist wirklich gut. Da ist ein Mädchen drin, mit der saftigsten Möse, die ich je gesehen habe.»

«Und Sie haben ein paar gesehen, nicht wahr, Helmut?»

Der Mann lächelte bescheiden und blickte Becker über die Schulter, als dieser die Fotos genauer betrachtete.

«Genau der Typ ‹Hübsches Mädchen von nebenan›, meinen Sie nicht?»

Becker knurrte. «Wenn du zufällig gleich neben einem verdammten Hundezwinger wohnst.»

«Oh, sehr gut», lachte Helmut und begann sein Monokel zu putzen. Dabei löste sich eine lange, vollkommen graue Strähne seines glatten braunen Haares von einer dürftig verdeckten kahlen Stelle, wie eine Steppdecke, die von seinem Bett gleitet, und baumelte lächerlich neben einem seiner durchscheinenden roten Ohren.

«Wir suchen einen Mann, der gern kleine Mädchen verstümmelt», sagte ich. «Haben Sie für so einen Perversen was auf Lager?»

Helmut lächelte und schüttelte den Kopf. «Nein. Leider nicht. Die sadistische Abteilung des Marktes interessiert uns wenig. Das Auspeitschen und die Brutalitäten überlassen wir anderen.»

«Den Teufel tust du!» fauchte Becker. Ich versuchte, den Aktenschrank zu öffnen, doch er war abgeschlossen.

«Was ist da drin?»

«Ein paar Papiere. Die Portokasse. Die Rechnungsbücher, und so etwas. Für Sie nicht von Interesse, denke ich.»

«Machen Sie ihn auf.»

«Wirklich, Herr Kommissar, es gibt da nichts von Interesse ...»

Die Worte blieben ihm im Hals stecken, als er das Feuerzeug in meiner Hand sah. Ich fuhr mit dem Daumen über das Rädchen und hielt das Feuerzeug unter die Illustrierte, die ich gerade gelesen hatte. Sie brannte mit einer trägen blauen Flamme.

«Becker, wieviel hat diese Illustrierte wohl gekostet?»

«Oh, die sind teuer, Kommissar. Jede kostet mindestens zehn Mark.»

«Das Lager in diesem Rattenloch muß Tausende von Mark wert sein.»

«Wenn nicht mehr. Wäre ein Jammer, wenn's ein Feuer gäbe.»

«Ich hoffe, er ist versichert.»

«Sie wollen einen Blick in den Aktenschrank werfen?» fragte Helmut. «Sie hätten doch nur was zu sagen brauchen.» Er gab Becker den Schlüssel, während ich die glimmende Zeitschrift lässig in den Metall-Papierkorb fallen ließ.

In der oberen Schublade war nur eine Geldkassette, aber in der unteren stieß ich auf einen Haufen pornographischer Hefte. Becker nahm eines heraus und entfernte den unverfänglichen Schutzumschlag.

«‹Jungfrauenopfer›», las er die Titelseite vor. «Sehen Sie sich das an, Kommissar.»

Er zeigte mir eine Reihe Fotografien, auf denen die Erniedrigung und Züchtigung eines Mädchens, nicht älter als eine Gymnasiastin, durch einen alten häßlichen Mann mit einem schlechtsitzenden Toupet dargestellt war. Die Striemen, die sein Rohrstock auf ihrem nackten Rücken hinterlassen hatte, sahen tatsächlich sehr echt aus.

«Widerlich», sagte ich.

«Wohlgemerkt, ich bin bloß der Verteiler», sagte Helmut und schneuzte sich die Nase in einem schmutzigen Taschentuch, «nicht der Hersteller.»

Eine Fotografie war besonders interessant. Ein nacktes Mädchen, an Händen und Füßen gefesselt, lag wie ein Menschenopfer auf einem Altar. Ihre Vagina war von einer riesigen Gurke durchbohrt. Becker blickte Helmut grimmig an.

«Aber Sie wissen, wer sie herstellt, nicht wahr?» Helmut blieb nur so lange stumm, bis Becker ihn bei der Kehle packte und anfing, ihn zu ohrfeigen.

«Bitte, schlagen Sie mich nicht.»

«Wahrscheinlich hast du noch Spaß dran, du widerlicher kleiner Perverser», knurrte er und kam offensichtlich in Schwung. «Komm, sag's mir, oder du sagst es dem hier.» Er fischte einen kurzen Gummiknüppel aus seiner Tasche und preßte ihn gegen Helmuts Gesicht.

«Es war Poliza», rief Helmut. Becker quetschte sein Gesicht.

«Sag's noch mal.»

«Theodor Poliza. Er ist Fotograf. Er hat ein Atelier am Schiffbauerdamm, neben dem Theater. Er ist Ihr Mann.»

«Wenn du uns angelogen hast, Helmut», sagte Becker und rieb den Gummiknüppel an Helmuts Wange, «kommen wir zurück. Und wir werden nicht nur dein Lager in Brand stecken, sondern dich gleich mit. Ich hoffe, du hast das kapiert.» Er stieß ihn weg.

Helmut betupfte seinen blutenden Mund mit seinem Taschentuch. «Ja», sagte er, «ich verstehe.»

Als wir wieder draußen waren, spuckte ich in den Rinnstein.

«Da kriegt man einen üblen Geschmack im Mund, oder? Ich bin froh, daß ich keine Tochter habe, wirklich.»

Ich hätte ihm gern gesagt, daß ich seiner Meinung war. Ich tat's bloß nicht.

Wir fuhren nach Norden.

Was war das für eine Stadt, wenn man ihre öffentlichen Gebäude sah, so riesig wie Berge aus grauem Granit. Sie bauten sie gewaltig, bloß um dich an die Bedeutung des Staates und an die relative Bedeutungslosigkeit des einzelnen zu erinnern. Das zeigt deutlich, wie die ganze nationalsozialistische Bewegung ins Rollen kam. Es ist schwer, von einer Regierung, von jeder Regierung, nicht beeindruckt zu werden, die in so grandiosen Bauwerken residiert. Und die langen, breiten Prachtstraßen, die schnurgerade von einem Bezirk zum anderen verlaufen, schienen einzig und allein für Kolonnen marschierender Soldaten erbaut worden zu sein.

Da mein Magen sich rasch wieder beruhigt hatte, sagte ich Becker, er solle in der Friedrichstraße vor einer Metzgerei mit Mittagstisch anhalten, wo ich für uns zwei Terrinen Linsensuppe kaufte. Wir standen an einem der kleinen Tische und beobachteten die Berliner Hausfrauen, die sich anstellten, um ihre Würste zu kaufen, die wie die verrosteten Federn eines riesigen Autos auf der langen Marmortheke lagen oder wie Büschel überreifer Bananen von den gefliesten Wänden herabhingen.

Becker mochte verheiratet sein, aber den Frauen sah er trotzdem nach, und solange wir im Geschäft waren, hatte er für die meisten der Frauen, die hereinkamen, ziemlich schweinische Bemerkungen parat. Und es war meiner Aufmerksamkeit nicht entgangen, daß er bei Helmut ein paar der pornographischen Zeitschriften eingesteckt hatte.

Wie hätte es mir auch entgehen sollen? Er hatte nicht versucht, es zu verbergen. Man schlug einem Mann ins Gesicht, verletzte ihn, bedrohte ihn mit einem Gummiknüppel, nannte ihn einen degenerierten Schmutzfinken und riß sich dann ein paar seiner schweinischen Hefte unter den Nagel – so war das nun mal, wenn man bei der Kripo war.

Wir gingen zum Wagen zurück.

«Kennen Sie diesen Typ, diesen Poliza?» fragte ich.

«Wir sind uns begegnet», sagte er. «Was kann ich Ihnen schon über ihn erzählen, außer daß er ein Stück Scheiße ist.»

Das Theater am Schiffbauerdamm lag auf der Nordseite der Spree, ein turmgekröntes Überbleibsel, geschmückt mit Alabastertritonen, Delphinen und zahlreichen nackten Nymphen, und Polizas Atelier war in einem nahen Kellergeschoß.

Wir gingen ein paar Stufen hinab und durch einen langen Korridor. Vor Polizas Tür trafen wir mit einem Mann zusammen, der einen cremefarbenen Blazer, grüne Hosen, eine Krawatte aus zitronengelber Seide und eine rote Nelke im Knopfloch trug. In bezug auf sein Aussehen hatte er keine Mühen und Kosten gescheut, doch der Gesamteindruck verriet eine solche Geschmacklosigkeit, daß der Mann aussah wie eine Vogelscheuche.

Poliza warf einen Blick auf uns und kam zu dem Schluß, daß wir nicht gekommen waren, um Staubsauger zu verkaufen. Er war kein großer Läufer. Sein Hintern war zu dick, seine Beine waren zu kurz, und wahrscheinlich war er auch kurzatmig. Doch bis wir begriffen hatten, was geschah, war er fast zehn Meter von uns entfernt.

«Du Hundesohn», knurrte Becker.

Die Stimme der Vernunft hätte Poliza sagen müssen, daß er ein Idiot war, daß Becker und ich ihn mit Leichtigkeit einholen würden, doch diese Stimme war vermutlich vor Angst so heiser, daß sie ihn ebenso verstörte, wie unser Anblick ihn beunruhigte. Für Becker gab es eine solche Stimme nicht, ob heiser oder nicht. Er schrie Poliza nach, er solle stehenbleiben, und setzte zu einem eleganten und kraftvollen Lauf an. Ich gab mir Mühe, mit ihm Schritt zu halten, doch er hatte mich bereits nach wenigen Schritten abgehängt. Noch ein paar Sekunden, und er hätte den Mann gehabt.

Dann sah ich die Waffe in seiner Hand, eine langläufige Parabellum, und schrie beiden Männern zu, stehen zu bleiben.

Poliza kam fast auf der Stelle zum Stehen. Er begann seine Arme zu heben, als wolle er seine Ohren vor dem Krach des Revolerschusses schützen, drehte sich, als er zusammenbrach, und Blut und wäßrige Flüssigkeit quollen wie Gelantine aus der Austrittswunde in seinem Auge oder dem, was davon übrig war.

Wir beugten uns über Polizas Leiche.

«Was ist los mit Ihnen?» fragte ich atemlos. «Haben Sie Hühneraugen? Drücken Ihre Schuhe? Oder haben Sie vielleicht gedacht, Ihre Lunge hielte das nicht durch? Hören Sie, Becker, ich bin zehn Jahre älter als Sie, aber ich hätte diesen Mann erwischt, und wenn ich den Anzug eines Tiefseetauchers getragen hätte.»

Becker seufzte und schüttelte den Kopf.

«Herrje, es tut mir leid, Kommissar», sagte er. «Ich wollte ihn bloß anschießen.» Er warf einen abwesenden Blick auf seine Pistole, fast so, als könne er noch nicht ganz glauben, daß er gerade einen Mann erschossen hatte.

«Ihn anschießen? Worauf haben Sie gezielt, auf sein Ohrläppchen? Hören Sie, Becker, wenn Sie einen Mann anschießen wollen, es sei denn, Sie wären Buffalo Bill, dann zielen Sie auf seine Beine und versuchen nicht, ihm einen verdammten Haarschnitt zu verpassen.» Ich blickte mich verlegen um und rechnete fast mit einem Menschenauflauf, aber der Korridor blieb leer. Ich deutete auf seine Pistole. «Was ist das überhaupt für eine Kanone?»

Becker hob die Waffe. «Artillerie-Parabellum, Kommissar.»

«Scheiß drauf, haben Sie je von der Genfer Konvention gehört? Mit dieser Wumme können Sie ja nach Öl bohren.»

Ich sagte ihm, er solle sich an die Strippe hängen und den Büchsenfleisch-Wagen rufen, und während er fort war, sah ich mich in Polizas Atelier ein wenig um.

Es gab nicht viel zu sehen. In der Dunkelkammer trocknete eine Anzahl säuischer Schnappschüsse auf einer Leine. Eine Sammlung von Peitschen, Ketten, Handfesseln und ein Altar mit Kerzenständern, wie ich ihn auf den Fotos des Mädchens mit der Gurke gesehen hatte. Einige Stapel von Zeitschriften von der Art, wie wir sie bei Helmut gefunden hatten. Nichts, das darauf hinwies, daß Poliza fünf Schulmädchen ermordet haben könnte.

Als ich wieder nach draußen ging, stieß ich auf Becker, der mit einem uniformierten Polizisten, einem Wachtmeister, zurückgekehrt war. Die beiden blickten auf Polizas Leiche wie zwei kleine Jungen, die eine tote Katze im Rinnstein betrachten. Der Wachtmeister stocherte sogar mit seiner Stiefelspitze in Polizas Rippen herum.

«Genau durch's Glubschauge», sagte der Mann fast bewundernd. «War mir nie klar, wieviel Glibber da drin ist.»

«Ist 'ne ziemliche Schweinerei, oder?» sagte Becker.

Sie sahen auf, als ich auf sie zuging.

«Kommt der Wagen?» Becker nickte. «Gut, Ihren Bericht können Sie später machen.» Ich wandte mich an den Wachtmeister. «Bis er ankommt, bleiben Sie hier bei der Leiche, Wachtmeister.»

Er straffte sich. «Ja, Herr Kommissar.»

«Sind Sie damit fertig, Ihre Meisterleistung zu bewundern?»

«Zu Befehl», sagte Becker.

«Dann wollen wir gehen.»

Wir gingen zum Wagen zurück.

«Wohin fahren wir?»

«Ich möchte ein paar von diesen Massagesalons überprüfen.»

«Sie sollten sich mit Evona Wylezynska unterhalten. Sie besitzt ein paar Salons. Kassiert fünfundzwanzig Prozent von allem, was die Mädchen verdienen. Höchstwahrscheinlich wird sie in ihrer Bude in der Richard-Wagner-Straße sein.»

«Richard-Wagner-Straße?» fragte ich. «Wo zum Teufel ist das?»

«Früher Sesenheimer Straße, führt weiter zur Spreestraße. Sie wissen schon, wo das Opernhaus ist.»

«Ich glaube, wir können uns glücklich schätzen, daß Hitler die Oper liebt und nicht den Fußball.»

Becker grinste. Seit er wußte, wohin wir fuhren, schien sich seine Laune zu bessern.

«Hätten Sie was dagegen, wenn ich Ihnen eine wirklich persönliche Frage stellen würde, Kommissar?»

Ich zuckte die Achseln. «Nur zu. Aber es kann sein, daß ich meine Antwort vielleicht in einen Umschlag stecken und statt dessen mit der Post schicken muß.»

«Nun, die Frage ist: Haben Sie schon mal 'ne Jüdin gefickt?»

Ich sah ihn an und suchte seinen Blick, aber er hielt beide Augen eisern auf die Straße gerichtet.

«Nein, nicht, daß ich wüßte. Aber es waren gewiß nicht die Rassengesetze, die das verhindert haben. Ich schätze, ich bin einfach noch nie einer begegnet, die mich ficken wollte.»

«Also hätten Sie nichts dagegen, wenn Sie Gelegenheit dazu bekämen?»

Ich zuckte die Achseln. «Ich denke, nein.» Ich machte eine Pause und wartete darauf, daß er weitersprach, aber er schwieg. Ich sagte: «Warum fragen Sie eigentlich?»

Becker lächelte über dem Steuerrad.

«Es gibt da 'ne kleine jüdische Nutte in dem Rubbel-Laden, zu dem wir fahren», sagte er begeistert. «Ein echt scharfes Weib. Sie hat 'ne Möse wie das Innere von einem Meeraal, nichts als ein einziger langer Saugmuskel. Eine von der Sorte, die dich schluckt wie einen Aal und durchs Arschloch wieder rausstößt. Die beste verdammte Pflaume, die ich je gehabt habe.» Er schüttelte zweifelnd den Kopf. «Ich schätze, es gibt keine Frau, die eine hübsche, reife Jüdin schlägt. Nicht mal ein Niggerweib oder 'ne Chinesin.»

«Ich habe gar nicht gewußt, daß Sie so liberal gesinnt sind, Becker», sagte ich, «oder so verdammt weltoffen. Herrje, ich wette, Sie haben sogar Goethe gelesen.»

Becker lachte über den Witz. Er schien Poliza ganz vergessen zu haben. «Auf eine Sache müssen Sie bei Evona achten», sagte er. «Sie wird den Mund nicht aufmachen, wenn wir's uns nicht ein bißchen gemütlich machen, wenn Sie wissen, was ich meine. Etwas trinken, die Sache locker angehen lassen. So als hätten wir keine Eile. In dem Augenblick, wo wir's mit der förmlichen offiziellen Tour versuchen, wird sie die Jalousien runterlassen und anfangen, die Spiegel in den Schlafzimmern zu putzen. Nun ja, so machen es heutzutage die meisten Leute. Wie ich immer sage, die Leute lassen die Finger vom Herd, wenn sie merken, daß du 'ne Suppe kochst.»

Evona Wylezynska war eine Polin mit einem Herrenschnitt, der leicht nach Makassaöl roch, und mit einer gefährlichen Spalte zwischen den Brüsten. Obgleich es erst früher Nachmittag war, trug sie ein Négligé aus pfirsichfarbenem Voile über einem dazu passenden schweren Satinschlüpfer und hochhackige Pantoffeln. Sie begrüßte Becker, als habe er ihr einen Mietnachlaß zu verkünden.

«Lieber Emil», flötete sie. «Wie lange haben wir uns hier nicht gesehen. Wo hatten Sie sich versteckt?»

«Ich bin nicht mehr bei der Sitte», erklärte er und küßte sie auf die Wange.

«Welch ein Jammer. Und Sie haben Ihre Sache doch so gut gemacht.» Sie warf mir einen Blick zu wie Lackmuspapier, als sei ich etwas, das ihren teuren Teppich verfärben könne. «Und wen haben Sie uns da mitgebracht?»

«Ist schon in Ordnung, Evona. Er ist ein Freund.»

«Hat Ihr Freund einen Namen? Und weiß er nicht, daß man den Hut abnimmt, wenn man ins Haus einer Dame kommt?»

Ich schluckte die Bemerkung und nahm meinen Hut ab. «Bernhard Gunther, Frau Wylezynska», sagte ich und schüttelte ihr die Hand.

«Ich freue mich, mein Lieber, Sie kennenzulernen, ehrlich.» Ihre Stimme, einschläfernd und mit schwerem Akzent, schien tief aus ihrem Korsett zu kommen, dessen schwachen Umriß ich unter ihrem Schlüpfer gerade noch erkennen konnte. Bis sie zu ihrem schmollenden Mund gelangte, war sie neckischer als das Kätzchen eines Schwulen. Auch der Mund bereitete mir ein paar Probleme. Es war ein Mund, der bei Kempinski ein fünfgängiges Menü verzehren kann, ohne daß das Lippenrot verschmiert, nur daß ich in diesem Augenblick die Hauptbeschäftigung seiner Geschmacksknospen zu sein schien.

Sie nötigte uns in einen komfortablen Salon, der einen Potsdamer Anwalt in Verlegenheit gebracht hätte, und stolzierte zur riesigen Hausbar hinüber.

«Was nehmen die Herren? Ich habe absolut alles.»

Becker gähnte laut. «Daran ist kein Zweifel», sagte er.

Ich lächelte dünn. Becker fing an, mich ernsthaft zu verärgern. Ich bat um einen Scotch, und als Evona mir das Glas reichte, berührten ihre kalten Finger die meinen. Ich nahm einen Schluck, als sei der Inhalt eine unangenehme Medizin, die man rasch hinunterstürzen mußte, und zog mich auf ein großes Ledersofa zurück. Becker grinste und nahm neben uns in einem Lehnsessel Platz.

«Und wie geht's meinem alten Freund, Arthur Nebe?» fragte sie. Als sie meine Überraschung bemerkte, fügte sie hinzu: «O ja, Arthur und ich kennen uns seit vielen Jahren. Genau gesagt, seit 1920, als er zur Kripo kam.»

«Er ist noch der alte», sagte ich.

«Sagen Sie ihm, er soll mich mal besuchen», sagte sie. «Er kann sich jederzeit umsonst bei mir austoben. Oder bloß eine kleine Massage. Ja, das ist es. Sagen Sie ihm, er soll sich mal durchkneten lassen. Ich mach's selbst.» Sie lachte laut bei der Vorstellung und zündete sich eine Zigarette an.

«Ich werd's ihm sagen», sagte ich, fragte mich zum einen, ob ich's tun würde, und zum anderen, ob ihr wirklich daran gelegen war, daß ich's ihm sagte.

«Und Sie, Emil? Vielleicht hätten Sie gern ein bißchen Gesellschaft? Vielleicht möchten Sie sich alle beide ein bißchen massieren lassen, wie?»

Ich wollte mit dem wirklichen Anlaß unseres Besuches herausrükken, stellte jedoch fest, daß Becker bereits in die Hände klatschte und noch mehr grinste.

«Genau», sagte er. «Wir sollten uns ein bißchen entspannen. Nett und freundlich sein.» Er blickte mich vielsagend an. «Wir haben's doch nicht eilig, oder, Chef?»

Ich zuckte die Achseln und schüttelte den Kopf.

«Wir wollen allerdings nicht den Grund unseres Besuchs vergessen», sagte ich und versuchte, mich nicht wie ein Tugendbold anzuhören.

Evona stand auf und drückte einen Klingelknopf an der Wand hinter einem Vorhang. Sie spitzte die Lippen und flötete: «Warum nicht einfach alles vergessen? Darum kommen die meisten meiner Herren hierher. Um ihre Sorgen zu vergessen.»

Während sie uns den Rücken zuwandte, runzelte Becker die Stirn und schüttelte den Kopf gegen mich. Ich war nicht sicher, was genau er meinte.

Evona nahm mein Genick in ihre Hand und begann das Fleisch mit ihren Fingern zu kneten, die so kräftig waren wie Schmiedezangen.

«Sind 'ne ganze Menge Verspannungen hier, Bernhard», teilte sie mir verführerisch mit.

«Daran zweifle ich nicht. Sie sollten die Karre sehen, die man mich im Alex ziehen läßt. Ganz zu schweigen, von der Zahl der Passagiere, die ich mitnehmen muß.» Jetzt war ich an der Reihe, Becker einen vielsagenden Blick zuzuwerfen. Dann nahm ich Evonas Finger von meinem Genick und küßte sie freundschaftlich. Sie rochen nach Jodseife, und es gibt besser riechende Aphrodisiaka.

Evonas Mädchen schritten langsam ins Zimmer wie eine Truppe von Zirkuspferden. Einige trugen bloß Schlüpfer und Strümpfe, doch die meisten waren nackt. Sie gruppierten sich um Becker und mich und fingen an zu rauchen oder bedienten sich an der Hausbar, fast so, als wären wir überhaupt nicht da. Es war mehr weibliches Fleisch, als ich seit langem gesehen hatte, und ich muß zugeben, daß meine Blicke den Körper jeder normalen Frau versengt hätten. Aber diese Mädchen waren daran gewöhnt, angestarrt zu werden, und unsere lüsternen Blicke ließen sie völlig kalt. Ein Mädchen nahm einen Stuhl, baute ihn vor mir auf und nahm mit gespreizten Beinen darauf Platz, so daß ich ihre Geschlechtsteile so deutlich sah, wie ich es mir nur hätte wünschen können. Sie fing obendrein an, ihren Hintern an der Stuhllehne zu reiben. Im Nu war Becker auf den Beinen und rieb sich die Hände wie ein gewiefter Straßenhändler.

«Na, ist das nicht hübsch, sagen Sie selbst?» Becker legte seine Arme um zwei Mädchen, und sein Gesicht wurde vor Erregung röter. Er blickte sich im Zimmer um, und als er das Gesicht, das er suchte, nicht entdeckte, sagte er: «Sagen Sie mir Evona, wo ist diese entzückende kleine Gebärmaschine von einer Jüdin, die früher für Sie arbeitete?»

«Sie meinen Esther. Sie mußte leider gehen.» Wir warteten, doch Evona führte ihren Satz nicht weiter, und ihrem Mund entquoll nichts anderes als Rauch.

«Das ist jammerschade», sagte Becker. «Ich habe meinem Freund erzählt, wie hübsch sie war.» Er zuckte die Achseln. «Egal. Wo sie herkommt, gibt's noch mehr, wie?» Er nahm keine Notiz von dem Ausdruck in meinem Gesicht, drehte sich um und ging, immer noch wie ein Betrunkener von den beiden Huren gestützt, den knarrenden Korridor entlang in eines der Schlafzimmer, die übrigen Mädchen mit mir allein lassend.

«Und was sind Ihre Vorlieben, Bernie?» Evona schnippte mit den Fingern und winkte eines ihrer Mädchen heran. «Diese hier und Esther sind sich sehr ähnlich», sagte sie, griff nach dem nackten Rücken des Mädchens, drehte ihn vor mein Gesicht und streichelte ihn mit ihrer Handfläche. «Sie hat zwei Rückenwirbel zuviel, also ist ihr Hintern weit von ihrer Taille entfernt. Sehr schön, finden Sie nicht?»

«Sehr schön», sagte ich und tätschelte höflich den marmorkühlen Hintern des Mädchens. «Aber, um ehrlich zu sein, ich bin ein altmodischer Typ. Ich hab's gern, wenn ein Mädchen nur mich im Sinn hat, und nicht meine Brieftasche.»

Evona lächelte. «Nein, ich hätte nicht gedacht, daß Sie so ein Typ sind.» Sie versetzte dem Mädchen einen Klaps auf den Hintern wie einem Schoßhündchen. «Geh, ab mit dir. Ab mit euch allen.»

Ich sah zu, wie sie stumm aus dem Zimmer marschierten, und verspürte so etwas wie Enttäuschung, daß ich Becker so wenig ähnelte. Sie schien diesen Zwiespalt zu ahnen.

«Sie sind nicht wie Emil. Er fühlt sich zu jedem Mädchen hingezogen, das ihm bloß den kleinen Finger zeigt. Ich glaube, er würde eine Katze mit einem gebrochenen Rückgrat vögeln. Wie schmeckt der Scotch?»

Ich schwenkte ihn demonstrativ. «Prima», sagte ich.

«Ja, gibt es etwas anderes, was ich für Sie tun kann?»

Ich spürte, wie ihr Busen sich gegen meinen Arm preßte, und warf einen lächelnden Blick auf das, was sie zur Schau stellte. Ich zündete mir eine Zigarette an und sah ihr in die Augen.

«Tun Sie nicht so, als wären Sie enttäuscht, wenn ich sage, daß ich nichts anderes will als eine kleine Information.»

Sie lächelte, stoppte ihre Annäherungsversuche und griff nach ihrem Glas. «Was für eine Information?»

«Ich bin auf der Suche nach einem Mann und, ehe Sie das als schlechten Witz ansehen, der Mann, den ich suche, ist ein Mörder, der vier Morde auf dem Kerbholz hat.»

«Wie kann ich Ihnen helfen? Ich betreibe ein Bordell und kein Detektivbüro.»

«Es ist nicht ungewöhnlich für einen Mann, Ihre Mädchen grob zu behandeln.»

«Keiner meiner Kunden trägt Samthandschuhe, Bernhard, soviel kann ich Ihnen sagen. Ziemlich viele bilden sich ein, sie hätten das Recht, einem Mädchen die Unterwäsche zu zerreißen, bloß weil sie dafür bezahlt haben.»

«Also jemand, der über das hinausging, was als normales Berufsrisiko angesehen wird. Vielleicht hat eines Ihrer Mädchen einen solchen Kunden. Oder hat von einer Kollegin gehört, die einen hat.»

«Erzählen Sie mir mehr über Ihren Mörder.»

«Ich weiß nicht viel», seufzte ich. «Ich kenne seinen Namen nicht, ich weiß nicht, wo er wohnt, wo er herkommt oder wie er aussieht. Ich weiß bloß, daß er gern Schulmädchen fesselt.»

«Viele Männer haben Spaß daran, Mädchen zu fesseln», sagte Evona. «Fragen Sie mich nicht, was sie daran finden. Es gibt sogar welche, die Mädchen gern auspeitschen, obgleich ich solche Sachen nicht erlaube. Dieses Schwein sollte man einsperren.»

«Hören Sie, jede Kleinigkeit könnte weiterhelfen. Im Augenblick haben wir nicht viel, um weiterzumachen.»

Evona zuckte die Achseln und drückte ihre Zigarette aus. «Zum Teufel», sagte sie. «Ich war selber mal ein Schulmädchen. Vier Mädchen, sagten Sie?»

«Vielleicht sogar fünf. Alle um die fünfzehn oder sechzehn. Nette Familien, beste Aussichten, bis dieser Wahnsinnige sie entführt, vergewaltigt, ihnen die Kehlen durchschneidet und die nackten Leichen irgendwo liegenläßt.»

Evona sah nachdenklich aus. «Da war etwas», sagte sie bedächtig. «Ihnen ist natürlich klar, es ist unwahrscheinlich, daß die Männer, die mein oder ein ähnliches Haus besuchen, zu der Sorte von Männern gehören, die Jagd auf junge Mädchen machen. Ich meine, der Zweck solcher Häuser ist, dafür zu sorgen, daß Männer kriegen, was sie brauchen.»

Ich nickte, aber ich dachte an Kürten und wie sehr sein Fall ihrer Ansicht widersprach. Ich beschloß, nicht weiter darauf einzugehen.

«Wie ich sagte, es ist eine vage Vermutung.»

Evona stand auf und verschwand für einen Augenblick. Als sie zurückkam, wurde sie von dem Mädchen begleitet, dessen verlängertes Rückgrat ich hatte bewundern müssen. Dieses Mal trug sie einen Morgenrock und schien angezogen nervöser zu sein, als sie es nackt gewesen war.

«Das ist Helene», sagte Evona und setzte sich wieder. «Helene, setz dich hin und erzähle dem Kommissar von dem Mann, der versucht hat, dich umzubringen.»

Das Mädchen nahm in dem Sessel Platz, in dem Becker gesessen hatte. Sie war hübsch, sah aber müde aus, als würde sie zuwenig schlafen oder irgendwelche Drogen nehmen. Sie wagte kaum, mich anzublicken, kaute an ihrer Lippe und zupfte an einer Strähne ihres langen roten Haares.

«Also, fang an», drängte Evona. «Er wird dich nicht fressen. Dazu hatte er vorhin Gelegenheit.»

«Der Mann, den wir suchen, fesselt die Mädchen gern», sagte ich und beugte mich aufmunternd vor. «Dann erdrosselt er sie oder schneidet ihnen die Kehlen durch.»

«Tut mir leid», sagte sie nach einer Minute. «Das ist schwer für mich. Ich wollte das alles vergessen, aber Evona sagt, daß ein paar Schulmädchen ermordet worden sind. Ich will gern helfen, wirklich, aber es ist schwer.»

Ich zündete eine Zigarette an und hielt ihr die Packung hin. Sie schüttelte den Kopf. «Lassen Sie sich Zeit, Helene», sagte ich. «Ist es ein Kunde, von dem wir sprechen? Einer, der wegen einer Massage kam?»

«Ich muß doch nicht vor Gericht, oder? Ich sage kein Wort, wenn das bedeutet, daß ich vor einem Richter stehen und sagen muß, was ich hier mache.»

«Die einzige Person, der Sie's sagen müssen, bin ich.»

Das Mädchen schniefte ohne große Begeisterung.

«Gut, Sie scheinen in Ordnung zu sein.» Sie warf einen schnellen Blick auf die Zigarette in meiner Hand. «Kann ich auch eine haben?»

«Na klar», sagte ich und hielt ihr die Packung hin.

Der erste Zug schien sie zu elektrisieren. Sie quälte sich, als sie die Geschichte erzählte, war ein wenig verlegen und vermutlich auch ein bißchen eingeschüchtert.

«Vor etwa einem Monat, da hatte ich eines Abends 'nen Kunden. Ich verpaßte ihm 'ne Massage, und als ich ihn fragte, ob er 'ne Nummer schieben wollte, fragte er, ob er mich fesseln könnte und ich's ihm dann französich besorgen würde. Ich sagte ihm, das würde 'nen Zwanziger extra kosten, und er war einverstanden. Also ich lag da, verschnürt wie'n Brathähnchen, und nachdem ich's ihm gemacht hatte, bat ich ihn, mich loszubinden. Da kriegt er so 'nen komischen Ausdruck in den Augen und nennt mich eine dreckige Nutte oder so was ähnliches. Na, ja, man ist dran gewöhnt, daß Männer gemein werden, wenn man fertig ist, als würden sie sich vor sich selber schämen, aber ich konnte sehen, daß dieser Typ anders war, also versuchte ich, ruhig zu bleiben. Dann holte er das Messer raus und legte es flach auf meinen Hals, als wollte er, daß ich Angst kriege. Und ich kriegte Angst. Ich war drauf und dran, mir die Seele aus dem Hals zu schreien, weil ich ihn aber nicht so erschrecken wollte, daß er mich sofort abstach, dachte ich, ich könnt's ihm vielleicht ausreden.» Sie nahm einen weiteren zittrigen Zug.

«Aber darauf hatte er nur gewartet, ich meine, daß ich anfangen würde zu schreien, und er fing an, mich zu würgen. Er packte meinen Hals und fing an, mir die Luft abzudrehen. Wäre nicht eins von den Mädchen versehentlich ins Zimmer gekommen, hätte er mich abgemurkst, das steht fest. Noch eine Woche später hatte ich die Quetschungen am Hals.»

«Was passierte, als das andere Mädchen hereinkam?»

«Also, das weiß ich nicht mehr so genau. Ich war mehr damit beschäftigt, Luft zu holen, als mich drum zu kümmern, daß er für den Heimweg gleich ein Taxi kriegte, das verstehen Sie doch, oder? Soviel ich weiß, schnappte er sich seine Klamotten und verduftete.»

«Wie sah er aus?»

«Er hatte 'ne Uniform an.»

«Was für eine Uniform? Können Sie die näher beschreiben?»

Sie zuckte die Achseln. «Wer bin ich, Hermann Göring? Mist, ich weiß nicht, was für eine Uniform es war.»

«Also, war sie grün, schwarz, braun oder wie? Komm, Mädchen, denk nach. Es ist wichtig.»

Sie nahm einen tiefen Zug und schüttelte ungeduldig den Kopf. «Eine alte Uniform. So eine, wie man sie früher trug.»

«Sie meinen die Uniformen von Kriegsveteranen?»

«Ja, so was in der Art, bloß ein bißchen... preußischer, denke ich. Sie wissen schon, gewachster Schnurrbart, Reitstiefel. O ja, das hätte ich fast vergessen, er trug Sporen.»

«Sporen?»

«Ja, wie zum Reiten.»

«Erinnern Sie sich an noch etwas?»

«Er hatte einen Weinschlauch, an einer Schnur über die Schulter geschlungen, daß es an seiner Hüfte wie 'n Jagdhorn aussah. Bloß, daß er sagte, es wär Schnaps drin.»

Ich nickte zufrieden, lehnte mich auf dem Sofa zurück und fragte mich, wie es wohl gewesen wäre, wenn ich mit auf ihr Zimmer gegangen wäre. Zum ersten Mal bemerkte ich die gelbliche Verfärbung ihrer Hände, die nicht von Nikotin oder Gelbsucht herrührte oder zu der sie die Anlage hatte, sondern die darauf schließen ließ, daß sie in einer Munitionsfabrik gearbeitet hatte. Auf dieselbe Weise hatte ich einmal eine Leiche identifiziert, die man aus dem Landwehrkanal gefischt hatte. Auch das hatte ich von Hans Illmann gelernt.

«He, hören Sie mal», sagte Helene, «wenn Sie diesen Hurensohn kriegen, sorgen Sie dafür, daß er die ganze Gastfreundschaft der Gestapo zu spüren bekommt, ja? Daumenschrauben und Gummiknüppel, ja?»

«Werteste», sagte ich und stand auf, «darauf können Sie sich verlassen. Und danke für Ihre Hilfe.»

Helene stand auf, kreuzte die Arme vor der Brust und zuckte die Achseln. «Ja, schon gut, ich war selber mal ein Schulmädchen, wenn Sie wissen, was ich meine.»

Ich warf Evona einen Blick zu und lächelte. «Ich weiß, was Sie meinen.» Ich machte mit dem Kopf eine Bewegung zu den Schlafzimmern am Korridor. «Wenn Don Juan seine Nachforschungen beendet hat, sagen Sie ihm, daß ich mich auf den Weg gemacht habe, um den Oberkellner bei *Peltzer* zu befragen. Anschließend erwäge ich, mich mit dem Direktor des *Wintergartens* zu unterhalten, um zu sehen, was ich aus ihm rauskriegen kann. Danach werde ich möglicherweise zum Alex zurückflitzen und meine Knarre reinigen. Wer weiß, vielleicht finde ich zwischendurch sogar Zeit für ein bißchen Polizeiarbeit.»

9.
Freitag, 16. September

«Von wo stammen Sie, Gottfried?»

Der Mann grinste stolz. «Eger im Sudetenland. Noch ein paar Wochen, und Sie können es Deutschland nennen.»

«Tollkühn nenne ich so etwas», sagte ich. «Noch ein paar Wochen, und eure Sudetendeutsche Partei wird uns alle in einen Krieg gezogen haben. In den meisten SPD-Bezirken ist bereits das Kriegsrecht erklärt worden.»

«Männer müssen für das sterben, woran sie glauben.» Er lehnte sich im Stuhl zurück und zog einen Sporn über den Boden des Verhörzimmers. Ich stand auf, knöpfte meinen Hemdkragen auf und trat aus dem Sonnenlichtstrahl, der durch das Zimmer fiel. Es war zu heiß, um ein Jackett zu tragen, ganz zu schweigen von der Uniform eines früheren preußischen Kavallerieoffiziers. Gottfried Bautz, heute am frühen Morgen verhaftet, schien die Hitze nichts auszumachen, obwohl sein gewachster Schnurrbart anfing, Anzeichen einer nachlassenden Bereitschaft zur Habt-acht-Stellung zu zeigen.

«Was ist mit den Frauen?» fragte ich. «Müssen sie auch sterben?»

Seine Augen verengten sich. «Ich glaube, Sie sagen mir besser, warum ich hierhergebracht wurde, meinen Sie nicht, Herr Kommissar?»

«Sind Sie je in einem Massagesalon in der Richard-Wagner-Straße gewesen?»

«Nein, ich glaube nicht.»

«Sie sind ein Mann, den man nicht leicht vergißt, Gottfried. Ich zweifle, ob man Sie leichter wiedererkennen würde, wenn Sie auf einem weißen Hengst die Treppe raufgeritten wären. Übrigens, warum tragen Sie die Uniform?»

«Ich habe Deutschland gedient, und ich bin stolz darauf. Warum sollte ich die Uniform nicht tragen?»

Ich hatte es auf der Zunge, zu sagen, der Krieg sei vorbei, doch das schien wenig Sinn zu haben, angesichts der Tatsache, daß ein neuer bevorstand und Gottfried ein ausgemachter Spinner war.

«Also», sagte ich, «waren Sie in dem Massagesalon in der Richard-Wagner-Straße oder nicht?»

«Vielleicht. Man erinnert sich nicht immer an die Lage solcher Läden. Ich mache es mir nicht zur Gewohnheit...»

«Ersparen Sie mir den Schmus mit Ihrem Charakter. Eines der Mädchen dort sagt, daß Sie versucht haben, sie umzubringen.»

«Das ist lachhaft.»

«Leider ist sie ihrer Sache ziemlich sicher.»

«Hat dieses Mädchen Strafanzeige gegen mich erstattet?»

«Ja, hat sie.»

Gottfried Bautz lächelte selbstgefällig. «Jetzt kommen Sie, Herr Kommissar. Wir wissen beide, daß das nicht wahr ist. Erstens, weil es keine Gegenüberstellung gegeben hat. Und zweitens, selbst wenn's eine gegeben hätte, weil es in ganz Deutschland keine Nutte gibt, die auch nur den Verlust eines Pudels anzeigen würde. Keine Anzeige, keine Zeugin, und ich begreife nicht, warum wir diese Unterhaltung überhaupt führen.»

«Sie sagt, Sie hätten sie gefesselt wie ein Ferkel, hätten sie ein bißchen lutschen lassen und dann versucht, sie zu erdrosseln.»

«Sie sagt, sie sagt. Hören Sie, was soll die Scheiße? Mein Wort steht gegen das ihre.»

«Sie vergessen die Zeugin, oder, Gottfried? Das Mädchen, das reinkam, als Sie der anderen die Luft abdrehten. Wie ich sagte, man vergißt Sie nicht so leicht.»

«Ich bin bereit, ein Gericht entscheiden zu lassen, wer hier die Wahrheit sagt», sagte er. «Ich, ein Mann, der für sein Land gekämpft hat, oder zwei dumme kleine Bienen. Sind die beiden bereit, dasselbe zu tun?» Jetzt schrie er, und Schweiß überzog seine Stirn wie Tortenglasur. «Sie stochern in Kotze herum, und Sie wissen es.»

Ich setzte mich wieder und zielte mit dem Zeigefinger mitten in sein Gesicht.

«Werden Sie nicht frech, Gottfried. Nicht hier. Der Alex bringt mehr Haut zum Platzen, als Max Schmeling es geschafft hat, und man kommt nach dem Kampf nicht immer in die Umkleidekabine zurück.» Ich legte meine Hände hinter dem Kopf zusammen, lehnte mich zurück und sah gelangweilt zur Decke. «Zweifeln Sie nicht an meinen Worten, Gottfried. Diese kleine Biene ist nicht so beschränkt, daß sie nicht haargenau das tun würde, was ich ihr sage. Wenn ich ihr sage, sie soll dem Richter mitten in der Verhandlung einen blasen, wird sie's tun. Verstanden?»

«Dann ficken Sie sie doch selber», fauchte er. «Ich meine, wenn Sie mir einen speziellen Käfig zimmern wollen, dann weiß ich nicht, wozu Sie mich brauchen, um sich einen Schlüssel zurechtzufeilen. Warum, zum Teufel, sollte ich eine Ihrer Fragen beantworten?»

«Ganz, wie Sie wollen. Ich hab's nicht eilig. Was mich betrifft, ich gehe jetzt nach Hause, nehme ein hübsches kühles Bad, schlafe mich richtig aus. Dann komme ich wieder her und sehe mal nach, wie Sie die Nacht verbracht haben. Ja, was soll ich sagen? Man nennt diesen Ort nicht umsonst das Graue Elend.»

«Schon gut, schon gut», stöhnte er. «Machen Sie schon, und stellen Sie Ihre lausigen Fragen.»

«Wir haben Ihr Zimmer durchsucht.»

«Hat's Ihnen gefallen?»

«Nicht so wie den Wanzen, mit denen Sie es teilen. Wir haben ein Stück Seil gefunden. Mein Inspektor glaubt, es ist die besondere Sorte zum Erdrosseln, die man im KaDeWe kaufen kann. Andererseits könnte es die Sorte sein, die Sie benutzen, um jemanden zu fesseln.»

«Oder es könnte die Sorte Seil sein, die ich bei meiner Arbeit benutze. Ich arbeite bei Rochling, Möbeltransporte.»

«Ja, das habe ich überprüft. Aber warum haben Sie ein Stück Seil mit nach Hause genommen? Warum haben Sie es nicht einfach im Lastwagen gelassen?»

«Ich wollte mich aufhängen.»

«Was hat Sie davon abgebracht?»

«Ich dachte 'ne Weile darüber nach, und dann kamen mir die Dinge nicht mehr so schlimm vor. Das war, bevor ich Ihnen begegnete.»

«Was ist mit dem blutbefleckten Stoff, den wir in einem Beutel unter Ihrem Bett fanden?»

«Das? Menstruationsblut. Eine Bekannte von mir, sie hatte eine kleine Unpäßlichkeit. Ich wollt's verbrennen, aber ich hab es vergessen.»

«Können Sie das beweisen? Kann diese Bekannte Ihre Geschichte bestätigen?»

«Unglücklicherweise kann ich Ihnen nicht viel über sie sagen, Herr Kommissar. Eine flüchtige Sache, verstehen Sie?» Er machte eine Pause. «Aber es gibt doch bestimmt wissenschaftliche Untersuchungen, die das erhärten, was ich sage?»

«Tests werden bestimmen, ob es menschliches Blut ist oder nicht. Aber ich glaube nicht, daß es eine Methode gibt, die so genau ist, wie Sie sich einbilden. Ich kann's nicht sicher sagen, ich bin kein Pathologe.»

Ich stand wieder auf und ging zum Fenster. Ich zündete mir eine Zigarette an.

«Zigarette?» Er nickte, und ich warf die Packung auf den Tisch. Ich ließ ihn erst einen Zug machen, ehe ich die Granate losließ. «Ich untersuche die Morde an vier, möglicherweise fünf jungen Mädchen», sagte ich ruhig. «Deshalb sind Sie jetzt hier. Um uns bei unseren Ermittlungen zu helfen, wie wir sagen.»

Gottfried stand rasch auf. Seine Zunge drückte seine Unterlippe zusammen, die Zigarette rollte über den Tisch, auf den er sie geworfen hatte. Er fing an, den Kopf zu schütteln, und hörte nicht damit auf.

«Nein, nein, nein. Nein, Sie haben den falschen Mann. Ich weiß absolut nichts darüber. Bitte, Sie müssen mir glauben. Ich bin unschuldig.»

«Was ist mit dem Mädchen, das sie 1931 in Dresden vergewaltigt haben? Sie sind deswegen in den Bunker gewandert, nicht wahr, Gottfried? Sie sehen, ich habe Ihre Akte studiert.»

«Das war Geschlechtsverkehr mit einer Minderjährigen. Das Mädchen war unter achtzehn. Ich hab's nicht gewußt. Sie war einverstanden.»

«Dann wollen wir mal sehen, wie alt sie war? Fünfzehn? Sechzehn? Ungefähr im gleichen Alter wie die jungen Mädchen, die ermordet worden sind. Wer weiß, vielleicht mögen Sie einfach, wenn sie jung sind. Sie schämen sich wegen dem, was Sie sind, und übertragen Ihre Schuld auf sie. Wie bringen die Mädchen Sie dazu, diese Dinge zu tun?»

«Nein, das ist nicht wahr, ich schwöre...»

«Wie können sie so ekelhaft sein? Wie können diese Flittchen Sie so schamlos herausfordern?»

«Hören Sie auf, um Himmels willen...»

«Du willst unschuldig sein? Daß ich nicht lache! Deine Unschuld ist soviel wert wie Scheiße in der Gosse, Gottfried. Unschuld ist was für anständige, gesetzestreue Bürger, nicht was für Kanalratten wie dich, die versuchen, ein Mädchen in einem Massagesalon zu erwürgen. Jetzt setz dich hin und halt's Maul.»

Er wippte einen Augenblick auf den Absätzen und ließ sich dann schwerfällig nieder. «Ich habe niemanden getötet», murmelte er. «Ich weiß nicht, wie Sie's drehen wollen, aber ich bin unschuldig, das sage ich Ihnen.»

«Vielleicht», erwiderte ich. «Aber es ist leider so: Wo gehobelt wird, fallen Späne. Also, ob unschuldig oder nicht, ich werde Sie eine Weile einsperren. Wenigstens so lange, bis ich Sie aus dem Kreis der Verdächtigen ausscheiden kann.»

Ich nahm meine Jacke und ging zur Tür.

«Da wäre noch eine letzte Frage», sagte ich. «Ich nehme nicht an, daß Sie einen eigenen Wagen besitzen, oder?»

«Bei meinem Lohn? Sie machen Witze, oder?»

«Was ist mit dem Möbelwagen? Sind Sie der Fahrer?»

«Ja.»

«Haben Sie den schon mal abends benutzt?» Er blieb stumm. Ich zuckte die Achseln und sagte: «Na gut, ich denke, das kann ich Ihren Chef jederzeit fragen.»

«Es ist nicht erlaubt, aber manchmal benutze ich ihn, ja. Für ein paar kleine Privatgeschäfte, sozusagen.» Er blickte mich direkt an. «Aber ich habe ihn nie benutzt, um jemanden umzubringen, wenn's das ist, was Sie andeuten wollen.»

«Zufälligerweise wollte ich das nicht. Aber danke für die Anregung.»

Ich saß in Arthur Nebes Büro und wartete darauf, daß er sein Telefongespräch beendete. Sein Gesicht war ernst, als er schließlich auflegte. Ich wollte gerade etwas sagen, als er einen Finger auf die Lippen legte, die Schublade seines Schreibtisches aufzog und einen Teewärmer herausholte, den er über das Telefon stülpte.

«Wozu soll das gut sein?»

«Das Telefon wird abgehört. Von Heydrich, vermute ich, aber wer weiß das schon. Der Teewärmer sorgt dafür, daß unser Gespräch geheim bleibt.» Er lehnte sich in seinem Sessel unter dem Führerbild zurück und stieß einen langen, erschöpften Seufzer aus. «Das war einer meiner Männer aus Berchtesgaden», sagte er. «Hitlers Gespräche mit dem britischen Premierminister scheinen nicht besonders gut zu laufen. Ich glaube, es ist unserem geliebten Reichskanzler ziemlich egal, ob es mit England Krieg gibt oder nicht. Er macht nicht die geringsten Zugeständnisse. Natürlich schert er sich einen Teufel um diese Sudetendeutschen. Dieses nationalistische Getöse ist nur ein Vorwand. Die österreichisch-ungarische Schwerindustrie, die will er, sonst nichts. Die braucht er nämlich, wenn er einen europäischen Krieg führen will. Gott, ich wünschte, er hätte es mit einem Mann zu tun, der standhafter wäre als dieser Chamberlain. Hat seinen Regenschirm mitgebracht, wissen Sie. Elender kleiner Bankdirektor.»

«Glauben Sie? Ich würde sagen, der Regenschirm ist das Kennzeichen eines recht vernünftigen Mannes. Können Sie sich ernsthaft vorstellen, daß Hitler oder Goebbels es je schaffen würden, eine Menschenmenge zum Rasen zu bringen, mit einem Regenschirm in der Hand? Es ist die totale Absurdität der Briten, die es unmöglich macht, sie zu radikalisieren. Und darum sollten wir sie beneiden.»

«Ist eine hübsche Vorstellung», sagte er und lächelte nachdenklich. «Aber erzählen Sie mir von diesem Burschen, den Sie festgenommen haben. Glauben Sie, er könnte unser Mann sein?»

Ich blickte mich einen Augenblick im Zimmer um in der Hoffnung, an den Wänden und der Decke bessere Gründe für seine Schuld zu finden, und hob dann die Hände, beinahe so, als wollte ich die Verantwortung dafür ablehnen, daß Gottfried Bautz unten in einer Zelle saß.

«Wenn man die Indizien betrachtet, könnte er der Mann sein, den wir auf der Rechnung haben.» Ich erlaubte mir einen Seufzer. «Aber es gibt nichts, was ihn definitiv mit den Morden in Verbindung bringt. Das Seil, das wir in seinem Zimmer fanden, ist von derselben Sorte wie das, das benutzt wurde, um die Füße eines der Opfer zu fesseln. Aber es ist eine sehr weit verbreitete Sorte. Wir am Alex benutzen dieselbe.

Ein Stück Stoff, das wir unter seinem Bett fanden, könnte mit dem Blut eines der Opfer befleckt sein. Gleichermaßen könnte es sich um Menstruationsblut handeln, wie er behauptet. Er hat Zugang zu einem Lastwagen, in dem er die Opfer relativ leicht hätte transportieren und umbringen können. Ich lasse den Wagen gerade von ein paar Leuten untersuchen, aber bis jetzt scheint er so sauber zu sein wie ein paar Zahnarztfinger.

Und dann ist da natürlich seine Vorstrafe. Wir haben ihn schon einmal wegen eines Sexualdelikts hinter Schloß und Riegel gebracht – Vergewaltigung einer Minderjährigen. Kürzlich hat er vermutlich versucht, eine Nutte zu erdrosseln, die er vorher überredet hatte, sich fesseln zu lassen. Er könnte also dem Psychogramm des Mannes entsprechen, den wir suchen.» Ich schüttelte den Kopf. «Aber das ist so wahrscheinlich, als sei jeder in der Lage, Filme zu drehen, der Fritz Lang heißt. Was ich brauche, ist irgendein stichhaltiger Beweis.»

Nebe nickte verständnisvoll und legte seine Füße auf den Schreibtisch. Er ließ seine Fingerspitzen zusammenstoßen und sagte: «Könnten Sie Beweise zusammentragen, damit er zusammenbricht?»

«Er ist nicht dumm. Es wird Zeit brauchen. Ich bin kein Meister im Verhören, und ich werde auch kein abgekürztes Verfahren zulassen. Das Letzte, was ich in diesem Fall will, sind ausgeschlagene Zähne auf dem Aktenblatt. Auf diese Art haben sie Josef Kahn eingewickelt und in die Klapsmühe befördert.» Ich bediente mich aus dem Kästchen mit amerikanischen Zigaretten auf Nebes Schreibtisch und zündete sie mit einem riesigen Tischfeuerzeug aus Messing an, einem Geschenk von Göring. Der Premierminister verschenkte immer Feuerzeuge an Leute, die ihm einen kleinen Gefallen getan hatten. Er verwendete sie so wie ein Kindermädchen, das Bonbons verteilt.

«Übrigens, hat man ihn schon entlassen?»

Nebes mageres Gesicht bekam einen gequälten Ausdruck. «Nein, noch nicht», sagte er.

«Ich weiß, daß man's für eine Nebensächlichkeit hält, die Tatsache, daß er wirklich niemanden umgebracht hat, aber denken Sie nicht auch, daß es Zeit wäre, ihn freizulassen? Ein paar Prinzipien haben wir doch noch, oder?»

Er stand auf, kam um den Schreibtisch herum und stellte sich vor mich.

«Das wird Ihnen nicht gefallen, Bernie», sagte er. «Ebensowenig wie's mir gefällt.»

«Warum sollte dies eine Ausnahme sein? Ich stelle mir vor, der einzige Grund, warum es in den Waschräumen keinen Spiegel gibt, ist der, daß sich niemand selber in die Augen sehen muß. Sie werden ihn nicht freilassen, stimmt's?»

Nebe lehnte sich an die Schreibtischkante, kreuzte die Arme und starrte eine Minute auf seine Schuhspitzen.

«Leider ist es noch schlimmer. Er ist tot.»

«Was ist passiert?»

«Offiziell?»

«Versuchen Sie's mal mit der Version.»

«Josef Kahn nahm sich in einer Phase geistiger Verwirrung das Leben.»

«Ich seh's vor mir, wie hübsch das gedruckt aussehen wird. Aber Sie wissen es besser, stimmt's?»

«Ich weiß nichs Genaues.» Er zuckte die Achseln. «Also nennen Sie es sachkundige Vermutungen. Ich höre Dinge, ich lese Dinge, und ich ziehe ein paar vernünftige Schlüsse daraus. Als Reichskriminaldirektor habe ich natürlich Zugang zu allen Arten von geheimen Erlassen des Innenministeriums.» Er nahm eine Zigarette und zündete sie an. «In der Regel sind sie mit allen möglichen unbestimmt klingenden bürokratischen Namen getarnt.

Also, im Augenblick wird erwogen, einen neuen Ausschuß zur Erforschung schwerer anlagebedingter Krankheiten ins Leben zu rufen...»

«Sie meinen Krankheiten wie die, an der dieses Land leidet?»

«...mit dem Ziel, gemäß den Gedanken des Führers zu diesem Thema, eine fundierte Erbhygiene zu fördern.» Er deutete mit der Zigarette auf das Führerbild an der Wand hinter ihm. «Wann immer man den Satz ‹gemäß den Gedanken des Führers zu diesem Thema› liest, weiß man, daß man sein zerlesenes Exemplar von ‹Mein Kampf› zur Hand nehmen muß. Und dort wird man finden, daß er davon spricht, man müsse die modernsten zur Verfügung stehenden medizinischen Mittel einsetzen, um zu verhindern, daß die physisch Degenerierten und Geisteskranken die zukünftige Gesundheit der Rasse verseuchen.»

«Was zum Teufel soll das heißen?»

«Ich hatte angenommen, es sollte heißen, man wollte diese Unglücklichen einfach davon abhalten, Familien zu haben. Ich meine, das hört sich doch vernünftig an, oder? Wenn sie nicht fähig sind, für sich selber zu sorgen, dann werden sie schwerlich geeignet sein, Kinder aufzuziehen.»

«Das scheint die HJ-Führer nicht abgeschreckt zu haben.»

Nebe prustete und ging zu seinem Sessel zurück. «Sie sollten Ihre Zunge im Zaum halten, Bernie», sagte er, halb amüsiert.

«Wann wird's denn endlich komisch?»

«Also, es geht um folgendes: Eine Anzahl von Berichten, Beschwerden, wenn Sie wollen, die Angehörige von Anstaltsinsassen in letzter Zeit an die Kripo gerichtet haben, führen mich zu dem Verdacht, daß inoffiziell bereits eine Art von Sterbehilfe praktiziert wird.»

Ich beugte mich vor und griff mir an den Nasenrücken.

«Kriegen Sie jemals Kopfschmerzen? Ich kriege Kopfschmerzen. In der Regel ist es Gestank, der sie auslöst. Farbe riecht ziemlich übel. Desgleichen Formalin im Leichenschauhaus. Aber am schlimmsten stinken diese vergammelten Pißecken, wo die Penner und Schnapsdrosseln im Freien übernachten. Das ist ein Gestank, an den ich mich in meinen schlimmsten Alpträumen erinnern kann. Wissen Sie, Arthur, ich dachte jeden üblen Gestank in dieser Stadt zu kennen. Aber das stinkt wie Scheiße vom letzten Monat, mit verfaulten Eiern zusammengebacken.»

Nebe zog eine Schublade auf, nahm eine Flasche und zwei Gläser heraus. Er sagte nichts, als er sie bis zum Rand vollgoß. Ich stürzte das Zeug runter und wartete darauf, daß der scharfe Schnaps zu dem vordrang, was von meinem Herzen und Magen übrig war. Ich nickte und ließ ihn mein Glas nachfüllen. Ich sagte: «Gerade hat man noch gedacht, daß es nicht schlimmer werden kann, da stellt man fest, daß es viel schlimmer war, als man gedacht hat. Und dann wird es noch schlimmer.» Ich leerte mein zweites Glas. «Danke, daß Sie's mir klipp und klar gesagt haben, Arthur.» Ich hievte mich auf die Füße. «Und danke für den Magenwärmer.»

«Halten Sie mich bitte über Ihren Verdächtigen auf dem laufenden», sagte er. «Sie könnten in Erwägung ziehen, ihn von zwei Ihrer Leute nach dem Freund-Feind-Schema bearbeiten zu lassen. Keine Brutalitäten, bloß ein bißchen psychologischer Druck, auf die alte Tour. Sie kennen das ja. Übrigens, wie kommen Sie mit Ihren Leuten zurecht? Läuft alles? Keine Ressentiments oder etwas in der Art?»

Ich hätte mich wieder setzen und ihm eine Liste Fehler runterbeten können, die so lang war wie eine Parteiversammlung, aber die brauchte er wirklich nicht. Ich wußte, daß es bei der Kripo hundert Beamte gab, die schlimmer waren als die drei in meinem Kommando. Also nickte ich bloß und sagte, es sei alles prima.

Aber an der Tür von Nebes Büro blieb ich stehen und stieß die Worte unwillkürlich hervor, ohne auch nur nachzudenken. Ich sagte sie, und ich sagte sie nicht aus einer Verpflichtung heraus, als Erwiderung auf irgend jemanden, denn dann hätte ich mich immer noch mit der Entschuldigung trösten können, ich hätte mich ja bloß bedeckt halten und vermeiden wollen, Anstoß zu erregen. Ich sagte diese Worte zum ersten Mal.

«Heil Hitler.»

«Heil Hitler.» Nebe, der zu schreiben angefangen hatte, blickte nicht auf, als er seine Antwort brummelte, also sah er meinen Gesichtsausdruck nicht. Ich hätte nicht sagen können, wie ich aussah. Doch welchen Ausdruck mein Gesicht auch hatte, er zeugte von der Erkenntnis, daß die einzige wirkliche Beschwerde, die ich am Alex vorbringen konnte, sich gegen mich selber richten würde.

10
Montag, 19. September

Das Telefon läutete. Ich kämpfte mich von der anderen Bettseite mühsam an den Apparat und nahm den Hörer ab. Trotzdem registrierte ich die Zeit, während Deubel sprach. Es war zwei Uhr nachts.

«Sagen Sie das noch mal.»

«Wir glauben, wir haben das vermißte Mädchen gefunden, Kommissar.»

«Tot?»

«Wie eine Maus in der Falle. Bis jetzt haben wir noch keine positive Identifizierung, aber die Leiche sieht so aus wie die anderen Leichen. Ich habe Professor Illmann verständigt. Er ist unterwegs.»

«Wo sind Sie, Deubel?»

«Bahnhof Zoo.»

Draußen war es noch warm, als ich zum Wagen ging, und ich kurbelte die Scheibe herunter, um die Nachtluft zu genießen und um mich wach zu machen. Für jedermann, außer für Herrn und Frau Hanke, die in ihrer Wohnung in Steglitz schliefen, versprach es ein schöner Tag zu werden.

Ich fuhr nach Osten über den Kurfürstendamm mit seinen von Neonlicht beleuchteten Läden und bog in die Joachimstaler Straße ein, an deren Ende das große leuchtende Gewächshaus aufragte, der Bahnhof Zoo. Davor parkten einige Polizeifahrzeuge, ein überflüssiger Krankenwagen, und ein Polyp scheuchte ein paar Betrunkene weg, die noch immer die Absicht hatten, bis zum Morgen durchzufeiern.

Im Bahnhof durchquerte ich die mittlere Fahrkartenhalle und ging auf die Sperre zu, die vor dem Fundbüro und der Gepäckaufbewahrung errichtet worden war. Ich hielt den beiden Wachtposten an der Sperre meine Dienstmarke unter die Nase und ging weiter. Als ich um die Ecke bog, kam mir Deubel auf halbem Weg entgegen.

«Was haben wir?» fragte ich.

«Leiche eines Mädchens in einem Koffer, Kommissar. So wie sie aussieht und riecht, hat sie schon 'ne Weile da dringelegen. Der Koffer war in der Gepäckaufbewahrung.»

«Ist der Professor schon da?»

«Er und der Fotograf. Sie haben nicht mehr getan, als ihr einen schmutzigen Blick zuzuwerfen. Wir wollten auf Sie warten.»

«Ihre Rücksichtnahme rührt mich. Wer hat die sterblichen Überreste gefunden?»

«Ich, Kommissar, mit einem der Wachtmeister meiner Einheit.»

«Wirklich? Was haben Sie angestellt, ein Medium befragt?»

«Es gab einen anonymen Telefonanruf. Kommissar. Beim Alex. Der Anrufer sagte dem diensthabenden Wachtmeister, wo die Leiche zu finden wäre, und der Diensthabende sagte es meinem Wachtmeister. Er rief mich und wir fuhren auf der Stelle hierher. Wir machten den Koffer ausfindig, fanden das Mädchen, und dann rief ich Sie an.»

«Ein anonymer Anrufer, sagen Sie. Um welche Zeit war das?»

«Etwa um zwölf. Ich hatte gerade Dienstschluß.»

«Ich will mit dem Mann sprechen, der den Anruf entgegengenommen hat. Sie sollten jemanden hinschicken, damit er nicht aus dem Haus geht, zumindest nicht, bis er seinen Bericht gemacht hat. Wie sind Sie hier reingekommen?»

«Der Bahnhofsvorsteher von der Nachtschicht, Kommissar. Er bewahrt die Schlüssel in seinem Büro auf, wenn sie die Gepäckaufbewahrung schließen.» Deubel deutete auf einen fetten, schmierig aussehenden Mann, der ein paar Meter entfernt stand und an seiner Handfläche kaute.

«Sieht aus, als hielten wir ihn von seinem Abendessen ab. Sagen Sie ihm, ich will die Namen und Adressen aller Leute haben, die in seiner Abteilung arbeiten, und ich will wissen, wann sie morgens ihren Dienst antreten. Ohne Rücksicht auf die Dienstpläne, will ich sie alle zur normalen Öffnungszeit hier haben, mit allen Unterlagen und allem Papierkram.» Ich hielt einen Augenblick inne und wappnete mich gegen das, was jetzt folgen würde.

«In Ordnung», sagte ich. «Wo ist die Leiche?»

In der Gepäckaufbewahrung saß Hans Illmann auf einem großen Paket mit der Aufschrift «Zerbrechlich», rauchte eine seiner Selbstgedrehten und sah dem Polizeifotografen zu, der seine Blitzlichter und Stative aufstellte.

«Aha, der Kommissar», sagte er, als er mich erblickte, und erhob sich. «Wir sind selber noch nicht lange hier, und ich wußte, Sie würden wünschen, daß wir auf Sie warten. Das Gericht ist ein bißchen zerkocht, also werden Sie die hier brauchen.» Er reichte mir ein Paar Gummihandschuhe. Dann blickte er Deubel fragend an. «Werden Sie uns Gesellschaft leisten, Herr Inspektor?»

Deubel verzog das Gesicht. «Lieber nicht, wenn Sie nichts dagegen haben, Professor. Normalerweise schon, aber ich habe selber eine Tochter, ungefähr im selben Alter.»

Ich nickte. «Wecken Sie lieber Becker und Korsch, und lassen Sie sie herkommen. Ich sehe nicht ein, warum wir die einzigen sein sollen, die um ihren Schlaf gebracht werden.»

Deubel wollte gehen.

«Oh, Inspektor», sagte Illmann, «Sie könnten vielleicht einen Ihrer uniformierten Freunde bitten, etwas Kaffee zu besorgen. Ich arbeite erheblich besser, wenn ich wach bin. Außerdem brauche ich jemanden, der Protokoll führt. Glauben Sie, daß Ihr Wachtmeister leserlich schreiben kann?»

«Ich denke schon, Professor.»

«Inspektor, das einzige, was man im Hinblick auf das bei der Orpo herrschende Bildungsniveau mit Sicherheit sagen kann, ist, daß man von einem Mann nicht mehr verlangt als die Fähigkeit, einen Wettschein auszufüllen. Wenn's Ihnen nichts ausmacht, stellen Sie fest, ob er wirklich schreiben kann. Sonst mache ich es lieber selbst, dann brauche ich später nicht das kyrillische Gekritzel einer primitiveren Lebensform zu entziffern.»

«Ja, Professor.» Deubel grinste säuerlich und verschwand.

«Habe nicht gedacht, daß er so empfindlich ist», bemerkte Illmann und sah ihm nach. «Man stelle sich vor, ein Detektiv, der die Leiche nicht sehen will. Er ist wie ein Weinhändler, der es ablehnt, einen Burgunder zu probieren, den er zu kaufen gedenkt. Unvorstellbar. Wie treiben sie diese Schlagetots eigentlich auf?»

«Ganz einfach. Sie gehen einfach raus und greifen sich jeden Mann, der einen Schurz aus Leder trägt. Natürliche Auslese nennen das die Nazis.»

An der Rückseite des Büros, mit einem Laken zugedeckt, lag der Koffer, der die Leiche enthielt. Wir zogen zwei große Pakete heran und setzten uns darauf.

Illmann zog das Laken zurück, und ich wich ein wenig zurück, als der Tierkäfig-Geruch mir entgegenschlug, und ich drehte meinen Kopf automatisch in die bessere Luft, die hinter mir war.

«Ja, ja», murmelte Illmann, «ist ein heißer Sommer gewesen.»

Es war ein mächtiger Überseekoffer aus blauem Leder von bester Qualität, mit Schlössern und Beschlägen aus Messing – wie man sie an Bord der eleganten Luxusdampfer hievt, die zwischen Hamburg und New York verkehren. Für die einzige Insassin, ein nacktes, etwa sechzehnjähriges Mädchen, gab es nur noch eine einzige Reise, die letzte, zu der es sich einschiffen konnte. Ihr Körper, zum Teil in eine Art von braunem Vorhangstoff eingehüllt, lag auf dem Rücken, die Beine nach links gedreht, eine nackte Brust hochgewölbt, als sei etwas unter den Körper geschoben worden. Ihr Kopf stand in einem unglaublich grotesken Winkel von ihrem übrigen Körper ab, der Mund war geöffnet und schien fast zu lächeln, die Augen waren halb geschlossen, und wäre nicht das getrocknete Blut in den Nasenlöchern und die Seilschlinge um die Fußgelenke gewesen, hätte man fast glauben können, das Mädchen finge gerade an, aus einem langen Schlaf zu erwachen.

Deubels Wachtmeister, ein stämmiger Bursche, kurzhalsig wie eine Taschenflasche und mit einer Brust wie ein Sandsack, erschien mit Notizbuch und Bleistift, nahm ein Stück von mir und Illmann entfernt Platz und lutschte einen Bonbon, die Beine fast gelangweilt übereinandergeschlagen, offensichtlich durch den Anblick der Leiche nicht beeindruckt.

Illmann taxierte ihn kurz mit einem Blick, nickte dann, bevor er zu beschreiben begann, was er sah.

«Eine heranwachsende weibliche Person», sagte er ernst, «etwa sechzehn Jahre alt, nackt, in einem Koffer, Qualitätsarbeit, liegend. Der Körper ist zum Teil mit einem Stück brauner Kretonne bedeckt, und die Füße sind mit einem Seil zusammengebunden.» Er sprach langsam und machte Pausen zwischen den Sätzen, damit der schreibende Wachtmeister mitkam.

«Entfernt man den Stoff vom Körper, zeigt sich, daß der Kopf fast vollständig vom Rumpf abgetrennt ist. Der Körper selbst weist alle Anzeichen fortgeschrittener Verwesung auf, denn er hat sich wenigstens vier oder fünf Wochen im Koffer befunden. Die Hände zeigen keine Spuren von Kampfwunden, und ich umhülle sie zur weiteren Untersuchung der Finger im Labor, obgleich ich damit rechne, meine Zeit zu verschwenden, da sie offensichtlich an den Nägel kaut.» Er nahm zwei Beutel aus dickem Papier aus seinem Koffer, und ich half ihm, die Hände des Mädchens damit abzudecken.

«Hallo, was ist das? Täuschen mich meine Augen oder ist das eine blutige Bluse, die ich da sehe?»

«Sieht aus wie ihre BDM-Uniform», sagte ich und sah ihm zu, wie er erst die Bluse und dann ein Khakihemd hochhob.

«Wie außerordentlich aufmerksam von unserem Freund, uns ihre Wäsche zu schicken. Und gerade dachte ich, er würde ein wenig kalkulierbarer. Zuerst ein anonymer Anruf beim Alex, und jetzt das. Erinnern Sie mich, daß ich in meinen Kalender gucke und nachprüfe, ob ich etwa heute Geburtstag habe.»

Mein Blick fiel auf etwas anderes. Ich beugte mich vor und fischte das kleine rechteckige Stück Karton aus dem Koffer. «Irma Hankes Kennkarte», sagte ich.

«Ja, das erspart mir den Ärger, schätze ich.» Illmann drehte den Kopf zum Wachtmeister. «Außerdem enthielt der Koffer die Kleidung des toten Mädchens und seine Kennkarte», diktierte er. Innen in der Karte war ein verschmierter Blutfleck.

«Glauben Sie, das könnte ein Fingerabdruck sein?» fragte ich ihn.

Er nahm mir die Karte aus der Hand und betrachtete den Flecken sorgfältig. «Ja, könnte einer sein. Aber ich sehe die Bedeutung nicht. Ein frischer Fingerabdruck, das wär eine andere Geschichte. Das würde viele unserer Fragen beantworten.»

Ich schüttelte den Kopf. «Es ist keine Antwort. Es ist eine Frage. Warum sollte sich ein Psychopath um die Identität seines Opfers kümmern? Ich meine, das Blut, wenn es denn das ihre ist, deutet darauf hin, daß sie vermutlich bereits tot war. Warum also fühlt sich unser Mann verpflichtet, ihren Namen festzustellen?»

«Vielleicht um ihn bei seinem anonymen Anruf im Alex nennen zu können?»

«Ja, aber warum sich dann ein paar Wochen mit dem Anruf Zeit lassen? Finden Sie das nicht auch merkwürdig?»

«Ein Punkt für Sie, Bernie.» Er schob die Kennkarte in einen Zellophanbeutel und legte ihn vorsichtig in seinen Koffer, ehe er wieder in den Koffer blickte. «Und was haben wir hier?» Er hob ein kleines, aber schwer aussehendes Säckchen hoch und spähte hinein. «Wenn das nicht auch merkwürdig ist!» Er hielt mir das geöffnete Säckchen hin. Es war mit den leeren Zahnpastatuben gefüllt, die Irma Handke gesammelt hatte. «Unser Mörder scheint an alles gedacht zu haben.»

«Es ist beinahe so, als wollte uns der Hundesohn herausfordern, ihn zu fangen. Er übergibt uns alles. Ich kann mir vorstellen, wie er sich aufblasen wird, wenn wir ihn immer noch nicht fassen können.»

Illmann diktierte dem Wachtmeister noch ein paar weitere Bemerkungen, um dann zu erklären, er sei mit den vorläufigen Untersuchungen am Tatort fertig, und der Fotograf sei nun an der Reihe. Wir zogen die Handschuhe aus, ließen den Koffer zurück und stellten fest, daß der Bahnhofsvorsteher für Kaffee gesorgt hatte. Er war heiß und stark, und ich hatte ihn nötig, um den Geschmack von Tod, der meine Zunge überzog, wegzuspülen. Illmann drehte zwei Zigaretten und gab mir eine. Der würzige Tabak schmeckte wie gerösteter Nektar.

«Was bedeutet das hier für Ihren verrückten Tschechen?» fragte er. «Der, der sich für einen Kavallerieoffizier hält.»

«Es scheint, daß er wirklich Kavallerieoffizier war», erwiderte ich. «Kriegte an der Ostfront eine kleine Bombenneurose und hat sich nie ganz davon erholt. Jedenfalls ist er eine harte Nuß, und, offen gesagt, wenn ich keinen eindeutigen Beweis gegen ihn in die Hand bekomme, bin ich nicht sicher, daß ich ihm etwas anhängen kann. Und ich werde niemanden aufgrund eines Geständnisses nach Art des Hauses Alex hinter Schloß und Riegel bringen. Es ist nicht so, daß er etwa was sagt. Er ist das ganze Wochenende verhört worden und beteuert immer noch seine Unschuld. Ich werde sehen, ob jemand von der Gepäckaufbewahrung hier ihn als den Burschen identifizieren kann, der den Koffer dagelassen hat, wenn aber nicht, dann werde ich ihn laufenlassen müssen.»

«Ich kann mir vorstellen, das wird Ihren feinfühligen Inspektor auf die Palme bringen», grinste Illmann. «Deubel, den Vater einer Tochter. Er hat mir vorhin gesagt, er sei ganz sicher, es sei nur eine Frage der Zeit, bis Sie genug gegen den Tschechen in der Hand hätten.»

«Das glaube ich gern. Er betrachtet die Vorstrafe des Tschechen wegen Vergewaltigung einer Minderjährigen als den besten Grund, ihm zu erlauben, ihn in eine Gummizelle zu sperren und auf ihm einen Steptanz aufzuführen.»

«Ziemlich anstrengend, diese modernen Polizeimethoden. Wo nehmen sie bloß die Energie her?»

«Das ist das einzige, wofür sie Energie haben. Deubel müßte längst im Bett sein, woran er mich bereits erinnert hat. Ein paar von diesen Polypen glauben, sie hätten Arbeitszeiten wie Bankbeamte.» Ich winkte Deubel zu. «Ist Ihnen je aufgefallen, daß die meisten Verbrechen in Berlin tagsüber passieren?»

«Sie vergessen gewiß die Besuche Ihres freundlichen Gestapomannes aus der Nachbarschaft, der Sie zu nachtschlafender Zeit aus dem Bett klopft.»

«Vom Kriminalassistenten aufwärts werden Sie nie jemanden finden, der die roten Streifen schafft. Und nur dann, wenn er eine wichtige Person ist.»

Ich drehte mich um und sah Deubel entgegen, der sein Bestes tat, hundemüde und krankenhausreif auszusehen.

«Wenn der Fotograf mit seinen Porträts fertig ist, sagen Sie ihm, ich will ein paar Bilder vom Koffer mit geschlossenem Deckel. Und außerdem will ich, daß die Bilder zur Hand sind, wenn die Angestellten der Gepäckaufbewahrung auftauchen. Sie können dabei helfen, ihr Erinnerungsvermögen aufzufrischen. Der Professor wird den Koffer mit zum Alex nehmen, sobald die Aufnahmen gemacht sind.»

«Was ist mit der Familie des Mädchens, Kommissar. Es ist Irma Hanke, nicht wahr?»

«Sie werden sie natürlich offiziell identifizieren müssen, aber erst muß der Professor mit ihr fertig sein. Vielleicht kann er sie für die Mutter ein bißchen herausputzen.»

«Ich bin kein Leichenbestatter, Bernie», sagte Illmann kühl.

«Kommen Sie. Ich habe schon öfter gesehen, wie Sie einen Sack mit Hackfleisch zusammengenäht haben.»

«In Ordnung», seufzte Illmann. «Ich werde sehen, was ich tun kann. Trotzdem, ich werde den größten Teil des Tages brauchen. Unter Umständen bis morgen.»

«So lange, wie Sie wollen, aber ich möchte ihnen die Nachricht heute abend überbringen, also sehen Sie zu, daß Sie bis dahin wenigstens den Kopf wieder angenäht haben, ja?»

Deubel gähnte laut.

«Schon gut, Inspektor. Sie haben die Anhörprobe bestanden. Sie kriegen die Rolle des müden Mannes, der sein Bett braucht. Gott weiß, Sie haben hart genug dafür gearbeitet. Sobald Becker und Korsch hier auftauchen, können Sie nach Hause gehen. Aber sorgen Sie dafür, daß am Vormittag eine Gegenüberstellung durchgeführt wird. Stellen Sie fest, ob die Leute, die hier arbeiten, sich an unseren sudetendeutschen Freund erinnern können.»

«In Ordnung, Kommissar», sagte er, jetzt etwas lebhafter, angesichts der Aussicht, in Kürze nach Hause zu kommen.

«Wie war der Name des diensthabenden Wachtmeisters, der den anonymen Anruf entgegengenommen hat?»

«Gollner.»

«Etwa der alte Tanker Gollner?»

«Ja, Kommissar. Sie werden ihn in der Polizeikaserne finden. Er hat offenbar gesagt, er werde dort auf uns warten. Er habe lange genug bei der Kripo herumgegammelt und wolle nicht die ganze Nacht dasitzen und warten, bis wir auftauchen.»

«Immer noch der alte Tanker», lächelte ich. «Gut. Dann sollte ich ihn besser nicht warten lassen, oder?»

«Womit soll ich Korsch und Becker beauftragen, wenn sie ankommen?» fragte Deubel.

«Korsch soll den ganzen übrigen Plunder hier unter die Lupe nehmen. Vielleicht hat man uns ja noch ein paar andere Geschenke hinterlassen.»

Illmann räusperte sich. «Es wäre nicht schlecht, wenn einer von Ihnen bei der Autopsie anwesend wäre», sagte er.

«Becker kann Ihnen helfen. Er scheint sich mit Vorliebe in der Nähe des weiblichen Körpers aufzuhalten. Ganz zu schweigen davon, daß er für Fälle von gewaltsamem Tod ungemein qualifiziert ist. Aber lassen Sie ihn bloß nicht mit der Leiche allein, Professor. Er bringt es fertig, sie zu erschießen oder zu vögeln, ganz wie er sich fühlt.»

Die Kleine Alexanderstraße führte zum Horst-Wessel-Platz, und dort war die Kaserne für die am nahe gelegenen Alex stationierten Polizisten. Es war ein großes Gebäude mit kleinen Wohnungen für verheiratete Männer und höhere Beamte und mit Einzelzimmern für die übrigen.

Trotz der Tatsache, daß Wachtmeister Fritz «Tanker» Gollner nicht mehr verheiratet war, bewohnte er eine kleine Ein-Zimmer-Wohnung in der dritten Etage auf der Rückseite der Kaserne, in Anerkennung seiner langen und hervorragenden Laufbahn.

Ein wohlgepflegter Blumenkasten war das einzige Zugeständnis der Wohnung an Gemütlichkeit, ansonsten waren die Wände kahl, ausgenommen ein paar Fotos, auf denen Gollner zu sehen war, wie er ausgezeichnet wurde. Er nötigte mich in den einzigen Armsessel und nahm selbst auf der Kante des penibel gemachten Bettes Platz.

«Hab gehört, daß Sie zurück sind», sagte er ruhig. Er beugte sich vor und zog eine Lattenkiste unter dem Bett hervor. «Ein Bier?»

«Gern.»

Er nickte versonnen und drückte die Verschlüsse mit bloßem Daumen hoch.

«Und jetzt als Kommissar, wie ich höre. Scheidet aus als Inspektor. Wiedergeboren als Kommissar. Man könnte an verdammte Zauberei glauben, oder? Würde ich Sie nicht besser kennen, würde ich sagen, daß Sie jemand in der Tasche hat.»

«Gilt das nicht für uns alle? Auf die eine oder andere Weise.»

«Nicht für mich, Und wenn Sie sich nicht geändert haben, auch nicht für Sie.» Er nahm bedächtig einen Schluck.

Tanker war ein Ostfriese aus dem Emsland, wo, wie man sagt, gescheite Köpfe so selten sein sollen wie Fische mit Fell. Vielleicht war Tanker nicht in der Lage, den Namen Wittgenstein zu buchstabieren, geschweige denn seine Philosophie zu erläutern, aber er war ein guter Polizist, einer aus der alten Schule uniformierter Polypen, hart, aber gerecht, der dem Gesetz durch einen freundschaftlichen Hieb auf die Ohren jugendlicher Rabauken Geltung verschaffte und eher dazu neigte, einen Mann mit seiner lexikongroßen Faust auf einfache und praktikable Art nachdenklich zu stimmen, als ihn festzunehmen und in die Zelle zu schleppen. Von Tanker hieß es, er sei der härteste Mann bei der Orpo, und wenn ich ihn so ansah, wie er mir in Hemdärmeln gegenübersaß und sein großer Gürtel unter dem Gewicht seines noch größeren Bauches ächzte, fiel es mir nicht schwer, das zu glauben. Gewiß war die Zeit in seinem Gesicht mit dem vorstehenden Oberkiefer stehengeblieben – etwa bei einer Million Jahre vor Christus. Hätte er im Fell eines säbelzahnigen Tigers gesteckt, hätte er nicht weniger zivilisiert ausgesehen.

Ich bot ihm eine Zigarette an. Er schüttelte den Kopf und zog seine Pfeife heraus.

«Wenn Sie mich fragen», sagte ich, «jeder von uns steckt in Hitlers Gesäßtasche. Und er hat vor, auf seinem Hintern einen Berg runterzurutschen.»

Tanker saugte an seiner Pfeife und begann sie zu stopfen. Als er damit fertig war, grinste er und hob seine Flasche.

«Dann trinken wir darauf, daß Steine unter dem verdammten Schnee sind!»

Er rülpste laut und zündete seine Pfeife an. Die Wolken stechenden Rauchs wogten auf mich zu wie Ostseenebel und erinnerten mich an Bruno. Dem Geruch nach schien Tanker sogar dieselbe üble Mischung zu rauchen.

«Sie kannten Bruno Stahlecker, nicht wahr, Tanker?»

Er nickte und zog weiter an seiner Pfeife. Er sagte mit zusammengepreßten Zähnen: «Ja. Habe gehört, was passiert ist. Bruno war ein guter Mann.» Er nahm die Pfeife aus seinem ledrigen alten Mund und blickte den ziehenden Rauchschwaden nach. «Kannte ihn wirklich ziemlich gut. Wir waren zusammen bei der Infanterie. Hat auch 'ne ganze Menge mitgemacht, der Bruno. Natürlich war er damals bloß ein Spucht von einem Kerl, aber es schien ihm nie viel auszumachen, das Kämpfen, meine ich. War ein tapferer Kerl.»

«Die Beerdigung war letzten Donnerstag.»

«Ich wär auch hingegangen, wenn ich die Zeit gehabt hätte.» Er dachte einen Augenblick nach. «Aber es war draußen in Zehlendorf. Zu weit.» Er trank sein Bier aus und öffnete zwei neue Flaschen. «Immerhin haben sie den Dreckskerl, der ihn umgebracht hat, höre ich, und dann ist's soweit in Ordnung.»

«Ja, sieht wohl so aus», sagte ich. «Erzählen Sie mir von dem Telefonanruf heute nacht. Um welche Zeit war das?»

«Kurz vor Mitternacht, Kommissar. Fragt ein Bursche nach dem

Diensthabenden. Sie sprechen mit ihm, sag ich. Hören Sie genau zu, sagt er. Das verschwundene Mädchen, Irma Hanke, sagt er, steckt in einem großen Koffer aus blauem Leder in der Gepäckaufbewahrung, Bahnhof Zoo. Wer spricht denn da, frag ich, aber er hatte eingehängt.»

«Können Sie seine Stimme beschreiben?»

«Würde sagen, war ein gebildeter Mann, Kommissar. Einer, der daran gewöhnt ist, einen Befehl zu geben und ihn ausführen zu lassen. Hörte sich an wie'n Offizier.» Er schüttelte den großen Kopf. «Über sein Alter kann ich jedoch nichts sagen.»

«Irgendein Akzent?»

«Ein ganz leichter bayerischer.»

«Sind Sie sicher?»

«Meine verstorbene Frau kam aus Nürnberg, Kommissar. Ich bin mir sicher.»

«Und wie würden Sie seinen Tonfall beschreiben? Aufgeregt? Vielleicht verwirrt?»

«Er hörte sich nicht wie ein Spinner an, wenn's das ist, was Sie meinen. Er war so kalt wie die Pisse eines erfrorenen Eskimos. Wie ich sagte, genau wie ein Offizier.»

«Und er verlangte, mit dem diensthabenden Wachtmeister zu sprechen?»

«Das waren genau seine Worte, Kommissar.»

«Irgendwelche Geräusche im Hintergrund? Verkehr? Musik? Etwas in dieser Art?»

«Überhaupt nichts.»

«Was taten Sie dann? Nach dem Anruf.»

«Ich rief das Fräulein in der Telefonzentrale in der Französischen Straße an. Sie verfolgte den Anruf zurück bis zu einer Telefonzelle vor dem Bahnhof Westkreuz. Ich schickte einen Streifenwagen hin, um sie versiegeln zu lassen, bis die Burschen von 5 D hinfahren und sie auf Fingerabdrücke untersuchen konnten.»

«Gut gemacht, Mann. Und dann riefen Sie Deubel an?»

«Ja, Kommissar.»

Ich nickte und machte mich über die zweite Flasche Bier.

«Ich nehme an, daß die Orpo über dies alles im Bilde ist?»

«Von der Schulenburg ließ Anfang der letzten Woche alle Hauptleute zu einer Lagebesprechung zusammenrufen. Die teilten uns dann mit, was viele der Männer bereits vermutet hatten. Daß in den Straßen von Berlin ein neuer Gormann unterwegs wäre. Die meisten von den Jungens glauben, das wäre der Grund, warum Sie zurückgekommen sind. Die meisten Zivilbeamten, die wir jetzt haben, könnten kein Stück Kohle auf einem Schlackehaufen entdecken. Aber diese Gormann-Sache. Ja, das war ein sauberes Stück Arbeit.»

«Danke, Tanker.»

«Jedenfalls, Kommissar, sieht es nicht so aus, als ob dieser kleine sudetendeutsche Spinner, den Sie da festhalten, es getan haben könnte, nicht wahr, wenn ich das sagen darf?»

«Nein. Es sei denn, er hätte ein Telefon in seiner Zelle. Trotzdem, wir wollen sehen, ob den Leuten von der Gepäckaufbewahrung im Bahnhof Zoo seine Visage gefällt. Man kann nie wissen, er könnte ja draußen einen Komplizen haben.»

Tanker nickte. «Das ist wohl wahr», sagte er. «In Deutschland ist alles möglich, solange Hitler in der Reichskanzlei scheißen geht.»

Ein paar Stunden später war ich wieder im Bahnhof Zoo, wo Korsch an die versammelten Mitarbeiter der Gepäckaufbewahrung bereits Fotos des Koffers ausgeteilt hatte. Sie starrten und starrten, und doch konnte sich nicht einer an jemanden erinnern, der einen Koffer aus blauem Leder zur Aufbewahrung gegeben hatte.

Der größte unter ihnen, ein Mann mit dem längsten khakifarbenen Kittel, der hier das Sagen zu haben schien, holte unter dem metallverkleideten Schalter eine Kladde hervor und brachte sie mir.

«Vermutlich schreiben Sie die Namen und Adressen aller Leute auf, die bei Ihnen Gepäck zur Aufbewahrung geben», sagte ich ohne große Begeisterung. Im allgemeinen, geben Mörder, die ihre Opfer auf Bahnhöfen bei der Gepäckaufbewahrung abliefern, ihre wirklichen Namen und Adressen nicht freiwillig preis.

Der Mann im Khaki-Kittel, dessen schlechte Zähne den geschwärzten Isolatoren von Oberleitungen glichen, sah mich mit ruhigem Selbstvertrauen an und klopfte mit einer Fingerkuppe auf den harten Einband seiner Kladde.

«Er wird hier drinstehen, wer immer Ihren verdammten Koffer hiergelassen hat.»

Er schlug sein Buch auf, leckte an einem Daumen, den ein Hund zurückgewiesen hätte, und begann die schmierigen Seiten umzublättern.

«Auf dem Koffer auf ihrem Foto befindet sich ein Gepäckschein», sagte er. «Und auf diesem Schein steht eine Nummer. Dieselbe Nummer ist mit Kreide auf das Gepäckstück gemalt. Und diese Nummer wird in diesem Buch stehen, neben einem Datum, einem Namen und einer Adresse.» Er blätterte ein paar Seiten weiter und fuhr dann mit dem Zeigefinger die Seite hinunter.

«Da haben wir's», sagte er. «Der Koffer wurde hier am Freitag, 19. August, deponiert.»

«Vier Tage nach ihrem Verschwinden», sagte Korsch ruhig.

Der Mann folgte mit dem Finger einer Linie auf die gegenüberliegende Seite. «Hier steht, daß der Koffer einem Herrn Heydrich, großer Anfangsbuchstabe ‹R›, Wilhelmstraße 102, gehört.»

Korsch prustete vor Lachen.

«Danke», sagte ich zu dem Mann. «Sie haben uns sehr geholfen.»

«Ich verstehe nicht, was daran so komisch ist», knurrte der Mann im Weggehen.

Ich grinste Korsch an. «Sieht so aus, als hätte jemand Sinn für Humor.»

«Werden Sie das in Ihrem Bericht erwähnen, Kommissar?» fragte er lächelnd.

«Ist doch Beweismaterial. Oder etwa nicht?»

«Ist ja bloß, daß es dem General nicht gefallen wird.»

«Er wird aus dem Häuschen geraten, denke ich. Aber wissen Sie, unser Mörder ist nicht der einzige, der Vergnügen an einem guten Witz hat.»

Zurück am Alex bekam ich einen Anruf vom Chef der Abteilung VD1, Gerichtsmedizin, anscheinend Illmanns Abteilung. Ich sprach mit einem SS-Hauptsturmführer Doktor Schade, dessen Ton, wie zu erwarten, servil war, weil er zweifellos glaubte, daß ich einigen Einfluß bei Heydrich hatte.

Der Doktor setzte mich davon in Kenntnis, die Spurensicherung habe in der Telefonzelle am Bahnhof Westkreuz, von der der Mörder offensichtlich im Alex angerufen hatte, eine Anzahl von Fingerabdrücken genommen. Sie würden nun in der Abteilung VC 1 untersucht.

Über den Koffer und seinen Inhalt habe er mit Inspektor Korsch gesprochen und werde mich sogleich informieren, wenn man darauf Fingerabdrücke finde.

Ich bedankte mich für seinen Anruf und sagte ihm, meine Ermittlungen hätten höchste Priorität, und alles andere käme erst an zweiter Stelle.

Eine Viertelstunde später erhielt ich einen weiteren Anruf, dieses Mal von der Gestapo.

«Hier spricht Sturmbannführer Roth», sagte der Mann. «Abteilung 4B1. Kommissar Gunther, Sie behindern den Fortgang einer höchst wichtigen Ermittlung.»

«4B1? Ich glaube nicht, daß ich diese Abteilung kenne. Rufen Sie von hier aus dem Alex an?»

«Unsere Dienststelle befindet sich in der Meineckestraße, und wir ermitteln gegen katholische Verbrecher.»

«Tut mir leid, aber ich weiß nichts von Ihrer Abteilung, Sturmbannführer. Und ich will auch nichts von ihr wissen. Nichtsdestoweniger kann ich nicht erkennen, auf welche Weise ich eine Ihrer Ermittlungen behindern könnte.»

«Die Tatsache bleibt bestehen, daß Sie es tun. Sie waren es, die SS-Hauptsturmführer Schade befahlen, Ihre eigenen Ermittlungen mit höchster Priorität zu behandeln.»

«Stimmt.»

«Dann sollten Sie als Kommissar wissen, daß die Gestapo vor der Kripo den Vorrang hat, wenn die Dienste von VD1 beansprucht werden.»

«Davon weiß ich nichts. Aber welches große Verbrechen ist denn verübt worden, daß Ihre Abteilung den Vorrang vor einer Morduntersuchung beanspruchen könnte? Klagen Sie vielleicht einen Priester wegen einer betrügerischen Transsubstantiation an? Oder versuchen sie, den Kommunionswein als das Blut Christi auszugeben?»

«Ihre Leichtfertigkeit ist völlig fehl am Platze, Kommissar», sagte er. «Diese Abteilung untersucht sehr ernsthafte homosexuelle Vergehen innerhalb der Priesterschaft.»

«Wirklich? Da werde ich heute nacht sicherlich ruhiger schlafen.

Wie dem auch sei, meinen Ermittlungen ist von General Heydrich persönlich höchste Priorität verliehen worden.»

«Angesichts der Bedeutung, die er, wie ich weiß, der Ergreifung religiöser Feinde des Reichs beimißt, fällt es mir sehr schwer, das zu glauben.»

«Dann schlage ich vor, daß Sie in der Wilhelmstraße anrufen und es sich vom General persönlich erklären lassen.»

«Das werde ich tun. Ohne Zweifel wird er darüber ebenfalls höchst beunruhigt sein, daß Sie die Bedrohung durch die Dritte Internationale nicht zu erkennen vermögen, die sich den Ruin Deutschlands zum Ziel gesetzt hat. Der Katholizismus stellt eine nicht geringere Bedrohung der Reichssicherheit dar als der Bolschewismus und das Weltjudentum.»

«Sie vergessen die Männchen aus dem Weltraum», sagte ich. «Offen gesagt, es ist mir scheißegal, was Sie ihm sagen. VD1 ist ein Teil der Kripo und nicht der Gestapo, und in allen Dingen, die mit meiner Untersuchung zu tun haben, ist der Kripo, wenn sie die Dienste unserer eigenen Abteilung in Anspruch nimmt, Priorität einzuräumen. Das habe ich vom Reichskriminaldirektor schriftlich, und Doktor Schade ebenfalls. Also, warum nehmen Sie nicht einfach Ihren sogenannten Fall und schieben ihn sich in den Arsch. So wie Sie stinken, fällt ein bißchen mehr Scheiße kaum noch ins Gewicht.»

Ich ließ den Hörer auf die Gabel krachen. Es gab immerhin ein paar erfreuliche Aspekte bei diesem Auftrag. Daß sich die Gelegenheit bot, dabei der Gestapo in die Suppe zu spucken, war einer der erfreulichsten.

Bei der Gegenüberstellung am selben Vormittag konnten die Angestellten der Gepäckaufbewahrung Gottfried Bautz nicht als den Mann identifizieren, der den Koffer mit Irma Hankes Leiche deponiert hatte, und zu Deubels Leidwesen unterschrieb ich den Befehl, ihn aus der Haft zu entlassen.

Es ist gesetzlich vorgeschrieben, daß alle Fremden, die nach Berlin kommen, binnen sechs Tagen von ihrem Hotel oder ihrer Pension bei einem Polizeirevier zu melden sind. Dadurch ist das Meldeamt im Alex in der Lage, gegen eine Gebühr von fünfzig Pfennig die Adresse jeder Person mitzuteilen, die sich in Berlin aufhält. Die Leute glauben, diese Vorschrift müsse ein Teil der Notstandsgesetze sein, aber in Wahrheit existiert sie schon eine Weile. Die preußische Polizei war immer schon tüchtig.

Mein Büro war nur ein paar Türen von Zimmer 350, dem Meldeamt, entfernt, was bedeutete, daß der Korridor immer von lärmenden Leuten wimmelte, so daß ich gezwungen war, meine Tür geschlossen zu halten. Das war ohne Zweifel einer der Gründe, warum man mich hier untergebracht hatte, so weit wie möglich von den Büros der Mordkommission entfernt. Ich schätze, daß man es darauf abgesehen hatte, mich von anderen Kripo-Beamten fernzuhalten, aus Furcht, meine eher anarchistische Art, polizeiliche Ermittlungen durchzuführen, könnte diese vielleicht anstecken. Oder man hatte vielleicht gehofft, meinen aufsässigen Geist zu brechen, wenn man mir erst einmal einen empfindlichen Dämpfer versetzte. Selbst an einem sonnigen Tag wie heute bot mein Büro einen trostlosen Anblick. An den scharfen Kanten des olivgrünen Metalltisches konnte man leichter hängenbleiben als an einem Stacheldrahtzaun, und sein einziger Vorteil war, daß er zum abgetretenen Linoleum und den schmuddeligen Vorhängen paßte, während die Wände von vielen Tausenden von Zigaretten nikotingelb gefärbt waren.

Als ich eintrat, nachdem ich mich in meiner Wohnung ein paar Stunden aufs Ohr gelegt hatte, und mich mit dem Anblick von Hans Illmann konfrontiert sah, der mit einem Dossier geduldig auf mich gewartet hatte, glaubte ich nicht, daß der Raum dadurch ein wenig angenehmer werden würde. Indem ich mich beglückwünschte, daß ich so vorausschauend gewesen war, vor dieser Begegnung, die alles andere als appetitlich zu werden versprach, etwas zu essen, nahm ich Platz und sah ihm ins Gesicht.

«Also hier hat man Sie versteckt», sagte er.

«Ist nur als Übergangslösung gedacht», erklärte ich, «genauso wie meine Person. Aber, offen gestanden, es behagt mir, abseits von der übrigen Kripo zu sein. Die Chance ist geringer, hier wieder zu einem dauerhaften Teil des Inventars zu werden. Und ich glaube, ihnen behagt das ebenfalls.»

«Man kann kaum glauben, daß es möglich ist, von einem solchen bürokratischen Verlies in der ganzen Kripoleitung einen derartigen Ärger zu verbreiten.» Er lachte und strich sich seinen Kinnbart. «Sie und ein Sturmbannführer von der Gestapo haben für den armen Doktor Schade eine Fülle von Problemen heraufbeschworen. Er ist von einer Menge wichtiger Leute angerufen worden. Nebe, Müller, sogar Heydrich. Das muß Sie doch sehr zufrieden stimmen. Nein, spielen Sie nicht den Bescheidenen. Sie haben meine Bewunderung, Bernie, wirklich.»

Ich öffnete eine Schublade meines Schreibtisches und holte eine Flasche und zwei Gläser heraus.

«Trinken wir darauf», sagte ich.

«Mit Freuden. Nach dem Tag, den ich hatte, könnte ich einen Schluck gebrauchen.» Er nahm das volle Glas und schlürfte dankbar. «Wissen Sie, ich hatte keine Ahnung, daß es bei der Gestapo eine spezielle Abteilung zur Verfolgung von Katholiken gab.»

«Ich auch nicht. Aber ich kann nicht sagen, daß mich das sehr überrascht. Der Nationalsozialismus läßt nur eine Art von organisiertem Glauben zu.» Ich deutete auf das Dossier in Illmanns Schoß. «Also was haben wir?»

«Opfer Nummer fünf, das haben wir.» Er reichte mir das Dossier und begann sich eine Zigarette zu drehen.

«Die Fotos sind gut», sagte ich, während ich sie durchblätterte. «Ihr Mann versteht sein Geschäft.»

«Ja, ich dachte mir, daß sie Ihnen gefallen würden. Das eine Foto von der Kehle ist besonders interessant. Die rechte Halsschlagader ist durch einen vollkommen waagrechten Messerschnitt fast gänzlich durchtrennt. Das bedeutet, daß sie flach auf dem Rücken lag, als er den Schnitt ausführte. Gleichviel, der größere Teil der Wunde ist auf der rechten Seite der Kehle, so daß unser Mann höchstwahrscheinlich Rechtshänder ist.»

«Es muß irgendein Messer gewesen sein», sagte ich, als ich die Tiefe der Wunde bemerkte.

«Ja. Es hat den Kehlkopf fast vollständig durchtrennt.» Er beleckte sein Zigarettenpapier. «Etwas überaus Scharfes, wie eine Kürette, würde ich sagen. Andererseits war jedoch der Kehldeckel stark eingedrückt, und zwischen ihm und der Speiseröhre waren rechts Blutergüsse, so groß wie Apfelsinenkerne.»

«Erdrosselt, richtig?»

«Sehr gut», grinste Illmann. «Freilich halb erdrosselt, wenn man's genau nimmt. Es war eine kleine Menge Blut in der teilweise aufgeblähten Lunge des Mädchens.»

«Also würgte er sie, bis sie still war und schnitt ihr danach die Kehle durch?»

«Sie verblutete, während sie kopfüber aufgehängt war wie ein geschlachtetes Kalb. Dasselbe wie bei allen anderen. Haben Sie Feuer?»

Ich schnippte ihm meine Schachtel rüber. «Was ist mit ihren wichtigen kleinen Stellen? Hat er sie gevögelt?»

«Er hat sie gevögelt und sie dabei ein bißchen aufgerissen. Nun, das war zu erwarten. Das Mädchen war Jungfrau, könnte ich mir denken. Es waren sogar Eindrücke seiner Fingernägel auf der Schleimhaut. Aber, was viel wichtiger ist, ich fand ein paar fremde Schamhaare, und damit meine ich nicht, daß sie aus Paris importiert wurden.»

«Welche Farbe?»

«Braun. Fragen Sie mich nicht nach der Schattierung. So präzise kann ich das nicht sagen.»

«Aber Sie sind sicher, daß es keine von Irma Hanke sind?»

«Absolut. Sie hoben sich von ihrer perfekt arischen hellhaarigen kleinen Pflaume so deutlich ab wie Scheiße von einer weißen Tischdecke.» Er lehnte sich zurück und blies eine Wolke in die Luft über seinem Kopf. «Sie wollen, daß ich sie mit denen von Ihrem verrückten Tschechen vergleiche?»

«Nein, ich habe ihn heute mittag entlassen. Er ist sauber. Und sein Haar ist zufällig hell.» Ich durchflog die Schreibmaschinenseiten des Obduktionsberichtes. «Ist das alles?»

«Nicht ganz.» Er sog an seiner Zigarette, ehe er sie im Aschenbecher ausdrückte. Aus der Tasche seiner Tweedjacke zog er eine zusammengefaltete Zeitung, die er auf dem Tisch ausbreitete. «Ich dachte, Sie sollten das sehen.»

Es war die Titelseite einer alten Nummer vom *Stürmer*, dem antisemitischen Hetzblatt des Dr. Julius Streicher. Ein Aufdruck in der linken oberen Ecke verkündete, es handle sich um eine «Ritualmord-Sondernummer». Nicht, daß das nötig gewesen wäre. Die Illustration, eine Federzeichnung, war aussagekräftig genug. Acht nackte, blondhaarige deutsche Mädchen waren mit den Köpfen nach unten aufgehängt, ihre Kehlen waren durchgeschnitten, und ihr Blut ergoß sich in einen großen Kelch, der von der häßlichen Karikatur eines Juden gehalten wurde.

«Interessant, meinen Sie nicht?» fragte er.

«Streicher veröffentlicht dauernd solchen Schrott», sagte ich. «Niemand nimmt das ernst.»

Illmann schüttelte den Kopf. «Ich sage ja auch nicht, daß man das ernst nehmen soll. Ich glaube ebensowenig an Ritualmorde wie daran, daß Hitler ein Friedensstifter ist.»

«Aber da ist diese Zeichnung, richtig?» Er nickte. «Da ist eine bemerkenswerte Ähnlichkeit mit der Methode, mit der bereits fünf deutsche Mädchen umgebracht wurden.» Er nickte wieder. Ich warf einen Blick auf den Artikel am Fuß der Seite, der die Zeichnung begleitete, und las: «Die Juden werden beschuldigt, nichtjüdische Kinder und nichtjüdische Erwachsene anzulocken, sie abzuschlachten und ihr Blut aufzufangen. Sie werden beschuldigt, dieses Blut unter ihre Mazzes (ungesäuertes Brot) zu mischen und es zu benutzen, um abergläubische Zauberein zu vollführen. Sie werden beschuldigt, ihre Opfer zu foltern, besonders die Kinder; und während dieser Folterungen kreischen sie Drohungen, Flüche und belegen die Nichtjuden mit bösen Zaubern. Dieser systematische Mord hat einen besonderen Namen. Er wird Ritualmord genannt.»

«Wollen Sie andeuten, daß Streicher etwas mit diesen Morden zu tun haben könnte?»

«Ich wüßte nicht, daß ich etwas angedeutet hätte, Bernie. Ich habe bloß gedacht, ich sollte Sie darauf aufmerksam machen.» Er zuckte die Achseln. «Warum eigentlich nicht? Schließlich wäre er nicht der erste Gauleiter, der ein Verbrechen begeht. Denken Sie an Kube, den Gauleiter der Kurmark.»

«Man hörte über Streicher relativ wenig», sagte ich.

«In einem anderen Land säße er im Knast.»

«Kann ich das hier behalten?»

«Ich bitte darum. So etwas läßt man nicht gern auf dem Kaffeetisch herumliegen.» Er drückte eine weitere Zigarette aus und stand auf, um zu gehen. «Was werden Sie unternehmen?»

«Wegen Streicher? Ich weiß es nicht genau.» Ich blickte auf die Uhr. «Ich werde nach der offiziellen Identifizierung darüber nachdenken. Becker ist inzwischen mit den Eltern des Mädchens hierher unterwegs. Wir gehen besser runter ins Leichenschauhaus.»

Etwas, das Becker sagte, veranlaßte mich, die Hankes selber nach Hause zu fahren, nachdem Herr Hanke die Leiche seiner Tochter zweifelsfrei identifiziert hatte.

«Es war nicht das erste Mal, daß ich einer Familie eine schlechte Nachricht zu überbringen hatte», hatte er erklärt. «Auf merkwürdige Weise hoffen sie immer, gegen alle Vernunft, klammern sich an den letzten Strohhalm, bis ans bittere Ende. Und wenn man's ihnen dann sagt, dann haut es sie vollkommen um. Die Mutter bricht zusammen, wissen Sie. Aber diese beiden waren irgendwie anders. Es ist schwer zu erklären, was ich meine, Kommissar, aber ich hatte den Eindruck, daß sie damit gerechnet hatten.»

«Nach vier Wochen? Kommen Sie, sie hatten sich einfach damit abgefunden, das ist alles.» Becker runzelte die Stirn und kratzte sich an seinem unordentlichen Kopf.

«Nein», sagte er langsam, «es war mehr dahinter als das, Kommissar. Als hätten sie's bereits gewußt, bestimmt. Tut mir leid, Kommissar, ich erkläre es nicht sehr gut. Vielleicht hätte ich es überhaupt nicht erwähnen sollen. Vielleicht bilde ich's mir bloß ein.»

«Glauben Sie an Instinkt?»

«Ich denke schon.»

«Gut. Manchmal ist Instinkt das einzige, was einem Polypen bleibt. Und dann hat er keine andere Wahl, als ihm zu folgen. Ein Polizist, der nicht hin und wieder einem vagen Gefühl vertraut, will nie ein Risiko eingehen. Und ohne ein Risiko einzugehen, können Sie nicht darauf hoffen, einen Fall zu lösen. Nein, es war richtig, es mir zu erzählen.»

So wie er jetzt neben mir saß, während wir nach Steglitz fuhren, schien Herr Hanke, Buchhalter bei der AEG in der Seestraße, alles andere als ein Mann zu sein, der sich mit dem Tod seiner einzigen Tochter abgefunden hatte. Ich nahm trotzdem ernst, was Becker mir gesagt hatte. Ich blieb unvoreingenommen, bis ich mir selber eine Meinung bilden konnte.

«Irma war ein kluges Mädchen», seufzte Hanke. Er sprach mit rheinischem Akzent, und seine Stimme hörte sich an wie die von

Goebbels. «Klug genug, um auf der Schule zu bleiben und das Abitur zu machen, was sie unbedingt wollte. Aber sie war kein Bücherwurm. Nur helle und dabei hübsch. Gut im Sport. Sie hatte gerade ihr Reichssportabzeichen und ihr Fahrtenschwimmen gemacht. Nie hat sie jemandem etwas zuleide getan.» Seine Stimme brach, als er hinzufügte: «Wer könnte sie umgebracht haben, Herr Kommissar? Wer könnte so etwas tun?»

«Das will ich herausfinden», sagte ich.

Aber Hankes Frau, die auf dem Rücksitz saß, glaubte die Antwort bereits zu kennen.

«Ist nicht sonnenklar, wer dafür verantwortlich ist?» sagte sie. «Meine Tochter war ein gutes BDM-Mädchen, im Rassenkunde-Unterricht als perfektes Beispiel des arischen Typs gelobt. Sie kannte ihren Horst Wessel und konnte aus dem großen Buch des Führers ganze Seiten zitieren. Also, was glauben Sie wohl? Wer anders könnte sie, die noch unschuldig war, umgebracht haben als die Juden? Wer anders als die Juden käme auf die Idee, ihr so etwas anzutun?»

Herr Hanke drehte sich um und ergriff die Hand seiner Frau. «Das wissen wir nicht, Silke, Schatz», sagte er. «Oder, Herr Kommissar?»

«Ich halte es für sehr unwahrscheinlich», sagte ich.

«Hörst du, Silke? Der Herr Kommissar glaubt es nicht, und ich glaube es auch nicht.»

«Ich weiß, was ich weiß», zischte sie. «Ihr irrt euch beide. Es ist so unübersehbar wie die Nase im Gesicht eines Juden. Wer anders als die Juden? Begreift ihr denn nicht, wie sonnenklar das ist?»

«Überall in der Welt wird sogleich diese Anklage laut, wenn eine Leiche gefunden wird, welche die Spuren eines Ritualmordes aufweist. Diese Anklage wird nur gegen die Juden erhoben.» Ich erinnerte mich der Worte in dem Artikel des *Stürmers,* den ich zusammengefaltet in der Tasche trug, und als ich Frau Hanke zuhörte, kam es mir so vor, als ob sie recht hätte, freilich auf eine Art, an die sie kaum gedacht haben dürfte.

11.
Donnerstag, 22. September

Eine Pfeife schrillte, der Zug ruckte an, und dann fuhren wir langsam aus dem Anhalter Bahnhof und begannen unsere sechsstündige Fahrt, die uns nach Nürnberg führen sollte. Korsch, der einzige andere Fahrgast im Abteil, las bereits seine Zeitung. «Teufel», sagte er, «hören Sie sich das an. Es heißt hier, daß der sowjetische Kommissar für Auswärtiges, Maxim Litwinow, vor dem Völkerbund in Genf erklärt hat, daß seine Regierung den bestehenden Beistandsvertrag mit der Tschechoslowakei erfüllen und zur selben Zeit wie Frankreich militärische Hilfe anbieten wird. Meine Güte, dann sind wir wirklich mittendrin in einem Angriffskrieg an zwei Fronten.»

Ich knurrte. Es war weniger wahrscheinlich, daß die Franzosen Hitler wirklich Widerstand leisteten, als daß sie erklärten, sie würden die Prohibition einführen. Litwinow hatte seine Worte mit Bedacht gewählt. Niemand wollte den Krieg. Das heißt, niemand außer Hitler. Hitler, der Syphilitiker.

Meine Gedanken kehrten zu einer Begegnung zurück, die ich am vorigen Dienstag mit Frau Kalau vom Hofe im Göring-Institut gehabt hatte.

«Ich bringe Ihre Bücher zurück», erklärte ich. «Das Werk von Professor Berg war besonders interessant.»

«Das freut mich», sagte sie. «Wie war der Baudelaire?»

«Ebenfalls interessant, obwohl mir scheint, daß er sich besser auf das heutige Deutschland anwenden läßt. Besonders die ‹Spleen›-Gedichte.»

«Vielleicht sind Sie jetzt reif für Nietzsche», sagte sie und lehnte sich in ihrem Sessel zurück.

Es war ein hübsch möbliertes, helles Büro mit Blick auf den gegenüberliegenden Zoo. Man konnte auf die Entfernung fast die Esel schreien hören.

Sie lächelte noch immer. Sie war noch hübscher, als ich sie in Erinnerung hatte. Ich nahm das einzige Foto, das auf ihrem Schreibtisch stand, in die Hand und starrte auf einen stattlichen Mann und zwei kleine Jungen.

«Ihre Familie?»

«Ja.»

«Sie müssen sehr glücklich sein.» Ich stellte das Bild an seinen Platz zurück. «Nietzsche», sagte ich, um das Thema zu wechseln. «Ich weiß nichts von ihm. Ich bin wirklich kein großer Leser, wissen Sie. Ich scheine unfähig zu sein, die Zeit zum Lesen zu finden. Aber ich habe mir diese Seiten in *Mein Kampf* angesehen – die über Geschlechtskrankheiten. Wohlgemerkt, das bedeutete, daß ich eine Zeitlang einen Ziegelstein benutzen mußte, um das Badezimmerfenster aufzubrechen.» Sie lachte. «Egal, ich glaube, daß sie recht hatten.» Sie wollte etwas sagen, doch ich hob die Hand. «Ich weiß, ich weiß, Sie haben gar nichts gesagt. Sie haben mir lediglich erzählt, was im wunderschönen Buch des Führers steht. Eine psychotherapeutische Analyse seiner Persönlichkeit aufgrund seines Buches hatten Sie nicht im Sinn.»

«Das ist richtig.»

Ich setzte mich und sah ihr über den Schreibtisch ins Gesicht.

«Aber so etwas ist möglich?»

«O ja, in der Tat.»

Ich reichte ihr die Titelseite des *Stürmer*.

«Sogar bei so etwas?»

Sie blickte mich kühl an und öffnete ihr Zigarettenkästchen. Ich nahm mir eine und gab uns beiden Feuer.

«Fragen Sie mich das offiziell?» fragte sie.

«Nein, natürlich nicht.»

«Dann würde ich sagen, daß es möglich wäre. Ich würde in der Tat sagen, daß *Der Stürmer* das Werk nicht einer, sondern mehrerer psychotischer Persönlichkeiten ist. Diese sogenannten Leitartikel, diese Illustrationen von Fino – Gott allein weiß, welche Wirkung diese Art von Schmutz auf die Leute hat.»

«Könnten Sie ein bißchen spekulieren? Über die Wirkung, meine ich.»

Sie schürzte die schönen Lippen. «Schwer einzuschätzen», sagte sie nach einer Pause. «Bei schwächeren Persönlichkeiten könnte sich dieses Zeug, wenn es regelmäßig konsumiert wird, verderblich auswirken.»

«Verderblich genug, um einen Menschen zum Mörder zu machen?»

«Nein», sagte sie, «das glaube ich nicht. Es würde aus einem normalen Menschen keinen Mörder machen. Aber bei einem Mann, der bereits zum Töten disponiert ist, denke ich, ist es gut möglich, daß diese Art von Geschichten und Zeichnungen eine tiefe Wirkung auf ihn haben. Und wie Sie aus Ihrer Lektüre des Bergschen Buches wissen, war Kürten selber der Ansicht, die obszöne Art, mit der über Verbrechen berichtet wird, habe ihn ganz entscheidend beeinflußt.»

Sie schlug ihre Beine übereinander, und das Rascheln ihrer Strümpfe zog meine Gedanken nach oben, zu ihrem Strumpfgürtel und schließlich zu dem spitzenumkleideten Paradies, das ich mir dort ausmalte. Beim Gedanken, daß meine Hand ihren Rock hinaufwanderte, zog sich mein Magen zusammen, bei der Vorstellung, sie auszuziehen, während sie trotzdem noch immer vernünftig mit mir sprach. Wo genau fing eigentlich die Verdorbenheit an?

«Ich verstehe», sagte ich. «Und was haben Sie für eine berufliche Meinung von dem Mann, der diese Geschichte veröffentlichte? Ich meine Julius Streicher.»

«Ein solcher Haß ist mit einiger Sicherheit das Ergebnis einer großen geistigen Instabilität.» Sie hielt einen Augenblick inne. «Darf ich Ihnen etwas Vertrauliches sagen?»

«Gewiß.»

«Ihnen ist bekannt, daß Matthias Göring, der Präsident dieses Instituts, der Vetter des Ministerpräsidenten ist?»

«Ja.»

«Streicher hat eine Menge bösartigen Unsinn über die Mediziner, insbesondere die Psychotherapie, geschrieben, die für ihn eine jüdische Verschwörung ist. Eine Zeitlang war seinetwegen die Zukunft der psychischen Gesundheitversorgung in diesem Land in Gefahr. Folglich hat Doktor Göring guten Grund, sich Streicher wegzuwünschen, und bereits auf Anweisung des Ministerpräsidenten eine psychologische Bewertung seiner Persönlichkeit vorbereitet. Ich bin sicher, daß ich die Kooperation dieses Instituts in allen Fragen garantieren könnte, die irgendeine Ermittlung gegen Streicher betreffen.»

Ich nickte langsam.

«Gedenken Sie, gegen Streicher zu ermitteln?»

«Bleibt es unter uns?»

«Gewiß.»

«Ich weiß es ehrlich nicht. Lassen Sie mich im Augenblick soviel sagen, daß ich mich für ihn interessiere.»

«Wollen Sie, daß ich Doktor Göring um Hilfe bitte?»

Ich schüttelte den Kopf. «Nicht in diesem Stadium. Aber danke für das Angebot. Ich werde es ganz gewiß nicht vergessen.» Ich stand auf und ging zur Tür. «Ich wette, daß Sie wahrscheinlich große Stücke auf den Ministerpräsidenten halten, da er der Schirmherr dieses Instituts ist. Habe ich recht?»

«Er ist gut zu uns gewesen, das ist wahr. Ich zweifle, ob es ohne seine Hilfe ein Institut gegeben hätte. Natürlich haben wir deshalb eine hohe Meinung von ihm.»

«Bitte glauben Sie nicht, daß ich Ihnen Vorwürfe mache, beileibe nicht. Aber ist Ihnen je in den Sinn gekommen, daß Ihr wohltätiger Schutzpatron genauso hingehen und einem anderen vor den Koffer scheißen wird, wie Streicher es mit Ihnen macht? Es fällt mir auf, wie schmutzig die Umgebung ist, in der wir leben, daß wir alle dauernd Dreck auf unseren Schuhen finden, bis jemand soviel Vernunft besitzt, alle streunenden Hunde in den öffentlichen Zwinger zu treiben.» Ich tippte grüßend an meine Hutkrempe. «Denken Sie mal drüber nach.»

Korsch zwirbelte abwesend seinen Schnurrbart, während er in seiner Zeitung weiterlas. Ich nahm an, er hatte sich die Mühe mit dem Schnurrbart gemacht, um wie ein toller Bursche auszusehen, so wie viele Männer sich einen Bart wachsen lassen: nicht weil sie etwas gegen das Rasieren haben – ein Bart macht genausoviel Arbeit wie ein glattrasiertes Gesicht –, sondern weil sie glauben, daß sie dann wie jemand aussehen, den man ernst nehmen muß. Aber bei Korsch diente der Schnurrbart – kaum mehr als der Strich eines Augenbrauenstiftes – lediglich dazu, den verschlagenen Gesichtsausdruck zu betonen. Er ließ ihn aussehen wie einen Zuhälter, ein Eindruck, der jedoch seinem Charakter völlig widersprach, denn ich hatte ihn in weniger als zwei Wochen als einen bereitwilligen und verläßlichen Mitarbeiter kennengelernt.

Als er bemerkte, daß ich ihn ansah, fühlte er sich bemüßigt, mir mitzuteilen, daß Josef Beck, der polnische Außenminister, eine Lösung des Problems der polnischen Minderheit in der Olsa-Region der Tschechoslowakei gefordert habe.

«Genau wie eine Bande von Gangstern, nicht wahr, Kommissar?» sagte er. «Jeder will seinen Anteil.»

«Korsch», sagte ich, «Sie haben Ihren Beruf verfehlt. Sie hätten Nachrichtensprecher beim Rundfunk werden sollen.»

«Verzeihung, Kommissar», sagte er und steckte seine Zeitung weg. «Sind Sie schon mal in Nürnberg gewesen?»

«Einmal. Kurz nach dem Krieg. Trotzdem, ich kann nicht sagen, daß ich die Bayern sonderlich liebe. Wie ist es mit Ihnen?»

«Es ist das erste Mal. Aber ich weiß, was Sie meinen. Dieser ganze altmodische Konservativismus. Ist doch ein Haufen Unsinn, oder?» Er blickte einen Augenblick aus dem Abteilfenster auf die vorübergleitende Landschaft. Dann blickte er mich wieder an und sagte: «Glauben Sie wirklich, daß Streicher mit diesen Morden etwas zu tun haben könnte, Kommissar?»

«Bei diesem Fall stolpern wir nicht gerade über Spuren, nicht wahr? Es sieht auch nicht so aus, als ob der Gauleiter von Franken jemand ist, den Sie beliebt nennen würden. Arthur Nebe ging sogar so weit, mir zu erzählen, Julius Streicher sei einer der größten Verbrecher des Reichs, und es wären bereits einige Ermittlungen gegen ihn im Gange. Er wollte unbedingt, daß wir mit dem Nürnberger Polizeipräsidenten persönlich sprechen. Offenbar sind er und Streicher sich überhaupt nicht grün. Andererseits müssen wir ungeheuer vorsichtig sein. Streicher herrscht in seinem Gau wie ein chinesischer Kriegsherr. Ganz abgesehen von der Tatsache, daß er sich mit dem Führer duzt.»

Als der Zug Leipzig erreichte, stieg ein junger Offizier der SA-Marine zu uns ins Abteil, und Korsch und ich machten uns auf die Suche nach dem Speisewagen. Als wir mit dem Essen fertig waren, hatte der Zug Gera, nahe der tschechischen Grenze, erreicht, aber trotz der Tatsache, daß unser SA-Reisegefährte an dieser Haltestelle ausstieg, gab es kein Anzeichen von Truppenkonzentrationen, von denen wir gehört hatten. Korsch meinte, die Anwesenheit des SA-Mariners bedeute, daß mit einem amphibischen Angriff zu rechnen sei, und das, da waren wir uns einig, würde für alle das Beste sein, angesichts der Tatsache, daß das Grenzgebiet größtenteils gebirgig war.

Es war früher Abend, als der Zug in den Nürnberger Hauptbahnhof einlief. Auf dem Vorplatz, am Reiterstandbild eines mir unbekannten Adeligen, nahmen wir ein Taxi, mit dem wir den Frauentorgraben entlang und parallel zu den Mauern der alten Stadt fuhren. Diese waren sieben oder acht Meter hoch und wurden in Abständen von großen, viereckigen Türmen beherrscht. Diese gewaltige mittelalterliche Mauer und ein breiter, trockener, grasbewachsener Wallgraben trennen das alte Nürnberg vom neuen, das es mit einzigartiger Unaufdringlichkeit umschließt.

Unser Hotel war der *Deutsche Hof*, eines der besten und ältesten der Stadt, und von unseren Zimmern hatten wir einen vorzüglichen Blick auf die steilen, spitzen Dachfirste und Scharen von Schornsteinkappen, die dahinter lagen.

Zu Beginn des achtzehnten Jahrhunderts war Nürnberg sowohl die größte Stadt im alten Königreich Franken als auch eines der wichtigsten Zentren des Handels zwischen Deutschland, Venedig und dem Osten. Die Stadt war immer noch die wichtigste Handels- und Industriestadt Süddeutschlands, hatte jedoch inzwischen eine neue Bedeutung als Hauptstadt des Nationalsozialismus. Jedes Jahr richtete Nürnberg die großen Parteitage aus, die das geistige Produkt von Albert Speer, Hitlers Architekten, waren.

Rücksichtsvoll, wie die Nazis nun mal waren, brauchte man natürlich nicht nach Nürnberg zu fahren, um Zeuge eines dieser exakt inszenierten Spektakel zu werden, und im September blieben die Leute scharenweise den Kinos fern aus Furcht, Wochenschauen über sich ergehen lassen zu müssen, die über buchstäblich nichts anderes berichteten.

Wie man hörte, versammelten sich manchmal gut und gern hunderttausend Menschen auf dem Zeppelin-Feld, um ihre Fahnen zu schwenken. Nach meiner Erinnerung hatte Nürnberg, wie jede andere Stadt in Bayern, an wirklicher Unterhaltung nie etwas zu bieten.

Da wir mit Martin, dem Nürnberger Polizeipräsidenten, erst am folgenden Morgen um zehn Uhr verabredet waren, fühlten Korsch und ich uns verpflichtet, den Abend damit zu verbringen, nach irgendeiner Unterhaltung zu suchen. Und das um so mehr, als die Kripo für die Kosten aufkam. Dieser Gedanke hatte für Korsch einen besonderen Reiz.

«Das ist wirklich nicht übel», sagte er begeistert. «Nicht nur, daß der Alex für meinen Aufenthalt in einem piekfeinen Hotel blecht, ich kriege auch noch die Überstunden bezahlt.»

«Machen Sie das Beste draus», erwiderte ich. «Es kommt nicht oft vor, daß Burschen wie Sie und ich den großen Maxen markieren können. Und wenn Hitler seinen Krieg bekommt, werden wir von dieser Erinnerung eine ganze Weile zehren müssen.»

Eine Menge Lokale in Nürnberg sahen so aus, als wären sie einmal die Hauptquartiere kleinerer Kaufmannsgilden gewesen. Sie waren vollgestopft mit kriegerischem Gerät und anderen Antiquitäten, und die Wände waren oft mit alten Bildern und sonderbaren Andenken geschmückt, die Generationen von Besitzern gesammelt hatten und die uns nicht mehr interessierten als ein paar Logarithmentafeln. Aber wenigstens das Bier war gut, wie überall in Bayern, und in der *Blauen Flasche* am Hall-Platz, wo wir schließlich zu Abend aßen, war das Essen sogar noch besser.

Zurück im *Deutschen Hof*, bestellten wir uns in der Bar Cognac und wurden mit einem erstaunlichen Anblick konfrontiert. An einem Ecktisch saß, unüberhörbar betrunken, eine Dreiergruppe, bestehend aus zwei dümmlich blickenden Blondinen und, in der einreihigen, hellbraunen Uniform eines NSDAP-Führers, Julius Streicher höchstpersönlich, Gauleiter von Franken.

Der Kellner, der unsere Getränke brachte, lächelte nervös, als wir ihn baten, zu bestätigen, daß es wirklich Julius Streicher war, der dort in der Ecke saß. Er sagte, er sei es, und verschwand rasch, als Streicher anfing, nach einer neuen Flasche Champagner zu rufen.

Es war nicht schwer zu erkennen, warum Streicher gefürchtet wurde. Abgesehen von seiner Stellung, die mächtig genug war, hatte er den Körperbau eines Boxers. Mit seinem kaum vorhandenen Hals, dem kahlen Kopf, den kleinen Ohren, dem markigen Kinn und den fast unsichtbaren Augenbrauen war Streicher ein schwacher Abklatsch von Benito Mussolini. Seine unverkennbare Streitlust wurde noch durch eine riesige Nilpferdpeitsche unterstrichen, die wie eine lange schwarze Schlange vor ihm auf dem Tisch lag. Er schlug mit der Faust auf den Tisch, so daß alle Gläser und Bestecke klirrten.

«Was, zum Teufel, muß man tun, um hier ordentlich bedient zu werden?» schrie er den Kellner an. «Wir sterben vor Durst.» Er zeigte auf einen anderen Kellner. «Du, ich hab dir gesagt, daß du, verdammt noch mal, ein Auge auf uns haben und eine neue Flasche bringen sollst, sobald du eine leere siehst, du kleines Arschloch. Was ist, bist du blöd, oder was?» Abermals hämmerte er mit der Faust auf den Tisch, sehr zur Erheiterung seiner beiden Begleiterinnen, die vor Vergnügen quietschten und Streicher überredeten, über seine eigene schlechte Laune zu lachen.

«An wen erinnert er Sie?» fragte Korsch.

«An Al Capone», sagte ich, ohne nachzudenken, und fügte hinzu: «Eigentlich erinnern sie mich alle an Al Capone.» Korsch lachte.

Wir schlürften unseren Cognac und beobachteten das Schauspiel. So etwas, kaum angekommen, miterleben zu dürfen, damit hatten wir schwerlich rechnen können. Um Mitternacht waren wir und die Dreiergruppe als einzige Gäste in der Bar zurückgeblieben, nachdem die anderen durch das unablässige Fluchen Streichers vertrieben worden waren. Ein anderer Kellner kam, um unseren Tisch abzuwischen und den Aschenbecher zu leeren.

«Ist es immer so schlimm mit ihm?» fragte ich ihn.

Der Kellner lachte bitter. «Das da? Das ist nichts», sagte er. «Sie hätten ihn vor zehn Tagen sehen müssen, als der Parteitag endlich vorbei war. Er machte diese Bar zur Hölle.»

«Warum lassen Sie ihn dann hier rein?» fragte Korsch.

Der Kellner blickte ihn mitleidig an. «Machen Sie Witze? Versuchen Sie mal, ihn zu hindern. Der *Deutsche Hof* ist seine Lieblings-Tränke. Er würde rasch einen Vorwand finden, uns den Laden dichtzumachen, wenn wir ihn rauswerfen würden. Vielleicht würde ihm noch was Schlimmeres einfallen, wer weiß. Man sagt, daß er oft in den Justizpalast in der Fürther Straße geht und dort in den Zellen junge Burschen auspeitscht.»

«Na, ich wär nicht gern Jude in dieser Stadt», sagte Korsch.

«Da haben Sie recht», sagte der Kellner. «Letzten Monat hat er eine Menschenmenge dazu überredet, die Synagoge niederzubrennen.»

Streicher begann jetzt zu singen und begleitete sich mit einem Schlagzeug, das aus Messer, Gabel und der Tischplatte bestand, die er rücksichtsvollerweise vom Tischtuch befreit hatte. Die Verbindung von Trommeln, bayerischem Dialekt, Trunkenheit und völliger Unfähigkeit, eine Melodie zu halten, vom Kichern und Kreischen seiner beiden Gäste abgesehen, machten es Korsch und mir unmöglich, das Lied zu erkennen. Aber Sie können darauf wetten, daß es nicht von Kurt Weill stammte, und seine Wirkung bestand darin, daß es uns ins Bett trieb.

Am nächsten Morgen gingen wir das kurze Stück zum Jakobsplatz zu Fuß, wo, einer schönen Kirche gegenüber, eine Festung steht, erbaut von den Rittern des Deutschen Ordens. Sie umschließt an ihrer südöstlichen Spitze ein Gebäude mit einer Kuppel, die Elisabethkirche, während sich an der südwestlichen Spitze, Ecke Schlotfegergasse, die alte Kaserne befindet, jetzt Hauptquartier der Polizei. Soweit ich weiß, gab es in ganz Deutschland kein anderes Polizei-Hauptquartier, das eine eigene katholische Kirche aufweisen konnte.

«Auf diese Art holen sie mit Sicherheit ein Geständnis aus dir raus, auf die eine Weise oder auf die andere», scherzte Korsch. SS-Obergruppenführer Dr. Benno Martin, unter dessen Vorgängern als Polizeipräsident von Nürnberg auch Heinrich Himmler gewesen war, empfing uns in seinem prunkvollen Büro im obersten Geschoß. Angesichts dieses Ambientes hätte es mich nicht gewundert, wenn Martin einen Säbel in der Hand gehabt hätte; und als er sich umdrehte, bemerkte ich, daß er auf seiner Wange tatsächlich einen Schmiß hatte.

«Was macht Berlin?» fragte er ruhig und bot uns aus seinem Etui eine Zigarette an. Die seine steckte er in einen Halter aus Rosenholz, der mehr einer Pfeife ähnlich sah und in dem die Zigarette aufrecht steckte.

«Alles ruhig», sagte ich. «Aber das liegt daran, daß jeder den Atem anhält.»

«Genau», sagte er und zeigte auf die Zeitung, die auf seinem Schreibtisch lag. «Chamberlain ist zu weiteren Gesprächen mit dem Führer nach Bad Godesberg geflogen.»

Korsch zog die Zeitung zu sich heran und warf einen Blick auf die Schlagzeile. Er schob sie wieder zurück.

«Wenn Sie mich fragen, es wird viel zuviel geschwätzt», sagte Martin.

Ich murmelte unverbindlich.

Martin grinste und stützte sein breites Kinn in seine Hand. «Arthur Nebe berichtet mir, daß Sie in Berlin einen Psychopathen haben, der durch die Straßen schweift und die Blüte deutscher Jungfräulichkeit schändet und abmäht. Er berichtete mir auch, daß Sie vorhaben, einen Blick auf Deutschlands berüchtigtsten Psychopathen zu werfen und feststellen wollen, ob er wenigstens nicht mal mit ihnen Händchen gehalten hat. Natürlich spreche ich von Streicher, diesem Ferkel. Richtig?»

Ich begegnete seinem kalten, durchdringenden Blick und hielt ihm stand. Ich hätte jederzeit gewettet, daß Martin selber kein Chorknabe war. Nebe hatte ihn als einen außerordentlich fähigen Verwaltungschef beschrieben. Das konnte bei einem Mann, der Polizeipräsident im heutigen Deutschland war, bedeuten, daß er so gut wie alles sein konnte, eingeschlossen ein Torquemada.

«Das ist richtig, Herr Präsident», sagte ich und zeigte ihm das Titelblatt des *Stürmers*. «Dieses Bild stellt exakt dar, wie fünf junge Mädchen ermordet worden sind. Mit Ausnahme des Juden natürlich, der das Blut im Kelch auffängt.»

«Natürlich», sagte Martin. «Aber Sie haben die Juden als mögliche Täter nicht ausgeschlossen.»

«Nein, aber ...»

«Aber das unübersehbar Theatralische an derselben Art des Tötens läßt sie daran zweifeln, daß es die Juden waren. Habe ich recht?»

«Das und die Tatsache, daß keines der Opfer jüdischer Herkunft ist.»

«Vielleicht zieht er einfach reizvollere Mädchen vor», grinste Martin. «Vielleicht hat er einfach blonde, blauäugige Mädchen lieber als verdorbene jüdische Bastarde. Oder es ist einfach nur Zufall.» Er bemerkte meine hochgezogene Augenbraue. «Aber Sie sind nicht der Mann, der viel auf Zufälle gibt, oder, Kommissar?»

«Nicht, wenn's um Mord geht, Herr Präsident, nein. Ich sehe Muster, wo andere Leute Zufall sehen. Oder ich versuche es zumindest.» Ich lehne mich in meinen Stuhl zurück und schlug die Beine übereinander. «Sind Sie mit dem Werk von Carl Jung über dieses Thema vertraut, Herr Präsident?»

Er schnaubte spöttisch. «Du lieber Gott, ist es mit der Kripo in Berlin so weit gekommen?»

«Ich glaube, er hätte einen ziemlich guten Polizisten abgegeben», sagte ich, leutselig lächelnd, «wenn ich das sagen darf.»

«Ersparen Sie mir die Psychologielektion, Kommissar», seufzte

Martin. «Erzählen Sie mir einfach, welches besondere Muster Sie sehen, in das unser geliebter Gauleiter hier in Nürnberg passen könnte.»

«Also, es geht um folgendes: Ich glaube, daß jemand vielleicht versucht, den Juden etwas in die Schuhe zu schieben.»

Jetzt hob der Polizeipräsident eine Augenbraue.

«Macht es Ihnen wirklich etwas aus, was mit den Juden passiert?»

«Herr Präsident, es macht mir etwas aus, was mit fünfzehnjährigen Schulmädchen abends auf ihrem Heimweg passiert.» Ich reichte ihm ein Blatt, das mit Schreibmaschine beschrieben war. «Dies sind die Daten, an denen die fünf Mädchen verschwanden. Ich hoffte, Sie könnten mir sagen, ob sich Streicher oder einer seiner Kumpane an einem dieser Tage in Berlin aufgehalten haben.» Martin überflog die Seite. «Ich schätze, das kann ich herausfinden», sagte er. «Aber ich kann Ihnen gleich sagen, daß er in Berlin wirklich *persona non grata* ist. Hitler hält ihn hier unten fest, in sicherer Entfernung, so daß er nur Leute ärgern kann, die nicht zählen, wie ich zum Beispiel. Natürlich heißt das nicht, daß Streicher nicht gelegentlich heimlich nach Berlin fährt. Er tut's. Der Führer hat Spaß an Streichers Geschwätz nach Tisch, obgleich ich mir nicht vorstellen kann, warum, denn das meine gefällt ihm offenbar auch.»

Er drehte sich zu seinem fahrbaren Telefontisch, der neben seinem Schreibtisch stand, rief seinen Adjutanten an und gab ihm den Auftrag, festzustellen, wo sich Streicher an den von mir genannten Tagen aufgehalten habe.

«Man hat mich wissen lassen, daß Sie auch über gewisse Informationen verfügen, die Streichers kriminelles Verhalten betreffen», sagte ich.

Martin stand auf und ging zu seinem Aktenschrank. Still vor sich hin lachend, nahm er eine Akte, so dick wie ein Schuhkarton, heraus und trug sie zu seinem Schreibtisch.

«Es gibt absolut nichts, was ich über diese Ratte nicht weiß», knurrte er. «Seine SS-Wachen sind meine Männer. Sein Telefon ist angezapft, und ich habe in allen seinen Häusern Abhöranlagen. Ich habe sogar Fotografen, die ständig in einem Geschäft postiert sind, das dem Zimmer gegenüberliegt, in dem er sich von Zeit zu Zeit mit einer Nutte trifft.»

Korsch stieß einen unterdrückten Fluch aus, in dem sich Bewunderung und Verblüffung mischten.

«Also, wo wollen Sie anfangen? Ich könnte eine ganze Abteilung mit den Sachen beschäftigen, die dieser Hundesohn in dieser Stadt anstellt. Versuchte Vergewaltigung, Vaterschaftsklagen, Angriffe auf junge Burschen mit der Peitsche, Bestechung städtischer Beamter, Veruntreuung von Parteigeldern, Betrug, Diebstahl, Fälschung, Brandstiftung, Erpressung – wir sprechen über einen Gangster, meine Herren. Ein Ungeheuer, das die Menschen dieser Stadt terrorisiert, nie seine Rechnungen bezahlt, Geschäfte in den Bankrott treibt, die Karrieren ehrbarer Männer zerstört, die den Mut hatten, ihm Widerstand zu leisten.»

«Wir hatten Gelegenheit, ihn mit eigenen Augen zu sehen», sagte ich. «Gestern abend im *Deutschen Hof*. Zusammen mit zwei Damen soff er das Lokal leer.»

Martins Blick war vernichtend. «Damen. Natürlich scherzen Sie. Mit Sicherheit waren sie nichts anderes als gewöhnliche Prostituierte. Er stellt sie den Leuten als Schauspielerinnen vor, aber sie sind Huren und nichts anderes. Hinter dem größten Teil der organisierten Prostitution in dieser Stadt steckt Streicher.» Er schlug den Aktenordner auf und begann die Strafanzeigen durchzublättern.

«Unzüchtige Handlungen, vorsätzliche Sachbeschädigung, Hunderte von Korruptionsfällen – Streicher regiert diese Stadt wie sein persönliches Königreich und kommt ungestraft davon.»

«Die versuchten Vergewaltigungen hören sich interessant an», sagte ich. «Was ist da passiert?»

«Keine Beweise zu erbringen. Die Opfer wurden entweder eingeschüchtert oder gekauft. Sehen Sie, Streicher ist ein sehr reicher Mann. Mal davon abgesehen, was er als Gauleiter bezieht, der seine Gunst, sogar Ämter verkauft, macht er ein Vermögen mit seiner elenden Zeitung. Sie hat eine Auflage von einer halben Million, und das bringt ihm, bei einem Preis von dreißig Pfennig pro Exemplar, jede Woche 150 000 Reichsmark ein.»

Korsch stieß einen Pfiff aus. «Und dabei ist der Anzeigenerlös noch nicht mitgerechnet. O ja, Streicher kann sich jede Menge Wohlwollen kaufen.»

«Etwas Ernsteres als die versuchten Vergewaltigungen?»

«Sie meinen, ob er jemanden ermordet hat?»

«Ja.»

«Nun ja, daß man hier und da einen alten Juden gelyncht hat, wollen wir nicht zählen. Streicher organisiert gern hin und wieder zu seinem Vergnügen einen Pogrom. Von allem anderen abgesehen, gibt es ihm die Möglichkeit, zusätzlich ein bißchen Beute zu machen. Und wir wollen das Mädchen nicht mitrechnen, das in seinem Haus unter den Händen einer Hintertreppen-Engelmacherin starb. Streicher wäre nicht das erste höhere Parteimitglied, das eine illegale Abtreibung veranlaßt. Bleiben noch zwei ungeklärte Mordfälle, bei denen manches darauf hindeutet, daß er seine Finger im Spiel hatte.

Nummer eins: ein Kellner auf einer Gesellschaft, die Streicher besuchte, der beschloß, sich bei dieser Gelegenheit das Leben zu nehmen. Ein Zeuge sah Streicher mit dem Kellner in die Gartenanlagen gehen, zwanzig Minuten bevor der Mann ertrunken im Teich gefunden wurde.

Nummer zwei: eine junge Schauspielerin, mit Streicher befreundet, deren nackte Leiche im Luitpoldhain-Park gefunden wurde. Sie war mit einer Lederpeitsche zu Tode geprügelt worden. Wissen Sie, ich habe die Leiche gesehen. Sie hatte keinen Zentimeter Haut mehr am Leib.»

Er setzte sich, offenbar zufrieden mit der Wirkung, die seine Enthüllungen auf Korsch und mich hatten. Trotzdem konnte er nicht widerstehen, noch ein paar zotige Einzelheiten hinzuzufügen.

«Und dann ist da noch Streichers pornographische Sammlung, und er prahlt damit, sie sei die größte in Nürnberg. Aufs Prahlen versteht er sich am besten: die Zahl der illegitimen Kinder, die er gezeugt hat, die Anzahl der feuchten Träume, die er diese Woche gehabt hat, wie viele Jungen er an jenem Tag ausgepeitscht hat. Das sind Details, die er sogar in seine öffentlichen Ansprachen einbaut.»

Ich schüttelte meinen Kopf und hörte mich seufzen. Wie konnte es je so weit kommen? Wie kam es, daß ein sadistisches Ungeheuer wie Streicher eine Position bekleidete, die faktisch mit absoluter Macht ausgestattet war? Und wie viele andere gab es, die waren wie er? Aber am überraschendsten war vielleicht die Tatsache, daß ich immer noch in der Lage war, über das, was in Deutschland geschah, überrascht zu sein.

«Was ist mit Streichers Mitarbeitern?» fragte ich. «Die Schreiberlinge vom *Stürmer*. Sein persönlicher Stab. Wenn Streicher versucht, den Juden etwas anzuhängen, könnte er jemanden benutzen, der die schmutzige Arbeit macht.»

Martin runzelte die Stirn. «Ja, aber warum sollte er es in Berlin tun? Warum nicht hier?»

«Ich kenne zwei triftige Gründe», sagte ich. «Welche Leute sind Streichers Hauptfeinde in Berlin?»

«Wenn Sie Hitler und vielleicht Goebbels ausnehmen, haben Sie die freie Wahl.» Er zuckte die Achseln. «Vor allem Göring, dann Himmler und dann Heydrich.»

«Ich dachte mir, daß Sie das sagen würden. Da haben Sie Ihren ersten Grund. Fünf ungeklärte Morde in Berlin würden zumindest zwei seiner ärgsten Feinde in höchste Verlegenheit bringen.» Er nickte. «Und ihr zweiter Grund?»

«In Nürnberg hat es Tradition, Juden zu verfolgen», sagte ich. «Pogrome sind hier nichts Ungewöhnliches. Aber in Berlin behandelt man die Juden noch immer vergleichsweise liberal. Wenn also Streicher die Schuld an diesen Morden den Führern der Berliner Jüdischen Gemeinde in die Schuhe schieben kann, dann würde das auch deren Lage noch schlimmer machen. Vielleicht die Lage der Juden überall in Deutschland.»

«Da könnte was dran sein», gab er zu, nahm eine weitere Zigarette und steckte sie in seinen merkwürdigen kleinen Halter. «Aber es wird seine Zeit brauchen, um eine Ermittlung dieser Art zu organisieren. Ich nehme natürlich an, daß Heydrich für die volle Unterstützung der Gestapo sorgen wird. Ich denke, die höchste Stufe der Überwachung sollte garantiert sein, meinen Sie nicht auch, Kommissar?»

«Das werde ich mit Sicherheit in meinem Bericht schreiben, Herr Präsident.»

Das Telefon läutete. Martin nahm den Hörer ab und reichte ihn mir.

«Berlin», sagte er. «Für Sie.»

«Es ist wieder ein Mädchen verschwunden.» Es war Deubel.

«Wann?»

«Letzte Nacht gegen neun. Blond, blaue Augen, im selben Alter wie die anderen.»

«Keine Zeugen?»

«Bis jetzt nicht.»

«Wir nehmen den Nachmittagszug.» Ich gab Martin den Hörer zurück.

«Sieht so aus, als wäre unser Mörder letzte Nacht wieder fleißig gewesen», erklärte er. «Ein weiteres Mädchen verschwand, etwa um die Zeit, als Korsch und ich in der Bar des *Deutschen Hofes* saßen und Streicher ein Alibi verschafften.»

Martin schüttelte den Kopf. «Es wäre vermessen gewesen, darauf zu hoffen, daß Streicher an all den genannten Tagen in Berlin gewesen ist», sagte er. «Aber geben Sie nicht auf. Vielleicht gelingt es uns doch noch, irgendein zufälliges Zusammentreffen nachzuweisen, das Streicher und seine Kumpane betrifft und das Sie und mich zufriedenstellt, von diesem gewissen Herrn Jung ganz zu schweigen.»

12.
Sonnabend, 24. September

Steglitz ist ein blühender, gutbürgerlicher Stadtteil im Südwesten von Berlin. Das Rathaus aus roten Ziegeln kennzeichnet die östliche, der Botanische Garten die westliche Grenze. Hier, in der Nähe des Botanischen Museums und des Institutes für Pflanzenphysiologie, wohnte Frau Hildegard Steininger mit ihren beiden Kindern, Emmeline, vierzehn Jahre alt, und Paul, zehn Jahre alt. Herr Steininger, das Opfer eines tödlichen Verkehrsunfalls, war ein hervorragender Mitarbeiter der Commerz- und Privat-Bank gewesen und außerdem der Typ, der bis in die Haarspitzen versichert war und seine junge Witwe sorgenfrei in einer Sechs-Zimmer-Wohnung in der Lepsiusstraße zurückgelassen hatte.

Die Wohnung in der obersten Etage eines viergeschossigen Hauses hatte vor einer kleinen, braungestrichenen Balkontür einen großen schmiedeeisernen Balkon und nicht ein Oberlicht, sondern deren drei in der Decke des Wohnzimmers. Es war ein luftiges, geschmackvoll möbliertes und ausgestattetes Heim und roch durchdringend nach dem frischen Kaffee, den sie zubereitete.

«Es tut mir leid, daß Sie das meinetwegen alles noch einmal durchmachen müssen», sagte ich. «Ich will bloß absolut sichergehen, daß wir nichts übersehen.»

Sie seufzte, setzte sich an den Küchentisch, öffnete ihre Handtasche aus Krokodilleder und nahm ein passendes Zigarettenetui heraus. Ich gab ihr Feuer und sah, wie ihr schönes Gesicht sich ein wenig verkrampfte. Sie sprach, als hätte sie das, was sie sagte, zu oft geübt, um die Rolle gut zu spielen.

«Jeden Donnerstag geht Emmeline zur Tanzstunde bei Wiechert in Potsdam. Große Weinmeisterstraße, wenn Sie an der Adresse interessiert sind. Der Unterricht beginnt um acht, so daß sie immer um sieben Uhr aufbricht und am Steglitzer Bahnhof einen Zug nimmt, der eine halbe Stunde braucht. Ich glaube, in Wannsee muß sie umsteigen. Nun, um genau zehn nach acht rief Herr Wiechert mich an, um sich zu erkundigen, ob Emmeline krank sei, denn sie sei nicht gekommen.»

Ich goß Kaffee in zwei Tassen und stellte sie auf den Tisch, ehe ich mich ihr gegenüber niederließ.

«Weil Emmeline sich nie, nie verspätet, bat ich Herrn Wiechert, wieder anzurufen, sobald sie ankäme. Und er rief wirklich wieder an, um halb neun und um neun, aber bloß um mir zu sagen, sie sei immer noch nicht da. Ich wartete bis halb zehn und rief die Polizei an.»

Sie trank ihren Kaffee mit sicherer Hand, aber es war nicht schwer zu erkennen, daß sie durcheinander war. Ihre blauen Augen waren feucht, und im Ärmel ihres Kleides aus blauem Krepp war ein durchnäßtes Spitzentaschentuch zu sehen.

«Erzählen Sie mir von Ihrer Tochter. Ist sie ein fröhliches Mädchen?»

«So fröhlich wie ein Mädchen sein kann, das vor kurzem seinen Vater verloren hat.» Sie strich sich das blonde Haar aus dem Gesicht, etwas, das sie während meiner Anwesenheit nicht einmal, sondern fünfzigmal getan haben muß, und starrte ausdruckslos in ihre Kaffeetasse.

«Es war eine dumme Frage», sagte ich. «Tut mir leid.» Ich nahm eine Zigarette und füllte die Stille mit dem Kratzen des Streichholzes und den verlegenen Atemzügen, mit denen ich den besänftigenden Rauch inhalierte. «Sie besucht das Paulsen-Realgymnasium, nicht wahr? Ist in der Schule alles in Ordnung? Keine Probleme mit Prüfungen oder etwas in der Art? Keine Schulrabauken, die ihr Kummer machen?»

«Sie ist vielleicht nicht die glänzendste Schülerin in ihrer Klasse», sagte Frau Steininger, «aber sie ist sehr beliebt. Sie hat eine Menge Freundinnen.»

«Und der BDM?»

«Der was?»

«Der Bund Deutscher Mädchen.»

«Oh, der. Auch da alles bestens.» Sie zuckte die Achseln und schüttelte aufgebracht den Kopf. «Sie ist ein normales Kind, Kommissar. Emmeline gehört nicht zu der Sorte Mädchen, die von zu Hause wegrennen, wenn's das ist, was Sie andeuten wollen.»

«Wie ich sagte, es tut mir leid, diese Fragen stellen zu müssen, Frau Steininger. Aber ich muß sie stellen, ich bin sicher, Sie verstehen das. Es ist das beste, wenn wir absolut alles wisse.» Ich schlürfte meinen Kaffee und betrachtete dann den Kaffeesatz am Boden meiner Tasse. Ich fragte mich, was wohl die Figur einer Kammuschel bedeuten mochte. Ich sagte: «Was ist mit Freunden?»

Sie runzelte die Stirn. «Sie ist vierzehn Jahre alt, um Gottes willen.» Ärgerlich drückte sie ihre Zigarette aus.

«Mädchen werden früher erwachsen als Jungens. Früher, als es uns lieb ist, vielleicht.» Meine Güte, was wußte ich schon davon! Hört auf mich, dachte ich, auf den Mann mit all den gottverdammten Kindern.

«Sie interessiert sich noch nicht für Jungens.»

Ich zuckte die Achseln. «Sie brauchen mir bloß zu sagen, wann Sie es satt haben, diese Fragen zu beantworten, Frau Steininger, und ich werde mich aus dem Staub machen. Sie haben sicher wichtigere Dinge zu tun als mir zu helfen, Ihre Tochter zu finden.» Sie starrte mich eine Minute durchdringend an, und dann entschuldigte sie sich.

«Kann ich Emmelines Zimmer sehen, bitte?»

Es war ein normales Zimmer für ein vierzehnjähriges Mädchen, das eine Privatschule besuchte. In einem schweren schwarzen Rahmen hing ein Reklameplakat für die Aufführung von *Schwanensee* in der Pariser Oper über dem Bett, und auf der rosafarbenen Bettdecke hockten ein paar abgeknutschte Teddybären. Ich hob das Kissen hoch. Da war ein Buch, ein Groschenroman der Sorte, wie man ihn an jeder Straßenecke kaufen konnte. Nicht gerade *Emil und die Detektive*.

Ich reichte Frau Steininger das Buch.

«Wie ich sagte, Mädchen werden früher erwachsen.»

«Haben Sie mit den Burschen von der Spurensicherung gesprochen?» Ich stieß in der Tür meines Büros mit Becker zusammen. «Gibt es schon was über den Koffer? Oder über den Vorhangstoff?»

Becker machte auf dem Absatz kehrt und folgte mir zu meinem Schreibtisch.

«Der Koffer wurde von Turner & Glanz angefertigt, Kommissar.» Er zückte sein Notizbuch und fügte hinzu: «Friedrichstraße Nummer 193a.»

«Hört sich piekfein an? Haben sie eine Verkaufsliste?»

«Leider nicht, Kommissar. Ist offenbar ein beliebter Artikel, besonders bei Juden, die Deutschland in Richtung Amerika verlassen. Herr Glanz schätzt, daß sie jede Woche drei oder vier verkaufen.»

«Glück für ihn.»

«Der Vorhangstoff ist billiges Material. Sie können es überall kaufen.» Er fing an, meinen Ablagekorb zu durchsuchen.

«Machen Sie weiter, ich höre zu.»

«Sie haben meinen Bericht also noch nicht gelesen?»

«Hört sich das so an?»

«Ich habe den gestrigen Nachmittag in Emmeline Steiningers Schule verbracht – dem Paulsen-Realgymnasium.» Er fand seinen Bericht und wedelte damit vor meinem Gesicht herum.

«Das muß hübsch für Sie gewesen sein. All diese Mädchen.»

«Sie sollten ihn vielleicht jetzt lesen, Kommissar.»

«Ersparen Sie mir die Mühe.»

Becker verzog das Gesicht und sah auf seine Uhr.

«Also eigentlich, Kommissar, wollte ich gerade gehen. Ich soll mit meinen Kindern zum Rummelplatz im Luna-Park gehen.»

«Mit Ihnen ist es bald so schlimm wie mit Deubel. Es würde mich interessieren, wo er steckt? Buddelt er ein bißchen im Garten? Macht er mit seiner Frau einen Einkaufsbummel?»

«Ich glaube, er ist bei der Mutter des vermißten Mädchens, Kommissar.»

«Von der komme ich gerade. Schwamm drüber. Erzählen Sie mir, was Sie herausgefunden haben, und dann verduften Sie.»

Er setzte sich auf die Schreibtischkante und kreuzte die Arme. «Verzeihung, Kommissar, erst muß ich Ihnen etwas anderes erzählen, das hatte ich vergessen.»

«Wirklich? Es scheint, als ob die Polypen im Alex im Augenblick eine ganze Menge vergessen. Für den Fall, daß Sie's vergessen haben sollten: Dies ist eine Morduntersuchung. Jetzt runter von meinem Schreibtisch, und erzählen Sie mir, was los ist.»

Er sprang von meinem Tisch und nahm Haltung an.

«Gottfried Bautz ist tot, Kommissar. Ermordet, wie es aussieht. Seine Wirtin fand die Leiche heute am frühen Morgen in seiner Wohnung. Korsch ist rübergefahren, um zu sehen, ob für uns was zu holen ist.»

«Ich verstehe.» Ich fluchte. Er stand vor meinem Schreibtisch wie ein Soldat und sah ziemlich lächerlich aus. «Um Himmels willen, Becker, nehmen Sie sich einen Stuhl, bevor die Totenstarre einsetzt, und erzählen Sie mir von Ihrem Bericht.»

«Danke, Kommissar.» Er zog sich einen Stuhl heran, drehte ihn herum und setzte sich darauf, die Unterarme auf die Lehne gestützt.

«Zwei Dinge», sagte er. «Erstens: Die meisten von Emmelines Klassenkameradinnen sagen, sie habe mehr als einmal davon gesprochen, von zu Hause wegzulaufen. Offenbar kamen sie und ihre Stiefmutter nicht sehr gut miteinander aus ...»

«Ihre Stiefmutter? Das hat sie nicht erwähnt.»

«Wie es scheint, ist Emmelines richtige Mutter vor etwa zwölf Jahren gestorben. Und dann verlor sie kürzlich ihren Vater.»

«Was noch?»

Becker runzelte die Stirn.

«Sie sprachen von zwei Dingen.»

«Ja, Kommissar. Eine der anderen Schülerinnen, ein jüdisches Mädchen, erinnerte sich an etwas, das vor zwei Monaten passierte. Sie sagte, ein Mann in Uniform habe mit seinem Auto in der Nähe des Schuleingangs gehalten und sie zu sich gerufen. Er habe gesagt, wenn sie ihm ein paar Fragen beantworte, werde er sie nach Hause fahren. Nun, sie sagt, sie habe am Auto gestanden, und der Mann habe sie nach ihrem Namen gefragt. Sie sagte, ihr Name sei Sarah Hirsch. Darauf habe der Mann sie gefragt, ob sie Jüdin sei, und als sie sagte, ja, da sei er einfach weggefahren, ohne ein weiteres Wort.»

«Hat sie Ihnen eine Beschreibung gegeben?»

Er machte ein langes Gesicht und schüttelte den Kopf. «Sie war zu eingeschüchtert, um überhaupt was zu sagen. Ich hatte zwei Streifenpolizisten bei mir, und ich glaube, sie brachten sie aus der Fassung.»

«Können Sie dem Mädchen daraus einen Vorwurf machen? Sie hat wahrscheinlich gedacht, sie würden sie wegen Ansprechens auf der Straße oder so etwas einsperren. Trotzdem, sie muß ein helles Köpfchen haben, wenn sie auf dem Gymnasium ist. Vielleicht würde sie reden, wenn ihre Eltern dabei sind und man keine Plattfüße im Gefolge hat. Was denken Sie?»

«Ich bin sicher, Kommissar.»

«Ich werde das selber übernehmen. Finden Sie, daß ich ein onkelhafter Typ bin, Becker? Nein, antworten sie lieber nicht.»

Er lächelte liebenswürdig.

«In Ordnung, das wäre alles. Viel Spaß.»

«Danke, Kommissar.» Er stand auf und ging zur Tür.

«Und, Becker.»

«Ja, Kommissar?»

«Gut gemacht.»

Nachdem er gegangen war, saß ich da, starrte eine Weile ins Leere und wünschte, ich wäre derjenige, der heimginge, um meine Kinder an einem Samstagnachmittag in den Luna-Park zu führen. Ich hätte dringend selber ein bißchen Freizeit gebraucht, aber wenn man allein in der Welt ist, scheint so etwas weniger von Bedeutung zu sein. Ich balancierte bedenklich nahe am Rande des Selbstmitleids, als es an die Tür klopfte und Korsch ins Zimmer kam.

«Gottfried Bautz ist ermordet worden, Kommissar», stieß er hervor.

«Ja, ich hörte es von Becker, Sie wollten sich die Sache ansehen. Was ist passiert?»

Korsch nahm auf dem Stuhl Platz, auf dem noch eben Becker gesessen hatte. Er sah so aufgeregt aus, wie ich ihn noch nie erlebt hatte, und offensichtlich hatte ihn etwas ganz aus der Fassung gebracht.

«Jemand dachte, Bautz' Hirn hätte ein bißchen Luft nötig, also verpaßte er ihm ein spezielles Luftloch. Eine wirkliche saubere Arbeit. Zwischen die Augen. Der Gerichtsmediziner sagt, daß es vermutlich ein ziemlich kleines Kaliber war. Wahrscheinlich sechs Millimeter.»

Er rutschte auf seinem Stuhl hin und her. «Aber jetzt kommt der interessante Teil, Kommissar. Wer immer ihm die Kugel verpaßte, zuerst versetzte er ihm einen tödlichen Schlag. Gottfrieds Kiefer war säuberlich in zwei Teile zerschlagen. Und in seinem Mund steckte eine Zigarettenkippe. Als hätte er sie halb durchgebissen.» Er machte eine Pause, um mich ein wenig auf die Folter zu spannen. «Die andere Hälfte lag auf dem Boden.»

«Zigarettenschlag?»

«Sieht so aus, Kommissar.»

«Denken Sie, was ich denke?»

Korsch nickte vielsagend. «Leider, ja. Und da ist noch etwas. Deubel trägt in seiner Jackentasche eine sechsschüssige kleine Kurzschnauze. Er sagt, bloß für den Fall, daß er seine Walther mal verliert. Die Patronen der Kurzschnauze haben dasselbe Kaliber wie die Kugel, die den Tschechen tötete.»

«Er hat eine zweite Waffe?» Ich zog die Augenbrauen hoch. «Deubel war immer davon überzeugt, daß Bautz, selbst wenn er mit unserem Fall nichts zu tun hätte, trotzdem in den Knast gehöre.»

«Er versuchte Becker zu überreden, ein Wörtchen mit ein paar von seinen alten Freunden bei der Sitte zu reden. Er wollte, daß Becker sie dazu bringt, Bautz unter irgendeinem Vorwand ein rotes Dreieck zu verpassen und in ein KZ zu schicken. Aber Becker wollte davon nichts wissen. Er sagte, das könnten sie nicht machen, nicht mal aufgrund der Aussage der Nutte, der er den Hals durchschneiden wollte.»

«Ich bin sehr froh, das zu hören. Warum hat man mir das nicht früher gesagt?» Korsch zuckte die Achseln. «Haben Sie darüber gegenüber der Kommission, die Bautz' Tod untersucht, ein Wort verloren? Ich meine, haben Sie Deubels Zigarettenschlag und die Waffe erwähnt?»

«Noch nicht, Kommissar.»

«Dann werden wir die Sache selber regeln.»

«Was werden Sie tun?»

«Es hängt alles davon ab, ob er die Waffe noch hat oder nicht. Wenn Sie Bautz umgelegt hätten, was würden Sie mit dem Schießeisen machen?»

«In die nächste Eisenschmelze werfen.»

«Genau. Also, wenn er die Waffe nicht vorweisen kann, damit ich sie überprüfen kann, dann ist er aus dieser Ermittlung raus. Für ein Verfahren ist das vielleicht nicht genug, aber für mich reicht es. Für Mörder habe ich in meiner Einheit keine Verwendung.»

Korsch kratzte sich nachdenklich die Nase und widerstand mit Mühe der Versuchung, darin zu bohren.

«Ich nehme an, Sie haben keine Ahnung, wo sich Inspektor Deubel aufhält, oder?»

«Sucht mich jemand?» Deubel kam durch die offene Tür hereingeschlendert. Der Biergestank, der ihn begleitete, ließ keinen Zweifel daran, wo er gewesen war. Eine unangezündete Zigarette in einem Winkel des verzerrten Mundes, starrte er Korsch streitlustig an und blickte dann mit unsicherem Abscheu auf mich. Er war betrunken.

«Bin im *Café Kerkau* gewesen», sagte er, wobei sein Mund sich nicht so bewegen wollte, wie Deubel es normalerweise von ihm erwartet haben würde. «Alles, in Ordnung, wissense. Is alles in Ordnung, bin nich im Dienst. Mindestens noch eine Stunde jedenfalls. Bis dahin bin ich wieder auf dem Damm. Machen Sie sich keine Sorgen um mich. Ich kann auf mich selber aufpassen.»

«Auf wen haben Sie denn sonst noch aufgepaßt?»

Er gab sich einen Ruck und richtete sich auf seinen unsicheren Beinen wie eine Marionette auf.

«Hab ermittelt auf dem Bahnhof, wo das Steininger-Mädchen verschwunden ist.»

«Das habe ich nicht gemeint.»

«Nein? Nein? Ja, was haben Sie denn gemeint, Kommissar?»

«Jemand hat Gottfried Bautz ermordet.»

«Wie, diesen tschechischen Hurensohn?» Er stieß ein Lachen aus, halb Rülpsen, halb Speien.

«Sein Kiefer war gebrochen. In seinem Mund steckte eine Zigarettenkippe.»

«So? Was hab ich damit zu tun?»

«Das ist doch eine Ihrer kleinen Spezialitäten, oder? Der Zigarettenschlag? Ich habe es selbst gehört, wie Sie es sagten.»

«Da ist kein verdammtes Patent drauf, Gunther.» Er sog lange an seiner unangezündeten Zigarette und verengte seine trüben Augen. «Sie beschuldigen mich, ihn aus dem Weg geräumt zu haben?»

«Kann ich Ihre Waffe sehen, Inspektor Deubel?»

Deubel starrte mich ein paar Sekunden höhnisch an, bevor er nach seinem Schulterhalfter griff. Hinter ihm langte Korsch langsam nach seiner eigenen Waffe und ließ seine Hand am Griff, bis Deubel die Walther PPK auf meinen Schreibtisch gelegt hatte. Ich hob sie hoch, roch am Lauf und forschte in seinem Gesicht nach einem Zeichen, ob er wußte, daß Bautz mit einer Waffe von viel kleinerem Kaliber getötet worden war.

«Wurde erschossen, wie?» grinste er.

«Eher hingerichtet», sagte ich. «Sieht so aus, als habe ihm jemand eine Kugel zwischen die Augen verpaßt, als er schon kalt war.»

«Ich bin entsetzt.» Deubel schüttelte langsam den Kopf.

«Das glaube ich nicht.»

«Sie pinkeln ja bloß gegen die Wand und hoffen, daß ein bißchen Pisse auf meine verdammten Hosen spritzen wird, Gunther. Gut, ich konnte diesen kleinen Tschechen nicht leiden, so wie ich jeden Perversen hasse, der Kinder anfaßt und Frauen verletzt. Aber das heißt nicht, daß ich mit diesem Mord etwas zu tun habe.»

«Davon können Sie mich leicht überzeugen.»

«Oh, und wie?»

«Zeigen Sie mir die andere Waffe, die Sie tragen. Diese Sockenhalter-Pistole.»

Deubel hob die Hände, ganz Unschuld.

«Welche Sockenhalter-Pistole? Eine solche Waffe habe ich nich. Die einzige Kanone, die ich trage, liegt da auf dem Tisch.»

«Jeder, der mit Ihnen gearbeitet hat, weiß von dieser Pistole. Sie haben sich oft genug damit gebrüstet. Zeigen Sie mir die Waffe, und Sie sind aus dem Schneider. Aber wenn Sie sie nicht tragen, werde ich annehmen, daß Sie sich das Ding vom Hals geschafft haben.»

«Wovon reden Sie denn da? Wie ich sagte, ich habe keine...»

Korsch stand auf. Er sagte: «Komm schon. Du hast mir die Pistole erst vor zwei Tagen gezeigt. Du hast sogar gesagt, du hättest sie immer bei dir.»

«Du Stück Scheiße. Nimmst seine Partei gegen einen von deinen eigenen Kumpels, wie ? Kapierst du denn nicht? Er ist keiner von uns. Er ist einer von Heydrichs verdammten Spionen. Er scheißt auf die Kripo.»

«So sehe ich das nicht», sagte Korsch ruhig. «Also, was ist jetzt? Kriegen wir die Waffe zu sehen oder nicht?»

Deubel schüttelte den Kopf, grinste und drohte mir mit seinem Finger.

«Sie können nicht beweisen. Rein gar nichts. Das wissen Sie, nich wahr?»

Ich schob meinen Stuhl mit den Waden zurück. Ich mußte stehen, um das zu sagen, was ich zu sagen hatte.

«Vielleicht ist es so. Trotzdem, Sie sind raus aus dem Fall. Es interessiert mich verdammt wenig, was aus Ihnen wird, Deubel, aber wenn's nach mir geht, können sie in das Scheißhaus zurückrutschen, aus dem Sie gekommen sind. Ich suche mir die Leute aus, mit denen ich arbeiten muß. Ich kann Mörder nicht leiden.» Deubel bleckte seine gelben Zähne noch mehr. Sein grinsendes Gebiß sah aus wie die Tastatur eines alten und böse verstimmten Klaviers. Er zog seine speckigen Flanellhosen hoch, dehnte die Schultern und schob seinen Bauch in meine Richtung. Ich mußte mich zusammenreißen, um nicht meine Faust in seinen Wanst zu hämmern, aber es hätte ihm vermutlich sehr gut gepaßt, wenn ich einen Kampf angefangen hätte.

«Sie müssen mal Ihre Augen aufmachen, Gunther. Gehn Sie doch mal runter in die Zellen und Verhörräume, und sehen Sie sich an, was da passiert. Sie suchen sich die Leute aus, mit denen Sie arbeiten? Sie armes Schwein. Da werden die Leute zu Tode geprügelt, hier, in diesem Gebäude. Vermutlich jetzt, wo wir uns unterhalten. Glauben Sie, es interessiert sich jemand dafür, was mit irgendeinem billigen Perversen passiert? Das Leichenschauhaus ist voll davon.»

Ich hörte mich antworten, und meine Worte kamen sogar mir selber beinahe hoffnungslos naiv vor: «Jemand muß sich dafür interessieren, sonst wären wir selber nichts anderes als Verbrecher. Ich kann andere Leute nicht davon abhalten, mit schmutzigen Schuhen herumzulaufen, aber ich kann meine eigenen putzen. Sie wußten von Anfang an, daß ich es so haben wollte. Aber Sie mußten es auf Ihre Methode machen, auf die Gestapo-Methode, und die sagt, eine Frau ist eine Hexe, wenn sie schwimmt, und sie ist unschuldig, wenn sie untergeht. Und jetzt machen Sie, daß Sie verschwinden, bevor ich in Versuchung gerate, mal auszuprobieren, ob ich mit Heydrich so dicke bin, daß er Ihren Arsch aus der Kripo feuert.»

Deubel kicherte. «Sie sind ein Wichser», sagte er, und nachdem er Korsch so lange angestarrt hatte, bis sein stinkender Atem diesen zwang, sich abzuwenden, schlurfte er hinaus.

Korsch schüttelte den Kopf. «Ich habe dieses Ferkel nie gemocht», sagte er, «aber ich habe nicht gewußt, daß er...» Er schüttelte abermals seinen Kopf.

Ich setzte mich müde wieder hin und griff nach der Schublade des Schreibtisches und nach der Flasche, die ich darin aufbewahrte. «Unglücklicherweise hat er recht», sagte ich und füllte zwei Gläser. Ich begegnete Korschs spöttischem Blick und lächelte bitter.

«Einen Berliner Greifer wegen Mordes anklagen...» Ich lachte. «Blödsinn, da können Sie genausogut versuchen, auf dem Münchner Oktoberfest Besoffene zu verhaften.»

13.
Sonntag, 25. September

«Ist Herr Hirsch zu Hause?»

Der alte Mann, der die Tür öffnete, richtete sich auf und nickte. Ich bin es selber», sagte er.

«Sie sind Sarah Hirschs Vater?»

«Ja. Wer sind Sie?»

Er mußte wenigstens siebzig Jahre alt sein, kahlköpfig, das weiße Haar wuchs im Nacken lang über seinen Kragen, und er war nicht sehr groß und vornübergebeugt. Es war schwer, sich vorzustellen, daß dieser Mann Vater einer fünfzehnjährigen Tochter war. Ich zeigte ihm meinen Dienstausweis.

«Polizei», sagte ich. «Bitte, machen Sie sich keine Sorgen. Ich bin nicht hier, um Ihnen irgendwelchen Ärger zu machen. Ich möchte lediglich Ihrer Tochter ein paar Fragen stellen. Sie kann womöglich einen Mann beschreiben, einen Verbrecher.»

Nachdem Hirsch meine Papiere gesehen hatte, kehrte die Farbe in sein Gesicht zurück, er trat zur Seite und nötigte mich in eine Diele, die angefüllt war mit chinesischen Vasen, Bronzen, blaugemusterten Tellern und kunstvollen Schnitzereien aus Balsaholz in Glasvitrinen. Ich bewunderte die Stücke, während er die Eingangstür schloß und zusperrte; er sei in seiner Jugend bei der deutschen Marine gewesen, erklärte er, und im ganzen Fernen Osten herumgekommen. Jetzt bemerkte ich den köstlichen Duft, der das Haus durchzog, und ich entschuldigte mich und sagte, ich hoffe, nicht beim Essen zu stören.

«Es wird noch eine Weile dauern, bis wir uns zu Tisch setzen», sagte der alte Mann. «Meine Frau und meine Tochter sind noch in der Küche beschäftigt.» Er lächelte nervös, ohne Zweifel an Höflichkeit seitens von Staatsbeamten nicht gewöhnt, und führte mich in ein Empfangszimmer.

«Also», sagte er, «Sie sagten, Sie wünschten mit meiner Tochter Sarah zu sprechen. Daß sie möglicherweise einen Verbrecher identifizieren könnte.»

«Stimmt», erwiderte ich. «Eines der Mädchen aus der Schule Ihrer Tochter ist verschwunden. Es ist durchaus möglich, daß es entführt wurde. Einer meiner Männer, der einige der Mädchen in der Klasse Ihrer Tochter befragte, stellte fest, daß Sarah vor einigen Wochen von einem fremden Mann angesprochen wurde. Ich möchte gern wissen, ob sie sich an irgendeine Einzelheit erinnern kann. Wenn Sie nichts dagegen haben.»

«Aber natürlich nicht. Ich werde sie holen», sagte er und ging hinaus.

Offensichtlich war dies eine musikalische Familie. Neben einem glänzend schwarzen Bechstein-Flügel gab es zahlreiche Kästen mit Instrumenten und eine Anzahl von Notenständern. Unmittelbar am Fenster, das auf einen großen Garten blickte, stand eine Harfe, und auf den meisten Familienfotos, die auf der Anrichte standen, war ein geigespielendes Mädchen zu sehen. Selbst das alte Ölgemälde über dem Kamin stellte etwas Musikalisches dar – ich nahm an, einen Klavierabend. Ich stand, betrachtete das Bild und versuchte zu erraten, welches Stück gespielt wurde, als Hirsch mit Frau und Tochter zurückkam.

Frau Hirsch war viel größer und jünger als ihr Mann, vielleicht nicht älter als fünfzig – eine schlanke, elegante Frau mit den zu ihr passenden Perlenketten. Sie wischte mit der Hand über das Klavier und ergriff dann die Schultern ihrer Tochter, als wolle sie ihre elterlichen Rechte unterstreichen, angesichts der möglichen Einmischung eines Staates, der ihrer Rasse erklärtermaßen feindlich gesinnt war.

«Mein Mann sagt, daß ein Mädchen aus Sarahs Klasse vermißt wird», sagte sie gelassen. «Welches Mädchen ist es?»

«Emmeline Steininger», antwortete ich.

Frau Hirsch drehte ihre Tochter ein wenig zu sich.

«Sarah» schalt sie, «warum hast du uns nicht erzählt, daß eine deiner Freundinnen verschwunden ist.»

Sarah, eine füllige, aber gesund aussehende, anziehende Halbwüchsige, auf die Streichers rassistisches Klischee vom Juden keineswegs zutraf, denn sie war blauäugig und hellhaarig, antwortete, indem sie wie ein störrisches kleines Pony ihren Kopf zurückwarf.

«Sie ist ausgerissen, das ist alles. Immerfort hat sie davon gesprochen. Es interessiert mich nicht sonderlich, was mit ihr passiert ist. Emmeline Steininger ist nicht meine Freundin. Dauernd sagte sie schlimme Dinge über Juden. Ich hasse sie, und es ist mir egal, daß ihr Vater tot ist.»

«Jetzt reicht es aber», sagte ihr Vater energisch, dem vermutlich nicht daran gelegen war, viel über Väter zu hören, die tot waren. «Es spielt keine Rolle, was sie sagte. Wenn du etwas weißt, was dem Kommissar helfen kann, sie zu finden, dann mußt du es ihm sagen. Ist das klar?»

Sarah zog eine Schnute. «Ja, Papa», gähnte sie und warf sich in einen Armsessel.

«Also Sarah, wirklich», sagte ihre Mutter. Sie lächelte mich nervös an. «Normalerweise ist sie nicht so, Herr Kommissar. Ich muß um Entschuldigung bitten.»

«Das ist schon in Ordnung», lächelte ich und hockte mich auf den Schemel vor Sarahs Sessel.

«Am Freitag hat einer meiner Männer mit dir gesprochen, Sarah. Du hast ihm erzählt, vor ungefähr zwei Monaten habest du einen Mann gesehen, der sich in der Nähe eurer Schule aufhielt. Stimmt das?» Sie nickte. «Dann möchte ich, daß du versuchst, mir alles zu erzählen, woran du dich noch erinnern kannst.»

Sie kaute kurz an ihrem Fingernagel und betrachtete ihn eingehend. «Nun ja, das ist ziemlich lange her», sagte sie.

«Jede Einzelheit, an die du dich erinnerst, könnte mir helfen. Zum Beispiel die Tageszeit.» Ich zog mein Notizbuch heraus und legte es auf meinen Schenkel.

«Die Schule war zu Ende. Wie gewöhnlich ging ich allein nach Hause.» Sie machte ein hochnäsiges Gesicht. «Jedenfalls war da dieses Auto in der Nähe der Schule.»

«Was für ein Auto?»

Sie zuckte die Achseln. «Mit Automarken oder so was kenne ich mich nicht aus. Aber es war ein großes schwarzes Auto, und vorn saß ein Chauffeur.»

«War es der Chauffeur, der mit dir sprach?»

«Nein, da war ein zweiter Mann auf dem Rücksitz. Ich dachte, sie wären Polizisten. Der Mann auf dem Rücksitz hatte die Scheibe unten und rief mich, als ich durch das Tor kam. Ich war allein. Die meisten anderen Mädchen waren schon fort. Er bat mich, zu ihm zu kommen, und als ich's tat, sagte er mir, ich wäre...» sie errötete ein bißchen und hielt inne.

«Weiter», sagte ich.

«...ich wäre sehr hübsch und er sei sicher, daß meine Eltern stolz wären, eine Tochter wie mich zu haben.» Sie blickte verlegen auf ihre Eltern. «Ich übertreibe nicht», sagte sie, beinahe belustigt. «Ehrlich, das hat er gesagt.»

«Ich glaube dir, Sarah», sagte ich. «Was sagte er noch?»

«Er sprach mit seinem Chauffeur und sagte, ich wäre ein prächtiges Beispiel für deutsches Mädchentum oder etwas Blödes in der Art.» Sie lachte. «Es war wirklich komisch.» Ich merkte, daß ihr Vater ihr einen Blick zuwarf, denn sie beruhigte sich wieder. «Auf jeden Fall war's etwas in der Art. Ich kann mich nicht genau erinnern.»

«Und hat der Chauffeur ihm geantwortet?»

«Er schlug seinem Chef vor, sie könnten mich nach Hause fahren. Da fragte mich der Mann auf dem Rücksitz, ob mir das gefallen würde. Ich sagte, ich sei noch nie in einem von diesen großen Wagen gefahren, und daß es mir Spaß machen würde...»

Sarahs Vater seufzte laut. «Wie oft haben wir dir gesagt, Sarah, daß du nicht...»

«Wenn's Ihnen nichts ausmacht, Herr Hirsch», sagte ich energisch, «das hat vielleicht bis später Zeit.» Ich blickte Sarah wieder an. «Was geschah dann?»

«Wenn ich ihm ein paar Fragen korrekt beantworten würde, sagte der Mann, würde er mit mir eine Fahrt machen wie mit einem Filmstar. Ja, zuerst fragte er nach meinem Namen, und als ich ihn nannte, guckte er mich ungefähr so an, als ob er schockiert wäre. Natürlich guckte er so, weil ihm klar wurde, daß ich Jüdin war, und seine nächste Frage war, ob ich Jüdin sei. Ich hätte es fast geleugnet, bloß aus Spaß. Aber ich hatte Angst, er könnte es rauskriegen und ich Schwierigkeiten bekommen. Also sagte ich ihm die Wahrheit. Da lehnte er sich in seinen Sitz zurück und befahl dem Chauffeur loszufahren. Kein Wort mehr. Es war sehr merkwürdig. Als sei ich Luft.»

«Das ist sehr gut, Sarah. Du sagtest noch, du hättest die beiden Männer für Polizisten gehalten. Trugen sie Uniformen?»

Sie nickte zögernd.

«Fangen wir mit der Farbe der Uniformen an.»

«Die Farbe war grünlich, glaube ich. Sie wissen schon, wie die Polizeiuniform, bloß ein bißchen dunkler.»

«Wie sahen ihre Mützen aus? Wie die von Polizisten?»

«Nein, sie liefen spitz zu. Mehr wie bei Offizieren. Papa war Offizier bei der Marine.»

«Noch etwas? Abzeichen, Bänder, Kragenspiegel? Etwas in der Art?» Sie schüttelte den Kopf. «In Ordnung. Nun zu dem Mann, der mit dir sprach. Wie sah er aus?»

Sarah schürzte die Lippen und zupfte an einer Strähne ihrer Haare. Sie blickte auf ihren Vater. «Älter als der Chauffeur», sagte sie. «Etwa fünfundfünfzig, sechzig. Ziemlich füllig, nicht viele Haare, oder sie waren bloß kurzgeschoren, und ein kleiner Schnurrbart.»

«Und der andere Mann?»

Sie zuckte die Achseln. «Jünger. Ein bißchen bleich. Helle Haare. An ihn kann ich mich so gut wie gar nicht erinnern.»

«Erzähle mir etwas über die Stimme des Mannes, der hinten im Auto saß.»

«Sie meinen seinen Akzent?»

«Ja, wenn du kannst.»

«Ich bin mir nicht sicher», sagte sie. «Ich finde es ziemlich schwierig, Akzente einzuordnen. Ich kann hören, daß sie anders klingen, aber ich kann nicht immer sagen, aus welcher Gegend die Person kommt.» Sie seufzte tief und runzelte die Stirn, als sie angestrengt versuchte, sich zu konzentrieren. «Könnte ein österreichischer gewesen sein. Aber es könnte ebensogut ein bayerischer Akzent gewesen sein. Sie wissen schon, altmodisch.»

«Österreichischer oder bayerischer Akzent», sagte ich, in meinem Notizbuch schreibend. Ich dachte daran «bayerisch» zu unterstreichen, und dann ließ ich es. Es hatte keinen Zweck, dem mehr Bedeutung beizumessen, als sie es getan hatte, selbst wenn «bayerisch» mir besser in den Kram paßte. Statt dessen hielt ich inne und wartete mit meiner letzten Frage, bis ich sicher war, daß sie mit ihrer Antwort fertig war.

«Jetzt denke ganz genau nach, Sarah. Du stehst neben dem Auto. Die Scheibe ist runtergekurbelt, und du siehst direkt in das Innere. Du siehst den Mann mit dem Schnurrbart. Was kannst du noch sehen?»

Sie schloß die Augen und leckte sich die Unterlippe, als sie sich den Kopf zermarterte, um die letzte Einzelheit herauszupressen.

«Zigaretten», sagte sie nach einer Minute. «Nicht wie die von Papa.» Sie öffnete die Augen und blickte mich an. «Sie hatten einen komischen Geruch. Süß und ziemlich stark. Wie Lorbeerblätter oder Oregano.»

Ich überlas meine Notizen, und als ich sicher war, daß sie nichts mehr hinzuzufügen hatte, stand ich auf.

«Ich danke dir, Sarah», sagte ich, «du bist eine große Hilfe gewesen.»

«Ja?» fragte sie fröhlich. «War ich das wirklich?»

«Ganz bestimmt.» Wir alle lächelten, und einen Augenblick vergaßen wir vier, wer und was wir waren.

Als ich von der Familie Hirsch nach Hause fuhr, fragte ich mich, ob wohl einem von ihnen bewußt gewesen war, daß dieses eine Mal Sarahs Rasse zu ihrem Vorteil gewesen war – daß sie Jüdin war, hatte ihr wahrscheinlich das Leben gerettet.

Ich war mit dem zufrieden, was ich erfahren hatte. Ihre Beschreibung war die erste greifbare Spur in diesem Fall. Was den Akzent betraf, stimmte ihre Beschreibung mit der von Tanker überein, dem Diensthabenden Wachtmeister, der den anonymen Anruf entgegengenommen hatte. Was aber noch wichtiger war: Es bedeutete, daß ich von Martin in Nürnberg nun doch die Daten der Tage bekommen mußte, an denen Streicher in Berlin gewesen war.

14.
Montag, 26. September

Ich blickte aus dem Fenster meiner Wohnung auf die Rückseiten der angrenzenden Gebäude und sah, daß sich in zahlreichen Wohnzimmern die Familien bereits erwartungsvoll um das Rundfunkgerät versammelt hatten. Ein Blick aus dem vorderen Fenster zeigte mir, daß die Fasanenstraße ausgestorben war. Ich ging ins Wohnzimmer und goß mir einen Cognac ein. Durch den Korridor hörte ich die Klänge klassischer Musik von unten aus der Pension. Ein bißchen Beethoven machte sich nicht schlecht, um die Radioansprachen von Parteiführern einzurahmen. Genauso, wie ich immer sage: Je schlechter das Bild, desto kunstvoller der Rahmen.

Gewöhnlich höre ich im Radio keine Sendungen der Partei. Lieber höre ich mich selber furzen. Aber heute abend war es keine gewöhnliche Parteisendung. Der Führer würde im Sportpalast an der Potsdamer Straße sprechen, und man glaubte allgemein, daß er erklären würde, welche Absichten er in der Tschechoslowakei und im Sudetenland wirklich verfolgte.

Ich persönlich war seit langem zu dem Schluß gekommen, daß Hitler jahrelang mit seinem Geschwätz über Frieden jedermann getäuscht hatte. Ich hatte im Kino genug Wildwest-Filme gesehen, um zu wissen, daß der Mann mit dem schwarzen Hut den kleinen Burschen neben ihm an der Bar nur anpöbelt, weil er in Wirklichkeit auf einen Kampf mit dem Sheriff scharf ist. In diesem Fall war der Sheriff ganz zufällig ein Franzose, und es war leicht zu erkennen, daß er eher dazu neigte, hübsch drinzubleiben und sich einzureden, die Revolverschüsse, die er von der Straße hörte, seien bloß ein paar Knallfrösche.

In der Hoffnung, daß ich mich in diesem Punkt irrte, schaltete ich das Radio ein und wartete wie fünfundsiebzig Millionen andere Deutsche darauf, zu erfahren, was aus uns werden würde. Viele Frauen sagen, daß Goebbels bloß verführe, Hitler hingegen wirklich fasziniere. Es ist schwierig für mich, das zu bewerten. Wie auch immer, die hypnotische Wirkung, die Führerreden auf Leute haben, ist nicht zu leugnen. Der Menge im Sportpalast schien seine Rede zweifellos zu gefallen. Ich denke, man muß selber dabeisein, um die echte Atmosphäre zu erleben. Wie beim Besuch einer Kläranlage.

Für diejenigen von uns, die zu Hause zuhörten, gab es nichts, was uns hätte gefallen können, keine Hoffnung in dem, was die Nummer eins der Teppichbeißer sagte. Es gab nur die fürchterliche Erkenntnis, daß wir heute dem Krieg ein Stück näher waren als gestern.

Dienstag, 27. September

Am Nachmittag gab es Unter den Linden eine Militärparade, aus der mehr Kriegsbereitschaft sprach als aus allem, was man je zuvor auf den Straßen von Berlin gesehen hatte. Es war eine Panzergrenadierdivision in voller Ausrüstung. Doch zu meiner Verwunderung gab es keinen Beifall, keine Hochrufe, kein Fahnenschwenken. Daß Hitler wirklich kriegslüstern war, stand für alle fest, und als die Leute diese Parade sahen, drehten sie sich einfach um und gingen fort.

Als ich mich später am selben Tag mit Arthur Nebe traf, auf seinen Wunsch abseits vom Alex, im Büro von Gunther & Stahlecker – die Tür wartete immer noch auf den Schildermaler, der den ursprünglichen Namen wieder anbringen sollte – erzählte ich ihm, was ich gesehen hatte.

Nebe lachte. «Was würden Sie sagen, wenn ich Ihnen erzählte, daß die Männer der Division, die Sie sahen, die mutmaßlichen Befreier dieses Landes waren.»

«Plant die Armee einen Putsch?»

«Ich kann Ihnen nicht viel sagen, außer daß hohe Wehrmachtsoffiziere mit dem britischen Premier in Verbindung getreten sind. Sobald die Briten das Zeichen geben, wird die Armee Berlin besetzen, und Hitler wird vor Gericht gestellt werden.»

«Wann soll das sein?»

«Sobald Hitler in die Tschechoslowakei einmarschiert, werden die Briten den Krieg erklären. Dann ist die Zeit gekommen. Unsere Zeit, Bernie. Habe ich Ihnen nicht gesagt, daß die Kripo Leute wie Sie brauchen würde?»

Ich nickte langsam. «Aber Chamberlain hat mit Hitler verhandelt, nicht wahr?»

«Das ist die Art der Briten, diplomatisch vorzugehen. Es gäbe kein Kricket, wenn sie nicht versuchen würden zu verhandeln.»

«Trotzdem muß er glauben, daß Hitler mehr unterschreiben wird als irgendeine Art von Abkommen. Und was noch wichtiger ist, sowohl Chamberlain als auch Daladier müssen bereit sein, irgendein Abkommen zu unterzeichnen.»

«Hitler wird das Sudetenland nicht aufgeben, Bernie. Und die Briten denken nicht daran, ihren eigenen Beistandspakt mit den Tschechen zu brechen.»

Ich ging zur Hausbar und füllte zwei Gläser.

«Wenn die Briten und die Franzosen die Absicht hätten, zu ihren Verpflichtungen zu stehen, gäbe es nichts, worüber man verhandeln müßte», sagte ich und reichte Nebe ein Glas. «Wenn Sie mich fragen, sie erledigen Hitlers Arbeit für ihn.»

«Mein Gott, sind Sie ein Pessimist!»

«Na schön, dann werde ich Sie was fragen: Sind Sie jemals mit der Aussicht konfrontiert gewesen, mit jemandem zu kämpfen, mit dem Sie gar nicht kämpfen wollen? Vielleicht mit jemandem, der größer ist als Sie? Es kann sein, daß Sie daran denken, sich ein gutes Versteck zu suchen. Es kann sein, daß Sie einfach keinen Appetit darauf haben. Natürlich versuchen Sie, sich durch Reden aus der Klemme zu befreien. Der Mann, der zuviel redet, will überhaupt nicht kämpfen.»

«Aber wir sind nicht größer als England und Frankreich.»

«Aber sie haben keinen Appetit aufs Kämpfen.»

Nebe hob sein Glas. «Dann trinken wir auf den britischen Appetit.»

«Auf den britischen Appetit!»

Mittwoch, 28. September

«Polizeipräsident Martin hat die Information über Streicher geschickt, Kommissar.» Korsch blickte auf das Telegramm, das er in der Hand hielt. «Wie es scheint, ist Streicher an mindestens zwei der fraglichen fünf Tage in Berlin gewesen. Was die zwei anderen Daten betrifft, über die wir nichts wissen, hat Martin keine Ahnung, wo Streicher war.»

«Und dabei hat er so mit seinen Spitzeln geprahlt!»

«Nun, da ist noch etwas. Kommissar. An einem dieser Tage wurde Streicher offenbar gesehen, als er vom Flughafen Nürnberg-Fürth kam.»

«Wie lang ist die Flugzeit von hier nach Nürnberg?»

«Höchstens zwei Stunden. Wollen Sie, daß ich mich mit dem Flughafen Tempelhof in Verbindung setze?»

«Ich habe eine bessere Idee. Gehn Sie mal rüber zu den Jungens von der Propaganda im Muratti-Haus. Bitten Sie sie um ein hübsches Foto von Streicher. Besser, Sie bitten um Fotos von allen Gauleitern, damit wir nicht unnötig Aufmerksamkeit erregen. Sagen Sie, die würden für Sicherheitsvorkehrungen in der Reichskanzlei gebraucht, das hört sich immer gut an. Wenn Sie die Fotos haben, möchte ich, daß Sie mit Sarah Hirsch reden. Vielleicht kann sie Streicher als den Mann im Auto identifizieren.»

«Und wenn sie's kann?»

«Dann werden Sie und ich feststellen, daß wir uns einen Haufen neuer Freunde gemacht haben. Mit einer beachtenswerten Ausnahme.»

«Das habe ich befürchtet.»

Donnerstag, 29. September

Chamberlain kehrte nach München zurück. Er wollte weitere Gespräche. Auch der Sheriff kam, aber es schien so, als werde er bloß wegsehen, wenn das Geschieße losging. Mussolini polierte seinen Gürtel und seine Glatze und posaunte, er werde seinem Bruder im Geiste Beistand leisten.

Während diese bedeutenden Männer kamen und gingen, geschah es, daß ein junges Mädchen, das im allgemeinen Lauf der Dinge wenig oder gar nicht zählte, in der Markthalle von Moabit verschwand, während es die Familieneinkäufe besorgte.

Die Moabiter Markthalle lag an der Ecke Bremer Straße und Arminiusstraße. In diesem großen Gebäude aus rotem Backstein, etwa so groß wie ein Lagerhaus, kaufte die arbeitende Bevolkerung – also jeder, der in diesem Bezirk wohnte – ihren Käse, Fisch, ihr Fleisch und andere frische Lebensmittel. Es gab sogar eine oder zwei Ecken, wo man im Stehen ein schnelles Bier trinken oder ein Würstchen essen konnte. In der Halle herrschte immer geschäftiges Treiben, und es gab wenigstens sechs Ein- oder Ausgänge. Die meisten Leute haben es eilig und wenig Zeit, stehenzubleiben und Dinge anzustarren, die sie sich nicht leisten können; außerdem gab es solche Delikatessen in Moabit sowieso nicht. Ich unterschied mich also durch meine Kleidung und mein gemächliches Betragen deutlich von den anderen Leuten.

Wir wußten, daß Lisa Ganz aus dieser Markthalle verschwunden war, denn dort hatte ein Fischhändler eine Einkaufstasche gefunden, die Lisas Mutter später als die ihre identifizierte.

Davon abgesehen, hatte niemand etwas gesehen. In Moabit schenkt man dir nicht viel Beachtung, es sei denn, du bist ein Polizist, der nach einem verschwundenen Mädchen sucht, und selbst dann geschieht es bloß aus Neugier.

Freitag, 30. September

Am Nachmittag wurde ich ins Gestapo-Hauptquartier in der Prinz-Albrecht-Straße gerufen.

Als ich durch den Haupteingang ging und nach oben blickte, entdeckte ich eine Statue, die auf einer wagenradgroßen Volute saß und sich mit einem Stück Verzierung beschäftigte. Über ihrem Kopf flogen zwei Engel, von denen der eine sich am Kopf kratzte, während der andere einen völlig verwirrten Gesichtsausdruck zur Schau stellte. Ich schätzte, sie fragten sich, warum sich die Gestapo gerade dieses besondere Gebäude ausgesucht hatte, um ein Geschäft zu eröffnen. Oberflächlich betrachtet, schienen die Kunstgewerbeschule, früher Prinz-Albrecht-Straße Nummer acht, und die Gestapo, die jetzt dort residierte, nicht viel gemeinsam zu haben, es sei denn, man verfiel auf den naheliegenden Scherz, daß es beiden ums Aufhängen ging. Doch an diesem besonderen Tag war mir ein größeres Rätsel, warum Heydrich mich hierher bestellt hatte und nicht in das Prinz-Albrecht-Palais oder in die nahe Wilhelmstraße. Ich zweifelte nicht daran, daß er seine Gründe dafür hatte. Heydrich hatte für alles, was er tat, einen Grund, und ich hatte das sichere Gefühl, dieser eine würde mir ebensowenig gefallen wie alle anderen, von denen ich je gehört hatte.

Hinter dem Haupteingang mußte man eine Sicherheitskontrolle passieren, ging dann weiter und gelangte zum Fuß eines Treppenschachtes, so groß wie ein Aquädukt. Am oberen Ende der Treppenflucht betrat man einen gewölbten Warteraum mit drei Bogenfenstern von riesigen Ausmaßen. Unter jedem Fenster stand eine Holzbank, wie man sie in Kirchen sieht, und dort wartete ich, wie befohlen.

Zwischen den Fenstern standen auf Sockeln Büsten von Hitler und Göring. Ich wunderte mich ein bißchen, daß Himmler den Kopf des dicken Hermann dort beließ, denn ich wußte, wie sehr sie einander haßten. Vielleicht bewunderte Himmler die Büste einfach als ein Stück Bildhauerkunst. Und in diesem Fall war seine Gattin vielleicht die Tochter des Oberrabbiners.

Nach fast einer Stunde trat Heydrich durch die Flügeltür mir gegenüber. Er trug eine Aktentasche und entließ seinen SS-Adjutanten, als er mich erblickte.

«Kommissar Gunther», sagte er, anscheinend ein wenig darüber erheitert, wie sich mein Titel in seinen Ohren anhörte. Er führte mich den Bogengang entlang. «Ich dachte, wir könnten wieder in den Garten gehen, wie beim letzten Mal. Haben Sie etwas dagegen, mich zur Wilhelmstraße zu begleiten?»

Wir schritten durch einen Torbogen und eine weitere mächtige Treppenflucht hinunter zum berüchtigten Südflügel. Wo früher die Ateliers der Bildhauer gewesen waren, befanden sich jetzt die Gefängniszellen der Gestapo. Ich hatte guten Grund, mich an sie zu erinnern, denn ich war selber einmal für kurze Zeit dort eingesperrt gewesen, und darum war ich ziemlich erleichtert, als wir durch eine Tür traten und wieder draußen waren. Bei Heydrich wußte man nie, woran man war.

Dort blieb er einen Augenblick stehen, blickte auf seine Rolex. Ich wollte etwas sagen, aber er hob seinen Zeigefinger und legte beinahe verschwörerisch seinen Finger auf seine dünnen Lippen.

Wir standen und warteten, doch ich wußte nicht, warum.

Etwa eine Minute darauf ertönte eine Salve von Gewehrschüssen und verhallte in den Gärten. Dann eine zweite und eine dritte. Heydrich blickte abermals auf seine Uhr, nickte und lächelte.

«Wollen wir?» sagte er und betrat den Kiesweg.

«War das mir zu Gefallen?» sagte ich und wußte ganz genau, daß es so war.

«Haben Sie das für eine Ehrensalve gehalten?» Er grinste. «Nein, nein, Kommissar Gunther. Sie bilden sich zuviel ein. Und außerdem glaube ich kaum, daß ausgerechnet Sie eine deutliche Machtdemonstration nötig haben. Es ist einfach so, daß ich auf Pünktlichkeit großen Wert lege. Sie sei, so sagt man, bei Königen eine Tugend, aber bei einem Polizisten ist sie bloß das Kennzeichen verwaltungsmäßiger Effizienz. Schließlich sorgt der Führer dafür, daß die Züge pünktlich fahren, also sollte ich zumindest dazu imstande sein, dafür zu sorgen, daß ein paar Priester zur festgesetzten Zeit liquidiert werden.»

Also war es doch eine Machtdemonstration, dachte ich. Heydrichs Art, mich wissen zu lassen, daß er über meine Meinungsverschiedenheit mit Sturmbannführer Roth von Abteilung 4B1 im Bilde war. «Wird man denn nicht mehr morgens erschossen?»

«Die Nachbarn haben sich beklagt.»

«Sie sagten, es wären Priester, oder?»

«Die katholische Kirche ist ebenso eine internationale Verschwörung wie der Bolschewismus und das Judentum, Gunther. Martin Luther führte eine Reformation an, der Führer wird eine zweite anführen. Er wird die römische Herrschaft über deutsche Katholiken abschaffen, ob die Priester das nun erlauben oder nicht. Aber das ist eine andere Sache, die wir am besten denen überlassen, die sich gut darin auskennen, so etwas durchzuführen.

Nein, ich wollte mit Ihnen über das Problem sprechen, das ich habe und das darin besteht, daß Goebbels und seine Schreiberlinge einen gewissen Druck auf mich ausüben, ich möge den Fall, den Sie bearbeiten, allgemein bekannt machen. Ich bin nicht sicher, ob ich sie noch länger hinhalten kann.»

«Als man mir diesen Fall übertrug», sagte ich und zündete mir eine Zigarette an, «war ich gegen eine Nachrichtensperre. Inzwischen bin ich davon überzeugt, daß Publizität genau das ist, worauf unser Mörder die ganze Zeit scharf war.»

«Ja, Nebe sagte, daß Sie die Theorie verfolgen, das Ganze könnte eine Art Verschwörung sein, die Streicher und seine Judenfresser ausgeheckt haben, um gegen die Köpfe der Jüdischen Gemeinde der Hauptstadt einen Pogrom zu entfesseln.»

«Es hört sich phantastisch an, General, aber nur wenn man Streicher nicht kennt.»

Er blieb stehen, steckte seine Hände tief in die Hosentaschen und schüttelte den Kopf.

«Was dieses bayerische Schwein angeht, gibt es wirklich nichts, was mich überraschen könnte.» Er trat mit der Stiefelspitze nach einer Taube und verfehlte sie. «Aber ich möchte mehr hören.»

«Ein Mädchen, dem wir ein Foto von Streicher vorlegten, hält es für möglich, daß er der Mann war, der vor einer Schule, aus der letzte Woche ein weiteres Mädchen verschwand, versuchte, sie im Auto mitzunehmen. Sie glaubt, der Mann könnte mit bayerischem Akzent gesprochen haben. Der Diensthabende Wachtmeister, der den anonymen Anruf entgegennahm, der uns exakt zum Fundort der Leiche eines weiteren verschwundenen Mädchens führte, sagte, der Anrufer habe einen bayerischen Akzent gehabt.

Dann ist da das Motiv. Letzten Monat haben Leute in Nürnberg die Synagoge der Stadt niedergebrannt. Hier in Berlin jedoch gibt es schlimmstenfalls immer nur ein paar eingeschlagene Fenster. Streicher würde es liebend gern sehen, wenn es den Berliner Juden ähnlich ergehen würde wie denen von Nürnberg.

Außerdem veranlaßt mich die Besessenheit, mit der *Der Stürmer* auf dem Thema Ritualmord herumreitet, zu Vergleichen mit dem *modus operandi* des Mörders. Nehmen Sie das alles und Streichers üblen Ruf dazu, und es fängt an, sich zusammenzureimen.»

Heydrich beschleunigte den Schritt vor mir, die Arme steif in die Seiten gepreßt, als säße er in der Spanischen Reitschule in Wien zu Pferde, und dann drehte er sich zu mir um. Er lächelte begeistert.

«Ich kenne eine Person, die entzückt wäre, Streichers Sturz zu erleben. Dieser beschränkte Hurensohn hat in seinen Reden den Ministerpräsidenten geradezu beschuldigt, impotent zu sein. Göring war außer sich. Aber Sie haben im Grunde noch nicht genug in der Hand, nicht wahr?»

«Nein, General. Fangen wir damit an, daß meine Zeugin Jüdin ist.»

Heydrich stöhnte. «Und der Rest ist natürlich größtenteils Theorie.»

«Trotzdem, mir gefällt Ihre Theorie. Sie gefällt mir sehr gut.»

«Ich möchte den General daran erinnern, daß ich sechs Monate brauchte, um Gorman, den Würger, zu fassen. An diesem Fall arbeite ich nicht mal einen Monat.»

«Wir haben keine sechs Monate, leider. Hören Sie, geben Sie mir die Spur von einem Beweis, und ich kann Goebbels auf Distanz halten. Aber ich brauche bald etwas, Gunther. Ich gebe Ihnen noch einen Monat, sechs Wochen höchstens. Habe ich mich klar ausgedrückt?»

«Ja, General.»

«Also, was brauchen Sie von mir?»

«Eine Überwachung Streichers rund um die Uhr durch die Gestapo», sagte ich. «Eine vollständige verdeckte Überprüfung aller seiner geschäftlichen Aktivitäten und Mitarbeiter.»

Heydrich kreuzte die Arme und stützte sein langes Kinn in die Hand. «Darüber werde ich mit Himmler sprechen müssen. Aber es sollte in Ordnung gehen. Der Reichsführer haßt Korruption noch mehr, als er die Juden verabscheut.»

«Nun, das ist zweifellos tröstlich, General.»

Wir gingen auf das Prinz-Albrecht-Palais zu.

«Übrigens», sagte er, als wir uns seinem Hauptquartier näherten, «ich habe gerade eine wichtige Nachricht erhalten, die uns alle angeht. Die Briten und die Franzosen haben in München ein Abkommen unterzeichnet. Der Führer hat das Sudetenland.» Er schüttelte ungläubig den Kopf. «Ein Wunder, nicht wahr?»

«Ja, in der Tat», murmelte ich.

«Na, begreifen Sie nicht? Es wird keinen Krieg geben. Wenigstens nicht im Augenblick.»

Ich lächelte linkisch. «Ja, das ist wirklich eine gute Nachricht.»

Ich begriff vollkommen. Es würde keinen Krieg geben. Es würde kein Zeichen von den Briten geben. Und ohne das Zeichen würde es auch keinen Putsch der Armee geben.

TEIL ZWEI

15.
Montag, 17. Oktober

Die Familie Ganz, oder besser das, was davon übrig war, nachdem uns ein zweiter anonymer Anruf im Alex verraten hatte, wo wir die Leiche von Lisa Ganz finden konnten, wohnte südlich von Wittenau in einer kleinen Wohnung in der Birkenstraße, direkt hinter dem Robert-Koch-Krankenhaus, wo Frau Ganz als Krankenschwester angestellt war. Herr Ganz arbeitete als Angestellter beim ebenfalls nahe gelegenen Moabiter Bezirksgericht.

Becker zufolge waren sie ein schwerarbeitendes Paar in den späten Dreißigern, und beide machten sie so viele Überstaunden, daß Lisa Ganz oft sich selber überlassen war. Aber nie war sie so verlassen gewesen wie gerade eben, als ich sie nackt auf dem Seziertisch im Alex hatte liegen sehen, wo ein Mann jene Teile ihres Körpers zunähte, die er vorher geöffnet hatte, um alles über sie herauszufinden, von ihrer Unberührtheit bis zu ihrem Mageninhalt. Doch es war der Inhalt ihres Mundes gewesen, viel leichter zugänglich, der bestätigt hatte, was ich zu argwöhnen angefangen hatte.

«Was hat Sie auf den Gedanken gebracht, Bernie», sagte Illmann.

«Nicht jeder dreht Zigaretten so perfekt wie Sie, Professor. Manchmal bleibt ein Krümchen an Ihrer Zunge oder unter Ihrer Lippe kleben. Als das jüdische Mädchen, das unseren Mann gesehen haben könnte, sagte, er habe etwas geraucht, das süßlich roch, so ähnlich wie Lorbeerblätter oder Oregano, hat sie von Haschisch gesprochen. Mit dessen Hilfe schafft er sie vermutlich unauffällig fort. Behandelt sie wie eine erwachsene Frau, indem er ihnen eine Zigarette anbietet. Nur daß es nicht die Sorte ist, die sie erwarten.»

Illmann schüttelte sichtbar verwundert den Kopf. «Nicht zu glauben, daß ich das übersehen habe. Ich werde wohl alt.»

Becker schlug die Autotür zu und trat neben mir auf den Bürgersteig. Die Wohnung lag über einer Apotheke. Ich hatte das Gefühl, daß ich sie brauchen würde.

Wir stiegen die Treppe hinauf und klopften an die Tür. Der Mann, der öffnete, sah düster und schlechtgelaunt aus. Als er Becker wiedererkannte, stieß er einen Seufzer aus und rief nach seiner Frau. Dann warf er einen Blick hinter sich, und ich sah ihn grimmig nicken.

«Sie kommen besser rein», sagte er.

Ich faßte ihn scharf ins Auge. Sein Gesicht blieb gerötet, und als ich mich an ihm vorbeiquetschte, konnte ich auf seiner Stirn kleine Schweißperlen sehen. Aus dem Inneren der Wohnung schlug mir ein warmer, seifiger Geruch entgegen, und ich schloß daraus, daß er gerade eben ein Bad genommen hatte.

Nachdem Ganz die Tür geschlossen hatte, ging er an uns vorbei und führte uns in ein kleines Wohnzimmer, wo seine Frau uns ruhig entgegenblickte. Sie war großgewachsen und blaß, als verbringe sie zuviel Zeit im Haus, und offensichtlich hatte sie gerade aufgehört zu weinen. Das Taschentuch in ihrer Hand war noch feucht. Herr Ganz, kleiner als seine Frau, legte seinen Arm um ihre breiten Schultern.

«Das ist Kommissar Gunther vom Alex», sagte Becker.

«Herr und Frau Ganz», sagte ich, «ich fürchte, Sie müssen sich auf die schlimmstmögliche Nachricht gefaßt machen. Wir haben heute am frühen Morgen die Leiche Ihrer Tochter Lisa gefunden. Es tut mir sehr leid.» Becker nickte ernst.

«Ja», sagte Ganz. «Ja, ich dachte es mir.»

«Es wird natürlich eine Identifizierung stattfinden müssen», sagte ich ihnen. «Das muß nicht sofort sein. Vielleicht später, wenn Sie Gelegenheit haben, sich ein bißchen zu sammeln.» Ich wartete darauf, daß sich Frau Ganz auflöste, doch zumindest für den Augenblick schien sie fest bleiben zu wollen. Vielleicht weil sie Krankenschwester war und deshalb für Leiden und Schmerz weniger empfänglich war? Sogar für den eigenen?

«Dürfen wir uns setzen?»

«Ja, bitte», sagte Ganz.

Ich sagte Becker, er solle rausgehen und für uns alle Kaffee machen. Er ging bereitwillig, darauf bedacht, der kummervollen Atmosphäre, und sei es für kurze Zeit, entfliehen zu können.

«Wo hat man sie gefunden?» fragte Ganz.

Diese Frage zu beantworten bereitete mir Unbehagen. Wie erzählt man zwei Eltern, daß der nackte Körper ihrer Tochter in einem Stapel von Autoreifen in einer stillgelegten Reparaturwerkstätte in der Kaiser-Wilhelm-Straße gefunden wurde? Ich erzählte ihnen die geschönte Version. Währenddessen wechselten sie sehr vielsagende Blicke.

Ganz saß da, seine Hand auf dem Knie seiner Frau. Sie selbst war ruhig, ja ausdruckslos und hatte Beckers Kaffee vielleicht weniger nötig als ich.

«Haben Sie eine Ahnung, wer sie umgebracht hat?» sagte sie.

«Wir verfolgen eine Anzahl von Spuren», sagte ich und stellte fest, daß die alten Polizei-Allgemeinplätze mir wieder einfielen. «Wir tun, was wir können, glauben Sie mir.»

Ganz' Stirnrunzeln verstärkte sich. Er schüttelte wütend den Kopf. «Was ich nicht begreifen kann, ist, daß nichts darüber in den Zeitungen stand.»

«Es ist wichtig, daß wir Nachahmungstätern keine Chance geben», sagte ich. «In solchen Fällen passiert das oft.»

«Ist es nicht auch wichtig, daß sie andere Mädchen davor bewahren, ermordet zu werden?» sagte Frau Ganz. Ihr Blick verriet, daß sie außer sich war. «Nun, es stimmt, nicht wahr? Noch andere Mädchen sind ermordet worden. Das sagen die Leute. Sie sind vielleicht imstande, es aus den Zeitungen rauszuhalten, aber Sie können die Leute nicht davon abhalten zu reden.»

«Es sind Lautsprecherwagen herumgefahren, die Mädchen aufgefordert worden, auf der Hut zu sein», sagte ich.

«Ja, aber sie haben offenbar nichts genützt», sagte Ganz. «Lisa war ein gescheites Mädchen. Nicht von der Sorte, etwas Dummes zu tun. Also muß dieser Mörder auch gerissen sein. Und die Möglichkeit, die ich sehe, die einzige, damit die Mädchen entsprechend aufpassen, ist, die Geschichte zu drucken, mit all dem Entsetzlichen. Um den Mädchen Angst zu machen.»

«Vielleicht haben Sie recht, Herr Ganz», sagte ich gequält, «aber das liegt nicht bei mir. Ich führe bloß Befehle aus.» Das war in diesen Tagen die typisch deutsche Ausrede für alles, und ich schämte mich, sie zu benutzen.

Becker steckte seinen Kopf durch die Küchentür.

«Kann ich Sie einen Augenblick sprechen, Kommissar?»

Jetzt war ich froh, das Zimmer verlassen zu können.

«Was gibt's?» fragte ich gereizt. «Vergessen, wie man Wasser kocht?»

Er reichte mir einen Ausschnitt aus dem *Völkischen Beobachter*. «Werfen Sie mal einen Blick darauf, Kommissar. Ich hab's hier in der Schublade gefunden.»

Es war die Anzeige eines gewissen *Rolf Vogelmann, Privatdetektiv, spezialisiert auf verschwundene Personen»*, dieselbe Anzeige, mit der mir Bruno Stahlecker auf die Nerven gegangen war. Becker zeigte auf das Datum am oberen Rand des Ausschnittes: «Dritter Oktober», sagte er. «Vier Tage nach Lisas Verschwinden.»

«Es wäre nicht das erste Mal, daß Leute es satt bekommen, darauf zu warten, ob die Polizei was rauskriegt», sagte ich. «Immerhin konnte ich ganz gut davon leben.»

Becker nahm einige Tassen und Untertassen und stellte sie mit der Kaffeekanne auf ein Tablett. «Glauben Sie, daß sie seine Dienste in Anspruch genommen haben, Kommissar?»

«Ich sehe nichts Schlimmes darin, wenn wir mal nachfragen.»

Ganz war unbeugsam, die Art von Klient, für den ich ohne weiteres selber gearbeitet hätte.

«Wie ich sagte, Kommissar, es stand nichts in den Zeitungen über unsere Tochter, und Ihren Kollegen haben wir hier nur zweimal gesehen. Also fragten wir uns allmählich, was wir unternehmen konnten, um unsere Tochter zu finden. Das Gefühl, nichts zu wissen, das setzt einem zu. Wir dachten, wenn wir Herrn Vogelmann anheuern, dann konnten wir wenigstens sicher sein, daß jemand sein Bestes tat und versuchte, sie zu finden. Ich will nicht unverschämt sein, Kommissar, aber so war's.»

Ich trank meinen Kaffee und schüttelte den Kopf.

«Ich verstehe vollkommen», sagte ich. «Ich selber hätte wahrscheinlich dasselbe getan. Ich wünschte bloß, dieser Vogelmann wäre in der Lage gewesen, sie zu finden.»

Man muß sie bewundern, dachte ich. Sie konnten sich die Dienste eines Privatdetektivs wahrscheinlich kaum leisten, und trotzdem hatten sie nicht gezögert, einen zu verpflichten. Das hatte sie möglicherweise ihre gesamten Ersparnisse gekostet.

Als wir unseren Kaffee ausgetrunken hatten und aufbrachen, bot ich Herrn Ganz an, einen Steifenwagen vorbeizuschicken, der ihn morgen in aller Frühe zum Alex bringen würde, damit er seine Tochter identifizieren könne.

«Danke für Ihre Freundlichkeit», sagte Frau Ganz und versuchte ein Lächeln. «Alle sind so nett zu uns.»

Ihr Mann nickte zustimmend. Er stand unruhig an der geöffneten Tür und war offensichtlich scharf darauf, uns verschwinden zu sehen.

«Herr Vogelmann wollte kein Geld von uns annehmen. Und nun lassen Sie meinen Mann mit dem Auto abholen. Ich kann Ihnen gar nicht sagen, wie wir das zu schätzen wissen.»

Ich drückte ihr mitfühlend die Hand, und dann gingen wir.

Unten in der Apotheke kaufte ich ein Pulver gegen Kopfschmerzen und schluckte es im Auto herunter. Becker sah mich mit Abscheu an.

«Liebe Güte, ich weiß nicht, wie Sie das tun können», sagte er und schüttelte sich.

«Auf diese Weise wirkt es schneller. Und nach dem, was wir gerade durchgemacht haben, kann ich nicht sagen, daß ich viel davon schmecke. Ich hasse es, schlechte Nachrichten zu überbringen.» Ich fuhr auf der Suche nach Überresten mit der Zunge durch meine Mundhöhle.

«Also? Was hatten Sie für einen Eindruck? Hatten Sie dasselbe Gefühl wie bei ihren anderen Besuchen?»

«Ja. Er warf ihr jede Menge kleine bedeutungsvolle Blicke zu.»

«Was das angeht, das machten Sie auch», sagte ich und schüttelte ungläubig den Kopf.

Becker grinste breit. «Sie war nicht übel, oder?»

«Ich nehme an, daß Sie mir jetzt erzählen werden, wie sie im Bett wäre, richtig?»

«Mehr Ihr Typ, würde ich denken, Kommissar.»

«Ja? Wie kommen Sie darauf?»

«Sie wissen schon, der Typ, der auf Freundlichkeit reagiert.»

Ich lachte trotz meiner Kopfschmerzen. «Deutlicher als auf schlechte Nachrichten. Da hocken wir mit unseren vier Plattfüßen und langen Gesichtern, und alles, was sie tun kann, ist so zu gucken, als wäre sie mitten in ihrer Periode.»

«Sie ist Krankenschwester. Die sind's gewohnt, mit schlechten Nachrichten umzugehen.»

«Das ging mir auch durch den Kopf, aber ich glaube, sie hatte das

Weinen schon hinter sich, und das ist noch nicht lange her. Was war mit Irma Hankes Mutter? Weinte sie?»

«Gott, nein. Hart wie Stein, war die. Kann sein, daß sie ein bißchen schniefte, als ich zum ersten Mal auftauchte. Aber es herrschte dieselbe Atmosphäre wie bei der Familie Ganz.»

Ich blickte auf meine Uhr. «Ich glaube, wir können einen Schluck vertragen.»

Wir fuhren zum *Café Kerkau* in der Alexanderstraße. In dieses Lokal mit seinen sechzig Billardtischen gingen viele Polypen vom Alex nach Dienstschluß.

Ich holte zwei Bier und trug sie zu dem Tisch, an dem Becker ein paar Stöße probierte.

«Spielen Sie?» fragte er.

«Wollen Sie mich auf den Arm nehmen? Dies war früher mal mein Wohnzimmer.» Ich nahm ein Queue und sah zu, wie Becker den Stoßball spielte. Er spielte den roten Ball. Dieser prallte von der Bande ab und traf den anderen weißen Ball genau.

«Was gegen ein kleines Spielchen?»

«Nicht nach diesem Stoß. Sie müssen noch viel lernen, wenn Sie auf die Tour reiten wollen. Ja, wenn Sie ihn verfehlt hätten...» – «Reiner Glücksstoß, das ist alles», beharrte Becker. Er beugte sich über den Tisch und machte einen wilden Stoß, der um einen halben Meter danebenging.

Ich schnalzte mit der Zunge. «Das ist ein Billard-Queue, das Sie in der Hand haben und nicht der weiße Stab eines Verkehrspolizisten. Hören Sie auf, mich aufs Kreuz legen zu wollen, ja? Aber wenn es Sie glücklich macht, spielen wir, fünf Mark das Spiel.» Er lächelte leicht und dehnte die Schultern.

«Zwanzig Punkte, sind Sie einverstanden?»

Mir gelang das erste Break, und ich verpatzte den Eröffnungsstoß. Danach hätte ich ebensogut dasitzen und auf ein Baby aufpassen können. Becker war in seiner Jugend nicht bei den Pfadfindern gewesen, soviel war sicher. Nach vier Spielen warf ich einen Zwanziger auf den Filz und bat um Gnade. Becker wies den Schein zurück.

«Ist in Ordnung», sagte er. «Sie haben sich von mir reinlegen lassen.»

«Da ist noch etwas, das Sie lernen müssen. Eine Wette ist eine

Wette. Spielen Sie niemals um Geld, wenn Sie es nicht auch kassieren wollen. Ein Mann, der Sie so davonkommen läßt, könnte erwarten, daß Sie's mit ihm genauso machen. Es macht Leute nervös, das ist alles.»

«Hört sich an wie ein guter Rat», sagte Becker und steckte das Geld ein.

«Es ist wie im Geschäftsleben», fuhr ich fort. «Arbeiten Sie niemals umsonst. Wenn Sie für Ihre Arbeit kein Geld nehmen wollen, dann kann sie nicht viel wert gewesen sein.» Ich stellte mein Queue ins Gestell zurück und trank mein Bier aus. «Trauen Sie nie jemandem, der glücklich ist, umsonst zu arbeiten.»

«Ist es das, was Sie als Privatdetektiv gelernt haben?»

«Nein, das habe ich als guter Geschäftsmann gelernt. Aber wo Sie das gerade erwähnen, ein Privatdetektiv stinkt mir, der versucht, ein verschwundenes Schulmädchen zu finden, und dann auf sein Honorar verzichtet.»

«Rolf Vogelmann? Aber er hat das Mädchen nicht gefunden.»

«Ich will Ihnen mal was sagen. Heutzutage verschwinden in dieser Stadt viele Leute und aus vielen verschiedenen Gründen. Wenn man einen Menschen findet, ist das die Ausnahme, nicht die Regel. Hätte ich die Rechnung jedes enttäuschten Klienten, den ich mal hatte, zerrissen, wäre ich inzwischen Tellerwäscher. Wenn Sie Privatdetektiv sind, ist kein Platz für Gefühle. Der Mann, der nicht kassiert, hat nichts zu essen.»

«Vielleicht ist dieser Vogelmann bloß ein bißchen großzügiger, als Sie es waren, Kommissar.»

Ich schüttelte den Kopf. «Ich sehe nicht, wie er sich das leisten kann», sagte ich, faltete Vogelmanns Anzeige auseinander und warf noch einmal einen Blick darauf. «Nicht bei diesen Unkosten.»

16.
Dienstag, 18. Oktober

Sie war's tatsächlich. Diese goldene Haarpracht und diese wohlgeformten Beine waren unverkennbar. Ich beobachtete, wie sie sich aus der Drehtür des KaDeWe zwängte, beladen mit Paketen und Einkaufstüten, als habe sie in letzter Minute ihre Weihnachtseinkäufe gemacht. Sie winkte einem Taxi, ließ eine Tüte fallen, bückte sich, um sie aufzuheben und stellte, als sie wieder aufsah, fest, daß der Fahrer sie nicht bemerkt hatte. Das war schwer zu verstehen. Selbst einem Mann mit einem Sack über dem Kopf wäre Hildegard Steininger aufgefallen. Sie sah aus, als lebte sie in einem Schönheitssalon.

In meinem Wagen sitzend hörte ich sie fluchen und kurbelte das Beifahrerfenster herunter.

«Kann ich Sie irgendwo hinfahren?»

Sie hielt immer noch nach einem anderen Taxi Ausschau, als sie antwortete. «Nein, ist nicht nötig», sagte sie, als habe ich sie auf einer Cocktailparty mit Beschlag belegt und sie blicke über meine Schulter, um zu sehen, ob nicht ein interessanterer Mann in Reichweite war. Da sie aber niemanden sah, entschloß sie sich zu einem kurzen Lächeln und fügte dann hinzu: «Nun, wenn's Ihnen wirklich nichts ausmacht.»

Ich stieg aus, um ihr beim Einladen ihrer Einkäufe zu helfen. Hutgeschäfte, Schuhläden, eine Parfümerie, ein feiner Modesalon in der Friedrichstraße und die berühmte Feinkostabteilung des KaDeWe: Ich stellte mir vor, daß sie ein Typ war, für den ein Scheckbuch das Allheilmittel für alles war, was sie quälte. Aber andererseits gab's eine Menge Frauen dieser Sorte. «Es macht mir überhaupt nichts aus», sagte ich, und meine Augen folgten ihren Beinen, als sie sich in den Wagen schwang, und ergötzten sich kurz am Anblick ihrer Strumpfbänder. Vergiß es, sagte ich zu mir. Diese Dame ist zu teuer. Außerdem hatte sie andere Dinge im Kopf. Ob ihre Schuhe zu ihrer Handtasche paßten, zum Beispiel, oder was aus ihrer verschwundenen Tochter geworden war.

«Wohin?» fragte ich. «Nach Hause?»

Sie seufzte, als hätte ich ihr eine billige Pension in der Frobelstraße vorgeschlagen, und dann zwang sie sich zu einem tapferen kleinen Lächeln und nickte. Wir fuhren Richtung Bülowstraße. «Leider habe ich keine Neuigkeiten für Sie», sagte ich, eine ernste Miene aufsetzend, und versuchte, mich statt auf ihre Schenkel auf die Straße zu konzentrieren.

«Nein, das habe ich auch nicht erwartet», sagte sie teilnahmslos. «Es ist fast vier Wochen her, nicht wahr?»

«Geben Sie die Hoffnung nicht auf.»

Ein weiterer Seufzer, ein wenig ungeduldiger. «Sie werden sie nicht finden. Sie ist tot, oder? Warum will das bloß niemand zugeben?»

«Solange ich nichts anderes herausfinde, lebt sie, Frau Steininger.» Ich bog in die Potsdamer Straße ein, und wir schwiegen eine Weile. Dann bemerkte ich, daß sie ihren Kopf schüttelte und schwer atmete wie jemand, der eine Treppe hinaufgestiegen ist.

«Was müssen Sie bloß von mir denken, Herr Kommissar», sagte sie. «Meine Tochter ist verschwunden, wahrscheinlich ermordet und ich werfe mit Geld um mich, als hätte ich keine anderen Sorgen. Sie müssen mich für eine herzlose Frau halten.»

«Ich halte Sie durchaus nicht dafür», sagte ich und fing an ihr zu erzählen, jeder versuche, mit solchen Dingen anders fertig zu werden, und wenn ein bißchen Einkaufen helfe, sie für ein paar Stunden vom Verschwinden ihrer Tochter abzulenken, sei das völlig in Ordnung, und niemand werde sie deswegen tadeln. Ich glaube, ich war recht überzeugend, doch als wir ihre Wohnung in Steglitz erreichten, war Hildegard Steininger in Tränen aufgelöst.

Ich legte die Hand auf ihre Schulter, drückte sie ein bißchen und ließ sie eine Weile gewähren, ehe ich sagte: «Ich würde Ihnen mein Taschentuch anbieten, wenn ich nicht meine belegten Brötchen drin eingewickelt hätte.»

Trotz ihrer Tränen mußte sie lächeln. «Ich habe eins», sagte sie und zog ein Stück Spitzentuch aus ihrem Ärmel. Dann warf sie einen Blick auf mein Taschentuch und lachte. «Es sieht wirklich so aus, als hätten Sie Ihre Brötchen darin eingewickelt.»

Nachdem ich ihr geholfen hatte, ihre Einkäufe nach oben zu tragen, stand ich vor ihrer Wohnungstür, während sie nach ihrem Schlüssel kramte. Dann schloß sie auf, drehte sich um und lächelte anmutig.

«Danke für Ihre Hilfe, Herr Kommissar», sagte sie. «Das war wirklich sehr freundlich von Ihnen.»

«Nicht der Rede wert», sagte ich, dachte aber mitnichten so. Nicht mal eine Einladung auf eine Tasse Kaffee, dachte ich, als ich wieder im Wagen saß. Sie ließ mich den ganzen Weg fahren und bat mich nicht mal herein.

Aber andererseits gibt es eine Menge solcher Frauen, für die Männer bloß Taxifahrer sind, denen man kein Trinkgeld geben muß. Der schwere Duft ihres Bajadi-Parfüms brachte mich auf allerlei komische Gedanken. Manche Männer werden durch das Parfüm einer Frau überhaupt nicht erregt, aber mir geht es direkt unter die Haut. Ich glaube, als ich zwanzig Minuten später im Alex ankam, muß ich jedes Molekül des Duftes dieser Frau aufgesogen haben wie ein Staubsauger.

Ich rief einen Freund an, der bei der Anzeigenagentur Dorland arbeitete. Ich kannte ihn aus dem Krieg.

«Alex, kaufst du immer noch Raum für Anzeigen?»

«Solange die Arbeit nicht von mir verlangt, daß ich mein Hirn anstrengen muß.»

«Es ist immer hübsch, mit einem Mann zu sprechen, der Freude an seiner Arbeit hat.»

«Zum Glück habe ich am Geld noch viel mehr Freude.»

So ging es noch ein paar Minuten weiter, bis ich Alex fragte, ob er ein Exemplar des *Völkischen Beobachters* von heute morgen hätte. Ich nannte ihm die Seite mit Vogelmanns Anzeige.

«Was ist denn das?» sagte er. «Ich kann's nicht glauben, daß es in deinem Gewerbe Leute gibt, die endlich ins Zwanzigste Jahrhundert gestolpert sind.»

«Die Anzeige ist seit einigen Wochen wenigstens zweimal die Woche erschienen», erklärte ich. «Was kostet eine solche Werbeaktion?»

«Bei so vielen Anzeigen gibt es bestimmt irgendeinen Rabatt. Hör mal, überlaß das mir. Ich kenne ein paar Leute beim *Beobachter*. Ich kann's wahrscheinlich für dich rauskriegen.»

«Da wäre ich dir sehr dankbar, Alex.»

«Willst du womöglich selber inserieren?»

«Tut mir leid, Alex, aber es geht um einen Fall.»

«Verstehe. Der Konkurrenz ein bißchen nachschnüffeln, wie?»

«Etwas in der Art.»

Den Rest des Nachmittags verbrachte ich damit, Gestapo-Berichte über Streicher und seine Kumpane vom *Stürmer* zu lesen: über die Affären des Gauleiters mit Anni Seitz und anderen Frauen, die er vor seiner Ehefrau, Kunigunde, verheimlichte; über die Affäre seines Sohnes Lothar mit einem englischen Mädchen namens Mitford, das von adeligem Geblüt war; über die Homosexualität des *Stürmer*-Redakteurs Ernst Hirmer; über die illegalen Aktivitäten des *Stürmer*-Karikaturisten Philipp Rupprecht nach dem Krieg in Argentinien; und über einen Mann namens Fritz Brand, der zur Redaktion gehörte und in Wirklichkeit ein Jude mit dem Namen Jonas Wolk war.

Diese Berichte waren eine fesselnde, gesalzene Lektüre, die ohne Zweifel nach dem Geschmack der *Stürmer*-Anhänger gewesen wäre, doch sie halfen mir nicht dabei, eine Verbindung zwischen Streicher und den Morden herzustellen.

Gegen fünf Uhr rief Sievers zurück und berichtete mir, Vogelmanns Anzeigenaktion koste monatlich etwa drei- bis vierhundert Mark.

«Wann hat er damit angefangen, soviel Mäuse auszugeben?»

«Anfang Juli. Es ist nur, daß er die Mäuse gar nicht ausgibt, Bernie.»

«Erzähl mir bloß nicht, daß er's umsonst kriegt.»

«Nein, jemand bezahlt für ihn die Rechnung.»

«Wirklich? Wer?»

«Ja, das ist merkwürdig, Bernie. Kannst du dir einen Grund vorstellen, warum der Lange-Verlag die Anzeigenaktion eines Privatdetektivs bezahlten sollte?»

«Bist du da ganz sicher?»

«Absolut.»

«Das ist sehr interessant, Alex. Ich schulde dir was.»

«Du brauchst mir bloß zu versprechen, daß du zuerst mit mir sprichst, wenn du dich je entschließen solltest, eine Anzeige aufzugeben, klar?»

«Darauf kannst du wetten.»

Ich hängte ein und schlug meinen Terminkalender auf. Meine Rechnung für die Arbeit, die ich im Auftrag Frau Langes erledigt hatte, war seit mindestens einer Woche überfällig. Ich blickte auf meine Uhr und dachte, daß ich dem Feierabendverkehr gerade noch entgehen konnte.

Sie hatten die Maler im Haus in der Herbertstraße, als ich klingelte, und Frau Langes schwarzes Hausmädchen beklagte sich bitter über die Leute, die dauernd kamen und gingen, so daß sie immer auf den

Beinen sein müsse. Das war kaum zu glauben, wenn man sie sah. Sie kam mir noch fetter vor als damals.

«Sie müssen hier in der Diele warten. Ich werde mich erkundigen, ob sie Sie empfangen kann», sagte sie. «In allen anderen Räumen wird tapeziert. Rühren Sie, um Himmels willen, nichts an.» Sie zuckte zusammen, als ein gewaltiges Krachen durch das leere Haus hallte, murmelte etwas von Männern in schmutzigen Arbeitsanzügen, die das ganze Haus zertrümmerten, und eilte fort, um ihre Herrin aufzusuchen, während ich zurückblieb und mit meinen Absätzen auf dem Marmorfußboden klickte.

Es schien vernünftig, daß sie dieses Haus neu tapezierten. Vermutlich wurde es jedes Jahr gemacht, anstelle des Frühjahrsputzes. Ich fuhr mit der Hand über die Art-deco-Bronze eines springenden Lachses, welche die Mitte eines großen runden Tisches zierte. Ich hätte an der fühlbaren Glätte des Stückes meine Freude gehabt, wäre es nicht mit Staub bedeckt gewesen. Ich drehte mich grinsend um, als das schwarze Fäßchen wieder in die Diele gewatschelt kam. Sie grinste mich ebenfalls an und blickte dann böse auf meine Füße.

«Sehen Sie, was Ihre Schuhe meinem sauberen Boden angetan haben?» sagte sie und zeigte auf zahlreiche schwarze Spuren, die meine Absätze hinterlassen hatten.

Ich flötete mit gespielter Harmlosigkeit: «Vielleicht können Sie Frau Lange überreden, einen neuen Fußbodenbelag zu kaufen.» Ich war sicher, daß sie insgeheim fluchte, ehe sie mir sagte, ich solle ihr folgen.

Wir schritten durch denselben Korridor, der nach zweimaligem Anstrich etwas weniger düster war, zur Flügeltür des Wohnzimmer-Büros. Frau Lange, ihr Doppelkinn und ihr Hund erwarteten mich auf derselben Chaiselongue, außer daß diese jetzt mit einem Stoff bezogen war, dessen Farbe dem Auge nur wohltat, wenn man ein Sandkorn drinhatte, auf das man sich konzentrieren konnte. Jede Menge Geld ist noch keine Garantie für guten Geschmack, doch es kann sein Fehlen um so krasser sichtbar machen. «Haben Sie kein Telefon?» posaunte sie durch ihren Zigarettenqualm wie ein Nebelhorn. Ich hörte sie gickern, als sie hinzufügte: «Ich glaube, Sie müssen mal so was wie ein Schuldeneintreiber gewesen sein.» Doch als ihr aufging, was sie gesagt hatte, schlug sie sich gegen eine ihrer Hängebacken.

«O Gott, ich habe Ihre Rechnung nicht bezahlt, nicht wahr?» Sie lachte wieder und stand auf. «Das tut mir ganz schrecklich leid.»

«Das ist schon in Ordnung», sagte ich und sah ihr zu, wie sie zum Schreibtisch ging und ihr Scheckbuch herausnahm.

«Und ich habe mich bei Ihnen noch gar nicht richtig für die zügige Art bedankt, mit der Sie die Sache geregelt haben. Ich habe allen meinen Freunden erzählt, wie gut Sie sind.» Sie reichte mir den Scheck. «Ich habe eine kleine Prämie hinzugefügt. Ich kann Ihnen gar nicht sagen, wie erleichtert ich war, mit diesem schrecklichen Mann fertig zu sein. In Ihrem Brief schrieben Sie, wie es scheine, habe er sich erhängt, Herr Gunther. Hat jemandem die Mühe erspart, wie?» Sie lachte abermals laut, wie eine Laienschauspielerin, die bei ihrer Darbietung allzu sehr übertreibt, damit sie überzeugend wirkt. Auch ihre Zähne waren falsch.

«So kann man's auch sehen», sagte ich. Ich sah keinen Grund, ihr von meinem Verdacht zu erzählen, daß Heydrich Klaus Hering hatte umbringen lassen mit dem Ziel, mich wieder in den Schoß der Kripo zu befördern. Klienten halten nicht viel von vagen Vermutungen. Ich mag sie selber nicht.

In diesem Augenblick fiel ihr ein, daß ihr Fall rein zufällig auch das Leben von Bruno Stahlecker gekostet hatte. Sie unterdrückte ihr Lachen, bequemte sich zu einem ernsteren Gesichtsausdruck und begann ihrem Mitgefühl Worte zu verleihen. Das erstreckte sich auch auf ihr Scheckbuch. Einen Augenblick dachte ich daran, etwas Hochtrabendes über die Berufsrisiken zu sagen, aber dann fiel mir Brunos Witwe ein, und ich ließ sie zu Ende schreiben.

«Sehr großzügig», sagte ich. «Ich werde dafür sorgen, daß seine Angehörigen es bekommen.»

«Bitte tun Sie das», sagte sie. «Und wenn ich sonst noch etwas für Sie tun kann, lassen Sie es mich wissen, ja?»

Ich nickte.

«Es gibt da etwas, das Sie für mich tun können, Herr Gunther», sagte sie. «Da sind noch die Briefe, die ich Ihnen gab. Mein Sohn fragte, ob man ihm diese wenigen letzten Briefe zurückerstatten könne.»

«Ja, natürlich. Ich habe es vergessen.» Aber was hatte sie gesagt? War es möglich, daß sie meinte, die Briefe, die sich immer noch in meinem Büro bei den Akten befanden, seien die einzigen noch vorhandenen Briefe? Oder meinte sie, daß Reinhard Lange die übrigen bereits besaß? Wenn ja, wie war er in deren Besitz gelangt? Als ich Herings Wohnung durchsuchte, war es mir nicht gelungen, weitere Briefe zu finden. Was war aus ihnen geworden?»

«Ich werde sie selber vorbeibringen», sagte ich. «Wie schön, daß er die restlichen unversehrt zurückbekommen hat.»

«Ja, nicht wahr?»

So war das also. Er hatte sie.

Ich ging langsam zur Tür. «Gut, ich mache mich wieder auf den Weg, Frau Lange.» Ich wedelte mit den beiden Schecks und verstaute sie dann in meiner Brieftasche. «Danke für Ihre Großzügigkeit.»

«Aber ich bitte Sie!»

Ich runzelte die Stirn, als sei mir gerade etwas eingefallen. «Es gibt da etwas, das mich verwirrt», sagte ich. «Etwas, was ich Sie fragen wollte. Welches Interesse hat Ihre Firma an der Detektei Rolf Vogelmann?»

«Rolf Vogelmann?» wiederholte sie gequält.

«Ja. Wissen Sie, ich erfuhr durch Zufall, daß der Lange-Verlag seit Anfang Juli dieses Jahres für eine Anzeigenaktion von Rolf Vogelmann aufkommt. Ich habe mich bloß gewundert, warum Sie mich verpflichtet haben, wo es doch viel sinnvoller gewesen wäre, ihn anzuheuern.»

Frau Lange blickte mich verständnislos an und schüttelte den Kopf.

«Ich habe leider nicht die geringste Ahnung.»

Ich zuckte die Achseln und gestattete mir ein kleines Lächeln. «Nun ja, wie ich sage, es hat mich bloß verblüfft, das ist alles. Nichts von Bedeutung. Unterzeichnen Sie alle Firmenschecks, Frau Lange? Ich meine, ich habe mich bloß gefragt, ob Ihr Sohn das vielleicht aus eigenem Antrieb getan haben könnte, ohne Sie zu informieren. So wie er die Zeitschrift gekauft hat, von der Sie mir erzählten. Wie hieß sie doch gleich? *Urania*.»

Frau Lange wurde sichtlich verlegen, und ihr Gesicht rötete sich. Sie schluckte heftig, bevor sie antwortete.

«Reinhard besitzt die Vollmacht für ein begrenztes Bankkonto, das dazu bestimmt ist, seine Unkosten als Verlagsdirektor zu decken. Trotzdem bin ich außerstande, zu erklären, was es mit diesem Vogelmann auf sich hat, Herr Gunther.»

«Nun ja, vielleicht hat er die Astrologie satt. Vielleicht hat er beschlossen, selber Privatdetektiv zu werden. Um die Wahrheit zu sagen, Frau Lange, es gibt Zeiten, in denen ein Horoskop eine ebenso gute Methode ist, etwas herauszufinden wie jede andere.»

«Ich werde nicht versäumen, Reinhard danach zu fragen, wenn ich ihn das nächste Mal sehe. Ich bin Ihnen für die Information sehr verbunden. Würde es hnen etwas ausmachen, mir zu sagen, woher Sie sie haben?»

«Die Information? Tut mir leid, ich habe es mir zur strengen Regel gemacht, niemals Diskretion und Vertraulichkeit zu verletzen. Ich bin sicher, Sie verstehen das.»

Sie nickte knapp und wünschte mir guten Abend.

In der Halle ereiferte sich das schwarze Fäßchen noch immer über ihren Fußboden.

«Wissen Sie, was ich Ihnen empfehle?» sagte ich.

«Was?» fragte sie träge.

«Ich denke, Sie sollten Frau Langes Sohn in seiner Redaktion anrufen. Vielleicht kann er sich einen Zauberspruch ausdenken, der diese Flecken vertilgt.»

17.
Freitag, 21. Oktober

Als ich Hildegard Steininger den Vorschlag machte, war sie zuerst alles andere als begeistert.

«Damit ich Sie recht verstehe: Sie wollen sich als mein Ehemann ausgeben?»

«Stimmt.»

«Erstens ist mein Mann tot. Und zweitens sehen Sie ihm überhaupt nicht ähnlich, Herr Kommissar.»

«Erstens rechne ich damit, daß dieser Mann nichts vom Tod des richtigen Herrn Steininger weiß. Und zweitens glaube ich, daß er genausowenig Ahnung hat, wie Ihr Gatte ausgesehen hat, wie ich.»

«Wer ist dieser Rolf Vogelmann überhaupt?»

«Eine Ermittlung wie diese ist nichts anderes als eine Suche nach einem Muster, nach einem gemeinsamen Faktor. Hier besteht der gemeinsame Faktor darin, daß Vogelmann von den Eltern zweier anderer Mädchen angeheuert wurde, wie wir herausgefunden haben.»

«Zwei andere Opfer, meinen Sie», sagte sie. «Hören Sie, ich weiß, daß andere Mädchen verschwunden und dann ermordet aufgefunden worden sind. Es mag darüber vielleicht nichts in den Zeitungen stehen, aber man hört dauernd davon.»

«Also, zwei andere Opfer», räumte ich ein.

«Aber das ist gewiß bloß ein Zufall. Sehen Sie, ich kann Ihnen sagen, daß ich selber daran gedacht habe, jemanden dafür zu bezahlen, daß er meine Tochter sucht. Schließlich haben Sie noch immer keine Spur von ihr, oder?»

«Das ist wahr. Aber es könnte mehr als bloß ein Zufall sein. Und das möchte ich gern herausfinden.»

«Angenommen, er ist in die Sache verwickelt. Was hofft er, dabei zu gewinnen?»

«Wir sprechen hier nicht unbedingt von einer klar denkenden Person. Also wissen wir nicht, ob Gewinn in diesem Komplex eine Rolle spielt.»

«Also, das alles kommt mir sehr fragwürdig vor», sagte sie. «Wie nahm er, zum Beispiel, Kontakt mit diesen beiden Familien auf?»

«Überhaupt nicht. Sie nahmen Kontakt mit ihm auf, nachdem sie seine Zeitungsannoncen gelesen hatten.»

«Beweist das nicht, daß er, wenn er ein gemeinsamer Faktor ist, dies ohne eigenes Zutun ist?»

«Vielleicht will er einfach, daß es so aussieht. Ich weiß es nicht. Trotzdem möchte ich mehr herauskriegen, und sei es nur so viel, um ihn ausscheiden zu können.»

Sie schlug ihre langen Beine übereinander und zündete sich eine Zigarette an.

«Werden Sie es tun?»

«Beantworten Sie mir zuerst bloß eine Frage, Herr Kommissar. Und ich wünsche eine ehrliche Antwort. Ich habe alle diese Ausreden satt. Glauben Sie, daß Emmeline noch am Leben sein kann?»

Ich seufzte und schüttelte den Kopf. «Ich glaube, daß sie tot ist.»

«Dann bin ich einverstanden.»

Als wir dann im Wartezimmer von Vogelmanns Büro in der Nürnberger Straße saßen, unter den Augen seiner älteren Sekretärin, spielte Hildegard Steininger die Rolle der besorgten Ehefrau perfekt, hielt meine Hand und warf mir von Zeit zu Zeit ein Lächeln jener Art zu, das normalerweise für einen Mann bestimmt ist, den man liebt. Sie trug sogar ihren Trauring. Ich ebenfalls. Es war ein merkwürdiges Gefühl, und nach so vielen Jahren saß er eng an meinem Finger. Ich hatte Seife gebraucht, um ihn überzustreifen.

Durch die Wand konnten wir jemanden Klavier spielen hören.

«Nebenan ist eine Musikschule», erklärte Vogelmanns Sekretärin. Sie lächelte freundlich und fügte hinzu: «Er wird Sie nicht sehr lange warten lassen.» Fünf Minuten später wurden wir in sein Büro gebeten.

Nach meiner Erfahrung ist der Privatdetektiv anfällig für verschiedene allgemeine Leiden: Plattfüße, Krampfadern, Hohlkreuz, Trunksucht und, Gott bewahre, Geschlechtskrankheit; aber keines dieser Gebrechen, Tripper vielleicht ausgenommen, wird vermutlich den Eindruck, den er auf einen möglichen Klienten macht, ungünstig beeinflussen. Es gibt jedoch ein Leiden, wenn auch ein geringfügiges, das einen Klienten, wenn er es bei einem Schnüffler antrifft, nachdenklich machen sollte, und das ist Kurzsichtigkeit. Wenn Sie willens sind, einem Mann fünfzig Mark pro Tag zu zahlen, damit er Ihre verschwundene Großmutter findet, wollen Sie wenigstens sichergehen, daß der Mann, den Sie für diese Arbeit anheuern, über ein ausreichendes Adlerauge verfügt, seine eigenen Manschettenknöpfe zu finden. Brillengläser, so dick wie Flaschenglas, wie sie Rolf Vogelmann trug, müssen folglich als schlecht fürs Geschäft angesehen werden.

Andererseits braucht Häßlichkeit, wenn sie nicht gerade in einer besonderen, auffälligen Entstelltheit besteht, kein beruflicher Nachteil zu sein, und darum war Vogelmann, der ingesamt einen wenig erfreulichen Anblick bot, vermutlich in der Lage, sich seinen Lebensunterhalt irgendwie zusammenzupicken. Ich sage «picken», und ich wähle meine Worte mit Bedacht, weil er mit seinem ungebärdigen Kamm lockiger roter Haare, seinem breiten Zinken und seinem großen Brustharnisch einer Art von prähistorischem Hahn anzugehören schien, die sich selber liebend gern ausgerottet hätte.

Seine Hose bis zur Brust hochziehend, schritt Vogelmann auf großen Polizistenfüßen um seinen Schreibtisch, um uns die Hände zu schütteln. Er ging, als sei er gerade von einem Fahrrad abgestiegen.

«Rolf Vogelmann. Erfreut, Ihre Bekanntschaft zu machen», sagte er mit einer hohen, gepreßten Stimme und mit starkem Berliner Akzent.

«Steininger», sagte ich. «Und dies ist meine Frau Hildegard.» Vogelmann deutete auf zwei Lehnsessel, die vor einem großen Schreibtisch aufgebaut waren, und ich hörte seine Schuhe knarren, als er uns über den Vorleger folgte. Das Zimmer war nicht gerade üppig möbliert. Ein Garderobenständer, ein Servierwagen, ein langes, mitgenommen aussehendes Sofa und dahinter an der Wand ein Tisch mit zwei Lampen und ein paar Bücherstapeln.

«Reizend von Ihnen, uns so rasch zu empfangen», sagte Hildegard huldvoll.

Vogelmann nahm Platz und sah uns an. Obwohl ein Meter Tischplatte zwischen uns lag, konnte ich einen Atem riechen, der Milch hätte sauer machen können.

«Nun, als Ihr Jatte erwähnte, daß Ihre Tochter vaschwunden sei, ha' ick natürlich anjenommen, es wär' eilig.» Er glättete mit der flachen Hand ein Blatt Papier und zückte einen Bleistift.

«Also, wann jenau isse denn vaschwunden?»

«Donnerstag, 22. September», sagte ich. «Sie war auf dem Weg zur Tanzstunde in Potsdam – wir wohnen in Steglitz – und verließ das Haus an jenem Abend um sieben Uhr. Der Unterricht sollte um acht Uhr beginnen, aber sie kam nie dort an.» Hildegards Hand griff nach der meinen, und ich drückte sie tröstend.

Vogelmann nickte. «Also isses fast 'n Monat her», sagte er nachdenklich. «Und die Polizei?»

«Die Polizei?» sagte ich grimmig. «Die Polizei tut nichts. Wir hören nichts. Nichts steht in den Zeitungen. Und doch hört man Gerüchte, daß andere Mädchen in Emmelines Alter ebenfalls verschwunden sein sollen.» Ich hielt inne. «Und daß sie ermordet worden seien.»

«Das is so gut wie sicha der Fall», sagte er, an seiner billigen Wollkrawatte zupfend. «Der offizielle Jrund, daß de Presse über diese verschwund'nen Mädchen und Morde nich berichten darf, is, daß de Polizei 'ne Panik vermeiden will. Außerdem wollnse die ganzen Spinner nich ermutijen, die so ein Fall jewöhnlich aufn Plan ruft. Aber der wirkliche Jrund is, daß ihnen ihre eijene fortdauernde Unfähigkeit peinlich is, dasse diesen Mann nich schnappen.»

Ich spürte, daß Hildegard meine Hand fester drückte.

«Herr Vogelmann», sagte sie, «daß man nicht weiß, was ihr zugestoßen ist, das ist so schwer zu ertragen. Wenn wir doch nur wüßten, ob...»

«Ick vastehe, Frau Steininger.» Er blickte mich an. «Darf ick also daraus schließen, Sie wünschen, daß ich versuche, sie zu finden?»

«Würden Sie das tun, Herr Vogelmann?» sagte ich. «Wir haben Ihre Anzeige im *Beobachter* gesehen, und, wirklich, Sie sind unsere letzte Hoffnung. Wir können es nicht länger ertragen, dazusitzen und darauf zu warten, daß etwas passiert. Nicht wahr, Liebling?»

«Ja, wirklich.»

«Haben Sie ein Foto Ihrer Tochter?»

Hildegard öffnete ihre Handtasche und reichte ihm einen Abzug des Fotos, das sie damals Deubel gegeben hatte.

Vogelmann betrachtete es nachdenklich. «Hübsch. Wie fuhr sie nach Potsdam?»

«Mit dem Zug.»

«Und Sie jlooben, daß sie irgendwo zwischen Ihrer Wohnung in Steglitz und der Tanzschule verschwunden sein muß, richtig?» Ich nickte. «Gab's zu Hause Probleme?»

«Keine», sagte Hildegard entschieden.

«Vielleicht in der Schule?»

Wir schüttelten die Köpfe, und Vogelmann machte sich Notizen.

«Jungens?»

Ich warf Hildegard einen Blick von der Seite zu.

«Ich glaube nicht», sagte sie. «Ich habe ihr Zimmer durchsucht, und nichts deutete darauf hin, daß sie Umgang mit Jungens gehabt haben könnte.»

Vogelmann nickte grämlich und bekam dann einen kurzen Hustenanfall, für den er sich, durch sein Taschentuch keuchend, entschuldigte und nach dem sein Gesicht ebenso rot war wie sein Haar.

«Nach vier Wochen werden Se jewiß bei allen ihren Bekannten und Schulfreunden nachjefragt haben, obse sich dort hat blicken lassen.» Er wischte sich mit dem Taschentuch den Mund.

«Natürlich», sagte Hildegard frostig.

«Wir haben überall gefragt», sagte ich. «Ich habe jeden Meter des Fahrtweges nach ihr abgesucht und nichts gefunden.» Das war beinahe wörtlich wahr.

«Was trug sie, als sie verschwand?»

Hildegard beschrieb ihre Kleidung.

«Hatte sie Geld bei sich?»

«Ein paar Mark. Ihr Erspartes hatte sie nicht angerührt.»

«In Ordnung. Ick will mich umhören und sehen, was ick herausfinden kann. Sie geben mir am besten Ihre Adresse.»

Ich diktierte sie ihm und fügte die Telefonnummer hinzu. Als er alles aufgeschrieben hatte, stand er auf, krümmte ächzend seinen Rücken und ging dann, die Hände tief in den Hosentaschen vergraben, ein wenig auf und ab wie ein verlegener Schuljunge. Ich schätzte ihn jetzt auf nicht älter als vierzig.

«Jehn Se nach Hause und warten Se, bis Se etwas von mir hören. Ick werd ma in zwei Tagen bei Ihnen melden, oder früher, falls ick wat finde.»

Wir standen auf, um zu gehen.

«Wie stehen die Chancen nach Ihrer Meinung, sie lebend zu finden?» fragte Hildegard.

Er zuckte trübe die Achseln. «Ick muß zujeben, daß sie nich jut sind. Aber ick werde mein Bestes tun.»

«Was werden Sie als erstes unternehmen?» fragte ich neugierig. Er zupfte abermals an seinem Schlipsknoten und reckte seinen Adamsapfel über den Kragenknopf. Ich hielt den Atem an, als er sich mir zuwandte.

«Also: Ick werde damit anfangen, daß ick vom Foto Ihra Tochta 'n paar Abzüge machen lasse. Und dann werd' ick se in Umlauf setzen. Jibt 'ne Menge Ausreißer in dieser Stadt, wissense. Et jibt 'n paar Kinder, die machen sich nich sovielle ausse Hitlerjugend und sowat. Ick werde in diese' Richtung suchen, Herr Steininger.» Er legte mir die Hand auf die Schulter und begleitete uns zur Tür.

«Wir danken Ihnen», sagte Hildegard. «Sie waren sehr freundlich, Herr Vogelmann.»

Ich lächelte und nickte höflich. Er verbeugte sich, und als Hildegard vor mir aus der Tür ging, sah ich, daß er ihre Beine beäugte. Ich konnte es ihm nicht verübeln. In ihrem beigefarbenen Woll-Bolero, der gepunkteten Foulardbluse und dem burgunderfarbenen Wollrock sah sie so aus, als wäre sie es wert, ein Jahr lang Kriegsreparationen für sie zu zahlen. Selbst nur so zu tun, als sei man mit ihr verheiratet, war ein angenehmes Gefühl. Ich schüttelte Vogelmann die Hand, folgte Hildegard nach draußen und dachte insgeheim, daß ich sie, wäre ich wirklich ihr Ehemann, nach Hause fahren, sie ausziehen und mit ihr ins Bett gehen würde.

Es war ein erstklassiger erotischer Tagtraum aus Seide und Spitze, den ich für mich beschwor, als wir Vogelmanns Büro verließen und auf die Straße traten. Hildegards erotische Ausstrahlung war erheblich durchschlagender als die verschwommenen Wunschträume von hüpfenden Brüsten und Pobacken.

Ich wußte freilich, daß es meiner kleinen Gatten-Phantasie an Wahrscheinlichkeit mangelte, weil der wirkliche Herr Steininger, wenn er noch lebte, seine schöne junge Frau höchstwahrscheinlich nach Hause gefahren und dort nichts Aufreizenderes erwartet hätte als eine Tasse frischen Kaffees, ehe er wieder in die Bank zurückkehrte, in der er arbeitete. Tatsache ist ganz einfach, daß ein Mann, der allein aufwacht, ebenso sicher an eine Frau denken wird wie ein Mann mit einer Frau neben sich an das Frühstück.

«Also, was halten Sie von ihm?» fragte sie, als wir im Auto nach Steglitz zurückfuhren. «Ich denke, er war nicht so übel, wie er aussah. Im Grunde war er recht sympathisch, wirklich. Ganz bestimmt nicht schlimmer als Ihre Männer, Kommissar. Ich weiß nicht, warum wir uns die Mühe gemacht haben.»

Ich ließ sie eine oder zwei Minuten weiterreden.

«Es kam Ihnen also völlig normal vor, daß er so viele naheliegende Fragen nicht stellte?»

Sie seufzte. «Zum Beispiel welche?»

«Er hat sein Honorar mit keinem Wort erwähnt.»

«Ich würde sagen, er wäre gewiß darauf zu sprechen gekommen, wenn er das Gefühl gehabt hätte, wir könnten es uns nicht leisten. Und, bei der Gelegenheit, erwarten Sie nicht, daß ich die Kosten für Ihr kleines Experiment übernehme.»

Ich sagte ihr, die Kripo werde alles bezahlen.

Als ich den dunkelgelben Karren eines Zigarettenverkäufers sah, hielt ich an und stieg aus. Ich kaufte zwei Päckchen und warf eines ins Handschuhfach. Ich klopfte zwei Zigaretten heraus und gab uns Feuer.

«Kam es Ihnen nicht merkwürdig vor, daß er es ebenso versäumte, nach Emmelines Alter zu fragen, nach dem Namen ihrer Schule, dem Namen des Tanzlehrers, dem Namen der Firma, bei der ich arbeite und so weiter?»

Sie stieß den Rauch durch beide Nasenlöcher aus wie ein zorniger Stier. «Nicht besonders», antwortete sie. «Erst jetzt, wo Sie es erwähnen.» Sie schlug gegen das Armaturenbrett und fluchte. «Aber was wäre gewesen, wenn er nach dem Namen von Emmelines Schule gefragt hätte? Was hätten Sie gemacht, wenn er dort aufgetaucht wäre und entdeckt hätte, daß mein wirklicher Ehemann tot ist? Das möchte ich gern wissen.»

«Er hätte es nicht getan.»

«Sie scheinen sich Ihrer Sache sehr sicher zu sein. Woher wollen Sie das wissen?»

«Weil ich weiß, wie Privatdetektive vorgehen. Sie tauchen nicht gern unmittelbar nach der Polizei auf und stellen dieselben Fragen. Gewöhnlich gehen sie von der anderen Seite an die Dinge heran. Stöbern ein bißchen herum, bevor sie loslegen.»

«Sie glauben also, daß dieser Rolf Vogelmann verdächtig ist?»

«Ja, verdächtig genug, daß es gerechtfertigt ist, einen Mann abzustellen, der ein Auge auf sein Büro hat.»

Sie fluchte wieder, dieses Mal ein bißchen kräftiger.

«Das ist das zweite Mal», sagte ich. «Was ist mit Ihnen los?»

«Warum sollte mit mir was los sein? Nein, wirklich nicht. Alleinstehende Damen haben nichts dagegen, Leuten, die die Polizei für verdächtig hält, ihre Adressen und Telefonnummern zu geben. Das ist es, was das Alleinleben so aufregend macht. Meine Tochter ist verschwunden, wahrscheinlich ermordet, und nun muß ich mir Sorgen machen, daß dieser entsetzliche Mann eines Abends aufkreuzt, um ein bißchen mit mir über sie zu plaudern.» Sie war so wütend, daß sie fast den Tabak aus ihrer Zigarette saugte. Aber als wir dieses Mal in der Lepsiusstraße ankamen, bat sie mich immerhin herein.

Ich setzte mich auf das Sofa und hörte, wie sie im Badezimmer urinierte. Es kam mir seltsam vor und schien nicht zu ihr zu passen, daß sie in diesem Fall überhaupt nicht befangen war. Vielleicht war es ihr egal, ob ich es hörte oder nicht. Ich bin nicht sicher, ob sie sich überhaupt die Mühe gemacht hatte, die Badezimmertür zu schließen.

Als sie ins Zimmer zurückkam, bat sie mich gebieterisch um eine Zigarette. Mich vorbeugend, wedelte ich damit vor ihr herum, und sie riß sie mir aus den Fingern. Sie entzündete sie mit dem Tischfeuerzeug und paffte wie ein Grenadier im Schützengraben. Ich sah ihr mit Interesse zu, als sie vor mir auf und ab marschierte, das wahre Ebenbild elterlicher Sorge. Ich nahm mir ebenfalls eine Zigarette und zog ein Heftchen mit Streichhölzern aus meiner Westentasche. Hildegard starrte mich finster an, als ich meinen Kopf über die Flamme beugte.

«Ich dachte, von Detektiven erwartet man, daß sie Streichhölzer mit dem Daumennagel anzünden können.»

«Das machen bloß die von der leichtsinnigen Sorte, die nicht für eine Maniküre fünf Mark bezahlen.»

Ich erriet, daß ihr etwas im Kopf herumging, doch was das sein mochte, war mir ebenso rätselhaft wie Hitlers Vorliebe für Teppiche. Ich betrachtete sie noch einmal genau.

Sie war groß gewachsen – größer als der durchschnittliche Mann und Anfang Dreißig, jedoch mit den X-Beinen und einwärts gebogenen Zehen einer Fünfzehnjährigen. Von einer vollen Brust konnte man nicht gerade sprechen und schon gar nicht von einem prallen Hinterteil. Die Nase war vielleicht ein bißchen zu breit, die Lippen eine Spur zu voll, und die kornblumenblauen Augen standen vielleicht ein wenig zu dicht beisammen; sie hatte gewiß nichts Aufreizendes an sich, ausgenommen vielleicht ihr Temperament. Aber an ihrer langgliedrigen Schönheit war nicht zu zweifeln, die mit der Rasse der schnellsten Stutenfohlen in Hoppegarten etwas gemeinsam hatte. Wahrscheinlich war sie ebenso schwer zu zügeln; und wenn es dir je gelang, in den Sattel zu steigen, konntest du nicht viel mehr tun als darauf zu hoffen, bis ins Ziel oben zu bleiben.

«Können Sie denn nicht verstehen, daß ich mich fürchte?» sagte sie und stampfte mit dem Fuß auf das glänzende Parkett. «Ich will jetzt nicht allein bleiben.»

«Wo ist Ihr Sohn Paul?»

«Er ist in sein Internat zurückgekehrt. Außerdem ist er erst zehn, also wüßte ich nicht, wie er mir eine Hilfe sein könnte, oder?» Sie ließ sich neben mich auf das Sofa fallen.

«Nun, es würde mir nichts ausmachen, ein paar Nächte in diesem Zimmer zu schlafen», sagte ich, «wenn Sie wirklich solche Angst haben.»

«Würden Sie das tun?» fragte sie glücklich.

«Sicher», sagte ich und gratulierte mir insgeheim. «Es wäre mir ein Vergnügen.»

«Ich will nicht, daß Sie es als Vergnügen ansehen», sagte sie mit einem unmerklichen Lächeln. «Ich will, daß Sie es als Ihre Pflicht betrachten.»

Einen Augenblick vergaß ich fast, warum ich hier war. Vielleicht habe ich sogar gedacht, auch sie hätte es vergessen. Erst als ich die Träne in ihrem Augenwinkel sah, begriff ich, daß sie wirklich Angst hatte.

18.
Mittwoch, 26. Oktober

«Ich kapier's nicht», sagte Korsch. «Was ist mit Streicher und seiner Bande? Ermitteln wir noch gegen sie oder nicht?»

«Ja», sagte ich. «Aber bis die Gestapo-Überwachung etwas für uns Interessantes erbringt, gibt es nicht viel, was wir in dieser Richtung tun können.»

«Darf ich fragen, was wir hier tun sollen, während Sie sich um die Witwe kümmern?» sagte Becker, der kurz davor war, sich ein Lächeln zu erlauben, das mich hätte verärgern können. «Das heißt, abgesehen vom Überprüfen der Gestapo-Berichte.»

Ich beschloß, auf diese Spitze nicht zu empfindlich zu reagieren. Das wäre an sich schon verdächtig gewesen.

«Korsch», sagte ich, «ich möchte, daß Sie die Gestapo-Ermittlung im Auge behalten. Da fällt mir ein, wie kommt unser Mann mit Vogelmann voran?»

Er schüttelte den Kopf. «Da gibt's nicht viel zu berichten, Kommissar. Dieser Vogelmann setzt kaum einen Fuß aus seinem Büro. Kein toller Detektiv, wenn Sie mich fragen.»

«Sieht wirklich nicht so aus», sagte ich. «Becker, ich möchte, daß Sie mir ein Mädchen besorgen.» Er grinste und blickte auf seine Schuhspitzen. «Das sollte Ihnen nicht allzu schwerfallen.»

«Eine bestimmte Art von Mädchen, Kommissar?»

«Ungefähr fünfzehn oder sechzehn, blond, blaue Augen, BDM», sagte ich und, um ihm auf die Sprünge zu helfen, «am liebsten eine Jungfrau.»

«Das Letztere dürfte ein bißchen schwierig sein, Kommissar.»

«Sie muß sehr gute Nerven haben.»

«Haben Sie vor, das Mädchen als Lockvogel einzusetzen, Kommissar?»

«Ich glaube, das ist immer die beste Methode gewesen, Tiger zu jagen.»

«Aber manchmal wird die Ziege dabei getötet, Kommissar», sagte Korsch.

«Wie ich schon sagte, dieses Mädchen wird Courage haben müssen. Ich will, daß sie soviel wie möglich über den Mann weiß. Wenn sie schon ihr Leben riskiert, dann sollte sie auch wissen, warum.»

«Wo wollen wir die Sache stattfinden lassen?» fragte Becker.

«Das werden Sie mir sagen. Denken Sie sich ein paar Orte aus, wo sie unserem Mann auffallen könnte. Einen Ort, wo wir sie im Auge behalten können, ohne selbst gesehen zu werden.» Korsch runzelte die Stirn. «Was bedrückt Sie?»

Er schüttelte den Kopf und empfand offenbar Widerwillen: «Es gefällt mir nicht, Kommissar. Ein junges Mädchen als Köder zu benutzen, ist unmenschlich.»

«Was sollten wir nach Ihrer Meinung benutzen? Ein Stück Käse?»

«Eine Hauptstraße müßte es sein», sagte Becker laut denkend.

«Irgendwas wie der Hohenzollerndamm, aber mit mehr Autos, um unsere Chancen zu verbessern, ihn zu sehen.»

«Ehrlich, Kommissar, finden Sie das nicht ein bißchen riskant.»

«Natürlich ist es das. Aber was wissen wir wirklich über diesen Hundesohn? Er fährt einen Wagen, er trägt eine Uniform, er spricht mit österreichischem oder bayerischem Akzent. Darüber hinaus ist alles bloß Vermutung. Ich muß Sie beide wohl nicht daran erinnern, daß uns die Zeit davonläuft. Daß Heydrich mir weniger als vier Wochen gegeben hat, diesen Fall zu lösen. Also müssen wir unserem

Mann auf den Pelz rücken, und zwar schnell. Die einzige Möglichkeit ist, die Initiative zu ergreifen, das nächste Opfer für ihn auszusuchen.»

«Aber es könnte ewig dauern», sagte Korsch.

«Ich habe nicht gesagt, daß es einfach wird. Du jagst einen Tiger und findest dich schließlich schlafend auf einem Baum wieder.»

«Was ist mit dem Mädchen?» fuhr Korsch fort. «Sie haben doch wohl nicht vor, sie Tag und Nacht loszuschicken, oder?»

«Sie kann es nachmittags machen», sagte Becker. «Am Nachmittag und am frühen Abend. Nicht in der Dunkelheit, damit wir sicher sein können, daß er sie sieht und wir ihn.»

«Sie haben es begriffen.»

«Aber wie paßt Vogelmann da rein?»

«Ich weiß es nicht. Ein Gefühl in der Magengrube, das ist alles. Vielleicht ist es nichts, aber ich will es einfach genau wissen.»

Becker lächelte. «Ein Polyp muß hin und wieder auf sein Gefühl vertrauen», sagte er.

Ich erkannte meine eigene lahme Phrase wieder. «Aus Ihnen werden wir noch einen Detektiv machen», sagte ich.

Sie hörte sich ihre Schallplatten von Gigli mit der Gier eines Menschen an, der kurz davor steht, taub zu werden, und sie machte und erwartete nicht mehr Konversation als ein Fahrkartenkontrolleur. Inzwischen hatte ich begriffen, daß Hildegard ungefähr so zurückhaltend war wie ein Füllfederhalter, und ich stellte mir vor, daß sie vermutlich einen Typ von Mann bevorzugte, der nach seiner eigenen Einschätzung nicht mehr war als ein leeres Blatt Schreibpapier. Und doch, gleichsam ihrem Verhalten zum Trotz, fand ich sie weiterhin anziehend. Für meinen Geschmack war sie zu sehr um die Tönung ihres feinen blonden Haares, die Länge ihrer Fingernägel und um den Zustand ihrer Zähne besorgt, die sie ständig putzte. Überaus eitel und doppelt selbstsüchtig. Hätte man ihr die Wahl gelassen, entweder sich selber oder jemand anderem zu gefallen, hätte sie gehofft, jedermann glücklich zu machen, wenn sie nur sich selbst gefiel. Daß das eine sich mit ziemlicher Sicherheit aus dem anderen ergeben würde, war für sie so selbstverständlich wie das Zucken eines Knies beim Schlag mit einem Kniehammer.

Es war der sechste Abend, den ich in ihrer Wohnung verbrachte, und sie hatte wie gewöhnlich ein Abendessen zubereitet, das nahezu ungenießbar war.

«Sie müssen das nicht essen», hatte sie gesagt. «Ich war nie eine gute Köchin.»

«Ich war nie ein guter Gast zum Abendessen», hatte ich erwidert und den größten Teil aufgegessen, nicht aus Höflichkeit, sondern weil ich hungrig war und in den Schützengräben gelernt hatte, um meine Ernährung nicht zuviel Wirbel zu machen.

Jetzt schloß sie den Grammophonschrank und gähnte.

«Ich werde zu Bett gehen», sagte sie.

Ich warf das Buch, in dem ich gelesen hatte, zur Seite und sagte, ich würde mich ebenfalls niederlegen.

In Pauls Zimmer verbrachte ich ein paar Minuten damit, die Landkarte von Spanien zu studieren, die der Junge an die Wand geheftet hatte und auf der er das Kriegsglück der Legion Condor festgehalten hatte, ehe ich das Licht löschte. Wie es schien, wollte zur Zeit jeder deutsche Schuljunge Kampfflieger werden. Ich kuschelte mich gerade zurecht, als es an der Tür klopfte. «Darf ich hereinkommen?» fragte sie und stand unschlüssig im Türrahmen. Nackt wie sie war, verharrte sie einen Augenblick, vom Licht aus dem Korridor eingerahmt, wie eine wunderbare Madonna, fast so, als wolle sie mir Zeit geben, die Formen ihres Körpers zu würdigen. Meine Brust wurde eng, meine Hoden spannten sich, als ich sie graziös auf mich zukommen sah.

Während ihr Kopf und ihr Rücken zierlich waren, hatte sie so lange Beine, daß es schien, ein genialer Zeichner habe sie entworfen. Eine Hand bedeckte ihre Scham, und diese kleine scheue Geste erregte mich sehr. Ich gestattete sie ihr eine kurze Zeit, während ich zu den runden glatten Umrissen ihrer Brüste aufblickte. Die Warzen waren schwach ausgeprägt, beinahe unsichtbar, und die Brüste von der Größe makelloser Nektarinen.

Ich beugte mich vor, schob die sittsame Hand weg, umfaßte mit beiden Händen ihre glatte Taille und preßte meinen Mund gegen das glänzende Gespinst, das ihre Scham verbarg. Als ich aufstand, um sie zu küssen, spürte ich ihre drängende Hand zwischen meinen Beinen und zuckte zusammen, als sie zupackte. Der Griff war zu grob, um zurückhaltend, um zart zu sein, so daß ich ihr Gesicht in der ersten Reaktion auf das Bett drückte, ihre kühlen Hinterbacken an mich heranzog und sie in die richtige Stellung knetete. Sie schrie auf, kaum daß ich in ihren Körper eindrang, und ihre langen Schenkel zitterten wunderbar, als wir unsere geräuschvolle Scharade mit all den verschiedenen Auflösungen durchspielten.

Wir schliefen, bis das Morgenlicht durch den dünnen Stoff der Vorhänge sickerte. Ich war vor ihr wach, und der Ausdruck ihres schlafenden Gesichts überraschte mich, denn er war ganz genauso ungerührt wie der beim Aufwachen und veränderte sich kein bißchen, als sie mit ihrem Mund meinen Penis suchte. Und dann drehte sie sich auf den Rücken, schob sich im Bett nach oben, legte ihren Kopf auf das Kissen, ihre Schenkel weit gespreizt, und wieder leckte und küßte ich ihre Scham, bevor ich mit der ganzen Fülle meiner Leidenschaft zustieß und mich in ihren Körper preßte, bis ich glaubte, daß nur noch mein Kopf und meine Schultern unversehrt bleiben würden.

Schließlich, als wir beide völlig ausgepumpt waren, umschlang sie mich und weinte so heftig, daß ich glaubte, sie werde zerschmelzen.

19.
Sonnabend, 19. Oktober

«Ich dachte, die Idee würde Ihnen gefallen.»

«Das weiß ich noch nicht genau. Lassen Sie mir eine Sekunde zum Verdauen.»

«Sie wollen sie doch nicht, auf Teufel komm raus, irgendwo herumhängen lassen. Er wird den Braten nach ein paar Minuten riechen und sich ihr nicht nähern. Es muß ganz natürlich aussehen.»

Ich nickte, ohne wirklich überzeugt zu sein, und versuchte das BDM-Mädchen anzulächeln, das Becker ausfindig gemacht hatte. Sie war außerordentlich hübsch, und ich war nicht sicher, was Becker mehr beeindruckt hatte, ihr Mut oder ihre Brüste.

«Kommen Sie, Kommissar, Sie wissen doch, wie das ist», sagte er. «Diese Mädchen lungern dauernd an den Straßenecken bei diesen Schaukästen vom *Stürmer* herum. Sie kriegen einen billigen Kitzel, wenn sie von jüdischen Ärzten lesen, die sich an hypnotisierten deutschen Jungfrauen zu schaffen machen. Sehen Sie's doch mal so: Es wird sie nicht nur davon abhalten, sich zu langweilen, sondern auch Streicher oder seine Leute, wenn sie in die Sache verwickelt sind, werden wahrscheinlich eher auf sie aufmerksam werden, wenn sie sie vor einem dieser Kästen sehen als irgendwo anders.»

Ich starrte unbehaglich auf den sorgfältig gearbeiteten, rot angestrichenen Kasten, vermutlich von ein paar treuen Lesern gezimmert, auf den schwungvollen Werbespruch *Deutsche Frauen: Die Juden sind Euer Untergang* und die drei Doppelseiten der Zeitschrift, die unter Glas ausgebreitet waren. Es war ein Jammer, daß man ein Mädchen nicht bitten konnte, als Köder zu fungieren, ohne es zugleich dieser Art von Schund auszusetzen.

«Könnte sein, daß Sie recht haben, Becker.»

«Sie wissen, daß ich recht habe. Schauen Sie sie an. Sie liest das Zeug bereits. Ich schwöre, es gefällt ihr.»

«Wie heißt sie?»

«Ulrike.»

Ich ging zu dem Schaukasten hinüber, vor dem sie stand und leise vor sich hin summte.

«Du weißt, was du zu tun hast, Ulrike?» sagte ich ruhig, ohne sie anzublicken, als ich jetzt neben ihr stand, sondern auf die Karikatur von Fips mit dem obligatorischen häßlichen Juden starrte. Niemand kann so aussehen, dachte ich. Die Nase war so groß wie das Maul eines Schafes.

«Ja, Herr Kommissar», sagte sie strahlend.

«Es sind jede Menge Polizisten in der Nähe. Du kannst sie nicht sehen, aber alle beobachten sie dich. Verstanden?» Ich sah ihr Spiegelbild in der Glasscheibe mit dem Kopf nicken. «Du bist ein sehr mutiges Mädchen.»

Darauf begann sie wieder zu singen, bloß lauter, und ich erkannte, daß es das Lied der Hitlerjugend war:

> «Unsre Fahne flattert uns voran,
> unsre Fahne ist die neue Zeit.
> Und die Fahne führt uns in die Ewigkeit!
> Ja, die Fahne ist mehr als der Tod!»

Ich ging zu Becker zurück und stieg in den Wagen.

«Sie ist ein tolles Mädchen, nicht wahr, Kommissar?»

«Das ist sie bestimmt. Und tun Sie mir den Gefallen und lassen Sie Ihre Flossen von ihr, hören Sie?»

Er spielte den Unschuldsengel. «Kommen Sie, Kommissar, Sie glauben doch wohl nicht, daß ich mich an ihr vergreifen würde!» Er klemmte sich hinters Steuer und ließ den Motor an.

«Ich glaube, Sie würden Ihre Urgroßmutter vögeln, falls Sie wirklich meine Meinung hören wollen.» Ich warf einen Blick über die Schulter. «Wo sind Ihre Männer?»

«Wachtmeister Hingsen ist in der ersten Etage dieses Wohnhauses dort», sagte er, «und zwei weitere Männer habe ich auf der Straße. Einer räumt den Friedhof an der Ecke auf, und der andere putzt da drüben die Fenster. Sollte unser Mann auftauchen, haben wir ihn.»

«Wissen die Eltern des Mädchens Bescheid?»

«Ja.»

«Zeugt von ziemlich viel Gemeinsinn, ihr das zu erlauben, meinen Sie nicht auch?»

«Genaugenommen haben Sie's gar nicht erlaubt, Kommissar. Ulrike hat sie davon in Kenntnis gesetzt, sie habe sich für diesen Dienst an Führer und Vaterland freiwillig gemeldet. Sie sagte, es sei unpatriotisch, zu versuchen, sie davon abzuhalten. Also hatten sie eigentlich keine andere Wahl. Sie ist ein sehr kraftvolles Mädchen.»

«Kann ich mir vorstellen.»

«Dazu, nach allem, was man hört, eine hervorragende Schwimmerin. Eine Hoffnung für künftige Olympiaden, meint ihr Lehrer.»

«Na ja, dann wollen wir auf ein bißchen Regen hoffen, für den Fall, daß sie sich schwimmend aus dem Schlamassel retten muß.»

Ich hörte die Glocke in der Diele und ging zum Fenster. Ich öffnete es und beugte mich hinaus, um zu sehen, wer den Glockenstrang zog. Selbst aus der Höhe von drei Etagen konnte ich Vogelmanns Kopf mit dem leuchtend roten Haar erkennen.

«Das ist sehr ordinär, was Sie da machen», sagte Hildegard. «Sich wie ein Fischweib aus dem Fenster zu hangen.»

«Wie es aussieht, habe ich vielleicht gerade einen Fisch gefangen. Es ist Vogelmann. Und er hat einen Freund mitgebracht.»

«Aha, dann lassen Sie sie besser herein, wie?»

Ich ging hinaus auf den Treppenabsatz und betätigte den Hebel, der die Kette zum Öffnen der Straßentür zog, und sah die zwei Männer die Treppe hinaufsteigen. Keiner von ihnen sagte etwas. Vogelmann betrat Hildegards Wohnung mit der Miene eines Leichenbestatters, was ein Segen war, weil der grimmige Ausdruck, zu dem sein übelriechender Mund verzogen war, bedeutete, daß dieser, zumindest für eine Weile, gnädigerweise geschlossen bleiben würde. Der zweite Mann war einen Kopf kleiner als Vogelmann, Mitte Dreißig, hatte helles Haar, blaue Augen und einen Anflug von Gespanntheit, ja Gelehrtheit. Vogelmann wartete, bis wir alle Platz genommen hatten, ehe er den anderen Mann als Doktor Otto Rahn vorstellte und hinzufügte, er werde in Kürze mehr über ihn sagen. Dann seufzte er laut und schüttelte den Kopf.

«Leider hab ick bei meiner Suche nach Ihrer Tochter Emmeline kein Glück jehabt», sagte er. «Ick hab jeden befragt, den ick überhaupt fragen konnte, und überall jesucht, wo ick suchen konnte. Ohne Erfolg. Es is höchst enttäuschend jewesen.» Er hielt inne und setzte hinzu. «Natürlich is mir bewußt, daß meine eijene Enttäuschung mit der ihren in keiner Weise zu vergleichen is. Trotzdem dacht ick, wenigstens eine Spur von ihr zu finden.

Wenn es irgend etwas jegeben hätte, die kleinste Kleinigkeit, einen Hinweis darauf, was aus ihr jeworden sein könnte, hätte ich mich berechtigt gefühlt, Ihnen zu empfehlen, mich meine Nachforschungen fortsetzen zu lassen. Aber es jibt nichts, das mir das sichere Jefühl vermittelt, nich Ihre Zeit und Ihr Geld zu verschwenden.»

Ich nickte in müder Resignation. «Wir danken Ihnen für Ihre Aufrichtigkeit, Herr Vogelmann.»

«Wir können wenigstens sagen, daß wir es versucht haben, Herr Steininger», sagte Vogelmann. «Ick übertreibe nich, wenn ick sage, daß wir alle üblichen Ermittlungsmethoden ausjeschöpft haben.» Er hielt inne, um sich zu räuspern, entschuldigte sich und tupfte sich den Mund mit seinem Taschentuch ab.

«Ick zögere, Ihnen, Herr und Frau Steininger, einen Vorschlag zu unterbreiten, und bitte glauben Sie mir, daß ick nich scherze, aber wenn sich das Übliche als nutzlos erwiesen hat, dann kann es gewiß nich schaden, auf das Unübliche zurückzugreifen.»

«Ich hatte eigentlich gedacht, wir hätten Sie in erster Linie deswegen zu Rate gezogen», sagte Hildegard spitz. «Das Übliche, wie Sie es nennen, war etwas, das wir von der Polizei erwarten.»

Vogelmann lächelte verlegen. «Ick hab mich schlecht ausgedrückt», sagte er. «Ick sollte vielleicht besser die Begriffe ‹gewöhnlich› und ‹außergewöhnlich› verwenden.»

Der andere Mann, Otto Rahn, kam Vogelmann zur Hilfe.

«Was Herr Vogelmann, unter den gegebenen Umständen mit soviel Zartgefühl wie möglich, vorschlagen möchte, ist, daß Sie erwägen sollten, die Dienste eines Mediums in Anspruch zu nehmen, um Ihre Tochter zu finden.» Sein Tonfall verriet den Gebildeten, und er sprach mit dem Tempo eines Mannes aus dem Frankfurter Raum.

«Ein Medium?» sagte ich. «Sie meinen Spiritualismus?» Ich zuckte die Achseln. «An solche Sachen glauben wir nicht.» Ich wollte hören, wie Rahn es anstellen würde, uns den Vorschlag zu verkaufen.

Er lächelte geduldig. «Das ist in der heutigen Zeit kaum eine Sache des Glaubens. Spiritualismus ist inzwischen eher eine Wissenschaft. Es hat seit dem Krieg einige recht verblüffende Entwicklungen gegeben, insbesondere im letzten Jahrzehnt.»

«Aber ist das nicht ungesetzlich?» fragte ich lammfromm. «Ich bin sicher, irgendwo gelesen zu haben, daß Graf Helldorf jegliche professionelle Wahrsagerei in Berlin schon 1934 verboten hat.» Rahn war aalglatt und ließ sich durch meine halb ironischen Worte nicht im geringsten aus dem Konzept bringen.

«Sie sind sehr gut informiert, Herr Steininger. Und Sie haben recht, der Polizeipräsident hat ein Verbot erlassen. Jedoch ist seitdem das Problem zufriedenstellend gelöst, und rassisch einwandfreie Praktiker der Parapsychologie sind als Freiberufler in die Deutsche Arbeitsfront eingegliedert worden. Es waren immer nur die gemischten Rassen, die Juden und die Zigeuner, welche die Parapsychologie in Verruf gebracht haben. Ja, heute beschäftigt der Führer selbst einen professionellen Astrologen. Sie sehen also, daß sich die Dinge seit Nostradamus ein schönes Stück weiterentwickelt haben.»

Vogelmann nickte und schmunzelte vor sich hin.

Das war also der Grund, warum Reinhard Lange Vogelmanns Anzeigenaktion unterstützte, dachte ich. Er sollte ein bißchen Kundschaft für das Geschäft mit den schwebenden Weingläsern zusammentrommeln. Schien ein gutorganisiertes Unternehmen zu sein. Dein Detektiv konnte deine vermißte Person nicht finden, danach wurdest du, durch die Vermittung Otto Rahns, an eine offensichtlich höhere Macht weitergereicht. Diese Dienstleistung hatte wahrscheinlich zum Ergebnis, daß du mehrere Male für das Privileg zur Kasse gebeten wurdest, herauszufinden, was bereits sonnenklar war: daß dein Liebling bei den Engeln schlief. Ja, wirklich, dachte ich, eine hübsche Komödie. Es würde mir Spaß machen, diese Leute aus dem Verkehr zu ziehen. Man kann zuweilen jemandem verzeihen, der ein krummes Ding dreht, aber nicht denen, die aus dem Kummer und dem Leid anderer Kapital schlagen. Das war, als würde man einem Mann, der an Krücken ging, die Armpolster stehlen.

«Peter», sagte Hildegard, «ich denke, wir haben wirklich nicht viel zu verlieren.»

«Nein, das denke ich auch.»

«Ick bin froh, daß Sie so denken», sagte Vogelmann. «Man zögert immer, so was zu empfehlen, aber ick denke, daß es in diesem Fall wirklich kaum eine Alternative gibt.»

«Was wird die Sache kosten?»

«Wir reden über Emmelines Leben», fuhr Hildegard auf. «Wie kannst du da über Geld sprechen?»

«Die Kosten halten sich in vernünftigen Grenzen», sagte Rahn. «Aber lassen Sie uns zu einem späteren Zeitpunkt darüber sprechen. Das Wichtigste ist, daß Sie jemanden treffen, der Ihnen helfen kann.

Es gibt da einen Mann, einen sehr bedeutenden und begabten Mann, der über enorme parapsychologische Fähigkeiten verfügt. Er könnte Ihnen helfen. Dieser Mann ist der letzte Nachfahr einer langen Ahnenreihe deutscher Männer der Weisheit und hat ein ererbtes hellseherisches Erinnerungsvermögen, das in unserer Zeit einzigartig ist.»

«Das hört sich wunderbar an», hauchte Hildegard.

«Er is wunderbar», sagte Vogelmann.

«Dann werde ich für Sie ein Treffen mit ihm arrangieren», sagte Rahn. «Ich weiß zufällig, daß er am kommenden Donnerstag frei ist. Würde es Ihnen an diesem Abend passen?»

«Ja, das würde uns passen.»

Rahn zog ein Notizbuch heraus und begann zu schreiben. Als er fertig war, riß er die Seite heraus und reichte sie mir.

«Hier ist die Adresse. Sagen wir, acht Uhr? Es sei denn, Sie hören vorher von mir.» Ich nickte. «Ausgezeichnet.»

Vogelmann stand auf, um zu gehen, während Rahn sich vorbeugte und in seiner Aktentasche nach etwas suchte. Er gab Hildegard eine Zeitschrift.

«Diese Zeitschrift könnte vielleicht ebenfalls von Interesse für Sie sein», sagte er.

Ich brachte sie hinaus, und als ich zurückkam, fand ich sie in die Zeitschrift vertieft. Ich brauchte nicht auf das Titelblatt zu sehen, um zu wissen, daß es Reinhard Langes *Urania* war. Und ich brauchte auch nicht mit Hildegard zu sprechen, um zu erfahren, daß sie überzeugt war, Otto Rahn sei echt.

20.
Donnerstag, 3. November

Das Meldeamt führte einen Otto Rahn, früher in Michelstadt, in der Nähe von Frankfurt, jetzt wohnhaft in Berlin West 35, Tiergartenstraße 8a.

Andererseits hatte die Abteilung VC 1 nichts in ihrer Verbrecherkartei.

Desgleichen VC 2, die Abteilung, welche die Liste gesuchter Personen zusammenstellte. Ich wollte gerade gehen, als der Chef der Abteilung, ein SS-Sturmbannführer namens Baum, mich in sein Büro rufen ließ.

«Kommissar, habe ich recht gehört, daß Sie den Beamten nach einem gewissen Otto Rahn gefragt haben?»

Ich sagte ihm, ich sei an jeder Information über Otto Rahn interessiert.

«In welcher Abteilung arbeiten Sie?»

«Mordkommission. Er könnte uns vielleicht bei einer Ermittlung behilflich sein.»

«Sie verdächtigen ihn also keinesfalls, ein Verbrechen begangen zu haben?»

Da ich spürte, daß der Sturmbannführer etwas über einen Otto Rahn wußte, beschloß ich, mich ein wenig bedeckt zu halten.

«Guter Gott, nein», sagte ich. «Wie ich schon sagte, es handelt sich lediglich darum, daß er uns vielleicht mit einem wertvollen Zeugen in Verbindung bringen kann. Warum? Kennen Sie jemanden mit dem Namen Otto Rahn?»

«Ja, in der Tat», sagte er. «Im Grunde ist er mehr als ein Bekannter. Es gibt einen Otto Rahn, der Mitglied der SS ist.»

Das alte Hotel *Prinz-Albrecht-Straße* war ein unauffälliges viergeschossiges Gebäude mit Bogenfenstern und falschen korinthischen Säulen, zwei langen «Führertritten» in der ersten Etage, gekrönt von einer riesigen verzierten Uhr. Mit seinen siebzig Zimmern hatte es nie derselben Kategorie angehört wie das *Bristol* oder das *Adlon*, und das war vermutlich der Grund, warum die SS es übernommen hatte. Es trug jetzt den Namen *SS-Haus*, lag neben dem Gestapo-Hauptquartier in Nummer 8, und hier residierte auch Heinrich Himmler in seiner Eigenschaft als Reichsführer-SS.

In der Abteilung «Personalakten» im zweiten Stockwerk wies ich meinen Ausweis vor und erläuterte meinen Auftrag.

«Ich bin vom SD beauftragt, für ein Mitglied der SS ein Unbedenklichkeitszeugnis zu beschaffen, da erwogen wird, diesen Mann zum persönlichen Stab General Heydrichs zu versetzen.»

Der diensthabende Unterscharführer nahm Haltung an, als Heydrichs Name fiel.

«Wie kann ich Ihnen helfen?» fragte er beflissen.

«Ich will die Akte des Mannes einsehen. Sein Name ist Otto Rahn.»

Der Unterscharführer bat mich zu warten und ging in das Nebenzimmer, wo er den entsprechenden Aktenschrank suchte.

«Hier haben wir ihn», sagte er, als er nach ein paar Minuten mit der Akte zurückkehrte. «Tut mir leid, aber ich muß Sie bitten, die Akte hier einzusehen. Eine Akte darf aus diesem Büro nur mit der schriftlichen Genehmigung des Reichsführers selbst entfernt werden.»

«Natürlich weiß ich das», sagte ich kühl. «Aber ich bin sicher, daß ich bloß einen raschen Blick darauf zu werfen brauche. Dies ist lediglich eine formelle Überprüfung.» Ich wandte mich ab und stellte mich an ein Lesepult am anderen Ende des Büros, wo ich die Akte aufschlug und mich in ihren Inhalt vertiefte. Es war eine interessante Lektüre.

SS-Unterscharführer Otto Rahn; geboren am 18. Februar 1904 in Michelstadt im Odenwald; studierte Philologie an der Universität Heidelberg; Abschluß 1928; trat im März 1936 der SS bei; im April 1936 zum Unterscharführer befördert; im September 1937 abkommandiert zur SS-Totenkopf-Division «Oberbayern» im Konzentrationslager Dachau; im Dezember 1938 zum Amt für Rassenfragen und Wiederansiedlung versetzt; öffentlicher Redner und Verfasser der Bücher *Kreuzzug gegen den Gral* (1933) und *Luzifers Diener* (1937).

Es folgten mehrere Seiten mit medizinischen Befunden und charakterlichen Beurteilungen, darunter die Bewertung eines gewissen SS-Gruppenführers Theodor Eicke, der Rahn als «gewissenhaft, obwohl zu gewissen Überspanntheiten neigend» bezeichnet. Nach meiner Einschätzung konnte das fast alles beinhalten, von Mord bis zur Länge seiner Haare.

Ich gab Rahns Akte dem Unterscharführer zurück und verließ das Gebäude.

Otto Rahn. Je mehr ich über ihn entdeckte, desto weniger war ich geneigt, zu glauben, daß er bloß ein raffinierter Hochstapler war. Er war ein Mann, der außer an Geld noch an etwas anderem interessiert war. Ein Mann, für den das Wort «Fanatiker» nicht unpassend schien. Auf dem Rückweg fuhr ich an Rahns Haus in der Tiergartenstraße vorbei, und ich glaube, es hätte mich nicht überrascht, wenn ich die Scharlachrote Hure und den Leviathan aus der Eingangstür hätte fliegen sehen.

Es war schon dunkel, als wir zur Caspar-Theyß-Straße am Rande des Grunewaldes fuhren. Es war eine ruhige Straße mit Villen, denen nicht viel fehlte, um prächtig genannt zu werden, und die größtenteils von Ärzten und Zahnärzten bewohnt wurden. Nummer 33, neben einem kleinen Krankenhaus, lag an der Ecke Paulsborner Straße und gegenüber einem großen Blumenladen, wo die Besucher des Krankenhauses ihre Blumen kaufen konnten.

Es wirkte ein wenig wie ein Pfefferkuchenhaus, das kuriose Anwesen, in das Rahn uns eingeladen hatte. Das Mauerwerk von Keller- und Erdgeschoß war braun, das der ersten und zweiten Etage cremefarben gestrichen. Ein siebeneckiger Turm krönte die Ostseite des

Hauses, eine hölzerne Loggia, überwölbt von einem Balkon, den mittleren Teil. An der Westseite überragte ein moosbewachsener Holzgiebel zwei bullaugenähnliche Fenster.

«Ich hoffe, du hast eine Knolle Knoblauch mitgebracht», sagte ich zu Hildegard, als ich den Wagen parkte. Ich konnte sehen, daß das Aussehen des Hauses sie nicht sehr interessierte. Sie schwieg hartnäckig, noch immer davon überzeugt, daß alles in Ordnung war.

Wir schritten zu einem schmiedeeisernen Tor hinauf, das mit einer Vielzahl von Tierkreiszeichen geschmückt war, und ich fragte mich, was wohl die beiden SS-Männer, die rauchend unter einer der vielen Fichten des Gartens standen, davon hielten. Dieser Gedanke beschäftigte mich nur eine Sekunde, bevor ich mich der schwierigeren Frage zuwandte, was die beiden Männer und die zahlreichen auf dem Bürgersteig geparkten Partei-Dienstwagen hier zu suchen hatten.

Otto Rahn öffnete die Tür, begrüßte uns mit einnehmender Wärme und geleitete uns in einen Garderobenraum, wo er uns die Mäntel abnahm.

«Bevor wir hineingehen», sagte er, «sollte ich darauf hinweisen, daß verschiedene andere Herrschaften an dieser Séance teilnehmen werden. Herrn Weisthors überragendes Können als Hellseher hat ihn zu Deutschlands bedeutendstem Wahrsager gemacht. Ich glaube, ich erwähnte bereits, daß eine Anzahl führender Parteimitglieder Herrn Weisthors Arbeit wohlwollend gegenüberstehen – übrigens befinden wir uns hier in seinem Haus –, und darum wird Ihnen, abgesehen von Herrn Vogelmann und meiner Wenigkeit, einer der anderen Gäste heute abend womöglich bekannt sein.»

Hildegard sperrte den Mund auf. «Doch nicht der Führer?» fragte sie.

Rahn lächelte. «Nein, er nicht. Aber jemand, der ihm sehr nahe steht. Er hat darum gebeten, ihn so wie jeden anderen zu behandeln, um für die abendliche Kontaktaufnahme eine günstige Atmosphäre zu ermöglichen. Ich sage Ihnen also jetzt, damit Sie nicht allzu überrascht sind, daß es der Reichsführer-SS, Heinrich Himmler, ist, den ich meine. Sie haben sicherlich die Sicherheitsbeamten draußen gesehen und sich gewundert, was hier vorgeht. Der Reichsführer ist ein großer Förderer unserer Arbeit und hat vielen Séancen beigewohnt.»

Wir verließen die Garderobe und traten durch eine mit grünem Leder gepolsterte schalldichte Tür in einen großen, schlicht möblierten L-förmigen Raum. An einem Ende des dicken grünen Teppichs stand ein runder Tisch, am anderen Ende hatte sich eine Gruppe von etwa zehn Personen um ein Sofa und zwei Lehnsessel versammelt. Die Wände waren, wo sie zwischen der hellen Eichentäfelung sichtbar waren, weiß getüncht, die grünen Vorhänge zugezogen. Dieser Raum hatte etwas typisch Deutsches, was dasselbe bedeutet, als würde man sagen, er sei so anheimelnd und freundlich gewesen wie ein Schweizer Armeemesser.

Rahn versorgte uns mit Getränken und geleitete Hildegard und mich in den Raum. Zuerst erblickte ich Vogelmanns roten Schopf, nickte ihm zu und suchte dann nach Himmler. Da keine Uniformen zu sehen waren, war es ziemlich schwierig, ihn in seinem dunklen Zweireiher auszumachen. Größer als ich gedacht hatte und auch jünger – vielleicht nicht älter als siebenunddreißig oder achtunddreißig. Wenn er sprach, schien er ein sanftmütiger Mann zu sein, und abgesehen von der protzigen goldenen Rolex, machte er auf mich alles in allem den Eindruck eines Mannes, den man eher für einen Schuldirektor als für den Chef der deutschen Sicherheitspolizei gehalten hätte. Was war bloß an diesen Schweizer Armbanduhren dran, was sie für mächtige Männer so interessant machte? Aber für diesen besonderen mächtigen Mann war eine Armbanduhr nicht so interessant wie Hildegard Steininger, wie es schien, und die beiden waren im Nu in eine lebhafte Unterhaltung vertieft.

«Herr Weisthor wird in Kürze erscheinen», erklärte Rahn. «Er benötigt in der Regel eine Spanne stiller Meditation, ehe er sich der spirituellen Welt nähert. Darf ich Sie mit Reinhard Lange bekannt machen? Er ist der Besitzer der Zeitschrift, die ich ihrer Frau gab.»

«Ach ja, *Urania.*»

So sah er also aus, klein und gedrungen, mit einem Grübchen in jeder Kinnbacke und einer streitsüchtig herunterhängenden Unterlippe, als wolle man sich erdreisten, ihm eine Ohrfeige oder einen Kuß zu geben. Seine hellen Haare waren wohlfrisiert, wenngleich ein wenig albern über die Ohren gelegt. Von Augenbrauen konnte bei ihm kaum die Rede sein, und die Augen waren halb geschlossen, fast wie

Schlitze. Diese beiden Merkmale ließen ihn schwächlich und wankelmütig erscheinen, und er erinnerte ein wenig an Kaiser Nero. Möglicherweise war er weder das eine noch das andere, obwohl der starke Parfümgeruch, der ihn umwehte, sein selbstzufriedenes Gebaren und seine leicht übertriebene Sprechweise nicht dazu beitrugen, meinen ersten Eindruck von ihm zu korrigieren. Mein Beruf hat mich gelehrt, den Charakter eines Menschen rasch und ziemlich genau einzuschätzen, und fünf Minuten Unterhaltung mit Lange genügten, mich davon zu überzeugen, daß ich mich nicht geirrt hatte. Der Mann war ein bedeutungsloser kleiner Schwuler.

Ich entschuldigte mich und begab mich in den Waschraum, der an die Garderobe angrenzte. Ich hatte bereits beschlossen, nach der Séance in Weisthors Haus zurückzukehren und nachzusehen, ob die anderen Zimmer interessanter waren als das, in dem wir uns befanden. Auf dem Grundstück schien es keinen Hund zu geben, also brauchte ich nur noch meinen Einsteig vorzubereiten. Ich verriegelte die Tür hinter mir und machte mich daran, den Fensterriegel zu lösen. Er klemmte, und es war mir gerade gelungen, ihn aufzudrücken, als es an die Tür klopfte. Es war Rahn.

«Herr Steininger? Sind Sie da drin?»

«Nur noch einen Augenblick.»

«Wir werden in wenigen Minuten anfangen.»

«Ich bin gleich da», sagte ich und ließ das Fenster zwei Zentimeter offenstehen, zog die Spülung und kehrte zu den übrigen zurück.

Ein weiterer Mann war eingetreten, und ich war mir sicher, daß er Weisthor sein mußte. Er war etwa fünfundsechzig Jahre alt, trug einen Anzug mit Weste aus hellbraunem Flanell und hielt einen verzierten Stock mit Elfenbeingriff in der Hand, dessen Schaft mit sonderbaren Schnitzereien versehen war, von denen einige zu seinem Ring paßten. Äußerlich hatte er mit seinem kleinen hingekleckstem Schnurrbart, den Hamsterbacken, dem mürrischen Mund und dem fliehenden Kinn starke Ähnlichkeit mit Himmler, nur daß er älter war; aber er war kräftiger gebaut, und wenn der Reichsführer an eine kurzsichtige Ratte erinnerte, wiesen die Züge Weisthors eher etwas Biberähnliches auf, ein Eindruck, der durch eine Lücke zwischen zwei Vorderzähnen verstärkt wurde.

«Sie müssen Herr Steininger sein», sagte er, heftig meine Hand schüttelnd. «Gestatten Sie, daß ich mich vorstelle. Ich bin Karl Maria Weisthor, und ich bin entzückt, daß ich bereits das Vergnügen hatte, Ihre reizende Gattin kennenzulernen.» Er sprach sehr gewählt und mit einem Wiener Akzent. «Zumindest was das angeht, sind Sie ein Mann, der sich glücklich schätzen darf. Lassen Sie uns hoffen, daß ich Ihnen beiden von Nutzen sein kann, ehe der Abend zu Ende ist. Otto hat mir von Ihrer verschwundenen Tochter erzählt und daß die Polizei und unser guter Freund Rolf Vogelmann außerstande waren, sie zu finden. Wie ich Ihrer Gattin bereits sagte, bin ich sicher, daß die Geister unserer uralten germanischen Vorfahren uns nicht im Stich lassen und uns verraten werden, was aus ihr geworden ist, wie sie schon früher von anderen Dingen Kunde gegeben haben.»

Er drehte sich um und machte eine einladende Handbewegung zum Tisch. «Wollen wir Platz nehmen?» sagte er. «Herr Steininger, Sie und Ihre Gattin werden links und rechts von mir sitzen. Wir werden uns bei den Händen fassen, Herr Steininger, das wird unser Wahrnehmungsvermögen vergrößern. Versuchen Sie nicht, loszulassen, was immer Sie vielleicht sehen oder hören mögen, denn dadurch kann bewirkt werden, daß die Verbindung unterbrochen wird. Ist Ihnen das klar?»

Wir nickten und nahmen unsere Plätze ein. Als die übrige Gesellschaft sich gesetzt hatte, bemerkte ich, daß Himmler es so eingerichtet hatte, daß er neben Hildegard saß, der er besondere Aufmerksamkeit schenkte. Mir kam die Idee, diese Geschichte ein wenig anders zu erzählen und daß es Heydrich und Nebe erheitern würde, wenn ich ihnen sagte, ich hätte einen Abend lang mit Himmler Händchen gehalten. Der Gedanke brachte mich fast zum Lachen, und ich mußte mein halbes Grinsen verbergen. Ich wandte mich von Weisthor ab und stellte fest, daß ich neben einem großgewachsenen, weltmännischen Siegfried im Abendanzug saß, dessen herzliches, feinfühliges Benehmen nur davon herrühren konnte, daß er in Drachenblut badete.

«Mein Name ist Kindermann», sagte er ernst. «Doktor Lanz Kindermann, zu Ihren Diensten, Herr Steininger.» Er blickte auf meine Hand herab, als sei sie eine schmutzige Tischdecke.

«Etwa der berühmte Psychotherapeut?» fragte ich.

Er lächelte. «Ich zweifle, ob man mich berühmt nennen kann», sagte er, wenngleich mit einiger Genugtuung. «Wie auch immer, ich danke Ihnen für das Kompliment.»

«Sind Sie Österreicher?»

«Ja. Warum fragen Sie?»

«Ich weiß gern etwas über die Menschen, deren Hände ich halte», erklärte ich und ergriff kräftig seine Hand.

«Gleich werde ich unseren Freund Otto bitten», sagte Weisthor, «das elektrische Licht auszuschalten. Aber zuerst möchte ich, daß Sie alle die Augen schließen und tief atmen. Das soll dazu dienen, daß Sie sich entspannen. Nur wenn wir entspannt sind, werden sich die Geister so wohl fühlen, daß sie mit uns in Kontakt treten und uns den Gefallen erweisen, mitzuteilen, was sie zu sehen imstande sind.

Es hilft Ihnen vielleicht, wenn Sie an etwas Friedliches denken, an eine Blume oder an ein Wolkengebilde.» Er hielt inne, und so waren die einzigen Geräusche, die man hören konnte, die tiefen Atemzüge der Personen am Tisch und das Ticken einer Uhr auf dem Kaminsims. Ich hörte Vogelmann sich räuspern, was Weisthor veranlaßte, weiterzusprechen.

«Versuchen Sie, in die Person neben Ihnen hinüberzuströmen, damit wir die Kraft des Zirkels fühlen können. Wenn Otto das Licht löscht, werde ich in Trance fallen und meinen Körper der Herrschaft des Geistigen überlassen. Es wird meine Sprache beherrschen, jede meiner leiblichen Funktionen, so daß ich mich in einer ungeschützten Lage befinden werde. Verursachen Sie kein plötzliches Geräusch oder eine Störung. Sprechen Sie leise, wenn Sie mit dem Geist in Verbindung zu treten wünschen, oder lassen Sie Otto an Ihrer Stelle sprechen.» Er machte abermals eine Pause. «Otto? Das Licht, bitte.»

Ich hörte Rahn aufstehen, als erhebe er sich aus tiefem Schlaf und schleiche über den Teppich.

«Von jetzt an wird Weisthor nicht sprechen, es sei denn der Geist spricht aus ihm», sagte er. «Es wird meine Stimme sein, die Sie hören, wenn ich in Trance zu ihm spreche.» Er schaltete das Licht aus, und nach ein paar Sekunden hörte ich, wie er in den Kreis zurückkehrte.

Ich starrte angestrengt in die Dunkelheit und versuchte, Weisthor zu erkennen, aber so sehr ich mich auch bemühte, ich konnte nichts sehen als die sonderbaren Formen, die sich auf der Rückseite der Netzhaut tummeln, wenn diese kein Licht empfängt. Was immer

Weisthor über Blumen und Wolken gesagt hatte, mir half mehr der Gedanke an die Mauser in meinem Schulterhalfter und die hübsch angeordnete 9-Millimeter-Munition in ihrem Griff.

Die erste Veränderung, die ich wahrnahm, war die seines Atems, der zunehmend langsamer und tiefer wurde. Nach einer Weile war er kaum noch zu hören, und wäre nicht sein Griff gewesen, der spürbar schlaffer geworden war, hätte man annehmen können, er sei verschwunden.

Schließlich sprach er mit einer Stimme, die mir einen kalten Schauer über die Haut und ein Prickeln in die Haare jagte.

«Ich habe einen weisen König hier aus einer lange, lange vergangenen Zeit», sagte er, und sein Griff verstärkte sich plötzlich. «Aus einer Zeit, da am nördlichen Himmel drei Sonnen erstrahlten.» Er stieß einen langen grabestiefen Seufzer aus. «Er erlitt eine schreckliche Niederlage in einer Schlacht gegen Karl den Großen und sein Christenheer.»

«Wart ihr Sachsen?» fragte Rahn ruhig.

«Jawohl, Sachsen. Die Franken nannten sie Heiden und richteten sie deswegen hin. Qualvolle Tode, voller Blut und Schmerz.» Er schien zu zögern. «Es ist schwer, das auszusprechen. Er sagt, daß für dieses Blut bezahlt werden muß. Er sagt, das deutsche Heidentum sei wieder erstarkt und müsse im Namen der alten Götter an den Franken und ihrer Religion Rache nehmen.» Darauf stöhnte er fast so, als sei er geschlagen worden, und verstummte wieder.

«Keine Aufregung», murmelte Rahn. «Der Geist kann zuweilen ziemlich ungestüm entweichen.»

Nach einigen Minuten sprach Weisthor erneut.

«Wer bist du?» fragte er leise. «Ein Mädchen? Willst du uns deinen Namen nennen, Kind? Nein? Komm...»

«Hab keine Angst», sagte Rahn. «Bitte, komm zu uns.»

«Ihr Name ist Emmeline Steininger», sagte Weisthor.

Ich hörte Hildegard schwer atmen.»

«Ist dein Name Emmeline Steininger?» fragte Rahn. «Wenn dem so ist, dann sind dein Vater und deine Mutter hier, um mit dir zu sprechen, Kind.»

«Sie sagt, daß sie kein Kind ist», flüsterte Weisthor, «und daß einer der beiden Leute hier überhaupt nicht ihr richtiger Elternteil ist.»

Ich erstarrte. Konnte am Ende doch alles echt sein? Verfügte Weisthor wirklich über mediale Fähigkeiten?

«Ich bin ihre Stiefmutter», sagte Hildegard mit zitternder Stimme, und ich fragte mich, ob sie mitbekommen hätte, wenn Weisthor gesagt hätte, wir seien beide nicht ihre wirklichen Eltern.

«Sie sagt, daß sie ihr Tanzen vermißt. Aber besonders vermißt sie euch beide.»

«Wir vermissen dich auch, Schatz.»

«Wo bist du Emmeline?» fragte ich. Ein langes Schweigen trat ein, also wiederholte ich die Frage.

«Sie haben sie umgebracht», sagte Weisthor zögernd. «Und sie irgendwo versteckt.»

«Emmeline, du mußt versuchen, uns zu helfen», sagte Rahn.

«Kannst du uns etwas über den Ort sagen, an den man dich gebracht hat?»

«Ja, ich werde es Ihnen sagen. Sie sagt, daß draußen vor dem Fenster ein Berg ist. Am Fuß des Berges ist ein hübscher Wasserfall. Was ist das? Ein Kreuz oder vielleicht etwas, das hoch liegt, wie ein Turm oben auf dem Berg.

«Der Kreuzberg?» fragte ich.

«Ist es der Kreuzberg?» fragte Rahn.

«Sie weiß den Namen nicht», flüsterte Weisthor. «Wo ist das? Oh, wie schrecklich. Sie sagt, sie ist in einem Kasten. Tut mir leid, Emmeline, aber ich glaube, ich habe dich nicht richtig verstanden. Kein Kasten? Ein Faß? Ja, ein Faß. Ein verfaultes stinkendes altes Faß in einem alten Keller voller faulender alter Fässer.»

«Hört sich nach einer Brauerei an», sagte Kindermann.

«Könnte vielleicht die Schultheiß-Brauerei gemeint sein?» fragte Rahn.

«Sie glaubt, das kann stimmen, obwohl es ihr nicht vorkommt wie ein Ort, an dem sich viele Leute aufhalten. Einige der Fässer sind alt und haben Löcher. Durch eines davon kann sie hinausschauen. Nein, mein Schatz, du hast ganz recht, Bier läßt sich schlecht darin aufbewahren.»

Hildegard flüsterte etwas, das ich nicht verstehen konnte.

«Mut, werte Dame», sagte Rahn. «Mut.» Dann lauter: «Wer hat dich getötet, Emmeline? Und kannst du uns sagen, warum?»

Weisthor gab ein tiefes Stöhnen von sich. «Sie kennt ihre Namen nicht, aber sie glaubt, es ist wegen des Blutopfers gewesen. Wie bist du darauf gekommen, Emmeline? Ich verstehe, das ist eines von den vielen tausend Dingen, die man erfährt, wenn man stirbt. Sie töteten sie, wie sie ihre Tiere töten, und dann wurde ihr Blut mit dem Wein und dem Brot vermischt. Sie glaubt, es ist wegen eines religiösen Rituals gewesen, aber keines von der Art, von der sie bis jetzt gehört hat.»

«Emmeline», sagte eine Stimme, nach meiner Meinung die von Himmler. «Waren es die Juden, die dich ermordet haben? Waren es die Juden, die dein Blut benutzten?»

Abermals ein langes Schweigen.

«Sie weiß es nicht», sagte Weisthor. «Sie sagten nicht, wer oder was sie sind. Sie sahen nicht so aus wie die Juden auf den Bildern, die sie gesehen hat. Was ist das, mein Schatz? Sie sagt, sie könnten es gewesesn sein, doch sie möchte niemanden in Schwierigkeiten bringen, ganz gleich was sie ihr angetan haben. Sie sagt, wenn es die Juden waren, dann waren es böse Juden, und daß nicht alle Juden so etwas billigen. Sie möchte nicht mehr darüber sagen. Sie möchte bloß, daß jemand sie aus diesem schmutzigen Faß herausholt. Ja, ich bin sicher, daß sich jemand darum kümmern wird, Emmeline, mach dir keine Sorgen.»

«Sagen Sie ihr, ich werde mich persönlich darum kümmern, daß es heute nacht erledigt wird», sagte Himmler. «Das Kind hat mein Wort darauf.»

«Was hast du gesagt? In Ordnung. Emmeline bedankt sich, daß Sie versuchen, ihr zu helfen. Und sie sagt, man soll ihrem Vater und ihrer Mutter sagen, daß sie sie wirklich von Herzen lieb hat, doch sie sollen sich jetzt keine Sorgen mehr um sie machen. Nichts könne sie zurückbringen. Sie sollen beide ihr Leben fortsetzen und hinter sich lassen, was geschehen ist. Sie sollen versuchen, glücklich zu sein. Emmeline muß jetzt gehen.»

«Auf Wiedersehen, Emmeline», schluchzte Hildegard.

«Auf Wiedersehen», sagte ich.

Wiederum gab es eine Stille, bis auf das Rauschen des Blutes in meinen Ohren. Ich war froh über die Dunkelheit, weil sie mein Gesicht und die Wut, die sich darin gespiegelt haben muß, verbarg und mir Gelegenheit gab, ruhig zu atmen und den Ausdruck von stiller Traurigkeit und Resignation wiederzugewinnen. Wären die eine oder zwei Minuten nicht gewesen, die zwischen der Weisthorschen Vorstellung und dem Einschalten des Lichts lagen, ich glaube, ich hätte sie alle, wie sie da saßen, erschossen: Weisthor, Rahn, Vogelmann, Lange – verdammt, ich hätte das ganze dreckige Pack ermordet, um der reinen Befriedigung willen. Ich hätte ihnen den Revolverlauf in ihre Mäuler gesteckt und dem einen den Hinterkopf des anderen ins Gesicht geblasen. Für Himmler ein zusätzliches Nasenloch. Eine dritte Augenhöhle für Kindermann.

Ich atmete noch immer schwer, als das Licht wieder anging, doch das konnte man leicht als Kummer deuten. Hildegards Gesicht war tränenüberströmt, was Himmler dazu bewegte, den Arm um sie zu legen. Als er meinen Blick bemerkte, nickte er grimmig.

Weisthor kam als letzter auf die Füße. Er schwankte einen Augenblick, als werde er fallen, und Rahn griff nach seinem Ellenbogen. Weisthor lächelte und tätschelte seinem Freund dankbar die Hand.

«Ich kann Ihrem Gesicht ansehen, meine Dame, daß Ihre Tochter sich Ihnen mitgeteilt hat.»

Sie nickte. «Ich möchte Ihnen danken, Herr Weisthor. Ich danke Ihnen so sehr, daß Sie uns geholfen haben.» Sie schniefte laut und zog ihr Taschentuch.

«Karl, Sie waren ausgezeichnet heute abend», sagte Himmler. «Ganz bemerkenswert.» Die anderen Personen am Tisch pflichteten ihm murmelnd bei, ich eingeschlossen. Himmler schüttelte immer noch staunend den Kopf. «Überaus bemerkenswert», wiederholte er. «Sie können alle versichert sein, daß ich persönlich mit den entsprechenden Stellen Verbindung aufnehmen und anordnen werde, daß unverzüglich eine Einheit der Polizei abgestellt wird, um die Schultheiß-Brauerei nach der Leiche des unglücklichen Kindes zu durchsuchen.» Jetzt starrte Himmler mich an, und ich antwortete mit einem stummen Nicken auf seine Worte.

«Aber ich zweifle keinen Augenblick daran, daß man sie dort finden wird. Ich bin der festen Überzeugung, daß das, was wir eben gehört haben, Ihr Kind war und daß es zu Karl sprach, damit Ihre Seelen jetzt zur Ruhe kommen können. Ich denke, das Beste, was Sie jetzt tun können, ist, nach Hause zu fahren und zu warten, bis Sie etwas von der Polizei hören.»

«Ja, natürlich», sagte ich, ging um den Tisch, nahm Hildegard bei der Hand und entführte sie aus der Umarmung des Reichsführers. Dann verabschiedeten wir uns von der übrigen Gesellschaft, nahmen ihre Beileidsbekundungen entgegen und ließen uns von Rahn zur Tür begleiten.

«Was kann man da sagen?» sagte er feierlich. «Natürlich stimmt es mich sehr traurig, daß Emmeline ins Jenseits gegangen ist, aber es ist, wie der Reichsführer sagt, ein Segen, daß Sie es nun mit Sicherheit wissen.»

«Ja», schniefte Hildegard. «Es ist am besten, wenn man Gewißheit hat, denke ich.»

Rahn verengte die Augen und sah leicht gequält aus, als er mich am Unterarm ergriff.

«Ich denke, es wäre ebenfalls das beste, wenn Sie aus naheliegenden Gründen der Polizei nichts von den Ereignissen des heutigen Abends erzählen würden, wenn sie kommen sollte, um Ihnen mitzuteilen, daß man Emmeline gefunden hat. Ich fürchte, sie könnte Ihnen allerlei Scherereien bereiten, wenn sie dahinterkäme, Ihnen sei bekannt, daß Emmeline gefunden worden war, bevor sie selber sie fanden. Ich bin sicher, Sie werden begreifen, daß die Polizei nicht sehr erbaut sein wird, wenn so etwas ans Licht kommt. Man könnte Ihnen alle möglichen kniffligen Fragen stellen.» Er zuckte die Achseln. «Ich meine, wir haben alle Fragen, die das betreffen, was aus dem Jenseits zu uns gelangt. Tatsächlich ist es für jeden ein Rätsel, und zwar eines, auf das wir in diesem Stadium sehr wenige Antworten haben.»

«Ja, ich verstehe, daß die Polizei sich als lästig erweisen könnte», sagte ich. «Sie können sich darauf verlassen, daß ich nichts darüber verlauten lassen werde, was heute abend vorgefallen ist. Das gilt auch für meine Frau.»

«Herr Steininger, ich wußte, daß Sie verstehen würden.» Er öffnete die Vordertür. «Bitte zögern Sie nicht, wieder mit uns in Verbindung zu treten, wenn Sie zu irgendeiner Zeit mit Ihrer Tochter Kontakt aufzunehmen wünschen. Ich würde freilich eine Weile damit warten. Man sollte Geister nicht zu regelmäßig herbeirufen.»

Wir verabschiedeten uns noch einmal und gingen zum Wagen.

«Bring mich von hier weg, Bernie», zischte sie, als ich ihr den

Schlag aufhielt. Als ich den Motor anließ, weinte sie wieder, nur dieses Mal schüttelten sie Schrecken und Entsetzen.

«Ich kann es nicht glauben, daß Menschen so... *böse* sein können», schluchzte sie.

«Es tut mir leid, daß du das durchmachen mußtest», sagte ich. «Wirklich. Ich hätte alles dafür gegeben, es zu vermeiden, aber es war die einzige Möglichkeit.»

Ich fuhr bis ans Ende der Straße und weiter zum Bismarckplatz, einer friedlichen Kreuzung von Vorortstraßen mit einer kleinen Rasenfläche in der Mitte. Erst jetzt fiel mir auf, daß wir uns ganz in der Nähe von Frau Langes Haus in der Herbertstraße befanden. Ich entdeckte Korschs Wagen und hielt hinter ihm an. «Bernie? Glaubst du, daß die Polizei sie dort finden wird?»

«Ja.»

«Aber wie konnte er simulieren und zugleich wissen, wo sie ist? Wie konnte er solche Sachen über sie wissen? Ihre Vorliebe für das Tanzen?»

«Weil er oder einer dieser anderen sie dort hingeschafft haben. Wahrscheinlich haben sie mit Emmeline gesprochen und ihr ein paar Fragen gestellt, bevor sie sie töteten. Bloß um der Glaubwürdigkeit willen.»

Sie schneuzte sich die Nase und sah auf. «Warum haben wir angehalten?»

«Weil ich zum Haus zurückkehren und mich ein wenig umsehen will. Um herauszufinden, was es mit ihrem häßlichen kleinen Spiel auf sich hat. Der Wagen, der vor uns parkt, wird von einem meiner Männer gefahren. Sein Name ist Korsch, und er wird dich nach Hause bringen.»

Sie nickte. «Bitte sei vorsichtig, Bernie», sagte sie atemlos, und ihr Kopf sank nach vorn auf ihre Brust.

«Bist du in Ordnung, Hildegard?»

Sie tastete nach dem Türgriff. «Ich glaube, mir wird übel.» Sie fiel zur Seite auf den Bürgersteig und erbrach sich in den Rinnstein und ihren Ärmel, als sie sich im Fallen mit der Hand abstützte. Ich sprang aus dem Wagen und lief zur Beifahrertür, um ihr zu helfen, doch Korsch war vor mir da und hielt sie bei den Schultern, bis sie wieder atmen konnte.

«Um Gottes willen», sagte er, «was ist da drin passiert?»

Ich kauerte neben ihr, wischte ihr den Schweiß von der Stirn und tupfte ihr den Mund ab. Sie nahm das Taschentuch aus meiner Hand und ließ sich von Korsch helfen, sich wieder aufzusetzen.

«Das ist eine lange Geschichte», sagte ich, «und ich fürchte, daß sie noch eine Weile wird warten müssen. Ich möchte, daß Sie sie nach Hause schaffen und dann im Alex auf mich warten. Auch Becker soll hinkommen. Ich habe das Gefühl, daß wir heute nacht eine Menge zu tun bekommen werden.»

«Tut mir leid», sagte Hildegard. «Es geht mir jetzt wieder besser.» Sie lächelte tapfer. Korsch und ich halfen ihr aus dem Wagen, stützten sie und führten sie zu Korschs Wagen.

«Seien Sie vorsichtig, Kommissar», sagte er, als er sich hinter das Steuer klemmte und den Motor anließ. Ich sagte ihm, er solle sich keine Sorgen machen.

Nachdem sie abgefahren waren, wartete ich etwa eine halbe Stunde im Wagen und ging dann zur Caspar-Theyß-Straße zurück. Der Wind frischte auf, und ein paarmal fegte er so heftig durch die Bäume, welche die dunkle Straße säumten, daß ich mir, wäre ich ein Mann mit mehr Phantasie gewesen, hätte einbilden können, das habe etwas mit den Vorgängen in Weisthors Haus zu tun. Als wolle er die Geister verwirren oder ähnliches. Wie die Dinge lagen, war mir die Gefährlichkeit meines Unternehmens wohl bewußt, und der Wind, der durch den wolkenverhangenen Himmel ächzte, minderte dieses Gefühl keineswegs. Tatsächlich wurde dieses Gefühl der Gefahr noch intensiver, als ich das Pfefferkuchenhaus wiedersah.

Inzwischen waren die Dienstwagen vom Bürgersteig verschwunden, aber ich näherte mich dem Garten dennoch mit Vorsicht, für den Fall, daß die beiden SS-Männer aus irgendeinem Grund noch da waren. Nachdem ich mich davon überzeugt hatte, daß das Haus nicht bewacht wurde, schlich ich auf Zehenspitzen um die Seitenwand herum und zum Badezimmerfenster, das ich unverschlossen gelassen hatte. Es war klug, daß ich leise ging, weil Licht in der Toilette brannte und ich aus dem kleinen Raum das unverwechselbare Geräusch eines Mannes hörte, der sich auf einer Klosettschüssel erleichtert. Ich drückte mich flach in den Schatten an der Mauer und wartete, bis er fertig war. Es schien mir zehn bis fünfzehn Minuten zu dauern, bis ich schließlich die Spülung rauschen hörte und das Licht verlöschen sah.

Einige Minuten vergingen, bevor ich es wagte, das Fenster aufzustoßen. Aber kaum war ich in die Toilette eingestiegen, als ich wünschte, ich wäre irgendwo anders oder würde wenigstens eine Gasmaske tragen, denn der fäkalische Gestank, der mir in die Nase stieg, war so stark, daß sich einer ganzen Klinik von Proktologen die Mägen umgedreht hätten. Ich schätze, das ist es, was die Polypen meinen, wenn sie sagen, manchmal sei ihr Beruf beschissen. Nur weil man dafür bezahlt wird, mucksmäuschenstill in einer Toilette zu stehen, wo jemand gerade einen Stuhlgang von geradezu ungeheuerlichen Ausmaßen zustande gebracht hat, ist wirklich beschissen.

Der entsetzliche Gestank war der Hauptgrund, daß ich mich entschloß, die Vorsicht ein wenig zu vernachlässigen und rascher in den Garderobenraum vorzurücken, wobei ich um ein Haar von Weisthor erspäht worden wäre, als er müde an der offenen Garderobentür vorbeitrottete und durch die Diele in ein Zimmer auf der gegenüberliegenden Seite ging.

«Ziemlich starker Wind heute nacht», sagte eine Stimme, in der ich die von Otto Rahn erkannte.

«Ja», kicherte Weisthor. «Hat die Atmosphäre noch gehoben, nicht wahr? Über diesen Wetterumschlag wird Himmler besonders froh sein. Ohne Zweifel wird er ihm alle möglichen Effekte aus Wagneropern zuschreiben.»

«Sie waren sehr gut, Karl», sagte Rahn. «Sogar der Reichsführer machte eine Bemerkung darüber.»

«Aber du siehst erschöpft aus», sagte eine Stimme, die ich für die von Kindermann hielt. «Laß mich lieber mal einen Blick auf dich werfen.»

Ich schob mich vor und spähte durch den Spalt zwischen der Garderobentür und dem Rahmen. Weisthor zog seine Jacke aus und hängte sie über eine Stuhllehne. Sich schwerfällig niederlassend, ließ er sich von Kindermann den Puls fühlen. Er kam mir teilnahmslos und blaß vor, als habe er wirklich Kontakt mit Geistern gehabt. Er schien meine Gedanken zu erraten.

«So zu tun als ob ist fast genauso anstrengend, wie es wirklich zu tun», sagte er.

«Vielleicht sollte ich dir eine Injektion geben», sagte Kindermann. «Ein bißchen Morphium, damit du schlafen kannst.» Ohne eine Antwort abzuwarten, nahm er eine kleine Flasche und eine Spritze aus einer Arzttasche und begann die Nadel zu präparieren. «Schließlich wollen wir nicht, daß du dich beim bevorstehenden Ehrengericht erschöpft fühlst, nicht wahr?»

«Ich will dich natürlich dabeihaben, Lanz», sagte Weisthor, krempelte sich einen Hemdsärmel hoch und enthüllte einen Unterarm, der derart mit Schwellungen und Narben von Einstichen übersät war, daß er wie tätowiert aussah.

«Ich werde das ohne Kokain nicht durchstehen können. Ich finde, es klärt den Geist wunderbar. Und ich werde so übermenschlich stimuliert sein, daß der Reichsführer das, was ich sage, vollkommen unwiderstehlich finden wird.»

«Wissen Sie, vorhin habe ich einen Augenblick gedacht, Sie würden die Enthüllung tatsächlich heute abend machen», sagte Rahn. «Sie haben richtig aufgereizt mit all dem Zeug über das Mädchen, das niemanden in Schwierigkeiten bringen wollte. Nun, offen gestanden, mehr oder weniger glaubt er es jetzt.»

«Erst wenn die richtige Zeit gekommen ist, mein lieber Otto», erwiderte Weisthor. «Erst wenn die richtige Zeit gekommen ist. Stellen Sie sich bloß vor, wieviel aufregender es für ihn sein wird, wenn ich's in Wewelsburg enthülle. Jüdische Mittäterschaft wird sich kraftvoll spirituell enthüllen, und wir werden sein dummes Geschwätz, man müsse Eigentum und gesetzliche Vorschriften beachten, nicht mehr zu hören brauchen. Die Juden werden bekommen, was ihnen zusteht, und es wird nicht einen Polizisten geben, der es aufhält.» Er nickte Kindermann zu, beobachtete leidenschaftslos, wie dieser die Spritze ansetzte und die Injektion machte, und seufzte befriedigt auf, als der Kolben ganz heruntergedrückt war.

«Und jetzt, meine Herren, wären Sie vielleicht so freundlich, einem alten Mann ins Bett zu helfen.»

Ich sah zu, wie jeder von ihnen einen seiner Arme nahm und sie ihn die knarrende Treppe hinaufführten.

Mir kam der Gedanke, daß Kindermann oder Rahn, wenn sie vorhatten, jetzt aufzubrechen, einen Mantel brauchen würden, und darum schlich ich aus der Garderobe, ging in den L-förmigen Raum, wo die Schein-Séance über die Bühne gegangen war, und versteckte mich hinter den schweren Vorhängen, falls einer von ihnen hereinkommen sollte. Doch als sie herunterkamen, standen sie bloß in der Diele und unterhielten sich. Ich verstand nur die Hälfte dessen, was sie sagten, doch der Kern schien zu sein, daß man Reinhard Lange nicht mehr brauchen könne. Kindermann machte den schwachen Versuch, sich für seinen Liebhaber zu entschuldigen, aber mit dem Herzen schien er nicht bei der Sache zu sein.

Den Gestank in der Toilette zu ertragen war mir schwer genug gefallen, doch was jetzt folgte, war noch abscheulicher. Ich konnte weder genau erkennen, was passierte, noch ein Wort verstehen. Aber das Geräusch, das zwei Schwule verursachen, wenn sie sich lieben, ist unverkennbar und erfüllte mich mit einem Gefühl tiefen Ekels. Als sie ihre schmutzige Tätigkeit schließlich wiehernd zum Abschluß gebracht hatten und fortgingen, kichernd wie zwei verkommene Schuljungen, fühlte ich mich so erbärmlich, daß ich ein Fenster öffnen mußte, um ein wenig frische Luft einzuatmen.

Im Arbeitszimmer nebenan goß ich mir ein großes Glas von Weisthors Cognac ein, der erheblich besser wirkte als eine Prise Berliner Luft. Angesichts der zugezogenen Vorhänge fühlte ich mich sogar so sicher, daß ich die Tischlampe anknipste und mich ausgiebig im Raum umsah, ehe ich die Schubladen und Schränke durchsuchte.

Der Raum war in der Tat einen Blick wert. Was die Ausstattung anging, war Weisthors Geschmack nicht weniger exzentrisch als der von König Ludwig II. Es gab sonderbar aussehende Kalender, heraldische Wappenschilde, Gemälde von Druidensteinen, Merlin, von Excalibur, dem Schwert im Stein, vom Gral, von Tempelrittern und Fotos von Burgen; schließlich noch Fotos von Hitler, Himmler und Weisthor selber, alle in Uniform: Weißthor posierte zuerst als Infanterieoffizier in einem österreichischen Regiment und dann in der Uniform eines höheren SS-Offiziers.

Karl Weisthor war in der SS. Ich sagte es fast laut, so fantastisch kam es mir vor. Er war auch nicht bloß ein Unterscharführer wie Otto Rahn, sondern, nach der Anzahl der Runen an seinem Kragenspiegel, wenigstens Brigadeführer. Und da war noch etwas anderes. Warum war es mir nicht schon früher aufgefallen – die körperliche Ähnlichkeit zwischen Weisthor und Julius Streicher! Es war richtig, daß Weisthor vielleicht zehn Jahre älter war als Streicher, aber die Beschreibung, die Sarah Hirsch, das kleine jüdische Schulmädchen, geliefert hatte, konnte ebenso leicht auf Weisthor wie auf Streicher zutreffen: Beide Männer waren untersetzt, hatten kaum Haare, einen kleinen Schnurrbart, und beide sprachen mit starkem südlichem Akzent. Österreichisch oder bayerisch, hatte sie gesagt. Nun, Weisthor war Wiener. Ich fragte mich, ob Otto Rahn der Mann gewesen sein konnte, der den Chauffeur gespielt hatte.

Alles schien mit dem übereinzustimmen, was ich bereits wußte, und die Unterhaltung in der Diele, die ich belauscht hatte, bestätigte meinen früheren Verdacht: Die Schuld an den Morden sollte den Berliner Juden in die Schuhe geschoben werden, das war das Motiv. Doch irgendwie schien noch mehr dahinterzustecken. Immerhin war Himmler im Spiel. Lag ich mit meiner Vermutung richtig, daß sie das zweite Ziel verfolgten, Himmler als Weisthor-Gläubigen zu gewinnen, um dadurch Weisthors Machtbasis und Aufstiegschancen in der SS zu sichern, womöglich sogar auf Kosten Heydrichs?

Es war eine hübsche Theorie. Jetzt brauchte ich sie nur noch zu beweisen, und der Beweis würde wasserdicht sein müssen, sonst würde es Himmler niemals zulassen, daß sein persönlicher Rasputin wegen vielfachen Mordes vor Gericht gestellt wurde. Und das um so mehr, als dabei wahrscheinlich herauskommen würde, daß der Reichsführer-SS das leichtgläubige Opfer eines raffinierten Schwindels geworden war.

Ich begann Weisthors Schreibtisch zu durchsuchen, mit dem Gedanken, daß ich, selbst wenn ich genug finden würde, um Weisthor und seine teuflische Intrige zu entlarven, nicht die Absicht hatte, Himmler, der wohl der mächtigste Mann in Deutschland war, als reines Unschuldslamm dastehen zu lassen. Das war keine angenehme Aussicht.

Es stellte sich heraus, daß Weisthor in bezug auf seine Korrespondenz ein penibler Mann war, und ich fand Aktenordner voller Briefe, eingeschlossen Abschriften von Briefen, die er selbst abgeschickt oder die er empfangen hatte. Ich setzte mich an seinen Schreibtisch und fing an, sie auf gut Glück zu lesen. Wenn ich nach getippten Schuldeingeständnissen gesucht hatte, wurde ich enttäuscht. Weisthor und seine Helfershelfer hatten jenes Talent für raffinierte Umschreibungen entwickelt, das gefördert zu werden scheint, wenn man geheim und konspirativ operiert. Diese Briefe bestätigten alles, was ich wußte, doch sie bedienten sich so vorsichtiger Formulierungen und enthielten so viele Schlüsselwörter, daß sie mehr als eine Deutung zuließen.

K. M. Wiligut Weisthor
Caspar-Theyß-Str. 33
Berlin W.

An SS-Unterscharführer Otto Rahn
Tiergartenstraße 8 a
Berlin W.

STRENG VERTRAULICH

8. Juli 1938

Lieber Otto, es ist so, wie ich befürchtet habe. Der Reichsführer setzt mich in Kenntnis, daß von dem Juden Heydrich eine Nachrichtensperre über alles, was mit Projekt Krist zusammenhängt, verfügt worden ist. Ohne Berichterstattung in der Presse gibt es für uns keine legitime Möglichkeit, festzustellen, wer von den Auswirkungen des Projektes Krist betroffen ist. Um in der Lage zu sein, denen, die betroffen sind, rasch spirituellen Beistand zu leisten und auf diese Weise unser Vorhaben zu bewerkstelligen, müssen wir uns unverzüglich eine andere Möglichkeit ausdenken, um uns auf rechtlich einwandfreie Weise in Spiel bringen zu können.

Haben Sie irgendwelche Vorschläge?

Heil Hitler
Weisthor

Otto Rahn
Tiergartenstraße 8a
Berlin W.

An SS-Brigadeführer
K. M. Weisthor
Berlin-Grunewald

STRENG VERTRAULICH

10. Juli 1938

Lieber Brigadeführer,

ich habe reiflich über Ihren Brief nachgedacht, und ich glaube, daß ich, mit der Hilfe von SS-Hauptsturmführer Kindermann und SS-Sturmbannführer Anders, die Lösung gefunden habe.

Anders hat einige Erfahrungen mit polizeilichen Angelegenheiten und ist sicher, daß es in einer Lage, wie sie jetzt durch das Projekt Krist heraufbeschworen worden ist, für einen Bürger nicht ungewöhnlich wäre, wenn er, angesichts der polizeilichen Unfähigkeit, von sich aus einen Privatdetektiv einschaltet. Wir schlagen deshalb vor, daß wir uns mit Hilfe der Stellung und der Mittel unseres guten Freundes Reinhard Lange der Dienste einer kleinen Privatdetektei versichern und dann einfach in Zeitungen inserieren. Wir sind alle der Meinung, daß die betroffenen Personen mit eben dieser Detektei Verbindung aufnehmen werden, die, wenn sie nach einer angemessenen Zeitspanne mit ihren vorgeblichen Nachforschungen am Ende ist, auf die ihr geeignet erscheinende Weise uns ins Spiel bringt.

In der Hauptsache sind solche Männer nur durch Geld zu motivieren, und darum wird der Mann, vorausgesetzt, er sieht sich ausreichend entlohnt, nur das glauben, was er glauben will, vor allem, daß wir eine Gruppe von Spinnern sind. Sollte er zu irgendeiner Zeit Schwierigkeiten machen, so bin ich sicher, daß wir ihn bloß an das Interesse des Reichsführers an dieser Angelegenheit zu erinnern brauchen, um sein Schweigen sicherzustellen.

Ich habe eine Liste geeigneter Kandidaten zusammengestellt, und möchte, wenn Sie erlauben, so bald wie möglich mit ihnen Kontakt aufnehmen.

Heil Hitler
Der Ihre,
Otto Rahn

K. M. Wiligut Weisthor
Caspar-Theyß-Str. 33
Berlin W.

An SS-Unterscharführer Otto Rahn
Tiergartenstraße 8 a
Berlin W.

STRENG VERTRAULICH

30. Juli 1938

Lieber Otto,

ich habe von Anders erfahren, daß die Polizei einen Juden wegen des Verdachtes, gewisse Verbrechen begangen zu haben, in Haft genommen hat. Warum ist es keinem von uns in den Sinn gekommen, es könne der Polizei, wie sie nun mal ist, einfallen, irgendeiner Person, und sei sie ein Jude, diese Verbrechen anzuhängen? Im richtigen Stadium unserer Planung wäre eine solche Verhaftung höchst hilfreich gewesen, aber gerade jetzt, da wir noch keine Gelegenheit hatten, unsere Macht im Interesse des Reichsführers zu demonstrieren, in der Hoffnung, ihn entsprechend zu beeinflussen, ist das nichts weniger als ärgerlich.

Gleichwohl will mir scheinen, daß wir die Sache am Ende zu unserem Vorteil wenden könnten. Ein weiterer Projekt-Krist-Vorfall wird nicht nur die Freilassung des Mannes bewirken, sondern zugleich Heydrich in eine wirklich unangenehme Lage bringen. Bitte kümmern Sie sich darum.

Heil Hitler
Weisthor

SS-Sturmbannführer Richard Anders
Orden der Tempelritter
Lumen-Club
Bayreuther Straße 22, Berlin W.

An SS-Brigadeführer K. M. Weisthor
Berlin-Grunewald

STRENG VERTRAULICH

27. August 1938

Lieber Brigadeführer,

meine Nachforschungen haben bestätigt, daß das Polizeihauptquartier am Alexanderplatz in der Tat einen anonymen Telefonanruf erhalten hat. Darüber hinaus läßt eine Unterredung mit dem Adjutanten des Reichsführers, Karl Wolff, den Schluß zu, daß er es war und nicht der Reichsführer, der den besagten Anruf vorgenommen hat. Es mißfällt ihm sehr, die Polizei auf diese Weise in die Irre zu führen, doch räumt er ein, daß er keine andere Möglichkeit sieht, die Untersuchung voranzutreiben und zugleich dafür zu sorgen, daß die notwendige Anonymität des Reichsführers gewährleistet ist.

Offenbar ist Himmler sehr beeindruckt.

Heil Hitler
Der Ihre, Richard Anders

SS-Hauptsturmführer Dr. Lanz Kindermann
Am Kleinen Wannsee
Berlin W.

An Karl Maria Wiligut
Caspar-Theyß-Str. 33
Berlin W.

STRENG VERTRAULICH

29. September

Mein lieber Karl,
zuallererst etwas Ernstes. Unser Freund Reinhard Lange fängt an, mir Anlaß zur Besorgnis zu geben. Ungeachtet meiner persönlichen Gefühle für ihn glaube ich, daß er in seinem Entschluß, bei der Durchführung von Projekt Krist zu helfen, schwankend geworden ist. Das, was wir im Einklang mit unserem uralten heidnischen Erbe zu tun unternehmen, scheint sich ihm als etwas Unangenehmes darzustellen, aber nichtsdestoweniger als eine Notwendigkeit. Ich glaube zwar keinesfalls, daß er uns je hintergehen würde, meine jedoch, daß er an den Aktivitäten von Projekt Krist nicht mehr teilnehmen sollte, die notgedrungen in dieser Klinik stattfinden müssen.

Ansonsten erfreue ich mich weiterhin an Deinem alten spirituellen Familienerbe und sehne den Tag herbei, da wir fortfahren können, durch Deine autogene Sehergabe auf den Pfaden unserer Vorfahren zu wandeln.

Heil Hitler
Wie immer der Deine
Lanz

Der Kommandant
SS-Brigadeführer Siegfried Taubert
SS-Schule
Wewelsburg bei Paderborn
Westfalen

An SS-Brigadeführer Weisthor
Caspar-Theyß-Str. 33
Berlin-Grunewald

3. Oktober 1938

STRENG VERTRAULICH: SITZUNG DES EHRENGERICHTES 6.–8. November 1938
Herr Brigadeführer.

Hiermit bestätige ich, daß das nächste Ehrengericht zum obenge-

nannten Termin hier auf der Wewelsburg stattfinden wird. Die Sicherheitsvorkehrungen werden während der Sitzungen streng sein, und außer den üblichen Methoden der Identifizierung wird ein Kennwort notwendig sein, um Zugang zum Schulgebäude zu erlangen. Entsprechend Ihrem eigenen Vorschlag, wird es GOSLAR lauten. Auf Anweisung des Reichsführers-SS ist die Anwesenheit aller auf der beigefügten Liste verzeichneten Offiziere und Zivilpersonen obligatorisch:
Reichsführer-SS Himmler
SS-Standartenführer Heydrich
SS-Obergruppenführer Heissmeyer
SS-Obergruppenführer Nebe
SS-Obergruppenführer Daluege
SS-Obergruppenführer Darre
SS-Gruppenführer Pohl
SS-Brigadeführer Taubert
SS-Brigadeführer Berger
SS-Brigadeführer Eicke
SS-Brigadeführer Weisthor
SS-Oberführer Wolff
SS-Sturmbannführer Anders
SS-Sturmbannführer von Oeynhausen
SS-Hauptsturmführer Kindermann
SS-Obersturmbannführer Diebitsch
SS-Obersturmbannführer von Knobelsdorff
SS-Obersturmbannführer Klein
SS-Unterscharführer Rahn
Landesbaumeister Bartels
Professor Wilhelm Todt

Heil Hitler
Taubert

Es gab noch zahlreiche andere Briefe, aber ich war so lange geblieben, daß ich bereits zuviel riskiert hatte. Darüber hinaus wurde mir klar, daß ich, vielleicht zum ersten Mal, seit ich 1918 den Schützengraben verlassen hatte, Furcht empfand.

21.
Freitag, 4. November

Während ich von Weisthors Haus zum Alex zurückfuhr, versuchte ich, in alldem, was ich herausgefunden hatte, einen Sinn zu erkennen.

Vogelmanns Rolle war geklärt und bis zu einem gewissen Grad auch die von Reinhard Lange. Und in Kindermanns Klinik waren die Mädchen vielleicht umgebracht worden. Konnte man sich einen besseren Ort denken, um jemanden zu töten, als ein Krankenhaus, wo es immer Leute gibt, die kommen und gehen, mit den Füßen zuerst. Sein Brief an Weisthor schien ziemlich sicher darauf hinzudeuten.

Weisthors Lösung hatte etwas erschreckend Geniales. Nachdem man die Mädchen, alle wegen ihres arischen Aussehens ausgewählt, umgebracht hatte, wurden ihre Leichen so sorgfältig versteckt, daß es praktisch unmöglich war, sie zu finden: zumal bei den wenigen Beamten, die der Polizei zur Verfügung standen, um eine Routinesache wie die Suche nach einer vermißten Person durchzuführen. Mit der Zeit, als die Polizei begriff, daß ein Massenmörder die Straßen von Berlin unsicher machte, war sie um so mehr darum bemüht, die Sache geheimzuhalten, damit ihre vergeblichen Bemühungen, den Mörder zu fassen, nicht für Unfähigkeit gehalten wurden – zumindest so lange, wie sie brauchte, um einen geeigneten Sündenbock zu finden, einen wie Josef Kahn. Aber was war mit Heydrich und Nebe, fragte ich mich. War die für sie obligatorische Anwesenheit beim SS-Ehrengericht lediglich auf ihren hohen Rang zurückzuführen? Schließlich hatte die SS, wie andere Organisationen auch, ihre Fraktionen. Daluege, zum Beispiel, der Chef der Orpo, war Heydrich und Himmler ebenso übelgesinnt wie diese ihm. Das galt auch für seinen Gegenspieler, Arthur Nebe. Und ganz unleugbar stand die Gruppe um Weisthor «dem Juden Heydrich» feindlich gegenüber. Heydrich, ein Jude! Das war ein Kabinettstück von Gegenpropaganda, die darauf baut, daß ein massiver Widerspruch überzeugend klingt. Ich hatte von diesem Gerücht bereits Wind bekommen, wie die meisten Polypen beim Alex, und ich kannte, wie sie, seinen Urheber: Admiral Canaris, Chef der Abwehr, des Militärischen Geheimdienstes, war Heydrichs schärfster Gegner und gewiß der mächtigste.

Oder gab es noch einen anderen Grund für Heydrich, in ein paar Tagen nach Wewelsburg zu fahren? Die dortige Sitzung schien mit ihm nichts zu tun zu haben, doch ich zweifelte keinen Augenblick daran, daß er die Aussicht, Himmler in Verlegenheit zu sehen, genießen würde. Für ihn wäre das eine hübsche, dicke Glasur auf dem Kuchen, dessen wichtigste Zutat die Verhaftung Weisthors und der anderen Anti-Heydrich-Verschwörer in der SS war.

Um das zu beweisen, würde ich freilich ein bißchen mehr brauchen als Weisthors Papiere. Etwas, das eine so beredte und unmißverständliche Sprache sprach, daß es selbst den Reichsführer überzeugen würde.

In diesem Augenblick fiel mir Reinhard Lange ein. Er war der weichste Auswuchs an dem besudelten Körper von Weisthors Plan, und man würde gewiß keine saubere und scharfe Curette brauchen, um ihn abzuschneiden. Ich hatte genau den schmutzigen, schartigen Daumennagel, der diese Arbeit erledigen würde. Ich hatte noch immer zwei seiner Briefe an Lanz Kindermann.

Als ich wieder im Alex war, ging ich sofort zum Schalter des Diensthabenden Wachtmeisters, wo ich Korsch und Becker vorfand, die, zusammen mit Professor Illmann und Wachtmeister Gollner, auf mich warteten.

«Wieder ein Anruf?»

«Ja, Kommissar», sagte Gollner.

«Na schön. Gehen wir.»

Von außen schien die Schultheiß-Brauerei in Kreuzberg mit ihrem eintönigen roten Ziegelmauerwerk, den zahlreichen Türmen und Türmchen und dem ausgedehnten Garten mehr einer Schule als einer Brauerei zu gleichen. Wäre der Geruch nicht gewesen, der sogar um zwei Uhr nachts stark genug war, um in der Nase zu stechen, hätte man anstelle von Räumen voll mit Fässern Klassenzimmer mit Bänken erwartet. Wir hielten am zeltförmigen Pförtnerhaus.

«Polizei», schrie Becker dem Nachtwärter zu, der selber eine Vorliebe für Bier zu haben schien. Sein Wanst war so dick, daß ich zweifelte, ob er die Taschen seines Arbeitsanzuges erreichen konnte, selbst wenn er es gewollt hätte. «Wo bewahren Sie die alten Bierfässer auf?»

«Was? Meinen Sie die leeren?»

«So ähnlich. Ich meine die Fässer, die womöglich reparaturbedürftig sind.»

Der Mann tippte sich wie zum Gruß an die Stirn.

«Da liegen Sie richtig, Chef. Ich weiß genau, was Sie meinen. Hier entlang, bitte.»

Wir stiegen aus und folgten ihm zurück die Straße hinauf, die wir gefahren waren. Wir legten nur ein kurzes Stück Weg zurück, ehe wir uns durch eine grüne Tür in der Mauer der Brauerei duckten und einen langen schmalen Durchgang betraten.

«Halten Sie diese Tür nicht verschlossen?» fragte ich.

«Nicht nötig», antwortete der Nachtwächter. «Hier gibt's nichts zu klauen. Das Bier wird hinter dem Tor gelagert.»

Wir waren in einem alten Keller, dessen Decke und Fußboden zweihundert Jahre alter Schmutz überzog. Eine nackte Glühbirne an der Wand warf einen gelben Schein in das Halbdunkel.

«Da wären wir also», sagte der Mann. «Ich schätze, das muß es sein, wonach Sie gesucht haben. Hier bringt man die Fässer hin, die repariert werden müssen. Allerdings wird 'ne Menge davon nie repariert. Einige Fässer sind seit zehn Jahren nicht angerührt worden.»

«Mist», sagte Korsch. «Das müssen beinahe hundert Fässer sein.»

«Mindestens», lachte unser Führer.

«Also, dann fangen wir besser an, oder?» sagte ich.

«Wonach suchen Sie denn genau?»

«Nach einem Flaschenöffner», sagte Becker. «Jetzt seien Sie mal schön brav und verduften Sie.» Der Mann feixte, knurrte vor sich hin und watschelte davon, zur großen Belustigung Beckers.

Es war Illmann, der sie fand. Er brauchte nicht mal den Deckel hochzuheben.

«Hier. Dieses Faß hier. Es ist bewegt worden. Vor kurzem. Und der Deckel hat eine andere Farbe als die übrigen.» Er lüftete den Deckel, holte tief Luft und leuchtete mit seiner Lampe hinein. «Ja, sie ist es.»

Ich gesellte mich zu ihm und warf zwei Blicke hinein, einen für mich und einen für Hildegard. Ich hatte genug Fotos von Emmeline in der Wohnung gesehen, um sie auf Anhieb zu erkennen.

«Machen Sie, daß Sie hier rauskommen, so schnell Sie können, Professor.»

Illmann schaute mich befremdet an und nickte. Vielleicht spürte er etwas in meinem Tonfall, das ihn glauben ließ, mein Interesse sei mehr als ein bloß berufliches. Er winkte dem Polizeifotografen.

«Becker», sagte ich.

«Ja, Kommissar?»

«Ich brauche Sie. Kommen Sie mit.»

Auf dem Weg zu Reinhard Langes Wohnung machten wir kurz in meinem Büro halt, um seine Briefe zu holen. Ich goß jedem von uns einen großen Schnaps ein und schilderte Becker in großen Zügen, was an diesem Abend vorgefallen war.

«Lange ist das schwache Glied. Ich hörte, wie sie's sagten. Außerdem ist er ein Schwächling.» Ich leerte das Glas und schenkte nach, tief einatmend, um die Wirkung zu verstärken, und meine Lippen kribbelten, als ich den Schnaps eine Weile auf der Zunge behielt, ehe ich ihn schluckte. Ich schauerte ein bißchen, als er mir bis in die Knochen zu dringen schien, und sagte: «Ich möchte, daß Sie ihm eine Behandlung verpassen, wie Sie's bei der Sitte machen.»

«Ja? Wie kräftig?»

«Tanzen Sie ein bißchen Walzer mit ihm.»

Becker grinste und trank sein Glas aus. «Ich soll ihn ein bißchen durch die Mühle drehen, wie?» Er öffnete seine Jacke und nahm einen kurzen Gummiknüppel raus, mit dem er begeistert auf seine Handfläche klopfte. «Ich werd ihn damit bearbeiten.»

«Gut, ich hoffe, Sie wissen mit dem Ding besser umzugehen als mit der Parabellum, die Sie tragen. Ich will, daß dieser Bursche am Leben bleibt. So verängstigt, daß er sich vollscheißt, aber lebendig. Damit er Fragen beantworten kann. Kapiert?»

«Keine Sorge», sagte er. «Mit diesem kleinen Radiergummi bin ich ein Experte. Nur die Haut wird aufplatzen, Sie werden sehen. Die Knochen können wir uns zunächst sparen, bis Sie sich's anders überlegen.»

«Ich glaube wirklich, Ihnen gefällt das, oder? Die Leute so einzuschüchtern, daß sie sich naßmachen.»

Becker grinste. «Glauben Sie?»

Das Haus am Lützowufer blickte auf den Landwehrkanal und lag in Hörweite des Zoos, wo ein paar von Hitlers Verwandten zu hören waren, die sich über das Niveau der Unterbringung beklagten. Es war ein elegantes dreigeschossiges Haus im wilhelminischen Stil, orangefarben gestrichen und mit einem großen achteckigen Erkerfenster in der ersten Etage. Becker begann an der Klingel zu ziehen, als arbeite er im Akkord. Als er es satt hatte, machte er sich über den Türklopfer her. Schließlich ging in der Diele das Licht an, und wir hörten das Quietschen eines Riegels.

Bei vorgelegter Kette wurde die Tür geöffnet und ich sah Langes bleiches Gesicht nervös durch den Spalt lugen.

«Polizei», sagte Becker. «Aufmachen.»

«Was ist los?» schluckte er. «Was wollen Sie?»

Becker trat einen Schritt zurück. «Passen Sie auf, Kommissar», sagte er, und dann trat er mit seiner Schuhsohle gegen die Tür. Ich hörte Lange kreischen, als Becker abermals zutrat. Beim dritten Versuch flog die Tür mit einem lauten splitternden Geräusch auf, und wir sahen Lange im Schlafanzug die Treppe hinauf flüchten.

Becker eilte ihm nach.

«Erschießen Sie ihn nicht», schrie ich Becker zu.

«O Gott, hilf mir», gurgelte Lange, als Becker ihn am nackten Knochel erwischte und anfing, ihn zurückzuzerren. Er drehte sich herum und versuchte, sich mit Tritten aus Beckers Griff zu befreien, doch es half ihm nicht, denn Becker zog so kräftig, daß Lange auf seinem fetten Hintern die Treppe herunterrutschte. Als er unten angekommen war, packte Becker sein Gesicht und zog die Haut seiner Wangen bis zu den Ohren hoch.

«Wenn ich sage, du sollst die Tür aufmachen, machst du die verdammte Tür auf, klar?» Dann legte er seine ganze Hand auf Langes Gesicht und knallte seinen Kopf heftig auf die Treppe. «Hast du das kapiert, Schwuchtel?»

Lange protestierte lautstark, und Becker griff ihm in die Haare und schlug ihm zweimal hart ins Gesicht.

«Ich sagte, hast du das kapiert, Schwuchtel?»

«Ja», schrie Lange.

«Das reicht», sagte ich und zog Becker an der Schulter zurück. Er stand schweratmend auf und grinste mich an.

«Sie sprachen von einem Walzer, Kommissar.»

«Ich sag's Ihnen, wenn er von der Sorte mehr braucht.»

Lange fuhr sich über die blutende Lippe und betrachtete das Blut, das auf seinem Handrücken verschmiert war. Er hatte Tränen in den Augen, doch er schaffte es trotzdem, sich zu einer gewissen Entrüstung aufzuraffen.

«Hören Sie mal», kreischte er, «was, zur Hölle, hat das zu bedeuten? Was soll das heißen, daß Sie auf diese Art hier hereinplatzen?»

«Sagen Sie's ihm», sagte ich.

Becker packte den Kragen seines seidenen Morgenmantels und drehte ihn um Langes dicklichen Hals zusammen. «Es geht um einen rosa Winkel für dich, du kleines Schweinchen», sagte er. «Ein rosa Winkel mit einem Balken, wenn man nach den Briefen an Kindermann geht, deinem Freund, der dir den Arsch versohlt.»

Lange entwand sich Beckers Griff und starrte ihn verbittert an. «Ich weiß nicht, wovon Sie reden», zischte er. «Rosa Winkel? Was soll das bedeuten, um Gottes willen?»

«Paragraph 175, Strafgesetzbuch», sagte ich.

Becker zitierte den Abschnitt aus dem Kopf: «Jeder Mann, der kriminell anstößige Handlungen mit einem anderen Mann begeht oder freiwillig an solchen Handlungen teilnimmt, wird mit Gefängnis bestraft.» Er schlug ihm spielerisch mit der flachen Hand auf die Wange. «Das heißt, daß du unter Arrest stehst, du fetter Arschfikker.»

«Aber das ist absurd. Ich habe nie solche Briefe an jemanden geschrieben. Und ich bin kein Homosexueller.»

«Du bist kein Homosexueller», feixte Becker, «und ich pisse nicht durch meinen Schwengel.» Aus seiner Jackentasche zog er die beiden Briefe, die ich ihm gegeben hatte, und wedelte vor Langes Gesicht damit herum. «Und diese hier, schätze ich, hast du an den Weihnachtsmann geschrieben, wie?»

Lange schnappte nach den Briefen, bekam sie aber nicht zu fassen.

«Schlechte Manieren», sagte Becker und schlug ihn abermals mit der flachen Hand, nur härter.

«Wo haben Sie die Briefe her?»

«Ich habe sie ihm gegeben.»

Lange blickte mich an, und dann noch einmal. «Augenblick», sagte er. «Ich kenne Sie. Sie sind Steininger. Sie waren heute abend zugegen, bei...» Er brach ab, ehe er sagen konnte, wo er mir begegnet war.

«Stimmt, ich habe an Weisthors kleiner Gesellschaft teilgenommen. Ich weiß ein wenig über das, was vor sich geht. Und Sie werden mir helfen, damit ich alles erfahre.»

«Sie verschwenden Ihre Zeit, wer immer Sie sind. Ich werde Ihnen überhaupt nichts erzählen.»

Ich nickte Becker zu, der anfing, ihn erneut zu schlagen. Ich sah ungerührt zu, wie er ihm zuerst mit dem Knüppel gegen die Knie und Knöchel und dann einmal leicht aufs Ohr schlug, und haßte mich selbst, daß ich die besten Traditionen der Gestapo am Leben erhielt, haßte die kalte, entmenschlichte Brutalität, die ich in meinen Eingeweiden spürte. Ich sagte ihm, er solle aufhören.

Darauf wartend, daß Lange zu schluchzen aufhörte, ging ich ein wenig herum und spähte durch die Türen. Ganz im Gegensatz zu seinem Äußeren, war Langes Haus in seinem Inneren alles andere als traditionell. Das Mobiliar, die Teppiche, die Gemälde, von denen es viele gab, entsprachen alle dem teuersten modernen Stil – es ist bequemer, sie anzuschauen, als damit zu leben.

Als ich schließlich bemerkte, daß Lange sich wieder ein bißchen berappelt hatte, sagte ich: «Das ist ein hübsches Plätzchen. Vielleicht nicht mein Geschmack, aber andererseits bin ich ein bißchen altmodisch. Sie wissen schon, einer von diesen tölpelhaften Leuten, die abgerundete Kanten mögen, die Sorte, die persönliche Bequemlichkeit über die Anbetung der Geometrie stellt. Aber ich wette, Sie fühlen sich hier wirklich wohl. Was glauben Sie, Becker, wie ihm der Knast im Alex gefallen wird?»

«Was, das Kittchen? Sehr geometrisch, Kommissar. All diese eisernen Stäbe.»

«Nicht zu vergessen, alle diese schrägen Typen, die da sind und Berlin zu seinem weltberühmten Nachtleben verhelfen. Die Vergewaltiger, die Mörder, die Diebe, die Säufer – es gibt eine Menge Säufer im Kittchen, kotzen überall hin ...»

«Es ist wirklich schrecklich, Kommissar, das stimmt.»

«Wissen Sie, Becker, ich glaube nicht, daß wir jemanden wie Herrn Lange da reinstecken können. Ich glaube nicht, daß er das alles nach seinem Geschmack finden würde, meinen Sie nicht auch?»

«Ihr Schweinehunde!»

«Ich glaube nicht, daß er die Nacht überstehen würde, Kommissar.

Schon gar nicht, wenn wir in seiner Garderobe etwas Besonderes zum Anziehen finden sollten. Etwas Künstlerisches, wie es sich für einen Mann von Herrn Langes Feinfühligkeit schickt. Vielleicht sogar ein wenig Schminke, wie? Er würde wirklich hübsch aussehen, mit einem Hauch Lippenstift und Rouge.» Er kicherte begeistert, ein geborener Sadist.

«Sie machen besser den Mund auf und reden mit mir, Herr Lange», sagte ich.

«Ihr schüchtert mich nicht ein, ihr Hunde. Hört ihr? Ihr macht mir keine Angst.»

«Das ist sehr bedauerlich. Die Aussicht, einen Menschen leiden zu sehen, stimmt mich nämlich, im Gegensatz zu Kriminalassistent Becker, nicht besonders fröhlich. Ich fürchte, ich habe keine Wahl. Ich würde diese Sache gern anständig über die Bühne bringen, aber ich habe, ganz offen gesagt, nicht die Zeit.»

Wir schleppten ihn nach oben ins Schlafzimmer, wo Becker aus Langes begehbarer Garderobe ein paar Kleidungsstücke aussuchte. Als er einen Lippenstift und eine Dose Rouge fand, brüllte Lange laut auf und wollte mir einen Schwinger versetzen.

«Nein», schrie er. «Das lasse ich nicht mit mir machen!» Ich fing seine Faust auf und drehte ihm den Arm auf den Rücken. «Sie wehleidiger kleiner Feigling. Verdammt noch mal, Lange, Sie werden die Sachen tragen oder, so wahr mir Gott helfe, wir werden sie kopfüber aufhängen und Ihnen die Kehle durchschneiden, wie bei all diesen Mädchen, die von Ihren Freunden ermordet worden sind. Und dann werden wir Ihren Kadaver vielleicht einfach in ein Bierfaß werfen oder in einen alten Koffer stopfen und zuschauen, wie Ihre Mutter sich fühlt, wenn sie Sie nach sechs Wochen identifizieren muß.» Ich legte ihm Handschellen an, und Becker begann mit dem Schminken. Als er fertig war, hätte Oscar Wilde neben Lange so anspruchslos und bieder ausgesehen wie ein Gardinenverkäufer aus Hannover.

«Gehen wir», knurrte ich. «Schaffen wir dieses süße Revuegirl zurück in sein Hotel.»

Was den Nachtarrest im Alex betraf, hatten wir nicht übertrieben. Es ist wahrscheinlich auf jedem Polizeirevier einer großen Stadt dasselbe. Weil aber der Alex tatsächlich ein sehr großes Polizeirevier in einer sehr großen Stadt ist, folgt daraus, daß die Arrestzelle ebenfalls sehr groß ist. Besser gesagt, sie ist riesig, so groß wie ein normales Filmtheater, außer daß es keine Sitzplätze gibt. Es gibt dort auch keine Pritschen oder Fenster oder eine Lüftung. Es gibt nur den dreckigen Boden, die verdreckten Kloschüsseln, die schmutzigen Leute und die Läuse. Die Gestapo brachte hier eine Menge Inhaftierter unter, für die in der Prinz-Albrecht-Straße kein Platz mehr war. Die Orpo steckte die nachts aufgegriffenen Säufer hier rein, damit sie ihren Rausch auskämpften, auskotzten und ausschliefen. Die Kripo benutzte den Arrest wie die Gestapo den Kanal: als Klosett für ihren menschlichen Abfall. Ein schrecklicher Ort für ein menschliches Wesen. Selbst für eines wie Reinhard Lange. Ich mußte mich dauernd daran erinnern, was er und seine Freunde getan hatten, an Emmeline Steininger, die wie ein Haufen verfaulter Kartoffeln in jenem Faß lag. Einige der Gefangenen pfiffen und warfen uns Kußhände zu, als wir ihn runterbrachten, und Lange wurde vor Angst kreidebleich.

«Mein Gott, Sie werden mich doch nicht hierlassen», sagte er und umklammerte meinen Arm.

«Dann packen Sie aus», sagte ich. «Weisthor, Rahn, Kindermann. Eine unterschriebene Aussage, und Sie können eine hübsche Einzelzelle bekommen.»

«Ich kann nicht, ich kann nicht. Sie wissen ja nicht, was sie mir antun werden.»

«Nein», sagte ich und deutete auf die Männer hinter den Gitterstäben, «aber ich weiß, was die Ihnen antun werden.»

Der Wachtmeister vom Arrest schloß den riesigen schweren Käfig auf und trat zurück, als Becker Lange hineinstieß.

Seine Schreie klangen mir noch in den Ohren, als ich in Steglitz ankam.

Hildegard lag schlafend auf dem Sofa, ihre Haare wie die Rückenflosse eines goldenen exotischen Fisches auf dem Kissen ausgebreitet. Ich setzte mich zu ihr, strich mit der Hand über die glatte seidige Fülle, und dann küßte ich sie auf die Stirn und roch dabei, daß sie getrunken hatte. Sie regte sich, schlug blinzelnd die Augen auf, traurig und von Tränen verklebt. Sie legte ihre Hand auf meine Wange und dann in mein Genick und zog mich herunter zu ihrem Mund.

«Ich muß mit dir reden», sagte ich.

Sie legte einen Finger auf meine Lippen. «Ich weiß, sie ist tot», sagte sie. «Ich habe mich ausgeweint. Es ist kein Wasser mehr im Brunnen.»

Sie lächelte traurig, und ich küßte zart ihre Augenlider, glättete ihr duftendes Haar mit meiner Handfläche, kuschelte mich an ihr Ohr, knibbelte an ihrem Hals, während sie mich fester, immer fester in ihre Arme schloß.

«Auch du hattest einen entsetzlichen Abend», sagte sie leise. «Nicht wahr, Schatz?»

«Entsetzlich», sagte ich.

«Ich habe mir Sorgen gemacht, weil du in dieses schreckliche Haus zurückgekehrt bist.»

«Wir wollen nicht davon sprechen.»

«Bring mich zu Bett, Bernie.»

Sie legte ihre Arme um meinen Nacken, und ich hob sie hoch, drückte sie wie eine Kranke an meine Brust und trug sie in das Schlafzimmer. Ich setzte mich auf die Bettkante und begann, ihr die Bluse aufzuknöpfen. Als die Bluse gefallen war, seufzte sie und fiel auf die Bettdecke zurück: ein bißchen beschwipst, dachte ich, öffnete den Reißverschluß ihres Rockes und streifte ihn vorsichtig über ihre bestrumpften Beine. Ich zog ihr den Unterrock aus und küßte ihre kleinen Brüste, ihren Bauch und dann die Innenseiten ihrer Schenkel. Aber ihr Miederhöschen schien zu eng oder zwischen ihren Hinterbacken eingeklemmt zu sein. Ich sagte ihr, sie solle ihren Hintern heben.

«Zerreiß das Ding», sagte sie.

«Was?»

«Reiß es kaputt, Bernie. Tu mir weh, Bernie, benutz mich.» Sie sprach mit atemloser Ungeduld, ihre Schenkel öffneten und schlossen sich wie die Zangen einer riesigen Gottesanbeterin. «Hildegard...»

Sie schlug mich hart auf den Mund.

«Hör zu, verdammt noch mal. Tu mir weh, wenn ich's dir sage.» Ich ergriff ihr Handgelenk, als sie mich abermals schlug.

«Für heute abend habe ich genug.» Ich packte ihren anderen Arm. «Hör damit auf.»

«Bitte, du mußt.»

Ich schüttelte den Kopf, aber ihre Beine umschlangen fest meine

Hüften, und meine Nieren zuckten, als ihre kräftigen Schenkel sich zusammenpreßten.

«Hör auf damit, um Gottes willen.»

«Schlag mich, du blöder häßlicher Hurensohn. Habe ich dir schon gesagt, daß auch du nur ein Blödmann bist? Ein typischer holzköpfiger Polyp. Wenn du ein Mann wärst, würdest du mich vergewaltigen. Aber das liegt dir nicht, oder?»

«Wenn du auf Schmerz scharf bist, dann machen wir eine Fahrt zum Leichenschauhaus.» Ich schüttelte den Kopf, drückte ihre Schenkel auseinander und schob sie dann weg. «Aber nicht so. Nicht ohne ein bißchen Liebe.»

Sie hörte auf, sich zu winden, und schien für einen Augenblick die Wahrheit dessen, was ich sagte, zu erkennen. Sie lächelte, hob ihren Mund mir entgegen, und dann spuckte sie mir ins Gesicht. Danach blieb mir nichts anderes mehr übrig, als zu gehen.

Ich hatte einen Knoten im Magen, der so kalt und abweisend war wie meine Wohnung in der Fasanenstraße. Kaum war ich dort angekommen, griff ich mir eine Flasche Cognac, um ihn aufzulösen. Jemand hat mal gesagt, Glück sei das Negative, die bloße Aufhebung des Verlangens und die Auslöschung des Schmerzes. Doch ich glaube, bevor ich in den Schlaf sank, noch immer im Mantel und in meinem Lehnsessel sitzend, wurde mir ganz klar, wie schlimm es mich erwischt hatte.

22.
Sonntag, 6. November

Das Überleben, besonders in diesen schwierigen Zeiten, muß man als eine Art Leistung betrachten. Es ist nichts, das einem in den Schoß fällt. Das Leben im nationalsozialistischen Deutschland macht es erforderlich, daß du dich ständig damit abmühst. Wenn du das aber alles getan hast, stehst du vor dem Problem, diesem Leben einen Sinn zu geben. Wozu sind Gesundheit und soziale Sicherheit schließlich nütze, wenn dein Leben keinen Sinn hat?

Es war nicht einfach so, daß ich mir selber leid tat. Wie viele andere Leute glaube ich ernsthaft, daß es immer Menschen gibt, die schlechter dran sind. In diesem Fall wußte ich es jedoch mit Sicherheit.

Die Juden wurden bereits verfolgt, aber wenn Weisthor zum Zug kam, würden ihre Leiden ein neues Extrem erreichen. Und, gesetzt diesen Fall, was sagte das aus über sie und über uns, die wir miteinander lebten? In welchem Zustand würde das Deutschland wahrscheinlich zurücklassen?

Es ist wahr, ich redete mir ein, das sei nicht meine Sorge, die Juden hätten sich das selber eingebrockt: Aber selbst wenn das der Fall war, worin fanden wir Befriedigung, außer in ihrem Leid? Wurde unser Leben auf ihre Kosten um einen Deut besser? Genoß ich meine Freiheit mehr, weil sie verfolgt wurden?

Je mehr ich darüber nachdachte, desto klarer wurde mir, wie dringend notwendig es war, nicht nur dem Morden ein Ende zu bereiten, sondern auch Weisthors erklärte Absicht zu durchkreuzen, die Hölle über die Juden zu bringen, und ich spürte um so mehr, daß ich im selben Maß korrumpiert sein würde, wenn ich mich anders verhielte.

Ich bin kein Ritter in schimmernder Rüstung. Bloß ein vom Wetter mitgenommener Mann in einem zerknitterten Mantel an einer Straßenecke, der nur eine verschwommene Vorstellung von dem hat, was man voreilig als Moral bezeichnen könnte. Klar, ich bin keiner von denen, die es ganz genau nehmen, wenn ich ein bißchen Zaster verdienen kann, und ich könnte weder eine Bande junger Halunken dafür begeistern, gute Taten zu vollbringen, noch in einem Kirchenchor aufstehen und ein Solo singen. Aber in einem Punkt war ich mir sicher: Es kam für mich nicht in Frage, dazustehen und auf die Fingernägel zu gucken, wenn Diebe im Laden waren.

Ich warf den Packen Briefe vor mich auf den Tisch.

«Die haben wir gefunden, als wir Ihr Haus durchsuchten», sagte ich.

Ein sehr erschöpfter und derangierter Reinhard Lange betrachtete sie ohne großes Interesse.

«Würde es Ihnen etwas ausmachen, mir zu sagen, wie diese Briefe in Ihren Besitz kamen?»

«Es sind meine», sagte er wegwerfend. «Ich leugne es nicht.» Er seufzte und stützte den Kopf in seine Hände. «Hören Sie, ich habe Ihr Protokoll unterschrieben. Was wollen Sie noch? Ich war kooperativ, oder?»

«Wir sind fast fertig, Reinhard. Es gibt da nur noch einen oder zwei Punkte, die ich gern klären möchte. Zum Beispiel: Wer hat Klaus Hering umgebracht?»

«Ich weiß nicht, wovon Sie reden.»

«Sie haben ein kurzes Gedächtnis. Er erpreßte Ihre Mutter mit diesen Briefen, die er Ihrem Liebhaber stahl, der zufällig auch sein Arbeitgeber war. Ich schätze, daß er dachte, aus ihr wäre mehr rauszuholen. Nun, um es kurz zu machen, Ihre Mutter engagierte einen Privatdetektiv, der herausfinden sollte, wer sie erpresse. Dieser Mann war ich. Das war, bevor ich als Polizist zum Alex zurückging. Sie ist eine gescheite Person, Ihre Mutter, Reinhard. Schade, daß Sie davon nicht ein bißchen geerbt haben. Sie hielt es jedenfalls für möglich, daß Sie und der Erpresser eine sexuelle Beziehung unterhielten. Als ich also den Namen herausfand, wollte sie, daß Sie entscheiden sollten, was als nächstes zu tun sei. Natürlich durfte sie nicht erfahren, daß Sie bereits einen Privatdetektiv in der häßlichen Gestalt von Rolf Vogelmann verpflichtet hatten. Oder zumindest Otto Rahn hatte es getan, der dazu Geld benutzte, das Sie zur Verfugung gestellt hatten. Wie es der Zufall wollte, schrieb Rahn, als er sich nach einem Geschäft umsah, in das er sich einkaufen konnte, sogar an mich. Wir hatten nie das Vergnügen, seine Vorschläge zu diskutieren, also brauchte ich eine ganze Weile, bis ich mich an seinen Namen erinnerte. Wie auch immer, das bloß am Rande.

Als Ihre Mutter Ihnen erzählte, daß Hering sie erpreßte, besprachen Sie die Sache natürlich mit Doktor Kindermann, und er empfahl Ihnen, die Angelegenheit selber zu regeln. Sie und Otto Rahn. Was bedeutet schließlich ein weiterer dreckiger Auftrag, wenn man so viele hinter sich hat wie Sie.»

«Ich habe nie jemanden getötet, das sagte ich Ihnen.»

«Aber Sie machten mit beim Mord an Hering, nicht wahr? Ich nehme an, daß Sie den Wagen fuhren. Vermutlich halfen Sie Kindermann sogar, Herings toten Körper aufzuhängen, damit es wie Selbstmord aussah.»

«Nein, das ist nicht wahr!»

«Sie trugen ihre SS-Uniformen. Stimmt's?»

Er runzelte die Stirn und schüttelte den Kopf. «Woher wissen Sie das?»

«Ich fand das Abzeichen einer SS-Mütze. Es steckte in Herings Handteller. Ich wette, er hat sich mächtig gewehrt. Sagen Sie mir, der Mann im Auto, hat der sich auch gewehrt? Der Mann, der die Augenklappe trug. Der Mann, der Herings Wohnung überwachte. Er mußte ebenfalls sterben, nicht wahr? Bloß für den Fall, daß er Sie hätte identifizieren können.»

«Nein...»

«Eine hübsche saubere Arbeit. Man bringt ihn um, läßt es so aussehen, als sei Hering der Mörder, der sich anschließend in einem Anfall von Reue selber aufhängt. Und natürlich darf man nicht vergessen, die Briefe mitzunehmen. Wer hat den Mann im Auto umgebracht? War das Ihre Idee?»

«Nein, ich wollte nicht dabei sein.»

Ich packte ihn bei den Aufschlägen, riß ihn vom Stuhl hoch und begann ihn zu ohrfeigen. «Kommen Sie. So langsam habe ich von Ihrem Gewinsel die Nase voll. Sagen Sie mir, wer ihn umgebracht hat, oder ich lasse Sie binnen einer Stunde erschießen.»

«Lanz hat's getan. Zusammen mit Rahn. Otto hielt ihn an den Armen fest und Kindermann – erstach ihn. Es war entsetzlich. Entsetzlich.»

Ich ließ ihn wieder auf den Stuhl fallen. Er sackte vornüber auf den Tisch, legte den Kopf auf seinen Unterarm und fing an zu schluchzen.

«Wissen Sie, Reinhard», sagte ich und zündete mir eine Zigarette an, «Sie sitzen ziemlich in der Klemme. Daß Sie dort waren, macht Sie zu einem Mordkomplizen. Und dann kommt noch hinzu, daß Sie über die Morde an diesen Mädchen Bescheid wissen.»

«Ich sagte Ihnen doch schon», schniefte er erbärmlich, «sie hätten mich umgebracht. Ich war niemals dabei, aber ich hatte Angst, wenn ich mich drückte.»

«Das erklärt nicht, wie Sie überhaupt in die Sache hineingeraten sind.» Ich nahm Langes Aussage zur Hand und überflog sie.

«Glauben Sie nicht, daß ich mir dieselbe Frage nicht schon selber gestellt habe?»

«Und haben Sie irgendeine Antwort gefunden?»

«Ein Mann, den ich bewunderte. Ein Mann, dem ich glaubte. Er überzeugte mich davon, das, was wir täten, sei zum Nutzen

Deutschlands. Es sei unsere Pflicht. Es war Kindermann, der mich überredete.»

«Das werden sie vor Gericht nicht gern hören, Reinhard. Kindermann wirkt als Eva neben Ihrem Adam nicht sehr überzeugend.»

«Aber es ist wahr, ich sage es Ihnen.»

«Das mag sein, aber uns sind die Feigenblätter gerade ausgegangen. Sie brauchen eine Verteidigung, darauf sollten Sie sich lieber konzentrieren. Das ist ein guter juristischer Rat, darauf können Sie sich verlassen. Und ich will Ihnen noch was sagen: Sie werden jeden guten Rat brauchen, den Sie kriegen können. Denn so, wie ich die Sache sehe, werden Sie der einzige sein, der wahrscheinlich einen Anwalt brauchen wird.»

«Was wollen Sie damit sagen?»

«Ich will Ihnen nichts vormachen, Reinhard. Diese Aussage reicht mir völlig, Sie aufs Schafott zu bringen. Aber die übrigen, ich weiß nicht. Sie sind alle in der SS, mit dem Reichsführer bekannt. Weisthor ist ein persönlicher Freund Himmlers, und, nun ja, Reinhard, ich mache mir Sorgen um Sie. Ich befürchte, daß man Sie zum Sündenbock machen wird. Sie werden alle ungeschoren davonkommen, damit ein Skandal vermieden wird. Natürlich, sie werden die SS wahrscheinlich verlassen müssen, aber mehr wird ihnen nicht passieren. Sie werden derjenige sein, der seinen Kopf verliert.»

«Nein, das kann nicht wahr sein.»

Ich nickte.

«Wenn es da neben Ihrer Aussage noch irgend etwas anderes gäbe. Etwas, womit Sie bei der Mordanklage aus dem Schneider wären. Gewiß, Ihre Strafe wegen Paragraph 175 haben Sie weg. Aber Sie könnten mit fünf Jahren KZ davonkommen, anstatt unweigerlich zum Tode verurteilt zu werden. Sie hätten immer noch eine Chance.» Ich machte eine Pause. «Also, wie ist es, Reinhard?»

«In Ordnung», sagte er nach einer Minute. «Da ist etwas.»

«Lassen Sie hören.»

Er begann zögernd zu sprechen, nicht ganz sicher, ob es richtig war, mir zu vertrauen. Dessen war ich mir selber nicht sicher. «Lanz ist Österreicher, aus Salzburg.»

«Das ist mir nicht neu.»

«Er studierte in Wien Medizin. Nach dem Examen spezialisierte er sich auf Nervenkrankheiten und nahm eine Stelle an der Salzburger Irrenanstalt an. Dort lernte er Weisthor kennen. Oder Wiligut, wie er sich damals nannte.»

«War Weisthor ebenfalls Mediziner?»

«Lieber Gott, nein. Er war Patient. Ein Berufssoldat in der österreichischen Armee. Aber er ist auch der letzte einer langen Linie germanischer Seher, die bis in prähistorische Zeiten zurückreicht. Weisthor verfügt über hellseherische Erb-Erinnerung, die es ihm ermöglicht, das Leben und die religiösen Praktiken der frühen germanischen Heiden zu beschreiben.»

«Ungemein nützlich.»

«Heiden, die den germanischen Gott Krist verehrten, eine Religion, die später von den Juden als das neue Evangelium von Jesus gestohlen wurde.»

«Haben die Germanen den Diebstahl angezeigt?» Ich steckte mir eine neue Zigarette an.

«Sie wollten es wissen», sagte Lange.

«Ja, ja. Bitte fahren Sie fort. Ich höre zu.»

«Weisthor studierte Runen. Eine ihrer Grundformen ist die Swastika. Tatsächlich sind kristalline Formen, wie die Pyramiden, allesamt Runenarten, Sonnensymbole. Daher kommt das Wort ‹Kristall›.»

«Was Sie nicht sagen.»

«Ja, Anfang der zwanziger Jahre begann Weisthor Anzeichen von paranoider Schizophrenie zu zeigen und glaubte, er werde von Katholiken, Juden und Freimaurern schikaniert. Darauf folgte der Tod seines Sohnes, was bedeutete, daß die Linie der Wiligut-Seher abriß. Er gab seiner Frau die Schuld und wurde im Laufe der Zeit immer gewalttätiger. Schließlich versuchte er, sie zu erdrosseln, und wurde später für geisteskrank erklärt. Während seiner Haft versuchte er mehrere Male, Mithäftlinge zu ermorden. Doch allmählich wurde sein Geist, nicht zuletzt durch eine Behandlung mit Drogen, unter Kontrolle gebracht.»

«Und Kindermann war sein Arzt?»

«Ja, bis zu Weisthors Entlassung im Jahre 1932.»

«Ich fasse es nicht. Kindermann wußte, daß Weisthor ein Verrückter war, und ließ ihn raus?»

«Kindermanns Auffassung von Psychotherapie ist antifreudianisch, und er fand in der Arbeit von Jung Material für die Erforschung der Geschichte und Kultur einer Rasse. Sein Arbeitsgebiet war, im Unbewußten des Menschen nach spirituellen Schichten zu forschen, die vielleicht eine Rekonstruktion der Vorgeschichte von Kulturen möglich machen konnten. So kam es zur Zusammenarbeit mit Weisthor. In ihm sah Lanz den Schlüssel für seine eigene von Jung ausgehende Psychotherapie, eine Sparte der Wissenschaft, die es ihm, wie er hofft, ermöglichen wird, mit dem Segen Himmlers, seine eigene Version eines Göring-Forschungsinstitutes aufzubauen. Das ist ein anderes psychotherapeutisches ...»

«Ja, ich kenne es.»

«Nun ja, zuerst arbeitete Weisthor ernsthaft mit. Aber dann kam Lanz dahinter, daß er ein Schwindler war, der seine sogenannte Erb-Erinnerung als Mittel benutzte, um die Bedeutung seiner Vorfahren in den Augen Himmlers zu steigern. Aber da war es schon zu spät. Und es gab keinen Preis, den Lanz nicht gezahlt hätte, um an sein eigenes Institut zu kommen.»

«Wozu braucht er ein Institut? Er hat seine Klinik, oder?»

«Für Lanz ist das nicht genug. Er will, daß man seinen Namen in seinem Fach einmal in einem Atemzug mit denen von Freud und Jung nennt.»

«Was ist mit Otto Rahn?»

«Wissenschaftlich begabt, aber tatsächlich kaum mehr als ein rücksichtsloser Fanatiker. Er gehörte eine Zeitlang zum Wachpersonal in Dachau. Solch ein Mann ist er.» Er hielt inne und kaute an einem Fingernagel. «Könnte ich vielleicht eine von diesen Zigaretten haben, bitte?»

Ich warf ihm das Päckchen hin und sah, wie er sie mit zitternder Hand anzündete, als habe er hohes Fieber. Wenn man ihn rauchen sah, hätte man glauben können, er inhaliere reines Eiweiß.

«Ist es das?»

Er schüttelte den Kopf. «Kindermann hat immer noch Weisthors medizinische Fallgeschichte, die dessen Geisteskrankheit beweist. Lanz pflegte zu sagen, das wäre seine Versicherung, die Weisthors Loyalität garantiere. Wissen Sie, Himmler kann Geisteskrankheiten nicht ausstehen. Irgendein Unsinn über rassische Gesundheit. Wenn er also jemals diese Fallgeschichte in die Hände bekäme, dann ...»

«... dann wäre das Spiel wirklich und wahrhaftig zu Ende.»

«Also, wie ist Ihr Plan, Kommissar?»

«Himmler, Heydrich, Nebe – sie sind alle zum SS-Ehrengericht nach Wewelsburg gefahren.»

«Wo, zum Teufel liegt Wewelsburg?» fragte Becker.

«Ganz in der Nähe von Paderborn», sagte Korsch.

«Ich habe vor, ihnen nachzufahren. Will mal sehen, ob ich Weisthor nicht entlarven und diese ganze schmutzige Affäre nicht aufdekken kann, direkt vor Himmlers Augen. Ich werde Lange auf die Fahrt mitnehmen, bloß für Beweiszwecke.»

Korsch stand auf und ging zur Tür. «In Ordnung, Kommissar. Ich werde den Wagen holen.»

«Tut mir leid, das werden Sie nicht. Ich will, daß Sie beide hierbleiben.»

Becker stöhnte laut. «Aber das ist lächerlich, wirklich, Kommissar. Es stinkt nach Ärger.»

«Es wird vielleicht nicht so laufen, wie ich es plane. Vergessen Sie nicht, daß dieser Kerl, dieser Weisthor, Himmlers Freund ist. Ich zweifle, daß der Reichsführer meine Enthüllungen allzu freundlich aufnehmen wird. Schlimmer noch, er könnte sie alle entlassen, und in diesem Fall wäre es besser, wenn nur ich übrigbliebe, um den Kopf hinzuhalten. Trotzdem, er kann mich kaum aus der Polizei rausschmeißen, weil ich nur für die Dauer dieser Ermittlungen da bin und mich dann wieder um meine eigenen Geschäfte kümmern werde.

Aber ihr beide habt Karrieren vor euch. Keine sehr vielversprechenden, das ist wahr», grinste ich. «Trotzdem, es wäre eine Schande für euch zwei, Himmlers Mißfallen zu erregen, wenn ich das genausogut selber tun kann.»

Korsch tauschte einen kurzen Blick mit Becker und erwiderte: «Kommen Sie, Kommissar, was Sie uns erzählen, ist doch kalter Kaffee. Es ist gefährlich, was Sie vorhaben. Wir wissen es, und Sie wissen es auch.»

«Nicht nur das», sagte Becker, «aber wie wollen Sie mit einem Gefangenen nach Wewelsburg kommen? Wer soll den Wagen fahren?»

«Das stimmt, Kommissar. Es sind über vierhundert Kilometer bis nach Wewelsburg.»

«Ich werde einen Dienstwagen nehmen.»

«Nehmen wir an, Lange macht unterwegs Dummheiten, was dann?»

«Er wird Handschellen tragen, also zweifle ich, daß er mir Ärger machen wird.» Ich schüttelte den Kopf und nahm Hut und Mantel vom Garderobenständer. «Tut mir leid, Jungens, aber so und nicht anders wird's gemacht.» Ich ging zur Tür.

«Kommissar?» sagte Korsch. Er hielt mir seine Hand hin. Ich schüttelte sie. Dann reichte ich Becker die Hand und ging, um meinen Gefangenen abzuholen.

Kindermanns Klinik sah immer noch so sauber und manierlich aus wie damals, Ende August, als ich zum ersten Mal dort gewesen war. Ja, sie kam mir noch stiller vor, denn es waren keine Krähen in den Bäumen und keine Ruderboote auf dem See, um sie aufzuscheuchen. Zu hören war nur das Geräusch von Wind und toten Blättern, die wie fliegende Heuschrecken über den Weg trieben. Ich drückte Lange meine Hand ins Kreuz und schob ihn energisch zum Haupteingang.

«Das ist höchst peinlich», sagte er. «Mit Handschellen hierherzukommen, wie ein gewöhnlicher Verbrecher. Ich bin hier gut bekannt, wissen Sie.»

«Ein gewöhnlicher Verbrecher, was anderes sind Sie nicht, Lange. Wollen Sie, daß ich ein Handtuch über Ihren häßlichen Schädel werfe?» Ich schob ihn weiter. «Hören Sie, es ist nur meine Gutmütigkeit, die mich davon abhält, Sie da reinzubugsieren, während Ihnen der Schwanz aus der Hose hängt.»

«Was ist mit den Bürgerrechten?»

«Darauf wird geschissen. Wo sind Sie während der letzten fünf Jahre gewesen? Wir leben in Deutschland, nicht im alten Athen. Und jetzt halten Sie Ihr verdammtes Maul.»

Eine Krankenschwester begegnete uns in der Eingangshalle. Sie wollte Lange gerade begrüßen, als sie die Handschellen sah. Sie erschrak, und ich hielt ihr meinen Ausweis unter die Nase.

«Polizei», sagte ich. «Ich habe einen Durchsuchungsbefehl für Doktor Kindermanns Büro.» Das entsprach der Wahrheit: Ich hatte ihn selber unterschrieben. Nur daß die Schwester mit Lange im selben Ferienlager gewesen war.

«Ich glaube nicht, daß Sie da einfach so reingehen können», sagte sie. «Ich muß...»

«Teuerste, vor ein paar Wochen betrachtete man dieses kleine Hakenkreuz, das Sie auf meinem Ausweis sehen, als ausreichende Vollmacht für deutsche Truppen, ins Sudetenland einzumarschieren. Also verlassen Sie sich drauf, daß ich damit bis in die Unterhosen des guten Doktors marschieren werde, wenn ich will.» Ich schob Lange weiter. «Kommen Sie, Reinhard, zeigen Sie mir den Weg.»

Kindermanns Büro lag auf der Rückseite der Klinik. Als Wohnung in der Stadt wäre es vielleicht ein wenig klein gewesen, doch als Privatgemach eines Arztes war es nicht übel. Es gab eine lange, niedrige Couch, einen hübschen Walnußtisch, ein paar moderne Gemälde, die aussehen wie das Innere eines Affenhirns und genügend aufwendig gebundene Bücher, um mir klarzumachen, warum Schuhleder im Land so knapp war.

«Setzen Sie sich hin, wo ich Sie im Auge behalten kann, Reinhard», sagte ich zu ihm. «Und machen Sie keine plötzlichen Bewegungen. Ich erschrecke leicht und werde dann gewalttätig, um meine Verlegenheit zu verbergen. Wie heißt noch mal das Wort, das die Medizinmänner dafür haben?»

Am Fenster stand ein großer Aktenschrank. Ich öffnete ihn und fing an, Kindermanns Akten durchzublättern. «Kompensatorisches Verhalten», sagte ich. «Das sind zwar zwei Worte, aber ich schätze, genau das habe ich gemeint. Wissen Sie, bei ein paar von diesen Namen würden Sie nicht glauben, daß Ihr Freund Kindermann die Leute behandelt hat. Diese Akten lesen sich wie die Gästeliste bei einem Staatsempfang in der Reichskanzlei. Warten Sie mal, dies ist Ihre Akte.» Ich zog sie heraus und warf sie ihm in den Schoß. «Warum sehen Sie nicht mal nach, was er über Sie geschrieben hat, Reinhard? Vielleicht wird Ihnen dann klar, warum Sie sich mit diesen Schweinehunden überhaupt eingelassen haben.» Er starrte auf die ungeöffnete Akte.

«Es ist wirklich sehr einfach», sagte er ruhig. «Wie ich Ihnen bereits erklärte, wurde mein Interesse an der Psychologie durch meine Freundschaft mit Doktor Kindermann geweckt.» Er hob herausfordernd den Kopf.

«Ich werde Ihnen sagen, warum Sie sich mit ihnen eingelassen haben», sagte ich und grinste ihn an. «Sie langweilten sich. Trotz Ihres vielen Geldes wußten Sie nichts mit sich anzufangen. Das ist das Dumme bei Leuten Ihrer Sorte, die bei ihrer Geburt schon Geld wie Heu haben. Sie lernen nie seinen Wert kennen. Ihre Freunde wußten das, Reinhard, und sie spielten Blindekuh mit Ihnen.»

«Das zieht nicht, Gunther. Sie reden dummes Zeug.»

«Wirklich? Lesen Sie die Akte, dann wissen Sie's genau.»

«Ein Patient darf die Fallgeschichten seines Arztes nicht sehen. Es wäre ethisch verwerflich, wenn ich diese Akte auch nur aufschlüge.»

«Mir will scheinen, daß Sie eine Menge mehr gesehen haben als bloß die Fallgeschichten Ihres Arztes, Reinhard. Und Kindermann hat sich seine ethischen Maßstäbe bei der Heiligen Inquisition besorgt.»

Ich wandte mich wieder dem Aktenschrank zu und verstummte, als ich auf einen weiteren Namen stieß, den ich kannte. Es war der Name eines Mädchens, und ich hatte zwei Monate vergeblich versucht, sie zu finden. Ich muß zugeben, daß ich sie noch immer liebte. Das ist manchmal so in meinem Gewerbe. Eine Person verschwindet spurlos, die Welt dreht sich weiter, und du findest das Fragment einer Information, die, wäre sie zur rechten Zeit aufgetaucht, den Fall hätte knacken können. Abgesehen von der unvermeidlichen Verärgerung, die du empfindest, wenn dir im nachhinein klar wird, wie weit du wirklich danebengelegen hast, lernst du meistens, damit zu leben. Mein Gewerbe ist nicht ganz das richtige für Leute, die dazu neigen, alles zu genau zu nehmen. Wenn Sie Privatdetektiv sind, müssen Sie sich damit abfinden, mehr lose Fäden in der Hand zu halten als ein blinder Teppichweber. Trotzdem, ich wäre kein Mensch, würde ich nicht zugeben, daß ich bei dem Versuch Befriedigung finde, sie zusammenzuknüpfen. Doch dieser Name, den Arthur Nebe erwähnte, als wir uns vor vielen Wochen, spät in der Nacht, in der Ruine des Reichstages trafen, er bedeutete mehr für mich als nur die Befriedigung, die verspätete Auflösung eines Rätsels zu finden. Manchmal hat eine Entdeckung die Kraft einer Offenbarung.

«Der Schweinehund», sagte Lange, die Seiten seiner Akte umblätternd.

«Das dachte ich auch gerade.»

«‹Ein neurotischer weibischer Mensch›», zitierte er. «Ich. Wie konnte er so etwas von mir denken?»

Ich beugte mich zur nächsten Schublade nieder und hörte nur mit halbem Ohr auf das, was er sagte.

«Sie erzählen mir doch, er sei Ihr Freund.»

«Wie konnte er solche Dinge sagen? Ich glaube es nicht.»

«Kommen Sie, Reinhard, Sie wissen doch, wie es ist, wenn man sich mit Haien einläßt. Sie müssen damit rechnen, daß sie Ihnen irgendwann mal in die Eier beißen.»

«Ich bring ihn um», sagte er und schleuderte die Akte durch das Büro.

«Nicht, bevor ich's tue», sagte ich und entdeckte endlich Weisthors Akte. Ich schloß krachend die Schublade. «Na also, ich habe sie. Machen wir, daß wir hier rauskommen.»

Ich wollte gerade nach der Türklinke greifen, als sich ein schwerer Revolver durch die Tür schob, unmittelbar gefolgt von Lanz Kindermann.

«Würden Sie mir vielleicht verraten, was, zum Teufel, hier vorgeht?»

Ich trat zurück ins Zimmer. «Na, wenn das keine Überraschung ist», sagte ich. «Gerade haben wir von Ihnen gesprochen. Wir dachten, Sie wären zur Bibelstunde nach Wewelsburg gefahren. Übrigens, ich wäre vorsichtig mit der Kanone, wenn ich an Ihrer Stelle wäre. Meine Männer haben dieses Haus unter Beobachtung. Sie sind sehr loyal, wissen Sie. So sind wir Polizisten nun mal heutzutage. Ich mag gar nicht daran denken, was sie anstellen würden, sollte mir irgendwas zustoßen.»

Kindermann warf einen Blick auf Lange und dann auf die Akten unter meinem Arm.

«Ich weiß nicht, was für ein Spiel Sie spielen, Herr Steininger, falls das Ihr wirklicher Name ist, aber ich glaube, es ist besser, wenn Sie die Akten auf den Tisch legen und die Arme hochnehmen, ja?»

Ich legte die Akten auf den Tisch und wollte gerade etwas von einem Durchsuchungsbefehl erzählen, doch Reinhard Lange hatte bereits die Initiative ergriffen, wenn man das so nennen will, denn er war töricht genug, sich auf einen Mann zu stürzen, der eine entsicherte 45er auf ihn richtete. Seine ersten drei, vier Worte, die er im Zorn brullte, brachen jäh ab, als der ohrenbetäubende Revolverschuß ihm den halben Hals wegblies. Entsetzlich gurgelnd, drehte sich

Lange wie ein tanzender Derwisch herum, griff mit den noch immer gefesselten Händen wie rasend nach seinem Hals und verzierte die Tapete mit roten Rosen, als er zu Boden fiel.

Kindermanns Hände waren besser dazu geeignet, Geige zu spielen als mit einem so großen Ding wie einer 45er umzugehen, und wenn sie abgefeuert ist, braucht man den Zeigefinger eines Zimmermanns, um einen so schweren Abzug zu betätigen, also hatte ich genügend Zeit, die Dante-Büste von Kindermanns Schreibtisch zu nehmen und sie seitlich an seinem Kopf zerschellen zu lassen. Da Kindermann bewußtlos am Boden lag, drehte ich mich zu Lange um, der sich in einer Ecke zusammengekrümmt hatte. Seine blutigen Unterarme gegen die Überreste seines Kehlkopfes gepreßt, lebte er nur noch etwa eine Minute. Dann starb er, ohne noch etwas zu sagen.

Ich nahm ihm die Handschellen ab und legte sie dem stöhnenden Kindermann an, als, durch den Schuß herbeigerufen, zwei Krankenschwestern ins Zimmer stürzten und entsetzt auf das Schauspiel starrten, das sich ihnen bot. Ich wischte mir die Hände an Kindermanns Krawatte ab und ging zum Schreibtisch.

«Bevor Sie fragen, Ihr Chef hier hat gerade seinen Bubi erschossen.» Ich griff nach dem Telefon. «Vermittlung. Geben Sie mir das Polizeihauptquartier, Alexanderplatz, bitte.» Ich sah zu, wie eine Schwester Lange den Puls fühlte und die andere Kindermann auf die Couch half, während ich auf die Verbindung wartete. «Er ist tot», sagte die erste Schwester. Beide starrten mich argwöhnisch an.

«Hier ist Kommissar Gunther», sagte ich der Vermittlung am Alex. «Verbinden Sie mich so schnell wie möglich mit Kriminalassistent Becker oder Korsch bei der Mordkommission, wenn's recht ist.» Nach einer weiteren kurzen Wartezeit kam Becker an die Strippe. «Ich bin in Kindermanns Klinik», erklärte ich. «Wir sind hier kurz ausgestiegen, um Weisthors Krankengeschichte zu holen, und Lange hat's geschafft, sich umbringen zu lassen. Er hat die Geduld und ein Stück von seinem Hals verloren. Kindermann hatte eine Knarre.»

«Wollen Sie, daß ich den Schlachterwagen schicke?»

«Das ist ungefähr meine Vorstellung, ja. Nur daß ich nicht mehr hier sein werde, wenn er kommt. Ich halte an meinem ursprünglichen Plan fest, bloß daß ich jetzt anstelle von Lange den Doktor Kindermann mitnehmen werde.»

«In Ordnung, Kommissar. Überlassen Sie das andere mir. Ach, übrigens, Frau Steininger hat angerufen.»

«Hat sie eine Nachricht hinterlassen?»

«Nein, Kommissar.»

«Überhaupt nicht?»

«Nein, Kommissar. Wissen Sie, was so eine braucht, wenn ich das sagen darf?»

«Versuchen Sie's und überraschen Sie mich.»

«Ich schätze, sie braucht...»

«Wenn ich's mir recht überlege, können Sie sich's sparen.»

«Na ja, Sie kennen diesen Typ, Kommissar.»

«Nicht genau, Becker, nein. Aber während der Fahrt werde ich bestimmt darüber nachdenken. Darauf können Sie sich verlassen.»

Ich verließ Berlin in westlicher Richtung, den gelben Schildern für den Fernverkehr in Richtung Potsdam und weiter nach Hannover folgend.

Bei Lehnin zweigt die Autobahn vom Berliner Ring ab, läßt die alte Stadt Brandenburg nördlich liegen und verläuft dann hinter Ziesar, der alten Stadt der Bischöfe von Brandenburg, in gerader Linie nach Westen.

Nach einer Weile bemerkte ich, daß Kindermann aufrecht auf dem Rücksitz des Mercedes saß.

«Wohin fahren wir?» fragte er teilnahmslos.

Ich blickte über meine rechte Schulter nach hinten. Da ich ihm die Hände hinter seinem Rücken gefesselt hatte, glaubte ich nicht, daß er so töricht sein würde, es mit einem Kopfstoß zu versuchen. Zumal sein Kopf inzwischen verbunden war. Darauf hatten die beiden Schwestern in der Klinik bestanden, ehe sie mir erlaubten, mit dem Doktor wegzufahren.

«Erkennen Sie die Straße nicht?» fragte ich. «Wir sind auf dem Weg zu einer kleinen Stadt südlich von Paderborn. Wewelsburg. Ich bin sicher, Sie kennen sie. Ich glaube nicht, daß Sie um meinetwillen Ihr SS-Ehrengericht verpassen wollen.» Aus dem Augenwinkel sah ich, wie er lächelte und sich auf dem Rücksitz einrichtete, zumindest so gut, wie es seine Fesseln erlaubten. «Das paßt mir gut.»

«Wissen Sie, Sie haben mir wirklich Unannehmlichkeiten bereitet,

Herr Doktor. Meinen wichtigsten Zeugen auf diese Art zu erschießen. Er sollte vor Himmler eine Sondervorstellung geben. Welch ein Glück, daß er im Alex eine schriftliche Aussage gemacht hat. Und natürlich werden Sie für ihn einspringen müssen.»

Er lachte. «Und wieso glauben Sie, daß ich diese Rolle spielen werde?»

«Ich mag gar nicht daran denken, was geschehen könnte, wenn Sie mich enttäuschen sollten.»

«Wenn ich Sie so ansehe, würde ich sagen, daß Sie daran gewöhnt sind, enttäuscht zu werden.»

«Vielleicht. Aber ich zweifle, ob meine Enttäuschung mit der Himmlers einen Vergleich aushält.»

«Meinem Leben droht vom Reichsführer keine Gefahr, das versichere ich Ihnen.»

«Ich an Ihrer Stelle würde nicht so großes Vertrauen in Ihren Rang oder Ihre Uniform setzen, Hauptsturmführer. Man wird Sie ebenso bedenkenlos erschießen, wie man es mit Ernst Röhm und allen diesen SA-Männern getan hat.»

«Ich kannte Röhm recht gut», sagte er liebenswürdig. «Wir waren gute Freunde. Es wird Sie interessieren, zu erfahren, daß das eine Tatsache ist, die Himmler wohlbekannt ist, mit allen Konsequenzen, die sich aus einer solchen Beziehung ergeben.»

«Wollen Sie damit sagen, er weiß, daß Sie schwul sind?»

«Gewiß. Ich denke, wenn ich die Nacht der Langen Messer überlebt habe, wird es mir gelingen, mit allen Unannehmlichkeiten fertig zu werden, die Sie mir zu bereiten gedenken, finden Sie nicht?»

«Der Reichsführer wird trotzdem erfreut sein, Langes Briefe zu lesen. Und sei es nur, um bestätigt zu bekommen, was er bereits weiß. Unterschätzen Sie nicht die Bedeutung, die eine bestätigte Information für einen Polizisten hat. Ich darf wohl annehmen, daß er auch alles über Weisthors Geisteskrankheit weiß, stimmt's?»

«Was vor zehn Jahren als Geisteskrankheit angesehen wurde, gilt heute lediglich als nervöse Störung, die man behandeln kann. Die Psychotherapie hat sich in kurzer Zeit mächtig entwickelt. Glauben Sie im Ernst, Herr Weisthor sei der erste höhere SS-Offizier, der behandelt wird? Ich bin fachärztlicher Berater an einem speziellen orthopädischen Krankenhaus in Hohenlychen beim KZ Ravensbrück, wo man viele SS-Stabsoffiziere wegen der allgemein üblichen Umschreibung behandelt, mit der Geisteskrankheiten gemeint sind. Sie überraschen mich, wissen Sie. Als Polizist sollten Sie wissen, wie geschickt das Reich es versteht, solche vorteilhaften Heucheleien zu praktizieren. Hier hetzen Sie sich ab, um für den Reichsführer ein riesengroßes Feuerwerk abzubrennen, und haben doch nichts als ein paar lausige feuchte Knallfrösche zu bieten. Er wird enttäuscht sein.»

«Ich höre Ihnen gern zu, Kindermann. Die Arbeit eines anderen Mannes sehe ich immer gern. Ich wette, Sie kennen sich gut mit all diesen reichen Witwen aus, die wegen ihrer Depressionen während der Menstruation in ihre feudale Klinik kommen. Sagen Sie mir, wie vielen davon verordnen Sie Kokain?»

«Kokain ist immer als Stimulans benutzt worden, um die extremeren Fälle von Depressionen zu bekämpfen.»

«Wie verhindern Sie, daß sie süchtig werden?»

«Es ist wahr, dieses Risiko gibt es immer, man muß wachsam sein, auf jedes Anzeichen von Abhängigkeit achten. Das ist mein Beruf.» Er machte eine Pause. «Warum fragen Sie?»

«Reine Neugier, Herr Doktor. Das ist mein Beruf.»

Bei Hohenwarthe, nördlich von Magdeburg, überquerten wir die Elbe auf einer Brücke, hinter der zur Rechten die Lichter des fast fertiggestellten Schiffshebewerks Rothensee zu sehen waren, das dazu bestimmt war, die Elbe mit dem Mittellandkanal zu verbinden, etwa zwanzig Meter über dem Kanalniveau. Bald darauf befanden wir uns in Niedersachsen, und bei Helmstedt machten wir eine Pause und tankten.

Es wurde dunkel, und als ich auf meine Uhr blickte, sah ich, daß es fast sieben Uhr war. Ich fesselte eine von Kindermanns Händen an den Türgriff, erlaubte ihm zu pinkeln und erleichterte mich selber ein kleines Stück entfernt. Dann wuchtete ich das Ersatzrad auf den Rücksitz neben Kindermann und verband es mit der Handschelle mit seinem linken Handgelenk, so daß die andere Hand freiblieb. Der Mercedes ist jedoch ein großes Auto, und er war so weit hinter mir, daß ich mir keine Sorgen zu machen brauchte. Trotzdem nahm ich die Walther aus dem Schulterhalfter, zeigte sie ihm und legte sie neben mich auf die große Sitzbank.

«So werden Sie's bequemer haben», sagte ich. «Aber wenn Sie sich auch nur in der Nase bohren, nehm ich die hier.» Ich ließ den Motor an und fuhr weiter.

«Wozu diese Eile?» sagte Kindermann aufgebracht. «Ich kann überhaupt nicht begreifen, warum Sie das machen. Sie könnten doch Ihre Vorstellung genausogut am Montag geben, wenn alle wieder in Berlin sind. Ich sehe nicht die geringste Notwendigkeit, den ganzen Weg zu fahren.»

«Bis dahin wird es zu spät sein, Kindermann. Zu spät, um den besonderen Pogrom aufzuhalten, den Ihr Freund Weisthor für die Berliner Juden geplant hat. Projekt Krist, heißt es nicht so?»

«Aha, darüber wissen Sie auch Bescheid. Sie sind fleißig gewesen. Erzählen Sie mir nicht, sie wären ein Judenfreund.»

«Sagen wir einfach, ich mache mir nicht viel aus Lynchjustiz und Rechtsprechung durch den Pöbel. Deshalb bin ich Polizist geworden.»

«Um der Gerechtigkeit zu dienen?»

«Wenn Sie's so nennen wollen, ja.»

«Sie betrügen sich selber. Was herrscht, ist Gewalt. Menschlicher Wille. Und um diesen kollektiven Willen zu erzeugen, muß man ihm einen Brennpunkt geben. Wenn ein Kind ein Brennglas nimmt, das Sonnenlicht auf ein Blatt Papier konzentriert und es dadurch zum Brennen bringt – das ist genau das, was wir auch tun. Wir benutzen lediglich eine Kraft, die bereits vorhanden ist. Gerechtigkeit wäre eine wunderbare Sache, wenn es keine Menschen gäbe, Herr...? Hören Sie mal, wie heißen Sie eigentlich?»

«Mein Name ist Gunther, und die Parteipropaganda können Sie mir ersparen.»

«Das sind Tatsachen, Gunther, keine Propagandaparolen. Sie sind ein Anachronismus, wissen Sie das? Die Zeit ist an Ihnen vorübergegangen.»

«Ich weiß zwar nicht viel von Geschichte, aber mir scheint, daß Gerechtigkeit nie sehr in Mode war, Kindermann. Falls ich nicht mehr in diese Zeit gehöre, falls ich nicht im Einklang mit dem Willen des Volkes bin, wie Sie es nennen, dann bin ich froh. Während Sie den Willen des Volkes benutzen wollen, will ich ihn gebändigt sehen, das ist der Unterschied zwischen uns beiden.»

«Sie sind der schlimmste Typ des Idealisten: Sie sind naiv. Glauben Sie wirklich, Sie könnten aufhalten, was mit den Juden geschieht? Da sind Sie auf dem falschen Dampfer. Die Zeitungen haben bereits die Geschichte über jüdischen Ritualmord in Berlin. Ich zweifle, ob Himmler oder Heydrich das verhindern könnten, selbst wenn sie es wollten.»

«Ich kann es vielleicht nicht aufhalten», sagte ich, «aber ich kann immerhin versuchen, es hinauszuzögern.»

«Und selbst wenn es Ihnen gelingen sollte, Himmler dazu zu überreden, einen Blick auf Ihre Beweise zu werfen, glauben Sie ernsthaft, daß es ihm gefallen würde, zu erleben, wie seine Dummheit an die Öffentlichkeit kommt? Er wird alles einfach unter den Teppich kehren, und nach kurzer Zeit wird alles vergessen sein. Auch die Juden. Merken Sie sich, was ich sage. In diesem Land haben die Leute ein sehr kurzes Gedächtnis.»

«Ich nicht», sagte ich. «Ich vergesse nie. Ich bin ein verdammter Elefant. Nehmen wir, zum Beispiel, diese Patientin von Ihnen.» Ich nahm eine der beiden Akten, die ich aus Kindermanns Büro mitgebracht hatte, und warf sie nach hinten auf den Rücksitz. «Bis vor kurzem, müssen Sie wissen, war ich Privatdetektiv. Und was soll ich Ihnen sagen? Es stellt sich heraus, daß Sie, obwohl Sie ein Haufen Scheiße sind, und ich etwas gemeinsam haben. Ihre Patientin war eine Klientin von mir.»

Er schaltete die Innenbeleuchtung ein und nahm die Akte in die Hand.

«Ja, ich erinnere mich an sie.»

«Sie verschwand vor zwei Jahren. Wie es der Zufall wollte, befand sie sich um diese Zeit in der Umgebung Ihrer Klinik. Ich weiß das, weil sie meinen Wagen dort in der Nähe parkte. Sagen Sie mir, Herr Doktor, was hat Ihr Freund Jung zum Thema Zufall zu sagen?»

«Äh . . . ich schätze, Sie meinen den bedeutungsvollen Zufall. Das ist ein Grundbegriff, den er Synchronizität nennt: daß ein bestimmtes, offenbar zufälliges Ereignis bedeutungsvoll sein kann, entsprechend einem unbewußten Wissen, das einen physischen Vorgang mit einem psychischen Zustand verbindet. Es ist ziemlich schwer in Begriffe zu fassen, die Sie verstehen würden. Aber ich sehe noch immer nicht, auf welche Weise dieser Zufall bedeutungsvoll sein konnte.»

«Nein, natürlich nicht. Sie wissen nichts über mein Unbewußtes. Vielleicht ist das auch gut so.»

Danach war er lange Zeit still.

Nördlich von Braunschweig überquerten wir den Mittellandkanal, wo die Autobahn endete, und ich fuhr nach Südwesten in Richtung Hildesheim und Hameln.

«Ist jetzt nicht mehr weit», sagte ich über meine Schulter. Es kam keine Antwort. Ich bog von der Hauptstraße ab und fuhr langsam ein paar Minuten über einen schmalen Feldweg, der in ein bewaldetes Gebiet führte.

Ich hielt an und sah mich um. Kindermann schlummerte friedlich. Mit zittriger Hand zündete ich mir eine Zigarette an und stieg aus.

Nach einer oder zwei Minuten beugte ich mich über den Vordersitz und nahm meine Waffe an mich. Dann öffnete ich die hintere Tür und rüttelte Kindermann an der Schulter.

«Kommen Sie», sagte ich und gab ihm den Schlüssel für die Handschellen. «Wir wollen uns mal wieder die Beine vertreten.» Ich deutete auf den Pfad, der vor uns lag, erleuchtet von den großen Scheinwerfern des Mercedes. Wir gingen bis zum Ende des Lichtstrahls, wo ich stehenblieb.

«Das ist weit genug», sagte ich. Er drehte sich um und blickte mir ins Gesicht. «Synchronizität. Gefällt mir. Ein hübsches, elegantes Wort für etwas, das lange Zeit an meinen Eingeweiden genagt hat. Ich bin ein Mann, der auf ein Privatleben Wert legt, Kindermann. Und gerade bei meinem Beruf weiß ich es um so mehr zu schätzen. Ich würde, zum Beispiel, niemals meine private Telefonnummer auf die Rückseite einer meiner Geschäftskarten schreiben. Es sei denn, jemand stünde mir sehr nahe. Als ich also Reinhard Langes Mutter fragte, wie sie denn überhaupt darauf gekommen sei, mich anzuheuern und nicht irgendeinen anderen Burschen, zeigte sie mir genau so eine Karte, die sie aus der Tasche von Reinhards Jacke genommen hatte, bevor sie seinen Anzug an die Winterhilfe gab. Natürlich fing ich sofort an nachzudenken. Als sie die Karte sah, war sie besorgt, er könne vielleicht in Schwierigkeiten stecken, und erwähnte die Karte. Er sagte, er habe sie von Ihrem Schreibtisch genommen. Ich frage mich, ob er dafür einen Grund hatte. Vielleicht nicht. Wir werden es nie erfahren, schätze ich. Aber welchen Grund auch immer er hatte, diese Karte brachte meine Klientin in Ihr Büro, an dem

Tag, an dem sie auf Nimmerwiedersehn verschwand. Wollen wir jetzt mal über Synchronizität reden?»

«Hören Sie, Gunther, was geschah, war ein Unfall. Sie war süchtig.»

«Und wie wurde sie süchtig?»

«Ich hatte sie wegen Depressionen behandelt. Sie hatte ihre Stellung verloren. Eine Beziehung war zerbrochen. Sie brauchte mehr Kokain, als damals erkennbar schien. Darauf konnte man überhaupt nicht kommen, wenn man sie anschaute. Als mir ihre Drogensucht klar wurde, war es zu spät.»

«Was passierte?»

«Eines Nachmittags tauchte sie einfach in der Klinik auf. Sie sei in der Nähe gewesen, sagte sie, und fühle sich elend. Sie bemühe sich um eine Arbeit, eine wichtige Arbeit, und sie glaube, sie könne die Arbeit kriegen, wenn ich ihr ein bißchen helfen würde. Zuerst weigerte ich mich. Aber sie war eine sehr überzeugende Frau, und ich willigte schließlich ein. Ich ließ sie für kurze Zeit allein. Ich glaube, sie hatte lange Zeit nichts genommen. Sie vertrug ihre übliche Dosis nicht. Sie muß an ihrem eigenen Erbrochenen erstickt sein.»

Ich sagte nichts. Es war die falsche Umgebung für Worte, um irgend etwas zu bedeuten. Rache ist nicht süß. In Wahrheit schmeckt sie bitter, weil Mitleid höchstwahrscheinlich ihr Nachgeschmack ist.

«Was haben Sie vor?» fragte er nervös. «Sie werden mich doch sicher nicht töten. Hören Sie, es war ein Unfall. Deswegen können Sie einen Menschen nicht umbringen, oder?»

«Nein», sagte ich. «Das kann ich nicht. Nicht deswegen.» Ich sah, wie er erleichtert aufatmete und auf mich zukam. «In einer zivilisierten Gesellschaft erschießt man einen Menschen nicht kaltblütig.»

Es sei denn, man befand sich im Deutschland Hitlers, das nicht mehr zivilisiert war als die echten Heiden, die Weisthor und Himmler verehrten.

«Aber für die Morde an allen diesen armen blutjungen Mädchen muß jemand bezahlen», sagte ich.

Ich richtete die Waffe auf seinen Kopf und drückte einmal ab; und dann noch ein paarmal.

Von der engen gewundenen Straße her sah Wewelsburg wie eines dieser ziemlich unverwechselbaren westfälischen Bauerndörfer aus, das an Mauern und Wegrändern ebenso viele Schreine der Jungfrau Maria aufwies wie Teile von Ackergerät, die man vor Fachwerkhäusern wie aus dem Märchen drapiert hatte. Ich wußte, daß ich im Begriff war, etwas Verrücktes zu tun, als ich beschloß, vor einem dieser Häuser anzuhalten und mich nach dem Weg zur SS-Schule zu erkundigen. Die fliegenden Greife, Runenzeichen und altdeutschen Wörter, die in Gold oder Schwarz in die Fensterläden und Fensterstürze geschnitzt waren, ließen mich an Hexen und Zaubermeister denken, und so war ich fast auf den unheimlichen Anblick vorbereitet, der sich mir an der Vordertür bot, umhüllt vom Rauch eines Holzfeuers und dem Geruch bratenden Kalbfleisches.

Die Frau war nicht älter als fünfundzwanzig, und wäre die Krebsgeschwulst nicht gewesen, die die eine Seite ihres Gesichts zerfraß, hätte man sagen können, daß sie hübsch war. Ich zögerte nicht länger als eine Sekunde, doch das reichte, um sie in Wut zu versetzen.

«Na? Was starren Sie mich an?» herrschte sie mich an und verzog ihren breiten Mund zu einer Grimasse, die ihre geschwärzten Zähne und den Rand von etwas, das noch dunkler und verfaulter war, entblößte.

«Wissen Sie eigentlich, wie spät es ist? Was wollen Sie denn?»

«Es tut mir leid, daß ich Sie gestört habe», sagte ich und konzentrierte mich auf die von der Krankheit nicht entstellte Gesichtshälfte, «aber ich habe mich ein bißchen verfahren, und ich hoffte, Sie könnten mir den Weg zur SS-Schule zeigen.»

«Es gibt keine Schule in Wewelsburg», sagte sie, mich argwöhnisch beäugend.

«Die SS-Schule», wiederholte ich matt. «Man sagte mir, sie sei hier irgendwo.»

«O, *die* Schule», sagte sie barsch, drehte sich in ihrem Türeingang und deutete auf einen Hügel, von dem die Straße abfiel. «Dort geht's lang. Die Straße macht auf einem kurzen Stück eine Biegung nach rechts und eine nach links, bevor Sie eine schmälere Straße mit einem Geländer sehen, die links einen Hang hinaufführt.» Verächtlich lachend fügte sie hinzu: «Die Schule, wie sie das Ding nennen, ist dort oben.» Und mit diesen Worten schlug sie mir die Tür vor der Nase zu.

Es tut gut, mal aus der Stadt rauszukommen, sagte ich zu mir, als ich zum Auto zurückging. Die Leute auf dem Land haben viel mehr Zeit für ordentliche Witze.

Ich fand die Straße mit dem Geländer, lenkte den Wagen den Hang hinauf und fuhr auf einen großen gepflasterten Vorplatz. Es war jetzt leicht zu erkennen, warum das Mädchen mit dem Stück Kohle im Mund so belustigt gewesen war. Was ich nämlich sah, hätte man normalerweise ebensowenig für ein Schulgebäude gehalten wie einen Zoo für eine Tierhandlung oder eine Kathedrale für einen Sitzungssaal. Himmlers Schulhaus war in Wirklichkeit ein veritables Schloß mit Kuppeltürmen, von denen einer den Vorplatz überragte wie der behelmte Kopf eines riesigen preußischen Soldaten.

Ich fuhr bis zu einer kleinen Kirche, neben der ich anhielt, in kurzer Entfernung von den zahlreichen Mannschaftswagen und Dienstwagen, die vor einem Gebäude an der Ostseite geparkt waren, das wie das Wachhaus des Schlosses aussah. Einen Augenblick riß der Sturm den gesamten Himmel auf, und das ganze Schloß lag wie auf einem geisterhaften Schwarzweißfoto vor mir.

Es war in jeder Hinsicht eine eindrucksvolle Szenerie, die zuviel von einem Gruselfilm an sich hatte, um auf jemanden, der Einlaß begehrte, besonders einladend zu wirken. Dieses sogenannte Schulhaus sah aus, als würden sich hier Dracula, Frankenstein, Orlac und ein ganzer Wald voller Wolfsmenschen zu Hause fühlen – eigentlich eine Situation, die mich hätte veranlassen können, meine Pistole mit stupsnasigen Knoblauchzehen, Kaliber 9 Millimeter, zu laden.

Es gab mit ziemlicher Sicherheit genug wirkliche Ungeheuer auf Schloß Wewelsburg, um sich wegen der Phantasiegeschöpfe Sorgen zu machen, und ich hatte keinen Zweifel, daß Himmler Doktor X eine ganze Menge Tips hätte geben können.

Aber konnte ich Heydrich trauen? Ich dachte darüber eine ganze Weile nach. Schließlich kam ich zu dem Schluß, daß ich fast sicher darauf vertrauen konnte, daß er ehrgeizig war, und da ich ihm tatsächlich die Möglichkeit verschaffte, einen Feind in der Gestalt Weisthors zu vernichten, hatte ich keine andere Alternative, als mich und meine Information in seine mörderischen weißen Hände zu geben.

Die kleine Glocke im Kirchturm schlug Mitternacht, als ich über den Vorplatz fuhr, nach links bog, den ausgetrockneten Wallgraben auf einer Brücke überquerte und zum Burgtor steuerte. Ein SS-Mann trat aus dem steinernen Wachhäuschen, warf einen Blick auf meine Papiere und winkte mich weiter.

Vor dem Holztor hielt ich an und hupte zweimal. Überall im Schloß brannte Licht, und es schien nicht wahrscheinlich, daß ich jemanden weckte, ob lebendig oder tot. Eine kleine Tür im Tor flog auf, und ein SS-Unterscharführer trat heraus, um mit mir zu sprechen. Nachdem er meine Papiere im Licht seiner Taschenlampe aufmerksam geprüft hatte, ließ er mich durch die Tür und in einen überwölbten Torweg treten, wo ich meine Geschichte noch einmal wiederholte und meine Papiere vorwies, dieses Mal freilich einem jungen Untersturmführer zum Gefallen, der offensichtlich das Wachkommando befehligte.

Es gibt nur eine Möglichkeit, wirksam mit arroganten jungen SS-Offizieren fertig zu werden, die aussehen, als seien ihre blauen Augen und blonden Haare speziell mit dem richtigen Farbton ausgestattet worden, und die besteht darin, sie an Arroganz zu übertreffen. Also dachte ich an den Mann, den ich heute abend getötet hatte, und fixierte den Untersturmführer mit jenem kalten, hochnäsigen Blick, der einen Hohenzollernprinzen zerschmettert hätte.

«Ich bin Kommissar Gunther», herrschte ich ihn an, «und ich bin hier in einer außerordentlich dringenden Sipo-Angelegenheit, die Reichssicherheit betreffend, die unverzüglich General Heydrich zur Kenntnis gebracht werden muß. Bitte melden Sie ihm sofort, daß ich hier bin. Sie werden feststellen, daß er mich nicht nur erwartet, sondern es überdies für angemessen gehalten hat, mich über das während der Sitzung des Ehrengerichtes geltende Kennwort zu informieren.» Ich nannte das Wort und beobachtete, wie die Arroganz des Untersturmführers der meinen Anerkennung zollte. «Ich möchte noch einmal betonen, wie delikat meine Mission ist, Untersturmführer», sagte ich und senkte meine Stimme. «Es ist unbedingt erforderlich, daß in diesem Stadium nur General Heydrich oder sein Adjutant über meine Anwesenheit hier auf der Burg informiert werden. Es ist durchaus möglich, daß kommunistische Spione die Sitzung bereits infiltriert haben. Verstehen Sie?» Der Untersturmführer nickte kurz und verschwand wieder in seinem Büro, um zu telefonieren, während ich zum Rand des gepflasterten Innenhofes schritt, der nackt unter dem kalten Nachthimmel lag. Von drinnen erschien die Burg kleiner.

Sie bestand aus drei überdachten Flügeln, verbunden durch drei Türme, von denen zwei mit Kuppeln und der kurze, aber breitere dritte mit Zinnen und einem weißen Fahnenmast versehen war, an dem eine SS-Standarte geräuschvoll im stärker werdenden Wind flatterte.

Der Untersturmführer kam zurück, und zu meiner Überraschung nahm er hackenschlagend Haltung an. Ich schätzte, das hatte vermutlich mehr mit Heydrich oder seinem Adjutanten als mit meiner eigenen gebieterischen Persönlichkeit zu tun.

«Kommissar Gunther», sagte er höflich, «der General ist noch beim Abendessen und bittet Sie, im Wohnzimmer zu warten. Das liegt im Westturm. Würden Sie mir bitte folgen. Der Unterscharführer wird sich um Ihren Wagen kümmern.»

«Danke, Untersturmführer», sagte ich, «aber erst möchte ich ein paar wichtige Unterlagen holen, die ich auf dem Vordersitz habe liegenlassen.»

Nachdem ich meine Aktentasche an mich genommen hatte, welche Weisthors Krankengeschichte, Langes Aussage und die Lange-Kindermann-Briefe enthielt, folgte ich dem Untersturmführer über den Hof zum Westflügel. Irgendwo zu unserer Linken konnte man Männer singen hören.

«Hört sich nach einer kleinen Feier an», sagte ich gleichgültig. Mein Begleiter brummte mißgelaunt. Jede Art von Feier ist besser als ein nächtliches Wachkommando im November. Wir gingen durch eine schwere Eichentür und betraten den großen Saal.

Alle deutschen Burgen sollten so barbarisch sein; jeder germanische Stammesfürst sollte an einem solchen Ort leben und herumstolzieren; jeder unerbitterliche arische Schinder sollte sich mit so vielen Sinnbildern schonungsloser Tyrannei umgeben. Neben den dicken, großen Teppichen, den schweren Tapeten und den langweiligen Gemälden gab es genügend Rüstungen, Musketenstützen und an den Mauern genügend geschmiedete Waffen, um mit Gustav Adolf und dem ganzen schwedischen Heer einen Krieg zu führen. Im Gegensatz dazu war das Wohnzimmer, das wir über eine hölzerne Wendeltreppe erreichten, einfach möbliert und gewährte einen eindrucksvollen Ausblick auf die Lichter an der Landebahn eines kleinen Flugplatzes, der ein paar Kilometer entfernt lag.

«Bedienen Sie sich selbst», sagte der Untersturmführer und öffnete den Schrank mit den Getränken. «Sollten Sie sonst noch etwas wünschen, Kommissar, brauchen Sie bloß zu läuten.» Darauf schlug er die Hacken zusammen und verschwand wieder auf der Wendeltreppe.

Ich goß mir einen großen Cognac ein und stürzte ihn auf einen Zug hinunter. Ich war müde nach der langen Fahrt. Ich goß mir ein zweites Mal ein und ließ mich steif in einem Lehnsessel nieder und schloß die Augen. Immer noch konnte ich den verblüfften Ausdruck auf Kindermanns Gesicht sehen, als die erste Kugel zwischen seine Augen drang. Weisthor würde ihn und die Tasche voller Drogen inzwischen bitterlich vermissen, dachte ich. Ich hätte selber eine solche Aufmunterung brauchen können.

Ich nippte an meinem Cognac. Zehn Minuten vergingen, und ich spürte, wie mein Kopf vornübersackte.

Ich schlief ein, und in meinem schrecklichen Alptraum sausten Tiermenschen, Todespriester, scharlachrote Richter und die aus dem Paradies Verstoßenen an mir vorbei.

23.
Montag, 7. November

Als ich Heydrich meine Geschichte zu Ende erzählt hatte, waren seine gewöhnlich blassen Züge vor Erregung gerötet.

«Ich gratuliere Ihnen, Gunther», sagte er. «Das ist viel mehr, als ich erwartet hatte. Und zeitlich haben Sie das perfekt hingekriegt. Sind Sie auch dieser Meinung, Nebe?»

«Ja, ganz sicher, General.»

«Es wird Sie vielleicht überraschen, Gunther», fuhr Heydrich fort, «aber Reichsführer Himmler und ich sind im Augenblick dafür, jüdischem Eigentum polizeilichen Schutz zu gewähren, wenn auch nur wegen der öffentlichen Ordnung und aus wirtschaftlichen Gründen. Wenn sie den Pöbel in den Straßen randalieren lassen, werden es nicht nur jüdische Geschäfte sein, die geplündert werden, sondern auch deutsche. Von der Tatsache ganz abgesehen, daß die Schäden von deutschen Versicherungsgesellschaften wieder ausgeglichen werden müssen. Göring wird mich unterstützen. Und wer kann ihm einen Vorwurf machen? Die ganze Idee macht jede wirtschaftliche Planung zum Gespött.

Wenn aber, wie Sie sagen, Gunther, Himmler Weisthors Plan überzeugend findet, würde er sicherlich gern auf diesen polizeilichen Schutz verzichten. Wäre das der Fall, müßte ich mich seiner Haltung anschließen. Wir müssen also genau überlegen, wie wir diese Sache handhaben. Himmler ist ein Narr, aber er ist ein gefährlicher Narr. Wir müssen Weisthor eindeutig entlarven, und zwar vor so vielen Zeugen wie möglich.» Er hielt inne. «Nebe?» Der Reichskriminaldirektor strich über seinen langen Nasenflügel und nickte nachdenklich.

«Wir sollten Himmlers Verstrickung überhaupt nicht erwähnen, wenn es sich irgendwie vermeiden läßt, General», sagte er. «Ich bin absolut dafür, Weisthor vor Zeugen zu entlarven. Ich will nicht, daß dieser dreckige Hurensohn ungeschoren davonkommt. Doch sollten wir es andererseits vermeiden, den Reichsführer vor den höheren SS-Chargen bloßzustellen. Daß wir Weisthor vernichten, wird er uns verzeihen, aber er würde uns nie verzeihen, wenn wir ihn als einen Esel darstellen.»

«Ich stimme Ihnen zu», sagte Heydrich. Er dachte einen Augenblick nach. «Dies ist Sipo-Abschnitt sechs, nicht wahr?» Nebe nickte. «Wo befindet sich die nächste Provinzdienststelle des SD?»

«In Bielefeld», erwiderte Nebe.

«Gut. Ich wünsche, daß Sie unverzüglich dort anrufen. Sie sollen bis zum Morgen eine komplette Kompanie Männer herschicken.» Er lächelte dünn. «Bloß für den Fall, daß Weisthor es schafft, mir dieses Juden-Etikett anzukleben. Mir gefällt dieser Ort nicht. Weisthor hat in Wewelsburg eine Menge Freunde. Er fungiert sogar bei einigen dieser grotesken SS-Heiratszeremonien, die hier stattfinden, als Priester. Es könnte also nötig sein, daß wir militärische Stärke demonstrieren.»

«Der Burgkommandant, Taubert, war bei der Sipo, bevor er diesen Posten bekam», sagte Nebe. «Ich bin ziemlich sicher, daß wir ihm vertrauen können.»

«Gut. Aber erzählen Sie ihm nichts von Weisthor. Bleiben Sie einfach bei Gunthers ursprünglicher Geschichte von der kommunistischen Infiltration, und lassen Sie ihn eine Abteilung in Alarmbereitschaft halten. Und während Sie sich darum kümmern, sollten Sie vielleicht auch ein Bett für den Kommissar organisieren. Bei Gott, er hat's verdient.»

«Das Zimmer neben dem meinen ist frei, General. Ich glaube, es ist der Raum von Heinrich I. von Sachsen.» Nebe grinste.

«Verrückt», lachte Heydrich. «Ich wohne im Raum von König Artus und dem Gral. Aber wer weiß? Vielleicht werde ich heute wenigstens die Fee Morgana besiegen.»

Der Gerichtssaal lag im Erdgeschoß des Westflügels. Nachdem ich die Tür eines der angrenzenden Räume einen Spaltbreit geöffnet hatte, konnte ich alles genau verfolgen, was dort geschah.

Der Raum selbst war über vierzig Meter lang, hatte einen glänzenden Holzfußboden, getäfelte Wände und eine hohe Decke mit Eichenbalken und geschnitzten grotesken Figuren. Er wurde beherrscht von einem langen Eichentisch, auf allen vier Seiten von hochlehnigen Lederstühlen umrahmt, die jeder eine silberne Platte mit einer Gravierung trugen, vermutlich die Namen der SS-Offiziere, die berechtigt waren, dort zu sitzen. Angesichts all der schwarzen Uniformen und rituellen Zeremonien, die am Anfang der Sitzung standen, kam ich mir vor wie jemand, der heimlich Zeuge einer Sitzung der Großloge der Freimaurer ist.

Beim ersten Tagesordnungspunkt des Morgens ging es um die Zustimmung des Reichsführers zu den Wiederinstandsetzungsplänen für den baufälligen Nordturm. Diese wurden von Landesbaumeister Bartels vorgetragen, einem fetten, eulenhaften Mann, der zwischen Weisthor und Rahn saß. Weisthor selbst wirkte nervös und litt ganz offensichtlich darunter, daß sein Kokain ausblieb. Als der Reichsführer ihn nach seiner Meinung zu den Plänen fragte, stammelte er: «In... Anbetracht... äh... der kultischen Bedeutung der... äh... Burg, und äh... ihrer magischen Bedeutung in jeglichem... in jedem künftigen Konflikt zwischen... äh... Ost und West, äh...»

Heydrich unterbrach, und das, wie sofort klar wurde, nicht, um dem Brigadeführer beizuspringen.

«Reichsführer», sagte er kühl, «da dies ein Gericht ist, und da wir alle mit ungeheurer Faszination dem Brigadeführer zuhören, würde ich es Ihnen allen gegenüber für ungerecht halten, ihn fortfahren zu lassen, ohne Sie mit den sehr ernsten Beschuldigungen bekannt zu machen, die gegen ihn und seinen Mitkämpfer, Unterscharführer Rahn, erhoben werden müssen.»

«Was sind das für Beschuldigungen?» sagte Himmler mit einigem Widerwillen. «Ich weiß nichts von irgendwelchen Anschuldigungen, die gegen Weisthor anhängig sind. Und ich weiß auch nichts von einer ihn betreffenden Ermittlung.»

«Der Grund dafür ist, daß es keine ihn betreffende Ermittlung gab. Eine separate Untersuchung hat jedoch Weisthors führende Rolle in einer abscheulichen Verschwörung ans Licht gebracht, die zur widerwärtigen Ermordung von sieben unschuldigen deutschen Schulmädchen geführt hat.»

«Reichsführer», brüllte Weisthor, «ich protestiere. Das ist ungeheuerlich!»

«Das finde ich auch», sagte Heydrich, «und Sie sind das Ungeheuer.»

Weisthor stand auf, am ganzen Leib zitternd.

«Sie verlogener kleiner Itzig», fauchte er.

Heydrich begnügte sich mit einem trägen kleinen Lächeln. «Kommissar», sagte er laut, «würden Sie bitte jetzt hereinkommen?» Ich ging langsam in den Saal, meine Schuhe schurrten über den Holzfußboden wie die eines nervösen Schauspielers, der für eine Rolle vorsprechen soll. Als ich hereinkam, drehten sich mir alle Köpfe zu, und als fünfzig der mächtigsten Männer in Deutschland mich fixierten, wünschte ich, irgendwo anders zu sein, nur nicht hier. Weisthors Kinn fiel herunter, als Himmler sich halb erhob.

«Was hat das zu bedeuten?» knurrte Himmler.

«Einige von Ihnen kennen diesen Mann wahrscheinlich als Herrn Steininger», sagte Heydrich unbeeindruckt, «als den Vater eines der ermordeten Mädchen. Tatsächlich ist er etwas ganz anderes. Er arbeitet für mich. Sagen Sie Ihnen, Gunther, wer sie wirklich sind.»

«Kriminalkommissar Bernhard Gunther, Mordkommission, Berlin-Alexanderplatz.»

«Und sagen Sie diesen Offizieren, wenn's beliebt, warum Sie hergekommen sind.»

«Um folgende Personen festzunehmen: einen gewissen Karl Maria Weisthor, auch bekannt als Karl Maria Wiligut, auch bekannt als Jarl

Widar; einen gewissen Otto Rahn und einen gewissen Richard Anders, alle wegen Mordes an sieben Mädchen in Berlin, zwischen dem 23. Mai und dem 29. September.»

«Lügner», schrie Rahn und sprang auf die Füße, zusammen mit einem anderen Offizier, den ich für Anders hielt.

«Setzen Sie sich», sagte Himmler. «Ich darf daraus entnehmen, daß Sie glauben, das beweisen zu können, Kommissar?» Wäre ich Karl Marx persönlich gewesen, ich glaube, er hätte mich nicht haßerfüllter anblicken können.

«Ich glaube, das kann ich, ja.»

«Ich kann nur hoffen, daß dies nicht einer Ihrer Tricks ist, Heydrich», sagte Himmler.

«Ein Trick, Reichsführer?» sagte er unschuldig. «Wenn Sie nach Tricks suchen, diese verworfenen Männer beherrschten alle Tricks. Sie suchten sich als Medien darzustellen, um leichtgläubigen Leuten weiszumachen, es seien die Geister, die sie darüber informierten, wo die Leichen der Mädchen, die sie selber ermordet und versteckt hatten, zu finden seien. Und wäre Kommissar Gunther nicht gewesen, hätten sie denselben wahnsinnigen Trick vor den hier versammelten Offizieren zu wiederholen versucht.»

«Reichsführer», stotterte Weisthor, «das ist absurd!»

«Wo ist der Beweis, von dem Sie sprachen, Heydrich?»

«Ich sagte, wahnsinnig. Ich meinte das so, wie ich es sagte. Natürlich ist niemand unter uns, der auf ein so lächerliches Theater hereingefallen wäre. Dennoch ist es charakteristisch für Geisteskranke, daß sie für das, was sie tun, ein Recht zu haben glauben.» Er zog die Akte mit Weisthors Krankengeschichte hervor und legte sie vor Himmler hin. «Dies ist die Krankengeschichte von Karl Maria Wiligut, alias Karl Maria Weisthor, die sich bis vor kurzem im Besitz seines Arztes, Hauptsturmführer Lanz Kindermann, befand.»

«Nein», kreischte Weisthor und sprang vor, um die Akte an sich zu reißen.

«Halten Sie den Mann zurück», brüllte Himmler. Unverzüglich packten ihn die beiden Offiziere, die neben Weisthor standen, bei den Armen. Rahn griff nach seinem Halfter, aber ich war schneller und zog den Verschluß der Mauser zurück, als ich ihm die Mündung an den Kopf setzte.

«Wenn du die Pistole anrührst, lüfte ich dein Hirn», sagte ich und nahm ihm dann seine Waffe ab.

Heydrich fuhr fort, offenbar von dem ganzen Tumult unbeeindruckt. Eines mußte man ihm lassen: Er war so kalt wie ein Nordseelachs und genauso glitschig.

«Im November 1924 wurde Wiligut wegen versuchten Mordes an seiner Frau in eine Irrenanstalt in Salzburg eingeliefert. Nach einer Untersuchung wurde er für geisteskrank erklärt und blieb in einer Anstalt unter Obhut von Doktor Kindermann bis 1932. Nach seiner Entlassung änderte er seinen Namen in Weisthor, und den Rest kennen Sie ohne Zweifel, Reichsführer.»

Himmler starrte die Akte etwa eine Minute an. Schließlich seufzte er und sagte: «Ist das wahr, Karl?»

Weisthor, von den beiden SS-Offizieren festgehalten, schüttelte den Kopf.

«Ich schwöre, es ist eine Lüge, so wahr ich ein Ehrenmann und Offizier bin.»

«Streifen Sie seinen linken Ärmel hoch», sagte ich. «Dieser Mann ist drogensüchtig. Jahrelang hat Kindermann ihn mit Kokain und Morphium versorgt.»

Himmler nickte den Männern zu, und als sie seinen schrecklich blau und schwarz entstellten Unterarm enthüllten, fügte ich hinzu: «Falls Sie noch immer nicht überzeugt sind, ich habe eine zwanzigseitige Aussage von Reinhard Lange.»

Himmler nickte. Er ging um seinen Stuhl herum und baute sich vor seinem Brigadeführer auf, dem Weissager der SS, und schlug ihm heftig ins Gesicht, dann noch einmal.

«Schaffen Sie ihn mir aus den Augen», sagte er. «Er steht bis auf weiteres unter Hausarrest. Rahn. Anders. Das gilt auch für Sie.» Seine Stimme steigerte sich zu einem beinahe hysterischen Kreischen. «Raus, sage ich. Sie sind nicht mehr Mitglieder dieses Ordens. Sie werden Ihre Totenkopfringe, ihre Dolche und Degen abgeben. Ich werde später entscheiden, was mit Ihnen geschehen wird.»

Arthur Nebe rief die Wachen, die in Bereitschaft standen, und als die Männer erschienen, befahl er ihnen, die drei Männer in ihre Zimmer zu begleiten.

Inzwischen hatte fast jeder SS-Offizier am Tisch den Mund vor

Verblüffung aufgesperrt. Nur Heydrich blieb ruhig, und sein langes Gesicht, als sei es aus Wachs, verriet mit keinem Zucken die Befriedigung, die er zweifellos beim Anblick seiner in die Flucht geschlagenen Feinde empfand.

Nachdem Weisthor, Rahn und Anders unter Bewachung hinausgeschickt worden waren, richteten sich jetzt alle Augen auf Himmler. Unglücklicherweise hatte er freilich nur Augen für mich, und ich steckte meine Waffe wieder in das Halfter, denn ich spürte, daß das Drama noch nicht zu Ende war. Einige unbehagliche Sekunden starrte er mich bloß an und erinnerte sich zweifellos daran, wie ich ihn in Weisthors Haus erlebt hatte, ihn den Reichsführer-SS und Chef der Deutschen Polizei, leichtgläubig, genarrt, verkauft – fehlbar. Für den Mann, der Hitler als Antichrist und sich selber in der Rolle des Nazi-Papstes sah, war das mehr, als er ertragen konnte. Er baute sich so dicht vor mir auf, daß ich das Rasierwasser auf seinem sauber rasierten, kleinen Pedantengesicht riechen konnte. Heftig blinzelnd, den Mund zu einer starren Haßgrimasse verzerrt, trat er mir mit aller Kraft vor das Schienbein.

Ich stöhnte vor Schmerz, stand aber unbeweglich, fast in Habacht-Stellung.

«Sie haben alles zerstört», sagte er mit bebender Stimme. «Alles. Hören Sie?»

«Ich habe meine Arbeit gemacht», murmelte ich. Ich glaube, er hätte mich noch einmal getreten, hätte sich Heydrich nicht rechtzeitig eingemischt.

«Das kann ich mit Sicherheit bezeugen», sagte er. «Vielleicht wäre es unter diesen Umständen das Beste, diese Sitzung um etwa eine Stunde zu verschieben, zumindest bis Sie Gelegenheit hatten, Ihre Fassung wiederzuerlangen, Reichsführer. Die Aufdeckung eines so ungeuerlichen Verrats innerhalb eines Kreises, der dem Herzen des Reichsführers so nahe steht wie dieser, hat ihm zweifellos einen tiefgreifenden Schock versetzt. Das gilt wohl für uns alle.»

Bei dieser Bemerkung erhob sich zustimmendes Gemurmel, und Himmler schien seine Selbstbeherrschung zurückzuerlangen. Er errötete ein wenig, möglicherweise vor Verlegenheit, zuckte mit den Lidern und nickte kurz.

«Sie haben ganz recht, Heydrich», murmelte er. «Ein furchtbarer

Schock. Ja, wirklich. Ich muß mich bei Ihnen entschuldigen, Kommissar. Wie Sie sagten, Sie taten bloß Ihre Pflicht. Gut gemacht.» Und mit diesen Worten machte er auf seinem nicht gerade kleinen Absatz kehrt und marschierte zackig aus dem Saal, von einigen seiner Offiziere begleitet.

Heydrich setzte zu einem leisen Lächeln an, bei dem er die Lippen nur bis zu den Mundwinkeln kräuselte. Dann suchte er meinen Blick und bedeutete mir, in einen Nebenraum zu gehen. Arthur Nebe folgte, und wir ließen die anderen Offiziere zurück, die sich laut unterhielten.

«Es gibt nicht viele Männer, die es erleben, daß Heinrich Himmler sich persönlich bei Ihnen entschuldigt», sagte Heydrich, als wir drei in der Schloßbibliothek allein waren.

Ich rieb mein schmerzendes Schienbein. «Na ja, ich bin sicher, daß ich's heute abend in mein Tagebuch eintragen werde», sagte ich. «Davon habe ich immer geträumt.»

«Übrigens, was ist aus Kindermann geworden?»

«Sagen wir einfach, er wurde erschossen, als er versuchte zu fliehen», sagte ich. «Ich bin sicher, daß gerade Sie wissen müßten, was ich damit sagen will.»

«Das ist Pech. Er hätte uns noch nützlich sein können.»

«Er bekam, was ein Mörder von Rechts wegen verdient. Irgend jemand mußte bezahlen. Ich nehme nicht an, daß einer dieser anderen Hundesöhne je bekommen wird, was er verdient. Die SS-Brüderschaft und all das, wie?» Ich hielt inne und zündete mir eine Zigarette an. «Was wird mit ihnen geschehen?»

«Sie können sich darauf verlassen, daß sie für die SS erledigt sind. Sie hörten selbst, wie Himmler das sagte.»

«Ach ja? Wie entsetzlich für sie alle.» Ich wandte mich an Nebe. «Kommen Sie, Arthur. Wird Weisthor jemals an einer Anklagebank oder Guillotine schnuppern?»

«Es gefällt mir ebensowenig wie Ihnen», sagte er grimmig. «Aber Weisthor steht Himmler zu nahe. Er weiß zuviel.»

Heydrich schürzte die Lippen. «Otto Rahn andererseits ist bloß ein kleines Licht. Ich glaube nicht, daß der Reichsführer etwas dagegen hätte, wenn ihm irgendein Unfall zustoßen würde.» Ich schüttelte erbittert den Kopf.

«Nun ja, zumindest wird nichts aus ihrem schmutzigen kleinen Plan. Zumindest bleibt uns ein weiterer Pogrom erspart, jedenfalls für eine Weile.»

Heydrich sah jetzt unbehaglich aus, Nebe stand auf und trat ans Fenster der Bibliothek.

«Um Himmels willen», rief ich, «Sie wollen doch wohl nicht sagen, daß es weitergeht?» Heydrich zuckte sichtbar zusammen. «Hören Sie, wir alle wissen, daß die Juden mit den Morden nichts zu tun hatten.»

«O ja», sagte Heydrich strahlend, «das ist sicher. Und man wird sie nicht dafür verantwortlich machen, darauf haben Sie mein Wort. Ich kann Ihnen versichern, daß...»

«Sagen Sie's ihm», sagte Nebe. «Er hat ein Recht darauf, es zu erfahren.»

Heydrich dachte einen Augenblick nach, dann stand er auf. Er zog ein Buch aus dem Regal und betrachtete es gleichgültig.

«Ja, Sie haben recht, Nebe. Das hat er vermutlich.»

«Was sollen Sie mir sagen?»

«Wir erhielten heute morgen ein Fernschreiben, bevor der Gerichtshof zusammentrat», sagte Heydrich. «Rein zufällig hat ein junger jüdischer Fanatiker einen Mordanschlag auf einen deutschen Diplomaten in Paris verübt. Offenbar wollte er gegen die Behandlung polnischer Juden in Deutschland protestieren. Der Führer hat seinen Leibarzt nach Paris geschickt, aber man rechnet nicht damit, daß unser Mann überlebt. Das Ergebnis war, daß Goebbels den Führer bereits bedrängt, man solle, falls dieser Diplomat sterben sollte, im ganzen Reich bestimmte spontane Reaktionen des Volkszornes zulassen.»

«Und Sie alle werden weggucken, ist es das?»

«Ich billige keine Gesetzlosigkeiten», sagte Heydrich.

«Weisthor bekommt seinen Pogrom am Ende doch, die Hunde.»

«Keinen Pogrom», beharrte Heydrich. «Plündern ist nicht erlaubt. Jüdisches Eigentum wird lediglich zerstört. Die Polizei wird dafür sorgen, daß Plünderungen unterbleiben. Und nichts wird zugelassen werden, das auf irgendeine Weise die Sicherheit deutschen Lebens und Eigentums gefährdet.»

«Wie wollen Sie eine aufgehetzte Menge kontrollieren?»

«Man wird Verhaltensmaßregeln verkünden. Wer sie verletzt, wird festgenommen und zur Rechenschaft gezogen werden.»

«Verhaltensmaßregeln?» Ich schleuderte meine Zigarette gegen das Bücherregal. «Für den Pöbel? Das ist ein Witz!»

«Jeder Polizeichef in Deutschland wird ein Fernschreiben mit Richtlinien erhalten.»

Plötzlich fühlte ich mich sehr müde. Ich wollte nach Hause, all das hinter mir lassen. Allein schon über diese Dinge zu sprechen gab mir das Gefühl, schmutzig und unredlich zu sein. Ich hatte versagt. Doch was noch unendlich viel schlimmer war, es schien nicht so, als hätte ich jemals eine Chance gehabt zu gewinnen.

Einen reinen Zufall, hatte Heydrich es genannt. War es vielleicht ein bedeutungsvoller Zufall, im Sinne von Jungs Theorie? Nein. Das konnte nicht sein. Nichts hatte mehr eine Bedeutung.

24.
Donnerstag, 10. November

«Spontane Reaktionen des Volkszorns», so nannte man es im Rundfunk.

Ich war zornig, das stimmte, aber mein Zorn hatte nichts Spontanes. Ich hatte die ganze Nacht Zeit gehabt, mich aufzuregen. In dieser Nacht hatte ich gehört, wie Fenster in Trümmer gingen, unflätige Schreie durch die Straßen hallten, und den Rauch brennender Gebäude gerochen. Die Scham hielt mich in meiner Wohnung fest. Aber am Morgen, der strahlend und sonnig durch meine Vorhänge brach, hatte ich das Gefühl, daß ich hinausgehen und mich selber überzeugen mußte.

Ich glaube nicht, daß ich je vergessen werde, was ich sah.

Seit 1933 war ein zerbrochenes Fenster für jedes jüdische Geschäft so etwas wie ein Berufsrisiko gewesen, ein Symbol für den Nationalsozialismus, genauso wie ein Kanonenstiefel oder ein Hakenkreuz. Dieses Mal jedoch war es etwas völlig anderes, es lag mehr System darin als im gelegentlichen Vandalismus von ein paar betrunkenen SA-Schlägern. Bei dieser Gelegenheit hatte sich eine echte Walpurgisnacht der Zerstörung abgespielt.

Überall lag Glas, wie die Stücke eines riesigen Eispuzzles, in einem Wutanfall von irgendeinem schlechtgelaunten Kristallprinzen auf die Erde geworfen.

Nur ein paar Meter von meinem Hauseingang entfernt waren zwei Kleiderläden, wo ich die lange, silbrige Spur einer Schnecke hoch über einer Schneiderpuppe aufsteigen sah, während ein riesiges Spinngewebe eine andere Puppe in eine rasiermesserscharfe Gaze einzuhüllen drohte.

Ein Stück weiter, Ecke Kurfürstendamm, stieß ich auf einen riesengroßen Spiegel, der in hundert Stücke zerbrochen dalag und mir zertrümmerte Bilder meiner selbst darbot, die unter den Füßen knirschten und krachten, als ich mir meinen Weg durch die Straße bahnte.

Für Leute wie Weisthor und Rahn, die an eine symbolische Verbindung zwischen Kristall und irgendeinem alten germanischen Christus glaubten, der seinen Namen davon ableitete, mußte diese Nacht aufregend gewesen sein. Doch einem Glaser muß sie wie eine Erlaubnis vorgekommen sein, Geld zu drucken, und es gab eine Vielzahl von Gaffern, die das ebenfalls sagten.

Am nördlichen Ende der Fasanenstraße schwelte die Synagoge nahe der S-Bahn-Linie noch immer, eine ausgeweidete, geschwärzte Ruine verkohlter Balken und ausgebrannter Außenmauern. Ich bin kein Hellseher, aber ich kann sagen, daß jeder ehrliche Mann, der das sah, dasselbe dachte wie ich. Wie viele Gebäude würden noch dasselbe Ende nehmen, bevor Hitler uns fertiggemacht hatte? Sturmtrupps waren unterwegs – zwei Mannschaftswagen in der Straße nebenan –, und die Burschen erprobten ihre Stiefel an neuen Fensterscheiben. Ich beschloß, vorsichtshalber einen anderen Weg zu nehmen, und wollte gerade umkehren, als ich eine Stimme hörte, die ich zu kennen glaubte.

«Raus hier, ihr jüdischen Hundesöhne», schrie der junge Mann. Es war Bruno Stahleckers vierzehnjähriger Sohn Heinrich, in der Uniform der motorisierten HJ. Ich erblickte ihn, als er gerade einen großen Stein in das Schaufenster eines Geschäftes schleuderte. Er lachte, begeistert über seine Tat, und sagte: «Verdammte Juden!» Als er sich beifallheischend nach seinen jungen Kameraden umsah, erblickte er mich.

Als ich zu ihm ging, dachte ich an all die Dinge, die ich ihm gesagt hätte, wenn ich sein Vater gewesen wäre, aber als ich vor ihm stand, lächelte ich. Ich hatte eher den Wunsch, ihm einen ordentlichen Kinnhaken zu versetzen.

«Hallo, Heinrich.»

Aus seinen hübschen blauen Augen sah er mich mit trägem Argwohn an.

«Schätze, Sie glauben, Sie könnten mir Bescheid stoßen», sagte er, «bloß weil Sie'n Freund von meinem Vater waren.»

«Ich? Es kümmert mich einen Dreck, was du tust.»

«So? Was wollen Sie dann?»

Ich zuckte die Achseln und bot ihm eine Zigarette an. Er nahm sie, und ich gab uns Feuer. Dann warf ich ihm die Streichholzschachtel zu. «Hier», sagte ich, «die kannst du unter Umständen heute nacht brauchen. Vielleicht versucht ihr's mal mit dem Jüdischen Krankenhaus.»

«Hör ich recht? Sie woll'n mir Vorschriften machen?»

«Im Gegenteil. Ich bin gekommen, um dir zu sagen, daß ich die Männer gefunden habe, die deinen Vater ermordet haben.»

«Wirklich?» Ein paar von Heinrichs Freunden, die jetzt emsig damit beschäftigt waren, den Kleiderladen zu plündern, riefen ihm zu, er solle kommen und helfen.

«Ich bin gleich da», rief er zurück. Dann sagte er zu mir: «Wo sind sie? Die Männer, die meinen Vater umgebracht haben.»

«Einer von ihnen ist tot. Ich habe ihn selber erschossen.»

«Gut. Gut.»

«Ich weiß nicht, was mit den anderen beiden passieren wird. Hängt davon ab, wirklich.»

«Wovon?»

«Von der SS. Ob sie beschließen, sie vor ein Militärgericht zu stellen, oder nicht.» Ich beobachtete, wie sich sein hübsches junges Gesicht vor Verblüffung in Falten legte.

«Oh, sagte ich dir das nicht? Ja, die Männer, die deinen Vater auf so feige Weise ermordet haben, sie waren alle SS-Offiziere. Weißt du, sie mußten ihn töten, weil er vermutlich versucht hätte, sie vor einem Gesetzesbruch zurückzuhalten. Sie waren bösartige Männer, weißt du, Heinrich, und dein Vater tat immer sein Bestes, böse Menschen hinter Gitter zu bringen. Er war ein verdammt guter Polizist.» Ich deutete mit der Hand auf die zertrümmerten Fensterscheiben. «Ich frage mich, was er davon gehalten hätte.»

Heinrich zögerte und ein Klumpen stieg ihm in die Kehle, als ihm dämmerte, was meine Worte bedeuteten.

«Es waren nicht... es waren also nicht die Juden, die ihn umbrachten?»

«Die Juden? Du lieber Himmel, nein.» Ich lachte. «Wie, zum Teufel, kommst du auf diese Idee? Nie und nimmer waren es die Juden. Man sollte nicht alles glauben, was im *Stürmer* steht, weißt du.»

Als Heinrich nach dem Ende unserer Unterhaltung zu seinen Freunden zurückkehrte, hatte sein Eifer bedeutend nachgelassen. Ich lächelte grimmig, als ich das sah, und sann darüber nach, daß Propaganda auch anders herum funktionieren kann.

Fast eine Woche war vergangen, seit ich Hildegard zum letzten Mal gesehen hatte. Nach meiner Rückkehr aus Wewelsburg hatte ich sie ein paarmal angerufen, aber sie war nie zu Hause oder nahm zumindest nicht ab. Schließlich beschloß ich hinzufahren.

Als ich auf der Kaiserallee durch Wilmersdorf und Friedenau fuhr, sah ich auch dort dieselbe Zerstörung, dieselben spontanen Reaktionen des Volkszorns: Ladenschilder, die jüdische Namen trugen, waren abgerissen, und überall sah man frische antisemitische Schmierereien; und überall stand die Polizei dabei und tat nichts, um die Plünderung eines Geschäftes zu verhindern oder seinen Besitzer davor zu schützen, zusammengeschlagen zu werden. In der Nähe der Waghäuseler Straße kam ich an einer brennenden Synagoge vorbei. Die Feuerwehr paßte auf, daß die Flammen nicht auf eines der angrenzenden Gebäude übergriffen.

Es war nicht der beste Tag, an mich selber zu denken.

Ich parkte in der Nähe des Wohnhauses in der Lepsiusstraße, schloß die Haustür mit dem Schlüssel auf, den sie mir gegeben hatte, und ging ins dritte Stockwerk hinauf. Ich benutzte den Türklopfer. Ich hätte mir selber aufschließen können, aber ich glaubte nicht, daß ihr das gefallen hätte, wenn man die Umstände unserer letzten Begegnung bedachte.

Nach einer Weile hörte ich Schritte, und die Tür wurde von einem jungen SS-Sturmbannführer geöffnet. Man hätte ihn ohne weiteres in Irma Hankes Rassenkunde-Unterricht als Anschauungsmaterial vorführen können: flachsblondes Haar, blaue Augen und ein Kinn wie in Beton gegossen. Seine Uniformjacke war aufgeknöpft, sein Schlips gelockert, und es sah nicht so aus, als sei er gekommen, um die SS-Zeitschrift zu verkaufen.

«Wer ist es, Schatz?» hörte ich Hildegard rufen. Ich sah sie auf die Tür zukommen, immer noch in ihrer Handtasche nach etwas kramend und nicht aufblickend, bis sie nur ein paar Meter entfernt war.

Sie trug ein schwarzes Tweedkostüm, eine silbrige Kreppbluse und einen schwarzen Hut mit einer Feder, die wie eine Rauchfahne vor ihrem Gesicht hing. Als sie mich erblickte, blieb sie stehen, und ihr perfekt geschminkter Mund wurde ein wenig schlaff, als sie versuchte, ein paar passende Worte zu finden.

Ich brauchte keine großen Erklärungen. Das ist so, wenn man Detektiv ist: Ich kapiere wirklich rasch. Sie brauchte mir nicht zu erklären, warum. Vielleicht verstand er sich besser darauf, sie zu prügeln, als ich, schließlich war er ja in der SS. Wie auch immer, sie gaben ein hübsches Paar ab, und das machten mir ihre Mienen auch klar, als sich Hildegard vielsagend bei ihm einhakte.

Ich nickte bedächtig und fragte mich, ob ich erwähnen sollte, daß man die Mörder ihrer Stieftochter geschnappt hatte, doch als sie nicht fragte, lächelte ich gleichmütig, nickte bloß und gab ihr die Schlüssel zurück.

Ich war auf halber Treppe, als ich sie mir nachrufen hörte: «Tut mir leid, Bernie. Wirklich.»

Ich ging in den Botanischen Garten. Vor dem bleichen Herbsthimmel vollzog sich der millionenfache Exodus der Blätter, vom Wind in die fernen Winkel der Stadt deportiert, fort von den Zweigen, die ihnen einst Leben gespendet hatten. Hier und da bemühten sich hartgesichtige Männer mit träger Konzentration, diese Diaspora des Laubes zu kontrollieren, die Toten von Esche, Eiche, Ulme, Buche, Platane, Ahorn, Roßkastanie, Linde und Trauerweide zu verbrennen, und der beißende graue Rauch hing in der Luft wie der letzte Atem verlorener Seelen. Aber es wurden mehr, immer mehr, so daß die brennenden Haufen nie kleiner zu werden schienen, und als ich dastand und das heiße Gas dieses jährlichen Laubtodes einatmete, kam es mir so vor, als könne ich schmecken, daß alles endgültig zu Ende war.

Anmerkung des Verfassers

Otto Rahn und Karl Maria Weisthor schieden im Februar 1939 aus der SS aus. Rahn, ein erfahrener Wanderer, starb weniger als einen Monat später in den Bergen nahe Kufstein an Unterkühlung. Die Umstände seines Todes wurden nie ganz geklärt. Weisthor lebte nach seinem von Himmler veranlaßten Austritt aus der SS in Goslar, wo er bis zum Kriegsende unter Aufsicht der SS stand. Er starb 1946.

Ein aus sechs Gauleitern bestehendes Parteigericht untersuchte am 13. Februar 1940 das Verhalten von Julius Streicher. Es kam zu dem Schluß, daß Streicher «zur Menschenführung ungeeignet» sei. Er wurde seiner politischen Ämter enthoben, gab aber den *Stürmer* weiterhin heraus.

Beim Pogrom vom 9. und 10. November 1938, der sogenannten Kristallnacht, wurden fast alle Synagogen und Bethäuser in Deutschland niedergebrannt oder demoliert und 7500 jüdische Geschäfte zerstört. Nach Schätzung der Nazis wurden Fensterscheiben im Wert von 10 Millionen Reichsmark zerstört und Schäden in Höhe von mehreren hundert Millionen Reichsmark verursacht. Unter der jüdischen Bevölkerung gab es Hunderte von Todesopfern. Alle Schäden, die angerichtet worden waren, mußten von den Juden auf eigene Kosten beseitigt werden. Versicherungsansprüche der Juden wurden als Ausgleich für den Mord an dem deutschen Legationsrat vom Rath in Paris zugunsten des Reiches beschlagnahmt. Den Juden wurde die Zahlung einer Kontribution von 1 Milliarde Reichsmark auferlegt.